anna maxted

rennen en vliegen

DE KERN

Oorspronkelijke titel: *Being Committed*
Oorspronkelijke uitgever: William Heinemann

Uitgeverij De Kern, De Fontein bv, Postbus 1, 3740 AA Baarn
Vertaling: Pieter Janssens
Omslagontwerp: Teo van Gerwen Design
Zetwerk: ZetSpiegel, Best
ISBN 90 325 0991 8
NUR 302

Voor Nettie Edelman – stel je voor, iedereen, de beste oma

Dankbetuiging

Zoals Oscar zou kunnen zeggen: een groter, hoger dankjewel aan:

Phil Robinson, mijn grote held etc. etc.; Jonny Geller – ik zeg het nogmaals, de beste! Mary Miller, zonder jou was dit niet mogelijk geweest; Paul Hawkes, ik ben dol op je en moet er tegelijkertijd niet aan denken wat je over me weet; Gary Akres, excuses voor H, ze heeft niet jouw morele beginselen! Pamela Walker en alle geweldige mensen van Garden Suburb Theatre. Het was opwindend en een voorrecht om een blik achter de schermen te mogen werpen; Roger – ik noemde de vader van H zo voordat we elkaar leerden kennen, ik zweer het! Maryanne Hillier – je was fantastisch, sterker nog: hilarisch; Maria Yiannikaris – voor je wijsheid, je zei een paar mooie dingen; Andrew Robinson – een sieraad voor je beroep, ha ha; Kirsty Fowkes – wonderdoener, ik meen het; Susan Sandon – voor alles, waarvan ik waarschijnlijk nog niet de helft weet... Hetzelfde geldt voor de wonderbaarlijke Andy McKillop, Ron Beard, Mark McCallum, Richard Cable, Faye Brewster, Charlotte Bush, Georgine Hawtrey-Woore en Glenn O'Neill. Bedankt voor al jullie vriendelijkheid, talent en steun; Deborah Schneider – voor je felheid en onstuitbaarheid; Mary Maxted, voor de onschatbare informatie over H; Sarah Spear – omdat je het werk zo leuk hebt gemaakt; Jacquie Drewe – Jack staat bij je in het krijt! Duncan Heath – fictie is een zwakke afschaduwing van het echte leven... Frank Tallis – je was zoals altijd briljant; Carol Jackson – voor je onvermoeibaarheid; Douglas Kean – voor het helpen verwezenlijken van die lunch; Suzanne McIlduff – Jack koos ander werk, sorry! Anna Moore – voor dorpsinformatie; Rupert Reece – supersurfer; Geoff Robertson, omdat je me in contact hebt gebracht met Jo Eccleshare en Sarah Hurley, die geweldig waren – bedankt voor jullie inkijkjes in de wereld van het amateurtoneel.

Niet om wie dan ook bang te maken, maar er waren ook mensen

die hielpen zonder dat ze het wisten... Caroline Glass, Laura Dubiner, John Nathan (er is altijd iets!), Rory Aird, Ben Figgis en Justin Thomson. (R, B en J, zie hoofdstuk 5.) Een opmerking voor mijn vrienden in HGS: ik wijs elke verantwoordelijkheid voor Hannahs kijk op de Burb af. (Merendeels; ik ben het met haar eens over de minibus.)

En tot slot Lesley Diamond en dr. Howard Myers – neem me niet kwalijk, ik heb me tandheelkundige vrijheden veroorloofd, aangezien ik niet wilde dat de dag van de bruid bedorven werd door gezwollen lippen van het wortels kauwen (ik geef het toe, haar genezing is miraculeus). Lees dit liever na mijn volgende afspraak.

1

Iedere vrouw vindt het leuk om een huwelijksaanzoek te krijgen, zelfs als ze van plan is het af te slaan. Dat dacht ik tenminste, tot ik zelf een paar aanbiedingen had gescoord. Toen ik vijftien was las ik over een vrouw van dertig die er vijf bij elkaar had gescharreld en daar in een landelijke krant gretig over pochte. Ik vond haar indertijd een bofkont, sexy, populair bij de jongens. Alles wat ik als tiener niet was. (Mijn puberteit kan samengevat worden in een incident waarbij ik in de trein een stuk kauwgom uit mijn mond haalde. Een man boog zich naar voren en zei: 'O, ik dacht dat je mismaakt was.')

Jaren later realiseerde ik me dat de aanzoekenverzamelaarster en ik veel gemeen hadden. Je moet behoorlijk suf zijn als je het zo ver laat komen dat een of andere kerel denkt dat je ermee in zult stemmen dat je je op hem zult verlaten om je te amuseren als je dat absoluut niet van plan bent. (Geen enkele man stelt die vraag als hij niet overtuigd is van een ja. Wat weinig goeds zegt over het inzicht en het zelfrespect van nogal wat mannen.)

Ik ben te streng. Als het één keer gebeurt is het begrijpelijk. Er zijn mannen die behoefte hebben om te trouwen, voor wie de vrouw bijna een randverschijnsel is. De echtgenote is het saaie maar noodzakelijke ingrediënt, net zoiets als gist in brood. Zulke mannen bijten zich als een pitbull vast in hun doel en elk meisje dat niet hard genoeg kan rennen loopt gevaar. Dan is het niet haar schuld.

Dat gezegd zijnde: soms is het dat wel. Door jou hardnekkig volmaakt te blijven vinden kan zelfs een middelmatig charmante man veranderen in een onbedoelde verloofde. Ik weet dat vrouwen, als soort, de naam hebben te hunkeren naar mannen die men beleefd omschrijft als 'een uitdaging'. Maar ik durf te wedden dat zelfs díe mannen op een bepaald moment (misschien door seks met ons te hebben) de indruk hebben gewekt dat ze ons aantrekkelijk vinden. *Ik* noem het instinct als je valt voor degenen die ons verrukkelijk vinden.

Je kunt het ermee oneens zijn, maar dat duurt niet langer dan tot de dag dat je iemand ontmoet die jou op het eerste gezicht al niet mag en die niet de moeite neemt dat te verbergen. Dan zul je je realiseren dat weinig dingen afstotelijker zijn. Je zult niet gauw genoeg weg kunnen komen.

Dus, aangezien het je aan de goede kant van de begeerlijkheidsschaal plaatst, is het geen wonder dat een huwelijksaanzoek heerlijk is, in je *fantasie*. Een man, niet merkbaar zwakzinnig, die met een vracht cadeaus aan je voeten valt: bloemen, sieraden, uitgebreide etentjes, hijzelf. Een vitamineshot voor je ego. Het feit dat, van de miljoenen vrouwen die hij in zijn leven ontmoet heeft, hij jou de meest betoverende vindt. (Of van wie hij denkt dat ze hem wil.)

Helaas. De realiteit van een ongewenst aanzoek verschilt bitter van de droomvorm – ik ben er op de pijnlijke manier achter gekomen. En aangezien ik geloof dat het bemoedigend is om af en toe over andermans romantische rampspoed te horen, acht ik het mijn plicht het te delen.

Maar geduld. Zoals ik al zei, ik heb twéé huwelijksaanzoeken gehad – wacht! – dríé, nu ik erover nadenk – waarvan er één geslaagd was. Op een daarvan zal ik hier nader ingaan en om mijn – momenteel voortvluchtige – waardigheid terug te vinden, heb ik besloten je nog niet te vertellen welke het precies is.

Ik hoop dat je makkelijk zit. Zelfs als je het niet verdient.

Jason reed. En niet alleen omdat ons weekendje in St Ives bedoeld was om mijn verjaardag te vieren. Hij reed altijd. Aangezien het mij koud laat wie er rijdt en gezien de implicaties wanneer Jason in het openbaar zou worden gesignaleerd terwijl de vrouw reed, liet ik hem rijden. Sterker nog, altijd wanneer we samen ergens naartoe gingen, liep ik naar zijn auto toe, steevast. Ik ben een groot voorstander van het verlenen van gunsten die me niets kosten. Autorijden is een activiteit waarmee mannen zich bezighouden om hun zelfrespect op te krikken, wat ik me kan indenken, maar niet in een Fiat. Trouwens, zoals we allebei een tijdje geleden ontdekten toen ik hem uit nijd naar Swindon leidde (we zouden naar Oxford gaan): de kaartlezer heeft de echte macht.

Misschien geef ik geen geweldige indruk van mezelf. Volgens mijn schoonzus Gabrielle is dat onvermijdelijk, aangezien ik ben opgegroeid in Hampstead Garden Suburb. Ze bedoelt dat een doorsnee inwoner van 'The Suburb' – een schijnbaar bizarre woonwijk van Londen, gekenmerkt door grote, mooie huizen, verzorgde heide en strenge klassenscheiding – een ongemanierde, rijke patser is die in een grote auto rijdt, en nog slecht ook (als je je neus zo in de wind steekt, is het moeilijk de weg te zien), en periodiek au pairs, schoonmakers, kelners en iedereen die kennelijk arm is, afbekt, d.w.z. die minder dan 1 miljoen pond per jaar opstrijkt.

Ik heb Gabrielle erop gewezen dat ik in een Opel rijd en prettig onsuccesvol ben. Maar daarop antwoordt ze: 'Ja, lieverd, maar op een of andere manier ben je tóch *onbeleefd*.'

Als dat zo is, bied ik mijn excuses aan en het slappe smoesje dat ik me alleen maar verdedig. Maar er zit iets in. The Suburb hoe schilderachtig en exclusief ook, is een hatelijk dorp met een hoge concentratie ongelukkige gezinnen die de pest hebben aan hun buren. Ook al zegt een vriend van me die smeris is – sorry, politieagent – dat ze niks te spotten hebben, aangezien de helft ervan gestoord is. Maar goed, als je je niet aanpast – je glimlacht bijvoorbeeld naar een tuinman of je gaat scheiden (of erger nog: je gaat scheiden en glimlacht daarná naar een tuinman) – word je gemeden als de verrader die je bent. Het is een milieu dat je natuurlijke vriendelijkheid beknot, als je die om te beginnen had.

Mijn werk maakt het er niet beter op. Ik ben privé-detective, maar geen erg goede. Je kunt je voorstellen hoe dat viel bij de Buren. Als ik niet in de stemming ben om aanstoot te geven (zelden), zeg ik dat ik in de public relations zit. Wat niet gelogen is. Af en toe – als ik er geen zootje van maak – help ik het publiek inderdaad met zijn relaties.

De rest van mijn tijd besteed ik grotendeels aan mensen volgen, wat hopelijk chic klinkt. In werkelijkheid komt dat volgen gewoonlijk neer op een reeks gesprekken waarin ik steevast doe alsof ik iemand anders ben. Iedereen kan het. Echt, het is niet anders dan een vriendje. In elk geval, Greg, mijn baas, vindt me grappig en dat is de reden dat ik niet op straat sta.

In de tijd waar ik het over heb was mijn relatie met Jason het enige stukje van mijn leven dat ik onder controle had. Voornamelijk, moet ik toegeven, dankzij Jason. Als ik de kans had gekregen, had ik het versjteerd. Maar Jason was een heel bijzondere man, een echte lieverd.

Vraag me niet waarom, maar hij hield van moeilijke vrouwen. (Nou ja, ik zou aarzelen om mezelf als 'makkelijk' voor te stellen.) 'Moeilijk' wekt de indruk van wild, onafhankelijk, ontembaar, en dat vind ik wel leuk. Maar ik vrees dat, los van de snoezige, dartele associaties, de juiste vertaling van 'moeilijk' 'chagrijnig' is.

Jason heeft het vijf jaar met me uitgehouden. Als iemand zichzelf 'makkelijk' noemt, zeg ik mwah (al ben ik wel zo verstandig het in gedachten te zeggen). Wat ze bedoelen is dat ze te lui zijn om hun leven structuur te geven, daarom laten ze het iemand anders doen. De lakmoesproef voor makkelijk zijn is of je andermans keus accepteert als die precies het tegenovergestelde is van wat je zelf zou hebben gekozen. De meeste zelfverklaarde makkelijke figuren gaan door het lint als ze zien dat je het verkeerde merk sap hebt meegebracht uit de supermarkt. Laconiek is Jason Brocklehurst. Vijf jaar is een lange tijd om je vriendin haar zin te geven.

Daags voordat ik eenendertig werd voelde ik me prima. Ik ben een Londense, maar het is altijd een opluchting om aan de strijd te ontsnappen. Bovendien zei Jason telkens weer: 'Ik kan niet wachten tot ik je je verjaarscadeau kan geven,' dus ik wist dat hij een bad voor me had gekocht. Dat klinkt vast vreemd, maar mijn bad was groen en opnieuw geëmailleerd en het *schilfert.* (Laat een bad nooit opnieuw emailleren; het wordt een zeperd.) Als ik erin had gezeten voelde ik me smoezeliger dan voordat ik me had gewassen. Ik was ervan overtuigd dat stukjes dode huid van de achterwerken van de vorige bewoners van mijn flat in het bekraste oppervlak vastzaten. De gedachte maakte me een beetje misselijk.

Als gevolg daarvan duurden mijn baden een krappe twee minuten. De ontbering begon mijn geestelijke gezondheid aan te tasten. Mijn droombad was nep-design. Philip Stuck? Zoiets. Het was wit, glanzend, vrijstaand, had zacht glooiende zijkanten en het kostte een *coole* zevenhonderd pond *in de uitverkoop*. Ik had niet het idee dat Jason het bad gekocht had en achter in de Fiat had verstopt (een badkraan paste amper achter in de Fiat), maar ik vermoedde dat hij me een foto van het bad wilde geven. De opwinding was slecht voor mijn nachtrust, en ik schaam me er niet voor. Mensen die niet opgewonden raken als ze een cadeautje krijgen zijn levensmoe. (En ik geloof ook niet in dat 'meer vreugde in het schenken'-gewauwel, tenzij je anoniem schenkt.

Als je in eigen grijnzende persoon schenkt, kun je net zo goed krijgen – het heeft allemaal te maken met je ego.)

Mijn verjaardagstrip naar St Ives duurde wat langer dan nodig was doordat Jason alles op zijn takenlijstje moest afwerken. Taak achtentwintig was: 'Koop onderweg water voor hotel.'

Toen Jason uit het benzinestation kwam met zeven monsterlijke flessen Evian liet ik mijn tanden zien. Met een van die baby's (nou ja, ze zijn zo groot als baby's) kan ik twee weken toe. Mijn excuus is dat ze niet te tillen zijn en tegen de tijd dat ze dat wel zijn, is het water muf. Londens kraanwater is – leuk eufemisme – zeven keer gerecycled en toen ik een waterfilter kocht, maakte ik het zo zelden schoon dat al dat heerlijke, zuivere, gefilterde water groen werd. Dientengevolge ben ik even gehydrateerd als het voedsel dat de NASA astronauten meegeeft voor in de ruimte.

Nog maar een week daarvoor had Jason een roze briefje op het toiletdeksel geplakt: 'URINE TE GEEL. JUISTE TINT: LICHT STROGEEL. DRINK MEER HELDERE VLOEISTOFFEN.' We waren die avond uit geweest. Ik had zeven wodka's gedronken, gewoon om hem een lol te doen.

'Alsjeblieft.'

Jason gooide een onvolgroeide fles Evian in mijn schoot. 'Zelfs jij kunt die optillen.'

'O, lief van je. Bedankt. Maar ik drink nu niet, anders blijven we stoppen.'

Jason keek me aan. 'We stoppen sowieso, Hannah.'

'Ja, maar we willen niet meteen hoeven stoppen.'

Jason lachte. 'Je huid zal uitdrogen en je zult rimpels krijgen. Je moet genoeg water drinken om elk orgaan in je lichaam te hydrateren voordat je huid ook maar één druppel krijgt.'

'Ach ja,' zei ik.

Jason zuchtte. 'Wat voor muziek wil je horen?'

Nu lachte ik. 'Je wilt per se lief zijn.'

Hij glimlachte. 'Je bent morgen jarig, schat. We zijn verliefd en we zijn op avontuur. Wat kan er leuker zijn?'

'Jason. Mensen zeggen zulke dingen in films en dan komen ze in de volgende scène om bij een auto-ongeluk.'

'Hannah!'

'Sorry. Ik wil me alleen maar wapenen tegen het rampscenario door het voor te zijn.'

Jason schudde zijn hoofd. Beseffend dat ik de stemming kapotmaakte als een kind dat bessen plattrapt, koos ik *Scott 3* en de rest van de rit verliep harmonieus.

Jason had in een kasteel gereserveerd omdat hij wist dat ik dol ben op kastelen en hij was ontzet toen hij merkte dat het nep was.

'Op de website zag het er oud uit!' zei hij steeds weer terwijl we naar de onlangs van kantelen voorziene muren keken. Lange relaties kennen een stilte die ze 'behaaglijk' noemen. Dit was niet zo'n stilte.

'We kunnen naar huis gaan,' zei Jason.

'Doe niet zo gek. Trouwens, het ís oud,' mompelde ik toen de piccolo onze slaapkamerdeur achter ons dichtsmeet en we de jaren-zestig-inrichting bekeken. Jason keek alsof-ie zou gaan huilen.

'Jase,' zei ik. 'Moet je dat uitzicht zien.'

Vanuit ons raam konden we de weelderige welvingen van de kustlijn zien, de zon die diamanten in het water strooide en de zwoele blauwe zomerhemel.

Ik kneep in Jasons hand.

'Laten we een eindje gaan wandelen,' voegde ik eraan toe. Wandelingen, neem ik aan, zijn de essentie van het buitenleven. 'En laten we vanavond uitgaan en gepofte aardappelen en bavarois eten.'

Jason trok een gekweld gezicht, alsof hij op een speld was gaan zitten.

'Wat?' zei ik. Ik had moeite om mijn eigen gekwelde gezicht in bedwang te houden. Ik werd morgen eenendertig. Ik was de leeftijd voorbij waarop primitief doen betekent dat je cool bent. Primitief doen betekende nu dat ik het er niet best had afgebracht in het leven. Het was een teer punt.

'Ik doe met plezier wat je maar wilt,' zei Jason.

'Maar?'

'Het is volpension.'

Denk niet dat hij krenterig was. Dat was hij niet. Hij wist dat ik er een hekel aan had bij hem in het krijt te staan. Gezien mijn salaris was dat onvermijdelijk, maar hij hielp graag om de schade te beperken. We gingen naar de eetzaal voor het diner, na een plichtmatige strandwandeling. Na twaalf minuten Charles Aznavour-gekweel en pronkbonen uit blik lieten we het restaurant én het diner voor wat het was.

'God, wat erg,' zei Jason.

Hij reed naar St Ives en ik bleef in de auto zitten terwijl hij twee gepofte aardappelen kocht. (Kwark en salade, geen boter voor hem. Cheddar, boter en tonijnmayonaise voor mij. Ik vind dat Jason gezond genoeg is voor ons allebei.)

'Hoera,' zei ik toen hij me ons eten aangaf. Ik zette het gele bakje op mijn knieën en trok het deksel eraf. Het maakte een krassend, piepend geluid waar ik kippenvel van kreeg.

'Nee!' zei Jason, op het deksel van mijn doosje tikkend.

'O!'

'Wacht tot we weer in het kasteel zijn.'

'Waarom?'

'Daarom.'

Het was niks voor Jason om te commanderen en het gaf me een onbehaaglijk gevoel. Ik vroeg me opeens af of hij van plan was me te dumpen. Het was een intrigerende gedachte. Sommige mannen denken dat het beëindigen van een relatie in een beschaafde omgeving de teleurstelling van de vrouw verzacht. Zulke mannen zijn gek. Wat een verrassing als Jason daarbij hoorde. We spraken niet tot we op onze kamer waren. Ik deed opnieuw een uitval naar mijn aardappel. Als ik mijn vriend dan toch kwijtraakte, kon ik me maar beter indekken tegen het verlies van mijn eetlust.

'Laat die aardappel,' zei Jason, alsof ik een hond was. (Omdat ik voor een bedrijf werk dat *Hound Dog Investigations* heet, was het weleens ter sprake geweest.)

'Ga maar wat liggen lezen op bed,' voegde hij eraan toe, 'dan dek ik intussen de tafel.'

Ik liet me voorover op het bed vallen, pakte mijn boek en deed alsof ik las. Jason sleepte een druk bewerkte tafel en twee stoelen naar het raam, haalde twee kleine flesjes champagne uit de minibar, rommelde wat met servetten en plastic bestek, schikte de aardappelen op twee fruitschalen. Toen koppelde hij de petieterigste speakers aan zijn portable stereo en drukte op *Afspelen*.

De tonen van 'Brown Eyed Girl' vulden de kamer. Ik krulde mijn tenen. In een vorig leven had ik gymlessen gehad van een zekere Gertrude, die vast en zeker korporaal met verlof was van het Duitse leger. 'Brown Eyed Girl' was het deuntje waarbij ze ons kniebuigingen liet maken en ik kan het niet horen zonder last te hebben van een flashback. Van Morrison zingt: 'Everywhere I go', en Gertrude gilt: 'DIEPER BUKKEN, BILLEN *OMHOOG*!'

'Zo terug,' zei Jason en hij verdween in het toilet.

Twintig minuten later klopte ik op de deur. 'Jase?'

Jason heeft gevoelige darmen en brengt evenveel tijd op het toilet door als anderen in de kroeg. Ik wilde speciale dispensatie vragen om mijn aardappel op te eten voordat hij wegrotte.

'Jase?'

Ik duwde de deur open. En daar lag Jason, levenloos voor het toilet.

'Jason!' gilde ik. Hij lag voorover en ik had een idioot visioen van hem omdraaien en zien dat de helft van zijn gezicht was opgevreten. Gelukkig was alles er nog. Hij was bleek maar warm. Hij knipperde met zijn ogen.

'Voorzichtig,' zei ik terwijl hij overeind krabbelde. 'Je moet flauwgevallen zijn.'

'*Flauwgevallen*,' herhaalde Jason. Hij worstelde met zijn broek, die rond zijn enkels slobberde. 'Hannah, wil je met me trouwen?'

'Wat?'

'Wil je met me trouwen?' zei Jason. Hij straalde nu en zocht in zijn zak.

'Kom mee uit dit toilet,' zei ik.

Ik hoop, voor de mensheid, dat ik de enige ben die de vraag: 'Wil je met me trouwen?' heeft beantwoord met: 'Kom mee uit dit toilet.'

'Heb je je hoofd gestoten?' voegde ik eraan toe.

We luisterden geen van beiden echt naar de ander.

Jason opende zijn linkerhand en ik herkende de verlovingsring van zijn oma. Hij had hem al eens eerder laten zien en hij deed me denken aan een dikke wrat. Bezaaid met rode en zwarte stenen straalde hij kwaad uit en hij was van een dode vrouw. Niks voor mij. Ik moest de eerste verlovingsring nog zien die wel iets voor mij was.

Jason zakte weer op de grond, nu opzettelijk. Ik was geschokt dat hij dit wilde.

'Hannah,' zei hij. 'Ik heb bijna vier jaar gewacht om je de mijne te maken. Alsjeblieft, trouw met me.'

Ik pakte zijn hand en kuste die.

'Jason,' zei ik. 'Je bent een geweldige, fantastische man. Het spijt me verschrikkelijk, maar... nee.'

2

Toen ik Jason, zes maanden nadat we elkaar hadden leren kennen, aan een familielid voorstelde als 'mijn vriend', was Gabrielles reactie: 'Arm kind.' Ze wees erop dat Jason jonger was dan ik en zette grote ogen op, maar het irriteerde me toch. Voor wie zag ze me aan – Heidi Fleiss? Ik bedacht dat Gabrielle gelukkig getrouwd was met mijn broer Oliver, dus misschien dacht ze dat ze het monopolie op liefde had. Haar man dacht hetzelfde. Toen Gabrielle hem vertelde dat ik met Jason omging, liet hij een bericht achter op mijn antwoordapparaat:

'Ner!' – 'Hannah' is te inspannend voor Oliver – 'ik hoor dat je het met Jason doet! Om je dood te lachen!'

Jason en ik – we waren op dat moment in de keuken en bespraken wat voor diepvriesmaaltijd we zouden nemen – waren het er niet mee eens.

'Gewoon omdat we jonger zijn dan zij,' zei ik terwijl ik het bericht wiste. 'Ze denken dat ze ons kunnen betuttelen. O, en omdat Gab en Oliver getróúwd zijn. Alsof ze het úítgevonden hebben.'

Jason lachte. Hij lachte, verrassend genoeg, vaak om dingen die ik zei. Ik had mezelf nooit grappig gevonden, tot ik iets met Jason kreeg.

Dat ik überhaupt iets met Jason kreeg was onwaarschijnlijk. Hij had op dezelfde school gezeten als Oliver. Onze oudere broers hadden in dezelfde klas gezeten. Zijn familie woonde in Highgate, in een kast van een wit huis. De eerste keer dat ik Jason zag, had ik het gevoel dat ik hem kende. En dat bedoel ik niet in de 'jij vult mij aan'-betekenis. Ik had gewoon het gevoel dat ik hem kende omdat ik honderden jongens zoals hij kende. Het donkere haar, de bruine ogen, de welgestelde familie, het potje voetballen op zondagochtend. Ik keek hem één keer aan en ik wist op welke universiteit hij had gezeten en dat zijn moeder hem het hele collegejaar door eens in de week een voedselpakket had gestuurd.

In werkelijkheid had zijn moeder hem niet het hele jaar door voedselpakketten gestuurd, want ze was gestorven toen hij dertien was. Ze was gebleven in een hartinfarct op straat. Ze was iets te knabbelen gaan kopen voor een feestje. Toen hij het vertelde wist ik het weer. Slecht nieuws is sociale pasmunt – ik wilde zeggen: 'als je een tiener bent', maar bij nader inzien maak ik daar 'als je een menselijk wezen bent' van. Ik was vijftien en had geen flauw benul hoe je iemand met een gestorven ouder behandelt, dus had ik op veilig gespeeld en hem genegeerd als we elkaar op school in de gang passeerden. Ik heb er later mijn excuses voor aangeboden. Het was hem opgevallen. Hij was een gevoelige jongen. Tijdens ons derde afspraakje vroeg hij: 'Heb je borstvoeding gehad?' Ik had het bijna uitgemaakt. Maar ik deed het niet, want hij was zalig. Hij was enthousiast, zonder cynisme, als een jong hondje.

Jason en ik liepen elkaar tegen het lijf in de keuken, op een oudejaarsfeestje. Ik heb de pest aan die dingen. Ik ben liever alleen en luid het nieuwe jaar in met het opzoeken van gezondheidsklachten bij Google. Het was tien voor twaalf en ik wilde net weggaan – ik was net tot de conclusie gekomen dat ik middernacht liever in de Vauxhall doorbracht dan met deze mensen en ik hoopte wat pinda's te kunnen bietsen voor onderweg. Ik rammelde – mensen zorgen nooit voor iets vóédzaams voor gasten onder de vijfentwintig – denken ze soms dat honger alleen op middelbare leeftijd toeslaat?

Ik had net de stoffige resten van een zak Dorrito's in mijn mond gekiept toen ik merkte dat ik niet alleen was. Ik draaide me om en daar stond die jongen me aan te staren. Sufkop, dacht ik. Het is de grondregel van schaduwen. Staar nooit rechtstreeks naar het achterhoofd van mensen die je schaduwt, want de kans bestaat dat ze zich omdraaien en jou aankijken. Het gaat instinctief.

'Ja? Kan ik iets voor je doen?' zei ik.

Als ik nors klonk, kwam dat doordat ik geen goed jaar achter de rug had.

Hij antwoordde: 'Ik vind je achterhoofd mooi,' en ik lachte onwillekeurig. Als hij een beter verhaaltje had bedacht, was ik denk ik niet eens gebleven.

'Ik hoor hier niet eens te zijn,' zei ik tegen hem. (De gastheer was een vriend van Oliver en dat was natuurlijk prima, maar hij en Gabrielle hadden gezegd dat ze me hier zouden treffen en ze waren niet komen opdagen.)

'Ik hoor hier evenmin te zijn,' zei Jason, die de jongere broer van de gastheer bleek te zijn. Hij had eigenlijk in Australië aan het surfen moeten zijn, maar het reisbureau dat hij een voorschot had betaald, was drie dagen geleden failliet gegaan en hij had geen reisverzekering afgesloten.

'Wanneer had je dat dan wel willen doen?' vroeg ik. Ik glimlachte geforceerd. 'Op de terugreis?'

Hij begon over surfen te vertellen en tot mijn grote verbazing zaten we om vijf uur 's morgens nóg in die keuken. Jason was verliefd geworden op surfen nadat hij Sean Pertwee had gezien in *Blue Juice*, met Catherine Zeta-Jones. Niet haar beste rol, maar misschien wel die van Sean Pertwee. Het deed me iets dat ik iemand ontmoette die met een stalen gezicht kon zeggen dat hij was beïnvloed door *Blue Juice*. Ik weet zeker dat ik daarom toestond dat hij me kuste.

In feite wilde Jason indruk maken en ik wilde onder de indruk gebracht worden. Een paar weken nadat we iets kregen probeerde ik zelfs te surfen. Het was zijn idee, niet het mijne. Ik heb nooit behoefte gehad om de hobby's van een partner te delen. Zeker niet wanneer die zich afspelen in Polzeath. Een cruciaal element in het succes van elke relatie is volgens mij de *quality time* die je afzonderlijk doorbrengt.

Ik was niet kapot van een wetsuit. Met andere lichamen vergeleken is het mijne een soort Vauxhall. Het doet zijn werk, maar het is niet flitsend. Daar leg ik me bij neer, maar er is verschil tussen je waardigheid in gevaar brengen en het er niet zo nauw mee nemen. Ik zag eruit als een walrus en mijn dijen piepten toen ik naar het water liep. Al waren de kledingvoorschriften niets vergeleken met de sport zelf. Surfen maakte me ervan bewust hoe weinig lol ik heb in me inspannen. Bovendien draag ik contactlenzen, waardoor ik gedwongen was mijn ogen wijdopen te sperren zolang ik op zee was. Het waren acht spannende minuten.

Ik mocht dan niet vallen voor zijn hobby's, ik viel wel voor Jason. Zes jaar lang had ik geslaapleefd. Hij maakte me wakker.

Ik was gestopt met mijn studie en was geworden wat mijn baas Greg een 'troggelaar' noemt. Een troggelaar is een lage levensvorm in de wereld van de privé-detectives. Ik werkte voor een opsporingsbureau. De jaren werden één wazige vlek. Je brengt je dagen door met mensen bellen om ze informatie af te troggelen. Je kunt het op een leuke manier doen, maar in werkelijkheid kies je de snelste. Je onthult een klein beetje van je gekozen personage. Als ik beweerde dat ik van de legerveiligheidsdienst was, zei ik bijvoorbeeld: 'We hebben net een nieuw systeem laten installeren; het is een nachtmerrie.' Ik weet het, ik kreeg niet eens het minimumloon. Het was niet geweldig voor je zelfrespect. Jason was de schop onder mijn kont die ik nodig had. Een week nadat we elkaar hadden leren kennen kletste ik mezelf een baantje binnen bij *Hound Dog Investigations*.

Jason studeerde indertijd nog en wilde de wereld redden. Na de 'uni' was hij naar Tibet gegaan en hij kon er maar niet over uit. Nadat hij was afgestudeerd in de rechten wilde hij zich specialiseren in mensenrechten. Hij recyclede zijn frisblikjes en nummers van *The Guardian*. Ik merkte dat hij, anders dan sommige van zijn leeftijdgenoten, vrouwen met eerbied behandelde. Misschien waren we, in zijn ogen, allemaal potentiële moeders. Hoe dan ook, ik vond hem charmant. Ouderwets, een echte heer. Hij was een tegengif tegen mijn hele levensstijl. Hij nam me mee naar *Hamlet* in het National en zat bijna vier uur te janken. Mijn ogen bleven droog. De zitting van mijn stoel bijna niet.

'Wat vond je ervan?' fluisterde hij na afloop.

'Tja,' zei ik. 'Ik heb mannen zoals hij gekend.'

Ik had nooit mannen zoals Jason gekend. Gabrielle en Oliver konden nog zo minachtend doen, we hadden heel veel gemeen. Jason vond dat het 'alles zou bederven' als je ging samenwonen voordat je trouwde. Ik was het er helemaal mee eens. Ik was zesentwintig en had ruimte voor mezelf nodig. Die stelde niet veel voor, zodat ik het des te meer waardeerde. Ik had een appartementje dat voornamelijk uit gang bestond. Het was een souterrain en het raam van de huiskamer was op straathoogte. Toen ik het bezichtigde, tilde een zwerfster haar rokken op en ontlastte zich voor mijn tralies. Zelfs de makelaar was geschokt toen ik een bod deed. Konten van zwerfsters lieten me koud. Ik vond het triest maar grappig. De makelaar zou waarschijnlijk geen aanstoot hebben genomen als het een hond was geweest.

Ik denk niet dat Jason onder de indruk was van mijn woning, maar hij vond het ook niet afstotelijk. Omdat hij op zijn vierentwintigste nog steeds bij zijn vader woonde, denk ik dat hij het al heel wat vond dat ik chipszakjes naast de kussens van mijn bank kon stoppen zonder dat ik werd uitgefoeterd. In werkelijkheid deed ik het minder vaak dan had gekund. Ik ben een slordig mens dat bij vlagen obsessief netjes is. Als mijn souterrain een staat bereikt die *Grime Watch* waardig is, kan ik tot drie uur in de nacht doorpoetsen. Ik merk dat ik ogen als een havik heb en kan me om vier uur in de nacht nog storten op een rijstkorrel op de keukenvloer of een koekkruimel naast de poot van de salontafel.

Het zou verstandig zijn een schoonmaakster te nemen, maar dat doe ik niet. Zelfs Gabrielle pest me: 'Het is erfelijk.' Gabrielle kan er uren over zeuren dat ik in The Suburb ben geboren. Dat is geen geintje. Want ik kan nog langer zeuren over het feit dat zij in Mill Hill is geboren. *Miw Hiw*, noem ik het, uit eerbied voor het plaatselijke accent (trek aan het eind van elk woord je mondhoeken zo ver mogelijk naar beneden).

Eigenlijk is er niks mis met Miw Hiw, behalve dat het niet ver van Londen is en niet bepaald heftig. Ik heb nooit in Miw Hiw gewoond, maar ik voel gewoon dat de vrouwelijke inwoners elke week naar de plaatselijke kapsalon gaan voor een 'behandeling', tassen hebben die bij hun huid passen en leren schoenen en weigeren de deur uit te gaan als hun lange kunstnagels niet rood gelakt zijn. Als ik Gabrielle wil jennen beschrijf ik een cliënt altijd met de woorden: 'Ze was een tikkeltje *Miw Hiw*.' Dan gilt Gabrielle: 'Rot op, je hebt er nooit een voet gezet.' Dan zeg ik: 'Als je je hele leven in Noordwest-Londen hebt gewoond, Gabrielle, krijg je een neus voor zulke dingen.'

Gabrielle is veranderd sinds de dag dat ze een vrouw die uit een gesticht was ontsnapt en bij *Snippits* terecht was gekomen haar haren had laten permanenten en verven. Oliver liet me eens een oude foto zien en ik bescheurde het. Ze had oogmake-up als Ozzy Osbourne en een kapsel als Axl Rose.

Twaalf jaar en één kind later resideert Gabrielle met mijn broer in Belsize Park en heeft ze haar imago bijgesteld – al wil ik niet zeggen *navenant*. Het ontbreekt Belsize Park niet aan dure vrouwen, maar ik kan moeilijk geloven dat er veel zijn die evenveel uitgeven aan hun uiterlijk als mijn schoonzus. Afgelopen september, toen Jude vier maanden was, vond Oliver een suède jas van drieduizend pond in een plastic zak in hun slaapkamer. Naast een doos met schoenen met naaldhakken van vijfhonderdvijfenveertig pond. Jimmy Shoes, geloof ik dat ze zei dat het waren. In elk geval, Oliver opperde zachtmoedig tegenover Gabrielle dat winkelen misschien 'een emotionele kruk' was geworden.

Haar antwoord: '*Du-uh.*'

Korte tijd later namen ze een parttime-oppas, zodat Gabrielle haar werk – ze ontwerpt en maakt trouwjurken – en haar lidmaatschap van een fitnessclub kon hervatten. Ik denk dat de kassabonnen wat minder werden. Ze zegt dat ze zich goed moet kleden vanwege haar werk, aangezien aanstaande bruidjes bewijs op het eerste gezicht willen van je goede smaak, zelfs als ze dat zelf niet weten. Ik geef tegengas, maar stiekem leg ik me neer bij alles wat ze zegt. Mode is niks voor mij. Wel voor haar. Ze leest *Womens Wear Daily* zoals een priester de bijbel leest. Slechts af en toe twijfel ik aan de invloed die het op haar heeft. Op een ochtend klopte ze op mijn deur en ik deed open in mijn Snoopy-pon. Ze riep: 'Hannah, wat zie je er léúk uit!'

Toen ik, viereneenhalf jaar geleden, Gabrielle en Jason aan elkaar voorstelde, dacht ik dat ze op elkaar zouden vallen. Gabrielles kennis van wat je moet dragen, nu en in de toekomst, wat gepast is, waar je je moet laten knippen, welk restaurant in is, welke wijn je moet bestellen, is uitputtend, in beide betekenissen. Als haar missie als ex-inwoonster van Miw Hiw had ingehouden dat ze gekunsteld moest worden, was ze geslaagd. Moeder worden belemmerde haar glamoureuze stijl ongeveer vijf minuten. *Maar*, maar. Net als Jason heeft ze een warm, groot hart en traditionele neigingen. Een of andere halve beroemdheid had zich in een jurk gehesen waarvan ik zweer dat hij geïnspireerd was door een toiletrolhouder en ik beging de fout daar iets van te zeggen.

Met ijzige stem zei Gabrielle: 'Weet je, Hannah, je zou eens een dagje vrij moeten nemen. Elk meisje dat gaat trouwen heeft stiekem een beeld van zichzelf. Over hoe ze er op haar trouwdag wil uitzien. En ik geloof in haar recht om er mooi uit te zien, al is het maar één keer in haar leven, en dat iedereen op dat moment naast haar staat. En het klopt dat bruidjes stralen. Zelfs het lelijkste, lompste meisje ondergaat een gedaanteverandering. Ik word altijd heel boos als ik iemand een bruid hoor afkammen.'

Ik voelde me ellendig. En terecht.

Het verbaasde me dat Gabrielle niet op Jason viel. Ik weet nog hoe Jason, in het begin van onze relatie, een café binnenhuppelde om koffie voor ons te halen terwijl ik buiten zat. Een blondine lonkte in het voorbijgaan naar hem. Hij merkte het niet eens, wat ik leuk vond, dus toen hij terugkwam zei ik er iets over. Het gesprek kwam op trouw.

Vreemdgaan, zei hij, was niets voor hem. 'Mijn vader heeft nooit een verhouding gehad,' zei hij, alsof dat alles verklaarde.

Zijn woorden herinnerden me aan iets wat Gabrielle had gezegd toen ik het had over een zaak waar ik mee bezig was: oudere man, jonge vrouw, hij verdacht haar van overspel met haar fitnessinstructeur en hij had gelijk.

Oprecht boos had Gabrielle gezegd: '*"Met uitsluiting van alle anderen"*. Snáppen mensen dat dan niet?'

Hoe konden die twee elkaar niet vereren?

Nou, ze deden het niet. Ze waren beleefd tegen elkaar, heel respectvol en attent. Maar het viel ze moeilijk de beleefdheid langer dan twee minuten vol te houden. Het was knap lastig. Ik kon niet eens een tijdschrift lezen op Gabrielle en Oliver hun luxueuze toilet. Of, zoals Gabrielle het eens noemde: '*luxe*toilet'. Wat betekent dat in jezusnaam? Jason drentelde zuchtend voor de deur heen en weer. Gabrielle herinnerde zich opeens dat ze een dringende e-mail moest schrijven. ('Wát dan?' mopperde ik tegen Jason nadat ze dat smoesje één keer te vaak had gebruikt. '"Zeg de zwarte satijn af. Bij nader inzien maak ik ditmaal een witte".')

Hun onverschilligheid zat me dwars, maar niet bijzonder. Het was niet zo dat mijn geloof in Gabrielle onvoorwaardelijk was. Ik vond het allang goed als ze me corrigeerde met betrekking tot de *zeitgeist*. (Ik spreek St Tropez nu niet meer uit als 'Sajnt Troopes' of Merlot als 'Merlót'.) Maar ik verbeterde haar ook op heel wat punten. Ze was zó naïef. Op een keer was haar portemonnee gestolen. Korte tijd later werd ze thuis gebeld door de afdeling Fraude van Barclaycard. 'We hebben uw creditcard gevonden, mevrouw. Wilt u om u te identificeren uw moeders meisjesnaam noemen, uw pincode en uw geboortedatum.' Het was puur mazzel dat ik erbij was en het gesprek hoorde.

Toen Gabrielle haar mond opende om alles te vertellen, drukte ik de hoorn in mijn met duim en verbrak de verbinding.

'Waarom doe je dat?' riep Gabrielle.

Ik rolde met mijn ogen. 'Geef die dingen en die vent neemt drieeneenhalfduizend pond op met je kaart.'

Toevallig wás het de afdeling Fraude van Barclaycard. Maar het had ook niet zo kunnen zijn.

3

Toen ik Jasons huwelijksaanzoek afsloeg, rukte hij zijn hand uit de mijne en streek ermee over zijn gezicht.

'Dit is niet waar,' zei hij. 'Zeg dat het niet waar is.' Hij schudde zijn hoofd naar het plafond en lachte, een naargeestig geluid. Tranen welden op en hij veegde ze weg met zijn duimen.

Ik keek vol afgrijzen toe. 'Jase,' zei ik. Ik stak mijn hand uit en raakte hem aan. Hij trok zich met een ruk terug, hoofdschuddend en één hand uitgestoken alsof hij de duivel wilde verjagen.

'Jason,' zei ik. 'Het spijt me.'

Het understatement van het jaar, maar de waarheid. Het speet me echt. Het speet me dat hij onze toekomst had verpest door zo'n stomme vraag te stellen. Het klinkt hard, maar echt. Als je pakweg geen chinees lust en je partner neemt je voor je verjaardag mee naar een Chinees restaurant, al is het de beste Chinees in de stad ('ja hoor, je zegt wel dat je niet van chinees houdt, maar wacht maar eens tot je dit hebt geproefd, dit is anders, je zult het héérlijk vinden') zul je ergens geïrriteerd zijn. Je geliefde op een uitgebreide maaltijd trakteren is schijnbaar boven elk verwijt verheven, maar dergelijke daden hebben iets evangelisch egoïstisch. De ondertoon is: 'Je hebt het mis, laat me je bekeren tot míjn denkwijze, je zult veel gelukkiger zijn...' Terwijl, in mijn ervaring, als je niet van chinees houdt, hou je er gewoon niet van.

Nou, ík hou niet van chinees, maar toch meer dan van trouwen. Niet trouwen in het algemeen. Een paar van mijn beste vrienden zijn getrouwd. Alleen trouwen voor míj. Jason wist dat. Ik vind dan ook dat ik het recht had geïrriteerd te zijn.

Jason stommelde weg, de badkamer uit. Ik volgde, mijn hart op schoenniveau. Jason heeft een lichaam als van een jonge god en zou – in theorie – in staat moeten zijn me in een gevecht te beschermen. Ik zeg niet dat dat is wat de meeste vrouwen zoeken, maar in deze gewelddadige tijden is het een bonuspunt, of je het nou wilt toegeven of niet. Ik twijfelde er niet aan dat, als ik in Jasons aanwezigheid ooit zou worden aangevallen, hij me te hulp zou schieten en ter plekke flauw zou vallen, mijn aanvaller de kans gevend om me tegen mijn hoofd te schoppen. (Ik hoop dat ik me zou kunnen verdedigen, maar ik vermoed dat, als ik een stomp zou proberen te geven, ik mijn knokkels zou breken. Ik heb nooit genoeg melk gedronken.)

Wat ik bedoel is, Jason heeft altijd iets zachts gehad, waarvan ik hield. Ik zag waar ik nodig was. Ik kon hem beschermen. Hij vertrouwde mensen en dat vond ik bewonderenswaardig maar dwaas. In die zin kon ik voor hem zorgen. De tweede keer dat we elkaar ontmoetten gingen we naar het huis van zijn vader. Het was vijf januari. Jason, die van ordelijkheid houdt, had de inhoud van zijn Filofax van vorig jaar weggegooid. Daar lag hij, in zijn prullenmand, de hele agenda. Ik verwachtte niet dat Jason een tweewegpapierversnipperaar had (we hebben weleens een eenmalig versnipperd document aan elkaar geplakt, maar dat komt zelden voor, het komt alleen maar doordat tijd bij *Hound Dog* andermans geld is). Maar de meeste schurken zijn lui; investeer minstens in een eenmalige papierversnipperaar! Hij had niet eens alle pagina's doormidden gescheurd.

'Jason,' zei ik. 'Wat ben je daarmee van plan?'

'In de vuilnisbak gooien.' Hij lachte. 'Ik had het willen recyclen, maar... Ik wilde niet dat het een week lang in een hoek van de kamer slingerde.'

Ik keek streng.

'Wat?' zei Jason.

'Ik verbrand mijn afval,' zei ik. 'Alles.'

'Echt waar? Waarom?'

'Ik ben niet paranoïde,' zei ik – hij deed een vergeefse poging om niet geschrokken te kijken – 'ik weet hoe mensen te werk gaan. En jij laat een spoor van gegevens na dat misbruikt kan worden. Ze kunnen je vuilnisemmer nasnuffelen, je naam vinden, adresgegevens, je creditcarddetails, je hele identiteit stelen. Ze kunnen leningen sluiten op jouw naam. Alles wat ze nodig hebben zijn twee, drie dingen met je huisadres erop en ze kunnen naar de computerwinkel lopen. Voordat je het weet heb je vijf computers van twee mille per stuk gekocht. In het ergste geval belt de deurwaarder aan, je kredietwaardigheid is naar de vaantjes, je moet jaren ruziemaken om de rotzooi op te ruimen.'

'Goh,' zei Jason. Hij liep naar de prullenmand, viste zijn Filofax-papieren eruit en stopte ze achter in zijn sokkenla.

Ik glimlachte. Ik kon deze man behoeden voor gekwetst worden.

Nu, vier jaar later, kwetste ík hem. Ik wilde maken dat ik wegkwam. Ik kon niet tegen zijn nabijheid als hij zo kwetsbaar was. Het stootte me af. Geen nobel gevoel om toe te geven, maar wel menselijk, hoop ik. Het is instinct om je te verwijderen van degene die de grootste kans maakt om opgegeten te worden. (Primitief gesproken.) Dat nam niet weg dat ik me schaamde. Ik had altijd aangenomen dat mijn verlangen om Jason tegen kwaad te beschermen voortkwam uit liefde. Nu vroeg ik me af of het was omdat ik er niet tegen kon dat een man zwakheid toonde.

'Jason,' zei ik. 'Het spijt me verschrikkelijk. Ik voel... je weet wel... hetzelfde. Maar...' Ik wilde verbolgen klinken, maar dat viel nog niet mee. 'Ik... ik was verbaasd dat je het vroeg. Wetend wat ik vind van trouwen.'

Jasons gezicht werd een ietsjepietsje rood en bleek van woede. 'Je zegt het verdomme alsof het een computerprogramma is!' riep hij. 'Een huwelijk is zo goed of zo slecht als de betrokkenen, jij... jij idioot!'

'Ik...'

'Vijf jaar,' zei hij. 'Vijf jaar. Dacht je soms dat we voor eeuwig zo door konden kabbelen? Ik ben negenentwintig en je hebt mijn tijd verspild. Wat is er zo éng aan trouwen, kinderen krijgen? Ik snap het niet, wat is er mis met je? Wat is er mis met doen wat normale mensen doen?'

Ik voelde mijn oogbollen zwellen. Ik weet altijd wel iets te zeggen, al slaat het nergens op. Meestal ben ik niet te stuiten. Maar op dat moment had ik geen weerwoord. Sommige mensen doen jarenlang hun best om iedereen een plezier te doen, behalve zichzelf, en laten hun onvrede pas blijken wanneer ze amok maken met een mitrailleur. Jason behoorde niet helemaal tot die categorie, maar het scheelde slechts een haar. Hij had heel gelukkig geleken. En dan, na al die tijd, kom ik er achter dat de man niet alleen stiekem *Brides* heeft gekocht en onder zijn matras verstopt, hij hunkert ernaar dat ik hem vader maak. Wie weet prikte hij al jaren condooms lek.

'Negenentwintig is niet zo oud,' zei ik. 'Sommige mannen krijgen pas kinderen na hun vijftigste.'

Jason had een balpen in zijn handen en toen ik dit zei, trok hij een gezicht als Jack Nicholson in *The Shining* en brak hem doormidden.

'Ik zeg het maar,' zei ik.

Jason rukte aan zijn haren. 'Wóón je eigenlijk wel,' schreeuwde hij, 'op deze planeet? Je schijnt namelijk geen enkele EM-PA-THIE te hebben!'

De buurman bonkte op de muur.

'Waarom,' antwoordde ik, 'wil je dan met me trouwen?'

Jason stormde naar de deur, rukte hem open en denderde naar buiten.

Misschien wilde hij dat ik achter hem aan kwam, maar aangezien ik zijn behoeften op dat moment niet bijster goed aanvoelde, besloot ik te blijven waar ik was. Ik ging op de grond zitten en sloot mijn ogen. Mijn hoofd voelde aan alsof het zou barsten. Ik ben niet zo heel veel anders dan de meeste mensen, ik haat ruzies. Het ergste facet – er zijn enkele concurrenten – van mijn werk is dagvaarden. Er is een tijd geweest dat ik, als ik moest dagvaarden, Maisie, Gregs oude, dikke, zwarte labrador, meenam ter bescherming. Als goed idee staat het op gelijke hoogte met eenzame vrouwelijke autobestuurders een levensgrote mannelijke pop meegeven om op de passagiersstoel te zetten om aanvallers af te schrikken.

Mijn *Turner and Hooch*-act eindigde jammerlijk toen ik de eigenaar van twee jonge, slanke Duitse herders dagvaardde en met Maisie op mijn schouders drie trappen af vluchtte. Het was niet grappig. Ik moest een maand lang drie keer per week naar fysiotherapie. Greg noemde me een oen en weigerde ervoor te betalen. Onaangenaam, het hele voorval, maar vergeleken met de langzame dood van mijn relatie, herwaardeerde ik het als zo erg nog niet.

Ik zuchtte. Het was warm in de kamer en het rook er naar gepofte aardappelen. Ik keek naar de tafel. Ons eten was verpieterd. Mijn maag knorde. Ik deed mijn best om het te negeren. Hij knorde luider. Ik wierp opnieuw een blik op de tafel. Die gerimpelde aardappel was de zeemeermin voor mijn zeeman. Wat kon het voor kwaad? Misschien als ik snel at. Uiteraard kwam Jason net terug toen ik mijn mond vol had. Ik stopte met kauwen, maar ik wist dat het er niet goed uitzag. Laf zelfs.

Hij keek me vol afkeer aan, trok zijn koffer onder het bed uit en keerde me zijn rug toe.

Ik slikte. De aanblik van zijn grote, bedroefde rug – bedroefd qua houding, voor de muggenzifters onder jullie – trof me diep. Alle kracht stroomde uit me weg toen het tot me doordrong wat dit betekende. Geen Jason meer.

Een leven zonder zijn warmte en zijn *goedheid*.

Een huwelijksaanzoek stond voor hem – voor iedereen, denk ik – gelijk aan een ultimatum. Ik had zijn uitdaging aangenomen, of hij de mijne. Ik was gewend hem in de buurt te hebben. Hij was mijn waarderende gehoor. Ik ben me ervan bewust dat deze beschrijving tekortschiet qua romantiek, maar we waren vijf jaar samen geweest. Als je elkaar nog kunt verdragen nadat je met de koekenpan van de werkelijkheid op je hoofd bent gemept, noem ik dat echte liefde. Elke idioot kan *verliefd* worden, dat is het leuke stuk. Wat telt is het vermogen om dat te blijven.

Het irriteerde me dat, als Jason een boek las, hij aan zijn vinger likte om een pagina om te slaan. Het irriteerde me dat hij snurkte als hij bij me bleef slapen. (Waardoor ik hem eens gevraagd had: 'Kun je niet stoppen met ademen?' En het was geen Freudiaanse verspreking.) Het irriteerde me dat, hoe vaak ik hem ook zei dat het zwendel was, als Jason de deur opende voor een kind dat vaatdoeken verkocht, hij altijd een stapel kocht. Er lag een complete berg nutteloze huishoudelijke voorwerpen in zijn aanrechtkastje – stoffers, afwashandschoenen, inpakpapier – allemaal duur gekocht van een of andere schavuit met een eerlijk gezicht en een radde tong.

Ik werd stapelgek van al die spullen, maar toch hield ik van hem.

Omgekeerd dreef het Jason tot razernij dat ik mijn flosdraad op de rand van de wastafel liet liggen. Op een keer had hij een spinnenweb van flosdraad rond de warmwaterkraan geweven om me de dwalingen mijns weegs te tonen. (Ik wond het los, geamuseerd.) Ook was hij niet onder de indruk van de branche waarin ik werkzaam was, maar hij had het fatsoen daarover te zwijgen. Ik denk dat hij aannam dat ik het wel zou ontgroeien. Het zat hem dwars dat ik nooit een rekening betaalde, tenzij ze me belden.

Hij had er de pest over in dat ik kerstkaarten schreef en ze niet verstuurde omdat ik de adressen van mijn vrienden niet kon vinden. Hij verafschuwde het dat ik de adressen van mijn vrienden op willekeurige vodjes papier schreef in plaats van in mijn adresboek. Hij kon het niet uitstaan dat ik mijn hele lichaamsgewicht gebruikte om mijn keukenafval in elkaar te persen om er nog een eierdoosje bij te proppen en de emmer liefst pas leegde als de inhoud het soortelijk gewicht van kwik had. (In welke fase Jason zich verplicht voelde zich ermee te bemoeien, aangezien de zak zo klem zat tegen de zijkanten van de emmer dat alleen een bodybuilder er beweging in kon krijgen. Dan scheurde de zak en stroomde het rottende eten van een week over de vloertegels. Ik wist dat hij me dan, even, haatte.)

En toch. Hij aanbad me.

Wat het des te verrassender maakte dat hij zich, vier weken na zijn aanzoek aan mij, met een ander verloofde.

4

Ze heette Lucy en ze was zijn buurvrouw.

'Nou moe!' zei ik tegen mijn stomverbaasde ouders. 'Als dat het enige is, is het maar goed dat hij niet naast een oude hoer woont.'

Maar ja.

'Zo. Ik ben een en ander over haar te weten gekomen. Ik heb ontdekt dat ze voor hem bákt.'

Mijn vader boog zich naar voren in zijn crèmekleurige leren fauteuil en probeerde niet geïmponeerd te lijken.

'Chocoladecake, pannenkoekentaart, stel je voor. Ik heb maar één keer iets voor Jason gebakken.'

Mijn moeder, als een kamermeisje rondhangend achter de crèmekleurige leren fauteuil, probeerde niet geschokt te kijken.

'Ik heb een cake voor hem gebakken toen hij zevenentwintig werd. Kostte me een dag, zag eruit en smaakte alsof ik hem in Pompeji had opgegraven. Tegen de tijd dat ik alle aangebrande stukjes eraf had gekrabd, was hij zo groot als een scone.'

'O,' ging ik verder. 'Volgens Martine is Lucy ook een "vakkundig naaister". Ik dacht dat ik het verkeerd verstond. Ik dacht dat ze "meesteres" zei. "Nog erger," zei Martine. "Ze is goed in naaien." Ik zeg: "Wát?" En Martine schreeuwt: "Ze is huisvrouw!"'

'En wat maakt Martine zo deskundig?' bitste mijn vader. Hij was rood aangelopen van ergernis.

Martine was een oude vriendin die, om politieke redenen, contact had gehouden met Jason. 'O,' zei ik. 'Martine praat graag.'

Ik maakte een grapje van dat naaistergedoe, maar het had me geschokt. Toen ik veertien was, dwongen ze me om een rok te maken, op school. Het patroon was nodeloos ingewikkeld, dus ik knipte gewoon twee vierkante lappen en naaide die aan elkaar. Ik voelde me bedreigd door de gedachte aan een volwassen vrouw die voor haar plezíér naaide.

Ik had me ook gerealiseerd dat, als Jason en Lucy officieel verloofd waren, ik er niet meer omheen kon. Ik zou mijn ouders moeten bijpraten. Ik had ze niet eens verteld dat we uit elkaar waren. Dus daar zat ik, vechtend met een sofa als drijfzand en probeerde het voor te stellen alsof het mijn schuld niet was. Ik had mijn vader op zijn privé-toestel gebeld, om te checken of hij thuis was, en was er toen heen gereden. Mijn moeder had opengedaan.

'Hoi,' zei ik. 'Is papa thuis?'

Zelfs Jason plaagde me daarmee, dat ik mijn vader 'papa' noemde. 'Wat kínderachtig.' Zowat iedereen die ik ken heeft er iets op aan te merken. Ik verwijs ze naar hun therapeut. Hoewel zelfs papa liever heeft dat ik hem 'Roger' noem. (Zo heet hij.)

'Hallo, schat, alles goed?' Mijn moeder wilde altijd praten.

'Prima. Is hij boven?'

'Ik zal vragen of hij naar beneden komt, goed?' Ze klonk opgewonden bij de kans om van dienst te kunnen zijn.

'Als je dat zou willen doen.'

Het ligt er dik bovenop, maar ik zeg het toch maar. Ik had meer met mijn vader dan met mijn moeder. Ik had geen respect voor mijn moeder. Ze had geen eigen leven. Ze klampte zich slechts vast aan het zijne. Hij had geduld met haar. Omdat, in MTV-taal, mijn moeder niet bijdroeg aan het feest. Ze leek op een wintertuin, in die zin dat ze zich net handhaafde op het niveau dat nodig was om te overleven in haar omgeving. Meer niet. Ze had geen gevaarlijke meningen. Alles wat jou gelukkig maakte, maakte háár gelukkig. Goeie god. Vrouwen zoals zij zetten de rest van ons zo'n vijftig jaar terug. Ze werkte niet, hoewel ze haar boekhouddiploma had. In aanmerking genomen dat wij de enigen in onze straat waren met een hypotheek (ik had het gecheckt bij het kadaster), vond ik het tamelijk min van haar.

Toen ik vertelde dat Jason verloofd was met iemand die niet mij was, zweeg mijn moeder even. Ze wierp een nerveuze blik op mijn vader. Toen zei ze, tegen mij: 'Hoe voel je je?'

'Verschrikkelijk,' zei ik om haar te testen.

'Het ís ook verschrikkelijk,' antwoordde ze. Als ik gezegd had dat ik me 'geweldig' voelde, dan zou ze geantwoord hebben: 'Het ís ook geweldig.'

Ze ging verder: 'Maar je komt er wel overheen, nietwaar?'

'Ik red het wel,' zei ik.

Mijn vader wond er minder doekjes om. 'Wat! De klootzak! Wat een lul! Hoe dúrft hij mijn dochter zo te behandelen? Ik laat het er niet bij zitten. Mijn god, je hebt víér jaar op die oetlul gewacht. Hij komt wel terug! Maak je geen zorgen. Die sloerie van een buurvrouw is een reactie, dat houdt geen stand. Ik zal eens een hartig woordje met hem spreken, als je wilt.'

Ik deed mijn best om hem ervan af te brengen. Het waren geen loze woorden. Mijn vader zou naar hem toe gaan en een hartig woordje spreken. Voordat ik het zou weten zou ik met Jason getrouwd zijn. Jason was doodsbang voor mijn vader. Jasons eigen vader was een bullebak en ik denk dat Jason zich niet kon bevrijden van de gedachte dat alle vaders bullebakken waren. Bovendien vermoedde ik dat hij een beetje jaloers was op onze verstandhouding. Mijn vader was mijn beste vriend. Ik wist dat Jason zich daardoor bedreigd voelde. Misschien dat hij, nadat hij één vrouw verloren had, voortdurend verwachtte er nog een kwijt te raken.

Ik verzekerde mijn vader dat, hoewel ik radeloos was over Jasons verraad, ik de scherven van mijn leven langzaam bij elkaar zou rapen. Je vindt het misschien raar dat mijn vader niet wist dat ík degene was die Jason had afgewezen.

In feite was het niet zo raar, want ik had het hem niet verteld. Mijn vader was een ware zoon van The Suburb, in die zin dat het een van zijn ambities was de buren te vertellen dat zijn dochter een mevrouw was. Ik ben een lui meisje dat houdt van een lui leventje en ik zag niet in wat voor nut het voor mij of mijn vader zou hebben als ik hem de waarheid vertelde. Eerlijkheid is een overgewaardeerde deugd.

Wat misschien verklaart waarom mijn vader ook ten onrechte dacht dat ik vijf jaar op een aanzoek van Jason had gewacht. Mijn vader heeft de naam een buitenbeentje te zijn – wat, in The Suburb, van alles kan betekenen, van je eigen gazon maaien tot een Duitse auto kopen – maar wat in zijn geval betekent dat hij het verdomde geschokt te zijn over wat ik doe. Nou ja, hij is ook weer niet zó'n buitenbeentje dat hij er genoegen mee neemt dat ik mijn hele leven single blijf. Dat weet ik doordat hij zijn meningen moeilijk voor zich kan houden.

Toen ik het tuinpad van mijn ouderlijk huis af liep, met hangend hoofd, bonkte mijn vader op het raam en trok – toen ik keek – een bedroefd gezicht.

Ik voelde me onverklaarbaar tranig.

Kort daarna werd snel duidelijk dat de schittering van de afgewezen-minnares-act die ik voor mijn ouders opvoerde niet uitsluitend te danken was aan mijn acteursprestaties. Het had er veel mee te maken dat iedereen die ik ken aannam dat ik wel volkomen radeloos zou zijn. Het trof me dat ik meer een loser was dan ik had gedacht, want het was beledigend duidelijk dat al mijn vrienden dachten dat ik mijn enige schimmige kans om een man aan de haak te slaan had verpest. Ik was nooit een 'Iemand vindt me aardig! O, jottem!'-achtig meisje geweest, maar gezien de manier waarop ze zich gedroegen, had ik dat misschien wél moeten zijn. Jason en ik waren nooit warmgelopen voor elkaars vrienden. Ik had altijd gedacht dat, als we ooit uit elkaar zouden gaan, het een voordeel zou zijn. Nu merkte ik dat het geen verschil maakte. Ze kozen allemaal zíjn kant.

Op dit punt werd ik gedwongen tot zelfonderzoek. Waar ik de pest aan heb. Mijn probleem met zelfanalyse is dat je – voorzover ik kan opmaken uit de woorden van anderen die er maar over doordrammen – nooit iets góéds ontdekt.

Sinds Jason weg was, had ik vertrouwd op mijn instinct. Instinct is belangrijk in werk zoals het mijne. Tenminste, dat zei Greg toen hij me aannam. Ik was het met hem eens. Later ben ik erachter gekomen dat hij het over voorgevoel had. Wat ontzettend Chandler-achtig! Volgens mij is een voorgevoel een gelukkige gok. *Ik* had het over de makkelijkste, snelste weg in een bepaalde situatie. Luiheid is kennelijk eigenlijk instinct. Daarom jammeren vrouwenbladen er altijd over dat mannen het voorspel proberen over te slaan. Ik voelde me schuldig toen ik dat las, want als ik de kans krijg probeer ík het voorspel over te slaan. Het is zoiets als een kruiswoordraadsel invullen. Op de keper beschouwd is het *overbodig*.

Dat, veronderstelde ik, was misschien de reden waarom mijn vrienden pessimistisch waren over mijn kansen om ooit nog te paren. Zoals ik al zei, ik was teruggevallen op mijn instinct. Dronk weinig of geen water, buiten wat er toevallig in mijn eten zat. Bleef zonder reden op tot een uur 's nachts, van kanaal naar kanaal zappend in een vruchteloze zoektocht naar het ongrijpbare, briljante programma dat de moeite van het moe zijn waard was. Kocht van die plastic koffiefilters die zo'n immorele, roekeloze verspilling van rijkdommen der aarde zijn. Belde mensen die me hadden gebeld niet terug, tenzij ik er tamelijk zeker van was dat ze niet thuis waren.

Jason had zo'n beschavende invloed gehad. In het begin had ik hem niet gemist, misschien omdat – net als bij het verlies van een dierbare – ik niet echt kon geloven dat hij weg was. Ik schepte behagen in mezelf. Het was fijn om niet wakker te worden van een verwijtend gebrul vanuit de badkamer omdat ik niet de moeite had genomen een nieuwe toiletrol in de toiletrolhouder te doen. Dat was voor Jason enorm belangrijk. Hij hechtte veel waarde aan ordelijkheid, die jongen. Alles had zijn vaste plek.

Maar naarmate de weken verstreken begon ik me te voelen als een kind van wie de strenge ouders de verantwoordelijkheid ten slotte afwezen. Ik had behoefte aan een kracht om me tegen af te zetten. Nu Jason weg was was het leven één lange sleur, zonder blije, kleine, zigzaggende discussies. Ik kon spaghetti eten die ik rechtstreeks vanuit de diepvries had opgewarmd en niemand die zei: 'Hannah, als je in leven wilt blijven, wil je dat misschien nog drie minuten in de magnetron zetten, op maximaal.'

Ik wed dat Lucy nooit uit de magnetron at. Waarschijnlijk smulde ze op ditzelfde moment van Jasons groentelasagne. (Dat is, tussen haakjes, niet een of andere smerige toespeling. Jason kon slechts drie gerechten klaarmaken, maar die had hij in de loop der jaren dan ook geperfectioneerd. Zijn lasagne was mijn lievelingsgerecht.) De gedachte dat Lucy míjn lasagne at maakte me razend en ik smeet mijn kip *vindaloo*, nog in het plastic bakje, in de pedaalemmer. Daarna, tegen een uur 's nachts, rammelde ik natuurlijk en er was niets te eten. Ik stond op en staarde vergeefs in de lege koelkast, sloeg de afstandsbediening van de sofa en hij viel hard op mijn teen. Een andere consequentie van Jasons verraad was de ontdekking dat in je eentje mokken zinloos is.

De volgende dag, zoals de meeste dagen op het *Hound Dog*-kantoor, moest ik een rapport typen. Ik had net een zaak afgerond die me verbaasd had. We waren gebeld door een knaap die wilde dat we zijn vriendin van vijftien jaar geleden opspoorden. Hij wilde niet met haar in contact komen. Hij wilde zich er alleen van vergewissen dat ze het goed maakte.

Jezus christus!

Maar goed, ik spoorde haar op. Het had me een uur gekost. Dat zei ik uiteraard niet tegen de cliënt. Cliënten moeten geloven dat je dagenlang over straat hebt gezworven met je slappe vilthoed en je beige regenjas en een vergrootglas in je zwart geschoeide hand, anders hebben ze het gevoel dat je ze hebt afgezet.

Greg is heel strikt wat uiterlijkheden betreft, aangezien we, onvermijdelijk, wat minder doen dan we willen doen voorkomen. Het is belangrijk dat onze rapporten er professioneel uitzien.

Elk rapport begint met 'DE SITUATIE'. Het is een samenvatting van de instructies van de cliënt, de datum waarop ze zijn verstrekt en de naam van het onderwerp. We sluiten ook een instructieformulier bij, met de naam van de cliënt, contactinformatie, het overeengekomen budget (essentieel – het is even schrikken voor mensen dat een driemanssurveillance duizend pond per dag kost) en een kopie van alle schriftelijke contacten met de cliënt. Vervolgens sluiten we, uiteraard, een specificatie bij van onze rekening en de gedetailleerde 'RESULTATEN VAN ONS ONDERZOEK'. In dit geval kostte het uittypen van het rapport me meer tijd dan het onderzoek zelf. Ik schreef het adres op de envelop en deed hem op de post.

Toen Greg binnenwipte, keek hij op mijn computerscherm.

'Wat is dat?' vroeg hij.

'Het adres van d... o, stik.'

Ik had de naam van de cliënt op de envelop geschreven. Maar ik had hem aan het onderwerp gestuurd.

Greg kneep zijn ogen halfdicht, tuurde naar het adres. 'Reading,' zei hij. 'Ik verwacht je morgen tegen de middag terug.'

De volgende dag reed ik om vijf uur in de ochtend over de snelweg naar een van de lelijkste steden van Groot-Brittannië. Om precies zes uur vierendertig parkeerde ik op discrete afstand van het huis van de vriendin en viel aan op de Mars-reep die ik bij een benzinestation had gekocht. Ik eet niet onder het rijden. Ik heb niet veel normen, maar ik vind dat, als je je eenmaal hebt overgegeven aan een gewoonte zoals eten onder het rijden, het even moeilijk wordt om het af te leren als heroïne.

Om twaalf uur verscheen eindelijk de postbode. Ik wierp me in zijn baan.

'O gód,' jammerde ik. 'U moet me helpen.'

De snik in mijn stem klonk verrassend echt. En niet alleen omdat hij de envelop met het adres van de vriendin in mijn onduidelijke handschrift in zijn hand had. 'Ik kom helemaal uit Londen om u op te vangen... Mijn enige hoop is dat u een goed mens bent.... ziet u, ik...

ik... ik heb mijn man een brief geschreven... om hem te zeggen... dat ik bij hem weg wil en... ik heb de grootste fout van mijn leven gemaakt.' Ik wees naar de envelop en knikte naar het huis van de vriendin.

Ik was vroeg opgestaan en zag er niet geweldig uit. Maar ik denk dat het in mijn voordeel werkte. Hij keek over zijn schouder, gaf me de envelop en zei: 'Alsjeblieft, meid. Veel geluk, jullie tweetjes.'

Toen ik weer gekalmeerd was, belde ik Jason.

5

Mijn vader had gezegd dat Jason terug zou komen, dus misschien had ik moeten wachten. Maar ik kon het niet. Ook geduld is een deugd die ik overgewaardeerd vind. (Ik kan eigenlijk niet één deugd bedenken die dat niet wordt. Het zijn net West End-voorstellingen, wat dat betreft.) Ik zie het zo dat ik in mijn werk al genoeg geduld moet oefenen; ik zie niet in waarom het invloed zou moeten hebben op mijn sociale leven. Ik wist dat Gabrielle het verkeerd zou vinden als ik probeerde Jason van Lucy af te pikken, maar ik geloof dat beide partners van een echtpaar aan verleiding blootstaan en als je relatie goed genoeg is, weersta je die.

Jason belde niet terug.

Drie dagen later, op een vrijdagmiddag, belde ik zijn kantoor. 'Hoi. Is Jason er?' zei ik. 'Ik ben zijn vriendin.'

'Lucy!' zei de persoon aan de andere kant van de lijn. 'Hee, hallo!'

Ik hield de telefoon een eind van mijn oor en wierp hem een smerige blik toe.

'Eh, nee,' antwoordde ik. 'Met Hannah. Met wie spreek ik?'

'Ach, Hannah. Jasons ex. Ik ben Kathleen. Jasons secretaresse. Ik ben al, eens even kijken, vier jaar zijn secretaresse.'

'O, kom op, Kathleen,' zei ik. 'Jij herkende mij evenmin.' (Neem me niet kwalijk, maar er is niets zo vervelend als mensen die moeite hebben om hun boosheid *rechtstreeks* te uiten. Ze willen niet alleen dat je je schuldig voelt, ze willen ook dat je raadt waarom. Jezus. We hebben het allemaal druk. De beste manier om om te gaan met iemand die je subtiel erop probeert te wijzen dat je je afschuwelijk moet voelen, is ze rechtstreeks aan te pakken. Ze reageren als een vampier op de Bahama's. Ze kunnen het gewoon niet aan.)

Een lange stilte, toen zei Kathleen: 'Hij is surfen in Polzeath, Hann-*arr*.'

Ik legde de hoorn neer, zuchtte, pakte mijn autosleutels.

Toen ik in Polzeath aankwam blies de wind de trekken zowat van mijn gezicht. De laatste keer dat ik hier was, had ik Jason gevraagd of hij geen surfplek kon vinden die wat minder winderig was. Hij vond het grappig en vertelde het aan zijn gemuteerde surfvrienden, die allemaal in mijn gezicht ha-ha-ha'den. Dus had ik gezegd: 'Ja hoor, grappig, maar jullie zullen moeten toegeven dat dit een beetje slapjes is, vergeleken met Australië.' Ze hielden hun waffel.

Vijf jaar later echter keerde ik in een geest van boetvaardigheid terug naar Polzeath. Het klinkt als een sportauto, maar helaas, nee. Ik dokte voor een B&B omdat ik wilde douchen voordat ik Jason benaderde. Maakte me zelfs op. Ik ben niet goed met make-up. Ik heb het nooit leren aanbrengen – ik weet het niet, hoe doen andere vrouwen dat, naar hun moeder kijken? De doodenkele keer dat ik de moeite neem zie ik er uiteindelijk uit als Jude Law in *A.I.* Gabrielle bewaart haar lippenstift in de koelkast. Ik de mijne op de radiator. (Er is een radiator in mijn badkamer, naast de wastafel, in plaats van een planchet, wat zal ik zeggen?)

Op zaterdagochtend at ik zoveel worst en ei als de hospita voor me neer kon zetten. Als er iets te eten in de aanbieding is dat ik niet zelf heb gekookt, heb ik moeite om nee te zeggen. Zelfs in het vliegtuig eet ik mijn dienblad leeg. Als ik opsta van de ontbijttafel, is mijn gewicht verdubbeld.

Toen snuffelde ik tussen de tijdschriften op haar gangtafeltje tot ik er een vond van ná de jaren zeventig. Ik kon kiezen tussen de *Bella* en de *Lady* (en *Able Seaman*, maar zo stom ben ik nou ook weer niet). De vrouw voor op de *Lady* was, schatte ik, in de vijftig, maar de vrouw voor op de *Bella* had, hoewel jong, goudkleurige oogschaduw. Ik vond het verwarrend en koos dus de dame op de *Lady* als voorbeeld. Haar blusher was in elk geval duidelijk begrensd. Vijfentwintig moeizame minuten later ritste ik mijn make-up-tasje dicht en vertrok naar het strand.

Ik wist dat Jason er zou zijn. Hij verspilde nooit tijd. Dat bewonderde ik. Het was fijn om met iemand te zijn die ergens gedreven in was, al was het surfen. 'Het is een magisch gevoel,' had hij eens gezegd. 'Als je kijkt hoe de golven zich beginnen te vormen, is het alsof je gehypnotiseerd wordt. Het zijn net grote, groene bergen die op je af rollen. Soms zie je ginds dolfijnen.' Ik vond het een prachtige beschrijving. Zoals een kind het zou kunnen zeggen. Ik zag hem als een verdwaald joch, toen, en dat raakte mijn hart.

'Jase!' riep ik toen hij eindelijk het strand op waadde. In zijn zwarte wetsuit, zijn plank onder zijn arm, ongeschoren, zag hij er ruiger uit dan hij was. Ik rende naar hem toe en hij slaakte een kreet.

'Hannah! Wat doe jij hier? Ik herkende je niet. Wat is er met je huid gebeurd?'

Mijn glimlach verkrampte. 'Hoe bedoel je?'

Hij boog zich bezorgd naar me over.

Ik raakte mijn gezicht aan en voelde poeder. 'Ik heb blusher opgedaan. Ik heb moeite gedaan.'

Jason deed een stap achteruit. 'Zeg dat wel. Wauw. Het is, eh... leuk. Je doet me aan mijn oma denken.'

'Daag.' Ik draaide me om.

'Wacht.' Hij lachte nu. 'Nou, wat doe je hier?'

Ik probeerde de blusher af te vegen met mijn mouwen. Die verdomde *Lady*.

Ik zei: 'Jason. Ik zal eerlijk zijn' – als mensen dat zeggen, weet je dat ze liegen – 'ik geloof dat ik een beetje... *haastig* was met het afslaan van je aanzoek. Ik... mis je. Het is niet hetzelfde zonder jou. Ik voel me net een... zwerfkat. Ik weet dat je nu met dat andere meisje bent en dat respecteer ik, maar het was een nogal snelle ommekeer en ik zou niet willen dat je je van de weeromstuit in een huwelijk stort...' Ik zag de blik op zijn gezicht en zweeg.

'Respecteer je het echt dat ik met Lucy ben?' zei Jason.

Wílde hij dan dat ik loog?

'Jason. Je moet vechten voor wat je wilt. Ik geloof niet in lijden in stilte.'

'Ik weet het.'

Jason deed minder aardig dan ik had gehoopt. Die laatste opmerking was ronduit onbeschoft. Wat lijden betrof was Jason een meester. Een paar jaar geleden had hij gezworen dat hij een hersentumor had, omdat hij steeds weer witte lichtflitsen zag. Na een maand opperde ik dat, aangezien zijn flat aan een doorgaande weg bij een kruispunt lag, de witte lichtflitsen van een verkeerscamera waren. Ik had sindsdien nooit meer iets over de hersentumor gehoord. Maar als hij hoofdpijn had zei hij niet, zoals elk normaal mens: 'Heb je iets tegen de hoofdpijn?' Hij zei: 'Heb je *pijnstillers*?' Het dramatische was dat het was alsof je met Barbra Streisand samenwoonde.

Ik staarde naar het zand. 'Luister,' zei ik. 'Je zult het wel koud hebben. Ik wilde gewoon praten, maar misschien is dit niet het beste moment. We kunnen elkaar volgende week na het werk ontmoeten.'

Ik verwachtte dat hij me zou tegenspreken. In plaats daarvan knikte hij. Er gleed een glimlach traag over zijn gezicht.

'Dat lijkt me leuk,' zei hij.

Ik glimlachte, legde mijn hand op zijn koude wang. Doorbraak!

Jason had me de bijzonderheden gegeven van wat een chic adres in de stad leek. Ik nam aan dat het een of andere chagrijnige privé-club was.

'Ik nam aan dat het een of andere chagrijnige privé-club was,' riep ik.

'Heb ik sinds je me kent ooit neigingen vertoond om lid te worden van een of andere chagrijnige privé-club?' zei Jason.

'Mensen veranderen.'

'Jij niet.'

Jij wel, dacht ik. Ik was niet gewend aan een Jason die me van repliek diende. Evenmin als ik gewend was aan een Jason die me met een smoesje ertoe verleidde zijn *therapie* mee te maken.

Ik koos de stoel die het verst van de psychiater stond. Jason die welke er het dichtst bij stond. Ik hield mijn armen over elkaar en mijn jas aan.

'Je lijkt niet op je gemak,' zei de psychiater.

'Ik voel me ook niet op mijn gemak.'

De psychiater, een gezette vrouw van in de vijftig, nam deze gelegenheid te baat om uit te leggen waarom ik hier was. 'Een van de drijvende krachten in de Gefilte-therapie' – geloof ik dat ze zei – 'is het concept van onafgewerkte zaken. Jason gebruikte de "lege stoel"-techniek. Als je onopgeloste kwesties hebt, bijvoorbeeld dat je vader je wreed behandelde maar je vader is dood, en je hebt geen kans gehad om hem ermee te confronteren, stel je je voor dat je vader op de stoel zit en dat jij hem vertelt wat je van hem vindt. Het is een goede manier om tot een afsluiting te komen. Mensen raken echt betrokken en alles wat ze hebben opgekropt komt naar buiten.'

'Jasons vader leeft nog,' zei ik.

Ze glimlachte. 'Ik bedoel het theoretisch. Jason heeft je gevraagd vandaag mee hierheen te gaan omdat hij het gevoel heeft dat hij en jíj onopgeloste kwesties hebben. We dachten dat het nuttig zou zijn als we een discussie hadden.' Ze voegde eraan toe: 'Jason heeft de legestoeltechniek met jou gebruikt, maar hij merkte dat het helemaal niets voor hem was.'

'Ik heb niet genoeg fantasie,' zei Jason blozend.

'Oké,' zei ik. 'Waar discussiëren we over?'

De psychiater schraapte haar keel. Ik mocht haar niet. 'Jason heeft een paar problemen en het zou heel nuttig zijn als je ons jouw visie zou geven. Het is mogelijk dat Jason verwrongen...'

'Volgens mij ziet hij er prima uit,' zei ik. Zij noch Jason glimlachte.

'... we hopen dat je me kunt helpen een evenwichtiger kijk te krijgen op wat er gebeurt.'

Het is altijd prettig als ze je verzoeken hof te houden. (Geen uitnodiging die mij erg vaak bereikt.) Vooral als het over andermans tekortkomingen gaat.

'Fantastisch!' zei ik.

De psychiater kuchte. 'Jason heeft het gevoel dat het jullie relatie ontbrak aan intimiteit. Wat vind je daarvan?'

Ik trok een wenkbrauw op naar Jason. 'Voor het eerst dat ik het hoor.'

'Juist. Wat was jouw indruk van het niveau van intimiteit van de relatie?'

'Het leek me prima.'

'Hoe zou jíj intimiteit definiëren, Hannah?'

'Intiem zijn?'

De psychiater keek teleurgesteld. Ze deed me denken aan mijn lerares Engels toen ik *Animal Farm* beschreef als 'een boek over varkens'.

'Kun je je een keer herinneren dat je voelde dat jij en Jason een intiem moment deelden?'

Ik dacht een seconde na. 'Ja!' zei ik.

De psychiater straalde.

Ik aarzelde. 'Het is... nogal intiem. Ik wil je niet choqueren.'

'O,' antwoordde ze, 'er is heel weinig dat me choqueert. Zolang je je maar prettig voelt.'

'Oké.' Ik keek naar Jason. Hij knikte kort.

'We waren in Jasons flat. We hadden net gegeten in een niet al te best restaurant. Ik had kip genomen. Jason dacht dat hij naar olie uit de keukens stonk en was in bad gegaan. Opeens kreeg ik kramp. Verschrikkelijke kramp. Jason heeft maar één toilet en dat is in zijn badkamer. Normaliter vindt hij het niet fijn als we – maar het was een noodgeval, ik rende naar het toilet, ging zitten, ik was verschrikkelijk aan de diarree. Zó verschrikkelijk zelfs dat Jason overgaf in zijn eigen bad.'

Ik glimlachte naar de psychiater. Ze keek gechoqueerd. Ik keek naar Jason. Hij had zijn hand voor zijn ogen gelegd.

De psychiater zuchtte. Ze probeerde het te verbergen door langzaam uit te ademen. 'Juist,' zei ze. 'En als je aan een intiem moment in jullie relatie denkt, is dat de scène die je in gedachten komt?'

'Ja.' Ik zweeg even. 'Hoezo? Had je een séksmoment gewild?'

'Het gaat er niet om wat ík wil. Het gaat over wat intimiteit voor jou betekent. En dat heb je... me verteld.' Ze kuchte. 'Bedankt.'

Ik knikte. 'Graag gedaan.'

Ze schreef iets op een notitieblok. 'Hannah,' zei ze. 'Ik heb het idee dat je intimiteit definieert als vertrouwd genoeg zijn met iemand om de sociale omgangsvormen te negeren.' Ze deed schijnbaar haar best om een neutrale toon aan te slaan. 'Wat denk je daarvan?'

'Ik denk,' antwoordde ik, 'dat het de definitie van intimiteit van de mééste mensen is.'

'Juist. Maar zou je je kunnen voorstellen dat sommige mensen misschien een andere interpretatie hebben van wat intimiteit betekent?'

'Nou, tja, een paar, maar hoezo?'

'Sommige mensen interpreteren intimiteit misschien als emotionele openheid.'

'O, dat.'

'Zou het juist zijn te zeggen dat je je niet helemaal op je gemak voelt met het concept van emotionele openheid?'

Mijn advocaat was er niet en ik had er genoeg van. 'Ik zie niet in wat voor zin dit heeft. Als Jason zo'n probleem had met mijn niveau van intimiteit, waarom heeft hij me dan ten huwelijk gevraagd?' Ik keek naar Jason en zag dat hij hoopvol naar de psychiater keek. 'Zíj weet het niet!' zei ik. 'Jíj geeft antwoord.'

'Ik hoopte dat je je meer zou ontspannen,' antwoordde hij. 'En. Ik hield sowieso van je. Houd.' Hij mompelde het laatste woord.

'Jason,' zei ik. 'Dat is heel lief, maar waarom maak je je nú druk over wat ik denk? Je schijnt verhuisd te zijn.'

Jason veerde naar voren. 'Hannah. Ik heb je mee hierheen genomen omdat ik in de war was door wat je in Polzeath zei. Ik hou écht nog steeds van je. Maar als je niet dezelfde dingen wilt als ik, dan kan ik, hoeveel ik ook van je hou, mijn leven niet met jou delen. Ik ben erg dol op Lucy en... zij wil hetzelfde als ik. Ik zou heel gelukkig kunnen zijn met Lucy. Maar, Hannah, jíj bent mijn grote liefde. Wat je in Polzeath zei gaf me hoop. Dat we misschien bij elkaar konden zijn. Maar als we dat zouden doen, zouden we het ditmaal goed moeten doen. Er ons niet zomaar in storten. De onderwerpen bespreken die besproken moeten worden. Iets veranderen.'

Ik slikte. Hij klonk als een country & western-deuntje, de ergste soort liedjes. Jankerig.

De psychiater glimlachte naar Jason. Ik zag gewoon dat ze het prachtig vond als mensen zichzelf binnenstebuiten keerden. Ik glimlachte ook naar hem, al was mijn glimlach wat krampachtiger dan de hare. Begrijp me niet verkeerd. Ik vond het heerlijk dat hij nog steeds van me hield. Ik voelde hetzelfde voor hem. Maar iemands grote liefde zijn legt een druk op je. De psychiater zag haar kans schoon.

'Hannah. Kun je het eens zijn met het idee dat je je ongemakkelijk voelt bij emotionele openheid?'

Ik keek haar strak aan, sprak langzaam en benadrukte de belangrijke woorden, zodat ze het zou snappen. 'Het werk dat ik doe gaat niet over emoties, het gaat over féiten. Ik ben niet gewend me te verdiepen in de reden waaróm. In het werk dat ik doe is de reden waarom niet belángrijk. Sterker nog, het is essentieel voor het succes van mijn werk dat ik het tégendeel ben van emotioneel open. Emotioneel geslóten,' voegde ik er voor alle duidelijkheid aan toe.

Haar mond viel enigszins open.

Ik wilde er net aan toevoegen: 'Ik ben een informatiehuurling,' toen ik naar Jason keek en zag dat hij met rollende ogen naar het plafond staarde en 'Ik ben een informatiehuurling' prevelde – een uitdrukking die ik eerder gebruikt zou kúnnen hebben. Ik koos voor: 'Dus, ja. Ik zou het met dat laatste idee eens zijn.'

De psychiater bevochtigde haar onderlip. 'Weet je, Hannah, psychiater zijn is in zekere zin net zoiets als detective zijn. Je zoekt naar aanwijzingen over mensen en moedigt ze aan je hun innerlijke landschap te tonen.'

Als dat een poging was om me zover te krijgen dat ik een emotionele band met haar sloot, was het mislukt. Toen ik niets zei, alleen iets plakkerigs onder een nagel uit peuterde, voegde ze er opgewekt aan toe: 'Hannah, is er voorzover je weet ooit een moment in je leven geweest waarop je je gemakkelijker voelde met emotionele openheid dan je nu bent?'

Ik maakte een klakkend geluid met mijn tong. 'Waarom vraag je dat?'

Ze keek op haar horloge. Ze deed alsof ze iets zocht op haar bureau, maar ik zag dat haar blik naar haar pols gleed. 'Ik denk dat er misschien een voorval of een ervaring in je leven is geweest die je idee mogelijk heeft *beïnvloed*.'

'Welk idee?'

'Je idee dat emotionele openheid gevaarlijk is.'

'In mijn werk ís emotionele openheid gevaarlijk. Ontzettend gevaarlijk. Ik bedoel, als je undercover werkt en...'

'Ze heeft het verdomme niet over je werk!' riep Jason.

De psychiater keek verontschuldigend. 'Hannah, Jason, ik ben bang dat we bijna door onze tijd heen zijn. Zouden jullie er nog iets aan willen toevoegen?'

'Ja,' zei Jason. 'Ik zou eraan toe willen voegen dat ik weet dat ik mijn fouten heb, maar zíj heeft er meer en nu ze zegt dat ze een nieuwe kans wil, ben ik van streek, ik bedoel, ik voel heel veel voor Lucy, maar ik wil Hannah een nieuwe kans geven, maar ik denk dat, wil het lukken, ze moet leren een beetje te geven, zich aan te passen...'

De psychiater schoof heen en weer. 'Jason, het spijt me verschrikkelijk. We moeten stoppen. Ik heb beneden een patiënt.'

'Oké, maar ik wil haar alleen maar zeggen dat, als ze maar kon erkennen waarom ze zó is, het een wereld van verschil zou maken, ik bedoel, ze heeft je niet eens verteld...' hij staarde me aan.

De psychiater stond op. 'Ik ben bang dat we nu metéén moeten stoppen.' Ze zweeg even. 'Wat verteld?'

Ik keek Jason fronsend aan. Toen begreep ik het. 'O!' zei ik. 'Ik ben al eens getrouwd geweest. Toen ik twintig was. Vijf maanden. Ik ben een versleten, oude, gescheiden vrouw, verteerd door verbittering en spijt. Maakt dat iets uit?'

6

Het is het enige wat ik gemeen heb met Jennifer Lopez. (Afgezien van de afmetingen van onze billen, zou ik er denk ik aan toe moeten voegen, maar ik doe het niet. Ik ben niet zo goed in mezelf afkammen als ik zou moeten zijn.) God, wat was het gênant. Die bruiloft was *gigantisch*. Mijn vader wilde poeha.

Ik ben nogal een uitslover, dus ik werkte graag mee. Innerlijk jubelde ik: '*Ik* ben de bruid! Jullie móéten aardig tegen me zijn!' Je trouwdag is de dag waarop je je zin krijgt, waarin dan ook. Tot op zekere hoogte.

Mijn vriendin Martine – we hebben samen op school gezeten – was bruidsmeisje. Ze zei: 'Je vraagt me alleen omdat ik dik ben.'

'Je hebt gelijk,' zei ik. 'Ik heb je alleen maar gevraagd omdat ik dacht dat ik er in vergelijking met jou gewéldig uit zou zien.'

Ze grinnikte. 'Nou, vooruit dan maar.'

Martine was een van de weinige vrienden die niet vond dat mijn huwelijk met Jack een vergissing was. (Mijn diverse familieleden werden heen en weer geslingerd. De vader van de vrouw van een neef, een man die ik twee keer in mijn leven heb ontmoet, zei: 'Gefeliciteerd. Ik hou niet van die feministen, hoe noemen ze zichzelf ook alweer, "singles"? Het leven van een vrouw is zinloos als ze geen ring om haar vinger heeft.' Ik antwoordde: 'Echt waar? Ik ben nooit dol geweest op anale seks.') Het punt is dat de meeste van mijn relaties niet konden besluiten of ze mijn beslissing moesten respecteren of veroordelen. Werd het onderhand tijd dat ik respectabel werd of bond ik mezelf terwijl ik mijn puberteit nog maar net te boven was?

Zoals de vrouw van die neef zei: 'Hannah, op deze leeftijd trouwen is niet normaal voor een goed opgeleide vrouw uit de middenklasse. Je hoort eerst carrière te willen maken en de vrijheid te hebben om andere relaties te verkennen.' (Dit in tegenstelling tot simultaan, stel je voor.) Ik keek haar aan alsof ze gek was. Ten eerste: zó goed opgeleid ben ik nou ook weer niet. Ten tweede: waarom zou het huwelijk mijn carrière belemmeren? Het kon er hoogstens toe bijdragen, aangezien ik met een beetje mazzel niet langer op elk uur van de dag de straten zou afschuimen, op zoek naar mannen. Ten derde: ze dacht toch niet dat Jack, zoals zij het noemde, 'mijn éérste' was? (Ik heb een hekel aan mensen die woorden gebruiken zoals 'mijn éérste', zodat degene tegen wie ze het hebben zowat verplicht is zich voor te stellen hoe ze seks hebben om de zin af te maken. Het is niet leuk.)

Maar mijn vader was in de zevende hemel. Hij was dol op Jack. Net als mijn moeder, ik merkte het gewoon. En net als ik. Hij was een klootzak en dat vond ik fijn. Hij begon als juridisch medewerker bij een kantoor in de City dat de naam had knappe mensen aan te nemen. Hij was arrogant en grofgebekt, maar grappig en knap en kwam er dus meestal mee weg. Net als Jason had hij op dezelfde school gezeten als ik, maar ze hadden elkaar nooit echt goed gekend, aangezien Jack pas in de laatste klas was gekomen en Jase drie jaar jonger was. Maar anders dan Jason leek Jack niet gek op me. Bleek dat hij dezelfde lagere school had bezocht als ik – misschien kende hij me nog uit de tijd dat ik jongens over het speelplein achternazat met een klodder snot aan mijn vinger. Onze relatie deed me denken aan een kat die met een muis speelt. Van mij mocht het. Ik hield van spelletjes, anders verveelde ik me. Jack amuseerde me.

Hij was bezeten van Elvis, maar niet op die langdradige, opzichtige manier van veel andere mensen. Jack was een purist wat Presley betrof, wat ik kon billijken. Ik vroeg hem: 'Zou je willen dat ik doodging als Elvis dan weer tot leven kwam?'

Hij zweeg even. Toen zei hij: 'Zou ik dan met hem mogen optrekken?'

We deden altijd wie het irritantst was. Een van mijn favoriete manieren was hem op zijn mobiel bellen wanneer ik wist dat hij in de trein zat. 'Waar ben je?'

'In de trein.'

'Pardon?'

'Ik zit in de trein.'

'Sorry?'

'IK ZIT IN DE – o, pleur op, Truttebol.'

Hij noemde me Truttebol. Niet wat je noemt romantisch, maar ik vond het geinig.

Ik stemde er voornamelijk mee in met hem te trouwen omdat ik dacht dat het hem zou opwinden. En of ik gelijk had! Hij besteedde een heleboel aandacht aan het aanzoek. Het begón (heb geduld) op kerstavond. Ik was mijn familie met hun rode papieren hoedjes ontvlucht zodra dat fatsoenshalve kon en was naar zijn flat gescheurd, een appartementje aan een doorgaande weg boven een Grieks restaurant. Jack was na zijn studie niet naar huis teruggegaan en dat zou jij ook niet gedaan hebben, met zulke ouders. Ze waren half mens, half gletsjer.

Toen ik het papier van mijn cadeautje scheurde, zag ik tot mijn woede dat hij een *legpuzzel* voor me had gekocht. Duizend stukjes, de lul. Er stond geen afbeelding op de doos, dus ik zei: 'Laat het leuk zijn. Waar is het van?'

Hij glimlachte en zei: 'Eén manier om erachter te komen.'

Rond drie uur 's nachts, tweede kerstdag (ik werd afgeleid en ik ben ook niet goed in legpuzzels) legde ik, ongelovig en verdoofd, het laatste stukje. Die hele klerepuzzel was zwart, op zes woorden in het wit na: 'Truttebol, wil je met me trouwen?'

Ik wreef door mijn ogen en knipperde. Mijn hoofd voelde aan alsof het met helium gevuld was en mijn handen trilden. Toen ik omkeek stond Jack in de deuropening, met een vreemde blik op zijn gezicht.

Ik zei: 'Ja, oké, waar is mijn echte cadeau?'

Jack was geen dweperig iemand en omdat hij me niet bedolf onder romantische gedichten (ik had, op twintigjarige leeftijd, een Hallmark-voorstelling van liefde), nam ik aan dat hij zijn gevoelens beheerste. Dus deed ik mijn best om de mijne te beheersen. Ik zou nemen wat ik krijgen kon, geen drukte maken. Mijn oma Nellie zei altijd: 'Kakelende kippen leggen niet de grootste eieren', maar ik was niet geneigd naar haar te luisteren. Toen ik Martine vertelde dat Jack me ten huwelijk had gevraagd, viel haar mond open als een luik. Ze zei: 'Ik dacht dat mannen zoals Jack geen aanzoeken deden. Ik dacht dat mannen zoals hij ruige binken waren.' Dat dacht ik ook. Sinds ik Jack had leren kennen had hij altijd afstandelijk geleken.

Op school hadden we elkaar alleen maar toegeknikt. We kregen iets met elkaar (al was het minder formeel) voor bioscoop Everyman in Hampstead, nadat we ieder apart naar *Hard Boiled* waren geweest. Ik ging in de foyer op zijn voet staan, verontschuldigde me, zei: 'O! Hallo!' en keek of hij net als ik alleen was.

Ik kréég me een adrenalinestoot, zo dicht bij hem, niet normaal meer. Hij deinsde niet terug.

'Wat vond je ervan, Hannah?' zei hij.

Ik voelde een steek van plezier dat hij mijn naam nog wist. Het betekende iets, maakte me roekeloos. Ik zei: 'Al dat moorden, ik krijg er zin door om je te kussen.'

Hij staarde me aan en ik dacht dat hij zou zeggen: 'Flikker op.' Hij zei: 'Ga je gang.'

Ik ging op mijn tenen staan en kuste hem vluchtig op zijn wang. Ik trok me terug en zag dat hij glimlachte.

'Wat?' zei ik.

Hij legde een vinger op mijn mond en zei langzaam: 'Er vielen ontzettend veel doden in de film.'

De seks was – excuseer mijn beperkte beheersing van de overtreffende trap – *verbazingwekkend*. Ik ging uit mijn dak. Ik dacht er niet graag aan.

Maar ik zou je over de bruiloft vertellen. Het was niet de soort bruiloft die Jack zou hebben uitgekozen. Het was de soort bruiloft die mijn vader had uitgekozen en aangezien hij betaalde, hadden we hem laten kiezen. Hij was dolenthousiast geweest. Hij kocht alle tijdschriften en belde me op de gekste tijden. Op een keer was het: 'Ik heb manchetknopen gezien, zo verdomd schitterend! Op de ene staat "Droom" en op de andere staat "Man". Wat vind je?'

Wat ik dacht was dat Jack liever één manchetknoop zou hebben met 'Kloot' en een andere met 'Zak'. Wat ik zei was: 'Roger, dat klinkt fantastisch. Maar ik geloof dat Jack al manchetknopen heeft. Waarom koop je ze niet voor jezelf?'

Er viel een stilte, waarin ik mijn adem inhield. Toen: 'Schitterend idee. Ik doe ze zélf in.'

Of het was: 'Hannah. Gevriesdroogde rozenblaadjes of confetti?'

'Roger,' zei ik. 'Waar héb je het over?'

Hij liet mijn moeder steeds nieuwe karweitjes opknappen, spoorde haar op een gegeven moment aan een proef-make-up te laten doen door een 'make-up-kunstenaar'. Naar het resultaat te oordelen was dat mens meer een graffitikunstenaar. Mijn moeder deed haar plicht. Ze scharrelde boeketten op, diademen, taarten, alles op aanwijzingen van mijn vader. Ik was haar dankbaar. Het is niet zo dat we niet met elkaar práten. We hebben een formele relatie, meer niet.

Wat Roger betreft, ik was blij dat ik hem gelukkig maakte. Niet veel vaders zijn zó betrokken. Martine vertelde over een gesprek met háár vader. Ze had hem verteld over mijn jurk. Ik ben geen moeilijk meisje, maar de eenvoudige ontwerpen zonder tierlantijnen veranderden me niet in Grace Kelly – zelfs Gene Kelly zou al aardig geweest zijn – maar deden me eruitzien als een witte paal. Het was de, hoe noemt Gabrielle het, aangerimpelde Assepoester-achtige rok die me stond. Zelfs ik zag het verschil. Toen zag ik het prijskaartje. *Tweeduizend pond*. Mijn vader gaf geen krimp.

Maar goed, Martine was daar bijna aan toe toen haar vader haar in de rede viel. Hij zei: Dus hoeveel kost een trouwjurk tegenwoordig? Zo'n honderd pond?'

Martine vond het grappig. Eerlijk gezegd dacht ík in die tijd dat een trouwjurk honderd pond kostte.

Als je in blabla gelooft waren er slechte voortekenen. Ik liet aan mijn haar prutsen in een of andere kapsalon, vijf uur voordat ik naar het altaar draafde. Het meisje ramde het diadeem in mijn schedel en zei: 'Speel je toneel?'

Jack was de avond tevoren doorgezakt en zag eruit als een lijk. Ik was niet doorgezakt. Puur uit ijdelheid.

Het was een rare dag. Jacks ouders waren er, elkaar chagrijnig aankijkend. Ik denk dat zijn moeder de kamertemperatuur zo'n tien graden omlaag bracht. Een jaar later scheidden ze. Ik hield ze weg bij mijn vader. Hij was euforisch, ik wilde niet dat hun gemelijkheid hem aantastte. Mijn moeder huilde van de plechtigheid tot de rijtuigen. Tegen middernacht was haar gezicht gezwollen als een wangzakeekhoorn. Jack was heel serieus. Waarschijnlijk, dacht ik, vroeg hij zich af waarin hij zich had laten strikken. Hij had zijn kostuum uitgekozen, een gouden ring voor me gekocht zó dun dat je hem nauwelijks zag, en was gekomen. Dat was zijn bijdrage.

Ik klaag niet. *Ik* maakte een lijst van mijn vrienden, wat vier minuten kostte, en paste mijn jurk. Ik liet het graag over aan Roger en Jack was druk met andere projecten. Hoe dan ook, het resultaat was schokkend. Het was een tikkeltje... *Miw Hiw*. Mijn vader had 'Originele Londense Jaren Dertig Taxi's' besteld voor mij en Jack. Ik voelde me een regelrechte idioot. (Hoewel, toen we voor de stoplichten stonden, glimlachte een fietser naar me en mimede 'Je ziet er prachtig uit'. Wat een snoes.) Mijn vader droeg een lindegroen zijden vest, waarin hij eruitzag als een jockey. Tijdens de receptie ontdekten we van namen voorziene kaarsen op elke tafel. Als er íéts overbodig is in het leven, zijn het van namen voorziene kaarsen. De fotograaf en de ceremoniemeester waren net een stel mislukte tv-persoonlijkheden. Het was een fotofinish wie de grootste debiel was.

Het hele evenement, inclusief vis, moet mijn vader twintig mille armer hebben gemaakt. Dat zijn heel wat briefjes om door de plee te spoelen. Ik heb onze trouwfoto's sindsdien niet meer bekeken en mijn japon ligt, opgefrommeld tot een grote witte bal, boven in mijn garderobekast. Je voelt je beroerd. Het voelt aan als bedrog als je al dat misbaar over je heen laat komen – mijn vaders vrienden en zakenrelaties waren er ook – en de relatie vijf maanden later verbreekt. Ik moest alle gasten bellen, het nieuws vertellen en hun cadeaus terugsturen. (Wat in enkele gevallen, wanneer er een vaas van geslepen glas bij betrokken was, een genoegen was.)

Het eind van het huwelijk was een schok. Ondanks alles denk ik echt dat Jack en ik die dag gelukkig waren. Bang, maar gelukkig. We kozen een eerste dans (ze dwingen je). Ik kan me de titel niet meer herinneren, maar het refrein was: 'Als je bij me bent, lieverd, zal de hemel heel mijn leven blauw zijn.' Jack trok me zo dicht tegen zich aan dat ik naar adem hapte.

Nu zie ik het anders. Een man doet op eenentwintigjarige leeftijd geen huwelijksaanzoek, tenzij hij in de greep is van heftige emoties. En een vrouw accepteert het niet. Maar ik was zo'n kínd, drie jaar jonger dan Jack, en ik denk dat dat van invloed was. Ik had geen benul. Ik had nooit gedacht dat hij misschien zou aannemen dat hij me voor het leven had getrouwd – zo ver vooruit kon ik niet kijken – ik dacht dat dertig dood was. Ik kon niet verder kijken dan de volgende dag. Ik was bezeten van Jack en probeerde het niet te zijn. Zelfs het huwelijk overtuigde me niet dat hij van me hield; zelfs als hij zei: 'Ik hou van je,' was ik niet overtuigd.

Het probleem – een van de problemen, afgezien van mijn domheid – was dat Jack had besloten dat hij geen jurist meer wilde zijn. Hij was eerzuchtig. Hij wilde theateragent worden. Eerst geloofde ik hem niet. Ik wilde het niet. Ik denk dat ik bang was dat elke verandering hem van me zou afpakken. Ik zei: 'Theateragent? Wat, heb je dat in een boek gelezen?' Maar hij meende het. Hij nam vrijwillig ontslag en begon aan zijn nieuwe carrière te bouwen.

Daarvoor moest hij werkervaring opdoen bij een groot agentschap en elke vrije minuut in het theater doorbrengen. Hij ging naar wat hij 'kloteklassiek' noemde en naar amateurtoneeluitvoeringen en toneelscholen, toneelgroepen, hij bezocht zelfs schooltoneel, keek naar een stel vijftienjarigen die zich aanstelden in de aula – overal waar hij wie weet een onontdekt talent kon vinden. Ik lachte hem uit vanwege de aula en hij antwoordde: 'Hannah. Er zijn zóveel rollen voor tieners.' Niet dat iemand toen notitie van hem zou hebben genomen, maar het was nuttig. Hij praatte met andere agenten, casting directors, zodat ze zijn gezicht leerden kennen.

De echtelijke woning was, om financiële redenen, het flatje boven het Griekse restaurant. En een tijdlang leek het een paleis. Zijn huwelijksgeschenk aan mij was een grote, eikenhouten, bewerkte schaal met iets wat eruitzag als twee dinosauruseieren. Het waren gladde ovalen, gepolijste grijsbruine stenen, zwaar, glad en mooi.

'Het zijn vruchtbaarheidsstenen,' zei hij. Toen: 'Waarschijnlijk geroofd uit een of ander arm dorp in Afrika.'

Mijn huwelijksgeschenk aan hem was een nieuw bed. Ook eikenhout. Het was een zachtglanzend hemelbed in koloniale stijl en ik wist niet zeker of het de bedoeling was dat je er witte organza overheen drapeerde bij wijze van hemel. We deden het niet, maar we vonden het een leuk idee dat we het zouden kúnnen doen.

Ik had mezelf toegestaan me te ontspannen, even. Na de plechtigheid was Jack zo ongewoon teder geweest. Op een ochtend werd ik wakker en voelde dat hij mijn gezicht streelde. Ik werd wakker en hij veranderde de streling in een kneepje in mijn neus. Twee maanden lang zagen we alleen elkaar. Jack hield van koken en hij kookte voor mij. Thaise kerrieschotels die de flat vulden met het aroma van citroengras, limoen en koriander. Kokosmelk met rijst en mango's. 'Ik zie je graag eten,' zei hij wanneer ik mijn kom probeerde schoon te schrapen met eetstokjes en dan vielen we op elkaar aan. Hij peperde mijn gezicht met hete chilikussen.

Nu is het zo helder als glas, maar toen niet. Ik was naïef, ervan overtuigd dat liefde niets te maken had met jezelf geven, ik dacht dat het te maken had met je inhouden. En dus, toen Jacks nieuwe carrière zijn aandacht van me afpakte als een minnares, trok ik me van hem terug, hulde me in eenzaamheid. Ik maakte mezelf wijs dat hij niet bij me was omdat hij het zo wilde. Het kwam niet in me op dat hij vooruitkeek, naar hoe hij het beter kon maken voor ons, later. We praatten gewoon niet genoeg. Ik kon mijn emoties niet verwoorden en hij evenmin.

Ik werd huisvrouw bij gebrek aan beter, een rol waar ik me tegen verzette. De borden stapelden zich op als stalagmieten. Klamme handdoeken beschimmelden in stapels. In Jacks afwezigheid verdomde ik het wekelijks boodschappen te doen. Het idee alleen al en ik zag mezelf al voor de rest van mijn leven elke dinsdag door hetzelfde Tescofiliaal sjokken. Ik overleefde liever op wat ik in de keukenkasten vond.

Op een keer kwam Jack binnen terwijl ik een diner van dadels zat te eten, gevolgd door theelepels gemalen amandelen. Gemalen amandelen beróven je mond van vocht, ik moest vijf keer slikken voordat ik iets kon zeggen. Jack beschuldigde me ervan dat ik hem negeerde – niets voor mij. Achteraf denk ik dat hij in de war was door mijn plotselinge koelheid en, misschien door zijn opvoeding, reageerde hij door even koel te doen.

Het was jammer dat het zo eindigde. Ik had altijd gemeend dat we elkaar aanvoelden. Niet dus. Er waren enorme gebieden van elkaars persoonlijkheid die we volkomen verkeerd hadden begrepen.

Goed. Ik had Jack in geen tien jaar gezien. Intussen bood Jason me een tweede kans aan, ondanks mijn povere prestaties tijdens de therapiesessie. Jason was veel aardiger dan Jack, of dan ikzelf. Jack en ik stonden nuchter tegenover een scheiding, ondanks het verschrikkelijke verdriet dat we onze familie deden. Mijn vader. We leken te veel op elkaar, we zouden elkaar vernietigd hebben. Onze relatie was veel te onbeheerst.

Intussen was ik in de gelegenheid mijn leven weer op één lijn te krijgen met Jason, een oprecht, opgewekt persoon en een goede – sterker nog: een fantastische – man. Jason zou me verheffen tot waar ik thuishoorde. Wat zijn voorwaarden betreft, daar maakte ik me niet druk over, hij was zo bedreigend als een jong poesje. Ook was er de vage, onwaardige gedachte dat ik te veel tijd had geïnvesteerd om níét met Jason verder te gaan. Zoals oma Nellie altijd zei (tegen elke vrouw boven de tien): 'Je wordt er niet jonger op.'

We stonden voor de praktijk van de psychiater en ik tuurde naar hem omhoog. De zon scheen in mijn ogen. Ik zei: 'Ik kan leren een beetje te geven, Jase. Zeg maar wat ik moet doen.'

7

Ik was niet geschokt toen Jason zijn voorwaarden opsomde. Ik heb niet vaak berouw, maar als ik het heb, verwacht ik dat dat alleen al mensen kan vermurwen. Vaak, als iemand boos op je is, verwachten ze alleen maar dat je toegeeft dat ze gelijk hebben. Als je de schuld maar eenmaal op je neemt – of in elk geval die schijn wekt – ebt hun woede weg. Jason overtrad mijn regels, met als gevolg dat ik opeens iemand met veel problemen was. Het zat me dwars, want ze waren geen van alle mijn schuld.

Ik reed regelrecht naar mijn vader.

Ik kon slechts concluderen dat Jasons liefde voor mij minder roekeloos was dan tevoren, want wat hij van me vroeg was wat méér dan ik verwacht had. Ik respecteerde hem er des te meer om. Zelfs als het problemen betekende. Maar Roger zou weten wat ik moest doen. Ik geloofde heilig in mijn vader en dat is, vind ik, belangrijk. De meeste mensen vind ik idioten. Van idioten gesproken: Martine belde toen ik door Bishop's Avenue reed (de meest patserige bouwplek in Londen) om te vragen waar ik verdorie uithing, ze zat in de pub een zak chips te eten en een man had net knorrende geluiden tegen haar gemaakt.

Op elke andere dag zou ik er niets mee te maken hebben gehad (het is niet rechtvaardig dat dikke mensen door vreemden worden lastiggevallen omdat ze in het openbaar eten, maar ik leef niet mee met Martine, want die vindt het leuk ze te provoceren), maar ik werd eraan herinnerd dat we inderdaad hadden afgesproken. Ik legde het uit. Martine verslikte zich in een chip. Door het hoesten heen ontwaarde ik een schor voornemen om naar mijn vaders huis te komen.

'N...' zei ik, maar ze had al opgehangen.

Gelukkig was mijn moeder niet thuis. Mijn vader deed open, verfomfaaid, mouwen opgerold tot aan zijn ellebogen.

'Hann-ahh!' zei hij en hij stak zijn armen uit. Opgelucht liet ik me erin vallen. We hadden elkaar in geen week gesproken. Hij werkte aan zijn tv-stuk en zijn humeur straalde of verzuurde naargelang de gezondheid van het creatieve proces. Ik was ervan uitgegaan dat hij op een gevoelig punt was en zich geen kinken in zijn bewustzijnsstroom kon permitteren. Maar meestal spraken we elkaar elke dag, dus als hij me niet terugbelde, speelde mijn geweten me parten.

'Hoe is het?' zei ik. 'Hoe is het met je werk?'

'Allebei prrrrrrrima, schat.'

Hij was officieel werkzaam in de public relations. Hij was mededirecteur van het bedrijf. Als je hem vroeg wat zijn functie officieel was, zei hij iets van: 'We promoten of verdedigen de belangen van een bedrijf op publiek terrein. Alles wat over een bedrijf wordt geschreven of gezegd heeft invloed op de werknemers, hun gezin en de mensen die zaken doen met dat bedrijf. De media zijn ongelooflijk machtig. Ze kunnen carrières ruïneren, bedrijven laten sluiten. Maar hoe beschermt de samenleving zich tegen de media? Door mensen zoals wij in de arm te nemen. Wij zorgen ervoor dat het geschrevene fair is, *de betere waarheid*.'

En onofficieel? 'We liegen wat af.'

De rest van de tijd schreef en acteerde hij. Hij was een vooraanstaand lid van *Inimitable Theatre*, een van de meest gerespecteerde amateurtoneelverenigingen van Noordwest-Londen. Ik ging graag naar hem kijken, voornamelijk omdat het fijn was een paar uur stil te zitten. Ik was blij dat hij zijn kleren altijd aanhield. Voor de meest recente productie van *IT* was het nodig geweest dat mevrouw Caroline Epstein naakt op het toneel naar het publiek stond te schreeuwen. Ik besefte weliswaar dat het kunst was, maar ik had liever gezien dat ze een broek aan had gehad.

'Hallo, Martine.'

'Alles goed, Roger?'

Martine was nogal *blossig* tegenover mijn vader. Ik wist niet of ik het leuk of afschuwelijk moest vinden. Ik koos een middenweg door te zeggen: 'Ja, maar jij bent gek op Roger,' als ze ooit een discussie dreigde te winnen.

Roger ging ons voor naar de tuin. 'Wat is er?' vroeg hij. Hij had een zonneklep op, waardoor zijn gezicht moeilijk te zien was.

Ik opende mijn mond om het uit te leggen en gorgelde met stilte. Het is me zo ingebakken mijn woorden te screenen voordat ik iets zeg dat ik er zelden over hoef na te denken. In dit geval was het beter geweest. Ik was toch niet gek? Ik kon mijn vader niet vertellen dat Jason me een lange toiletrol vol Repelsteeltje-achtige voorwaarden had voorgelegd, waarvan alleen het naleven hem zou overhalen mijn geschiktheid als levenspartner opnieuw in overweging te nemen. Ik kon het Roger niet vertellen omdat het in tegenspraak was met een eerder verdichtsel, namelijk dat het Jáson was die de relatie had beëindigd, niet ik.

Ik wreef over mijn keel. 'Momentje. Ik moet wat drinken.' Een doorzichtig smoesje, maar een dat me tijd zou geven om een verhaal te bedenken. Ik had buiten Martine gerekend. Ik trippelde weer het zonlicht in en hoorde hoe haar luide stem de gespannen voorstedelijke stilte van Hampstead Garden verbrak.

'Ja, maar net goed van Jason. Hij was insolaat – sorry, nou ja – desolvent toen Hannah zijn aanzoek afwees. Dat met die Lucy was alleen maar om het haar niet te laten merken. Volgens mij was het een truukje en volgens mij is het gelukt. Het is een beetje ruig, dat hij voorwaarden stelt, maar volgens mij zou het Hannah goed doen als ze voor de verandering eens deed wat hij wil, vind je ook niet, Roger?'

In zag mezelf als Schwarzenegger in, nou ja, een willekeurige film van hem, in slowmotion rennend naar de ramp die zijn familie verwoest, *'Neeeeeeee'* roepend. Ik zag ervan af omdat ik niet over het opstapje wilde struikelen.

Een nietszeggend gezicht trekkend slenterde ik de tuin in. Ik negeerde Martine (woede was zinloos, ze denkt gewoon niet na, het zou zijn alsof je een uil probeert te straffen). Ik keek mijn vader aan. Hij trok een wenkbrauw op tot boven zijn klep. Ik ben erop getraind me niet te verraden, zelfs niet wanneer ik geconfronteerd word met onweerlegbare bewijzen. Dus glimlachte ik.

Mijn vader zette zijn klep met een vingertop scheef. 'Martine hier vertelt me het intrigerende nieuws dat de jonge Jason een aanzoek deed en afgewezen werd. Terwijl ik me meen te herinneren dat me verteld werd dat jíj wanhopig graag wilde trouwen en dat híj de ploert was. Wat heb je daar op te zeggen, madame?'

Martine maakte aanstalten om haar gigantische derrière uit de tuinstoel te tillen. Zoals altijd stak haar G-string hoog boven haar jeans uit. Ik leunde zwaar op haar schouder. Niet zo haastig.

Ik kuchte. Goed, hij klonk niet al te geïrriteerd, wat ik domweg niet kon geloven. Ik had niet zomaar tegen hem gelogen (een belediging, want ik wist dat hij me als een van zijn beste vrienden beschouwde), ik had tegen hem gelogen over een kwestie van monsterachtig belang. Roger verloor niet gauw zijn kalmte, maar zelfs met het kalmerende middel van Martines aanwezigheid had ik woede verwacht.

'Roger,' zei ik. 'Dat was toen. Ik heb een fout gemaakt. Nú wil ik echt wanhopig graag trouwen.' Een gotspe, maar ik was inderdaad ietsje opgeschoven in de richting van de mogelijkheid overwegen, wat de overdrijving in mijn ogen rechtvaardigde. 'Nu is het Jason die obstakels opwerpt en daarom ben ik hier. Om je om raad te vragen.'

Ik ben van mening dat heel weinig mensen op deze aarde het almachtige compliment dat hun advies wordt gevraagd kunnen weerstaan. De implicatie is dat je je nietswaardige ik aan de voeten werpt van hun grotere wijsheid. Dat vinden mensen prachtig.

Mijn vader schoof zijn zonneklep boven op zijn hoofd en keek me dreigend aan. 'Het was om te beginnen al verdomd stom van je dat je het niet aannam,' zei hij. Toen glimlachte hij. 'Maar gedane zaken nemen geen keer. Ga door. Wat?'

Slik het, hield ik mezelf voor. Je hebt het verdiend. Hij reageert opmerkelijk kalm, navenant.

'Jason wil bij me terugkomen,' zei ik, de woorden uitspugend om mijn stem rustig te houden. 'Maar hij wil dat ik verander. En zijn vele en uiteenlopend bizarre eisen...'

'Zoals?'

'...zoals dat ik beter moet letten op mijn' – ik knarsetandde – 'uiterlijk, moet proberen er wat vrrrrrrouwelijker uit te zien.'

Martine en Roger begonnen te lachen. Ik keek chagrijnig. 'Moet ik doorgaan of niet?'

Ze knikten.

'Ja, graag,' zei Martine en daar gingen ze weer.

'Hij wil dat ik "afsluiting zoek" met Jack.'

Het bleef even stil.

'Nóóit,' zei Martine, die wed ik geen idee had wat het betekende. (Eerlijk gezegd had ik Jason moeten vragen het uit te leggen.)

Mijn vader spreidde zijn armen achter zijn hoofd en grinnikte. Toen knikte hij, langzaam, ernstig, alsof hij het voorstel overwoog.

Ik nam niet de moeite mijn kalmte te bewaren. Ik barstte uit: 'Vraagt niemand waaróm?'

'Waarom?' vroeg Martine.

'Omdat hij denkt dat ik moeite heb met een relatie op een gezonde, volwassen manier, veroorzaakt door mijn mislukte huwelijk met Jack!'

'Zijn woorden, neem ik aan,' mompelde mijn vader.

'Papa, wat vindt jíj? Is hij volkomen geschíft?'

Mijn vader streelde zijn kin. 'Eigenlijk vind ik hem tamelijk verstandig.'

Ik staarde hem aan. Hij moet heel graag gewild hebben dat ik met Jason trouwde. 'Roger, je weet dat ik Jack in geen tien jaar gezien heb.'

Martines hoofd draaide naar rechts, links, rechts, links terwijl we praatten. Alsof ze naar een pingpongwedstrijd keek. Haar mond hing open en als ze niet uitkeek duwde iemand er een appel in.

'En wat zegt dat over jou?' zei Martine, die kennelijk naar *Oprah* had gekeken.

'Ik heb geen flauw idee,' antwoordde ik.

'Ik ook niet,' zei Martine.

We keken Roger aan. Hij schoof zijn klep omlaag, voor zijn ogen. 'Ik vind,' zei hij, 'dat je het Jason verschuldigd bent.' Hij zweeg even. 'En jezelf, nog gezwegen van de liefhebbende vader, om te doen wat hij vraagt.'

Ik onderdrukte een zucht. Mijn vader had gelijk. 'Oké, Roger. Ik doe het.'

Hij straalde en woelde door mijn haren. 'Brave meid.'

Gabrielle keek over een satijnen jurk heen die me, met zijn grillige strikken en kanten lijfje, deed denken aan Assepoester haar drukste baljurk. De weelderige roomkleurige contouren bolden over haar slanke armen en benadrukten haar bruine teint. Haar maag knorde. Ik zei: 'Eet iets.'

Gabrielle schudde haar hoofd. Het verbaasde me niet. Op de koelkast beneden hing een krabbel die luidde: 'GOD, WAT BEN IK DIK.' Ik wist dat Oliver het niet had geschreven. Al was Gabrielle ongeveer zo dik als een hark. Ze had een haat-liefdeverhouding met eten. Ze eet geen chocolade als ze niet 'genoeg honger heeft om een banaan te eten', want 'dat is de gulzigheidsproef'. Ze is ook de auteur van een van de meest bizarre zinnen die ik ooit heb gehoord. Omdat ik zonder koekjes zat, bood ik haar een dadel aan en ze zei: 'O, ik zou een móórd doen voor een dadel!'

Op een keer, voordat ze Jude had, was ze begonnen met een dieet waarbij ze alleen dingen mocht eten die met een 'k' begonnen. Ze had het idee opgedaan in een artikel waarin verteld werd dat een of andere mannelijke filmster – wiens naam ik ben vergeten, maar hij was getrouwd met een andere filmster, als dat helpt – een fase had gehad waarin hij alleen oranje dingen at. Ze koesterde een merkwaardig geloof in de diëten van beroemde mensen. De 'k'-aanpassing was omdat Gabrielle een hekel had aan citrusvruchten, maar ondanks de dubbele zegen van kip en kersen was het mislukt om een massa redenen, waaronder kaas, konijn en kerrie.

'Wiens dieet is het nu weer?' informeerde ik.

'De redacteur van *Vogue*.'

'O, die.'

'Een heleboel wijn, en vlees.' Ze trok een gezicht. 'In elk geval, begin niet steeds over iets anders. Vertel me álles.'

Ik ging verzitten. 'Hoe is het met Jude?'

'Die slaapt.'

Ik knikte goedkeurend. Jude weet dat ik bang ben van baby's en toont me daarom de minachting die ik verdien. Als Gabrielle hem weleens aan mij geeft, deinst hij heftig terug als een grote zalm tot ik hem teruggeef.

'Ga door, Hannah.'

Ik giechelde. 'Weet je nog die keer dat ik bij je op bezoek kwam en er een vlieg in je calypsobroek vloog?'

'Palazzobroek.'

Het was om je te bescheuren. Er klonk een gedempt zoemen en Gabrielle begon te gillen en te springen. Toen, nog steeds gillend en springend, ritste ze haar witte palazzobroek open en trok hem uit. Net op dat moment kwam Oliver binnen en zei: 'Hal-ló!' Het was zo'n dikke, luie, vette vlieg die zijn kont amper van de grond kan krijgen, het w...

'Hannah, hou op met tijd rekken en ga door.'

Tering. Ik haalde adem. 'Dit is Jasons idee van me straffen,' zei ik.

Gabrielle leek niet onder de indruk.

'Als ik bij hem wil zijn...'

'Wíl je bij hem zijn?'

'Absoluut.'

'Waarom?'

'O, Gabrielle, dat weet je best.'

'Nee, dat weet ik niet.'

'Hij...' – ik glimlachte – 'Als ik aan hem denk moet ik al glimlachen.'

'Meer niet?'

'Nee.' Ik zweeg even. 'Hij is een makkelijke man, hij is goed, hij maakt dat ik me rustig voel.'

'Geen van die dingen zegt "liefde" tegen me.'

Ik zuchtte. Ze móćht Jason niet, ik zou het haar nooit kunnen uitleggen. Ze heeft een eigenzinnige definitie van liefde. Ze was een liefdes-nazi, partijlid van de 'Op het eerste gezicht'-brigade. Ik geloof niet dat ze zich realiseerde hoe beledigend en irritant dat is voor de miljoenen mensen die hun partner beter leerden kennen voordat ze zich door hun emoties lieten meeslepen. Jason en ik pasten goed bij elkaar. We voelden ons op ons gemak, we vulden elkaar aan. Niet zoals Jack en ik; die relatie was als de stalen wielen van een trein geweest die te hard remde op een spoorrail: een en al snelheid, vonken en gekrijs.

Ik gebaarde luchtig naar haar werk. 'Ik...'

'Wat?'

'Hou van Jason.'

'Jezus, het is alsof ze de woorden met een koevoet uit je mond moeten wrikken.'

'Ik denk dat dat deels het probleem is.'

Geen antwoord.

'Hij denkt dat het teruggaat tot Jack.'

'En doet het dat?'

'Gabrielle, je wéét dat het dat doet.'

'Ja, nou ja.'

'Dus moet ik Jack zien te vinden en eventuele onafgedane zaken ordenen, denk ik.'

Gabrielle, die drie spelden in haar mond had en eruitzag als een Barbie-versie van *Hellraiser*, spuwde ze uit op de vloer. 'Sorry. WAT?'

'Ja, ik weet het. Nou, het wordt nog erger. Ik heb Roger om advies gevraagd en hij is het met Jason eens.'

'Net goed, als je Rogers advies vraagt.'

'Hij doet het voor mijn bestwil,' zei ik.

Met de tederheid van een minnaar legde Gabrielle de bruidsjurk weg. Toen pakte ze mijn handen. 'Hannah,' zei ze. Ze keek alsof ze iets diepzinnigs wilde zeggen. Maar als dat zo was, veranderde ze van gedachten. 'Weet je, ik ben het met Roger eens. Het huwelijk is níét zomaar een stukje papier. Zoals je weet. Het vereist volwassenheid en verantwoordelijkheid. Ik vind dat Jason het recht heeft je te vragen de bagage van Jack te sorteren.' Ze aarzelde. 'Per slot van rekening, Hannah,' zei ze, 'is Jack van je gescheiden omdat je hem bedroog.'

8

Het klinkt heel erg. Zo verschrikkelijk was het niet. Gabrielle is genadeloos wat trouw betreft. En god, ik ook. Nu. Als ik zou zeggen dat het een korte misstap was, begaan in het prille begin van onze kennismaking, voordat ik me realiseerde dat het iets zou kunnen worden, toen Jack en ik niet veel verder waren dan ondeugende nachtelijke telefoontjes en flirten boven een drankje, zie je misschien in dat ik geen ijskoud kreng ben zonder enig besef van fatsoen of trouw. En ik was pas negentien. O, nou ja. Ik smeek er niet om.

Ik vind dat excuses en verklaringen de ernst van je fout alleen maar bevestigen. Als je iemand schaduwt en die persoon spreekt je erover aan – het is me maar één keer gebeurd en dat was de schuld van de cliënt, die niet wilde betalen voor een ABC (een driemansteam) – ontken je alles.

'Je volgt me, wie ben je?'

'Wie ben jíj? Ben je gek? Wat, ben je beroemd of zo?'

Je kunt vertrouwen op het opmerkelijke geloof dat mensen hebben in hun eigen achtervolgingswaan. Ze mompelen een excuus, weten niet hoe snel ze weg moeten komen, denken dat ze gek worden. In Groot-Brittannië vindt men het onbeschoft om mensen aan te spreken, zeker onbekenden. Dus zelfs als, wanneer je iemand schaduwt, je eigen achtervolgingswaan ertoe leidt dat je bang bent dat je doorzien bent (gesnapt bent, voor de *Famous Five*-fans), gebeurt het zelden. In dit geval echter, en vermoedend dat als mijn reputatie nog verder daalde ze zou verdrinken, zal ik een poging doen om me te verdedigen.

Jack was bezitterig, een eigenschap die in kasteelromannetjes wordt geïdealiseerd als romantisch en mannelijk, maar in werkelijkheid knap irritant is. Ik zou het niet erg hebben gevonden, zij het dat hij zich niet erg gis opstelde en alleen maar vermoedde dat de mannen met wie ik bevriend was een oogje op me hadden, terwijl dat niet zo was. Ik wilde dat hij de mensen op wie ik dol was leerde kennen, maar het was onmogelijk, want hij was zo grof en agressief dat ze niet meer kwamen. Mannen zijn adembenemend lui op een manier die vrouwen nou net niet zijn. Als een vrouw een man aardig vindt, zal ze moeite doen om contact te houden. Als er inspanning bij komt kijken, hoeft het voor mannen al niet meer. Het is de Marsreep-houding tegenover vriendschap. Als je thuis bent en er ligt er een in de kast, eet je hem. Als je ervoor naar de winkel moet niet.

Hoewel, er was er één – Guy heette hij – die ik via mijn werk had leren kennen, voordat ik iets met Jack kreeg. Guy was acteur en deed onderzoek voor een rol als morsige detective. De baas van het opsporingsbureau had hem doorgeschoven naar zijn minste medewerker, mij. Ik vond het niet erg, ik vond het maar wat leuk om over mezelf te praten. Bovendien vond ik dat Guy er goed uitzag. Hij was zelfkritisch op een manier die zijn enorme arrogantie niet helemaal verhulde. Ook had hij in naam een vriendin, een van die geestverschijningen waar je vaak over hoort, maar nooit ziet. Ik begreep het en voelde me niet beledigd. Als hij vond dat hij zo verdomd aantrekkelijk was dat hij een onzichtbare bufferzone mee moest zeulen, wás hij dat misschien ook wel. Zelf een doorgewinterd bedriegster zijnde was het professionele beleefdheid om die vaardigheid in anderen te bewonderen.

Zodra hij zich realiseerde dat ik hem niet zou bespringen werd ik een concurrent. Ik zal niet zeggen dat Guy zich tot taak had gesteld me in bed te krijgen, want zelfs dat zou er enigszins op duiden dat het om míj ging. Maar je snapt het al. Ik was meer dan bereid zijn geloof in zichzelf te herstellen. (Ik weet niet zeker of ik het eens ben met het idee dat vrouwen door mannen worden gebruikt. Je moet een behoorlijke muts zijn als je er níéts voor terugkrijgt.) Op een keer werd ik geïnterviewd voor een waardeloos kabel-tv-programma – ze wilden een vrouwelijke detective, ik was het beste wat ze konden krijgen. De man van het geluid stopte een microfoontje in mijn topje, maar het ving niets op en hij moest in mijn beha graaien terwijl we in de lucht waren. De presentator zei knarsetandend: 'Opwinding op een koopje voor hem.'

Ik was niet van plan hem dáármee weg te laten komen. Ik antwoordde: 'Voor mij ook.'

Dat was een aardige beschrijving van mijn relatie met Guy. Onze vriendschap was ragdun, hoewel we elkaar wel mochten. Het krioelt van mensen aan wie je zeeën van tijd kunt verspillen met ze te mogen; maar je moet snoeien. Onze affiniteit berustte op de belofte van af en toe een wip. Op een keer waren we in zijn woonkamer kattenkwaad aan het uithalen toen hij zei: 'Wat zou je doen als mijn vriendin nu binnenkwam?'

Schitterend toch? Wat zou ík doen?

Dus toen ik een paar maanden later Jack ontmoette voor de bioscoop, voelde ik me niet verplicht een van beiden iets uit te leggen. Als een knaap je mee uitneemt (in de eetbetekenis), wat ben je hem dan verschuldigd? Niks, is volgens mij het juiste antwoord. Ik voelde me niet verplicht Jack een overzicht te geven van mijn kruimelmisdrijven. Trouwens, Guy bleef weg, dus ik nam aan dat hij een andere rol had gevonden om research voor te doen.

Jack en ik bleven elkaar zien. Maar niets, behalve seks, duidde erop dat het exclusief was. Er was geen sprake van geautomatiseerde zaterdagavondreservering. Als het donderdag was geweest en we elkaar niet hadden gesproken, nam ik aan dat ik dat weekend vrij was. Wat me er niet van weerhield op woensdagochtend mijn eigen regelingen te treffen. Dus toen Guy belde, volkomen onverwacht, glibberig charmant, en me mee wilde nemen naar een cabaretavondje, dacht ik: *ach ja*. Als je me toen had gevraagd me nader te verklaren, zou ik gewezen hebben op mijn oppervlakkigste drijfveer, dat Guy op tv was geweest. (Twee zinnen in *Coronation Street*, presentator van een programmaonderdeel over schatgraven in Wales voor de trailer van een reisprogramma dat nooit gemaakt werd – hij was bijna beroemd.)

Maar nee. Als ik eerlijk was tegenover mezelf (en dat was ik niet) was Jack een man die alle anderen onzichtbaar maakte. Voor mij tenminste. Ik voelde me zwak, ik had er de pest over in en misschien had ik daarom de pest aan hem. Altijd als ik bij hem was, had ik een misselijk, onrustig gevoel. Ik hield me groot, maar ik voelde dat Jack de touwtjes in handen had en dat ook wist. Als iemand het me had gevraagd, zou ik waarschijnlijk gezegd hebben dat de sterren en de maan zijn werk waren. Dat ik het goed vond dat Guy achter me aan zat was mijn onduidelijke manier om de macht te heroveren. En toen, omdat mijn motieven verward waren en ik ze amper begreep, liep het uit de hand.

Ik had mijn auto voor het appartement van Guy geparkeerd, dus toen Guy me vroeg binnen te komen om zijn programma te bekijken, was het makkelijk om ja te zeggen. Hoewel ik vermoedde dat 'programma' een moderne term was voor koffie. Hij was schattig trots op zijn programma, de hele twee minuten, dus zei ik aardige dingen. Hij kuste mijn oor en ik liet hem begaan.

'Blijf,' fluisterde hij.

'Dat kan niet,' zei ik. Diep in mijn ploertenhart dacht ik dat Jack om drie uur 's nachts zou kunnen bellen. Wat hij weleens deed. Toen mijn misselijkste streek. Ik voegde eraan toe: 'Maar je kunt mee naar mijn huis gaan als je wilt.'

Hij zei: 'Doe geen moeite.'

Ik reed naar huis. (Al was 'huis' een wat fantasievolle beschrijving van mijn optrekje – één kamer waarvan de muren op je af kwamen, en een opklapbed.) Het was rond een uur of twee 's nachts. Ik parkeerde de auto een eind verderop bij de rotonde, parkeren was een ellende waar ik woonde, en trippelde naar mijn huizenblok.

Ik wist dat iemand me volgde. Om te beginnen: ze hadden niet de moeite genomen om de straat over te steken. Wat betekende dat het ze niet kon schelen of ik ze zag. Niet zo mooi. Ik begon te rennen en gilde – voor alle zekerheid: 'Help, help, brand, BRAAAAND!' (Ik zal nooit mijn adem verspillen om 'verkrachting' of 'moord' te roepen, Samaritanen zijn kieskeurig tegenwoordig, ze reageren alleen op 'Brand!')

'Hannah, stil, verdomme, ik ben het, Jack.'

Ik bleef staan en draaide me om. Wat gênant. Ik gebaarde enkele buren die met waterige ogen uit het raam keken dat ze weer naar bed konden gaan. 'Jack, imbeciel. Wat wilde...'

Ik zag dat hij een fles champagne in zijn ene hand had en een verfomfaaide bos pronkerwten in zijn andere. Ik hou van pronkerwten. Ze ruiken heerlijk en zijn niet half zo verwaand of leeghoofdig als rozen. Ik vind dat iemand die je pronkerwten geeft een weloverwogen keuze heeft gemaakt. Ik had die theorie met Jack besproken, weken geleden. Mijn hart klopte snel en mijn wangen brandden. Ik was blij dat het donker was.

Hij knikte in de richting van de rotonde. De gemeente had er gras gezaaid en wat struiken geplant. 'Ik heb op je gewacht. Ik denk dat ik onder een struik in slaap ben gevallen. Waar was je?'

'Weg,' zei ik. 'Maar nu ben ik terug.' Ik streelde zijn gezicht. 'Moet je nou eens zien. Er zit mos in je haar.'

Hij pakte me beet en hield me achterover, in een flamboyante omhelzing.

Onderweg naar boven hield ik mezelf voor dat ik niets had misdaan. Nou, dat hád ik ook niet. Maar het had gekund. Ik had thuis kunnen komen met Guy op sleeptouw. En dan zou het míjn keus zijn geweest. Ik voelde me als iemand die een vliegtuig mist dat vervolgens neerstort. Ik was geschokt. Ik had Guy niet gebeld en hij mij niet, dus ik praatte mezelf schoon. Ik kon niet weten dat Jack die nacht zou kiezen om knuffelig te worden. Het was niets voor hem.

Maar onze verstandhouding veranderde. De meeste mensen leven in hun eigen wereldje – ik heb iemand eens tweehonderdveertien kilometer gevolgd en die knaap merkte er niets van. Hij keek niet één keer in zijn achteruitkijkspiegel. Er gaat zoveel om in het hoofd van een mens dat ze niet merken wat er om hen heen gebeurt. Daarom gebeuren er zoveel verkeersongelukken. En toch doet de evolutie aardige dingen met het armzalige materiaal dat haar ter beschikking staat. Als we tijdens een onderzoek contact hebben met iemand, kijken we ze niet in de ogen. We kijken naar hun borst. Als je mensen in de ogen kijkt, zullen ze zich je gezicht voor eeuwig herinneren. Zelfs als ze niet erg slim zijn, is er iets in hun genetische programma dat hun herinnering oprakelt. Niet iets waar je behoefte aan hebt als je een paar dagen later over straat loopt.

Jack had nooit helemaal aanwezig geleken als hij bij me was. Zoals ik al zei, het maakte me nerveus, maar ik vond het raar genoeg ook geruststellend. Ik word niet graag onder aandacht bedolven, ik voel me er ongemakkelijk bij, ik heb liever ruimte om te ademen. Wat het ook was in Jacks geest dat hem verhinderde zich helemaal te geven in mijn aanwezigheid, ik was er blij om. Sommige mannen hebben de behoefte de meester te zijn van de ziel van hun vrouw – ik wist niet zeker of ik een ziel had.

Desondanks, in de nacht dat ik van Guy zijn flat naar huis sloop, brak het instinct dat fluistert dat er iets mis is door Jacks egocentrisme heen. Het was heel normaal dat ik laat thuiskwam of ontwijkend deed. Maar het was alsof Jack een verandering voelde.

Ik voelde voor het eerst dat hij niet gereserveerd deed. Hij gedroeg zich als een verliefde man, een man die zich realiseerde dat hij iets te verliezen had. Het was een heerlijk gevoel. Net als de meeste enge ervaringen. Een andere in de wind geslagen uitspraak van mijn oma Nellie was: 'Kijk uit met wat je wenst.' Ik was negentien, een leeftijd waarop je elke club afwijst die jou als lid zou willen hebben. Zonder gebruik te maken van geavanceerde middelen zoals woorden liet ik Jack merken dat ik de voorkeur gaf aan zijn oude, luchthartige ik.

Hij had ermee gekapt. Ik maakte mezelf wijs dat ik blij was. Ik wilde niet dat hij iets van me nódig had, dat vond ik niet aantrekkelijk. Ik voelde me er lekkerder bij als hij me behandelde als een uitdagend tijdverdrijf. Zo behandelde ik hém. Ik realiseer me echt wel dat je de ander in een relatie steun moet geven. Maar die geef je liever wanneer je weet dat het een luxeartikel is, geen eerste levensbehoefte. Dan is het een plicht in plaats van een aardigheidje. Het is het verschil tussen een goed gevoel over jullie tweeën of een slecht. Jack gleed moeiteloos terug in zijn sarcastische huid. Daarom was ik zo verbaasd toen hij me vijf maanden later, met Kerstmis, ten huwelijk vroeg.

Over de bruiloft heb ik je verteld. Op dat punt verschil ik van mening met Gabrielle. Ze ziet een bruiloft als een schitterende viering van eeuwige liefde. Ik zie hem – zoals ik alle belangrijke momenten in ons leven zie – als een mogelijkheid voor anderen om geld te verdienen. Dat komt misschien door wat Jack en mij later overkwam. Mijn huishouding en zijn reizen zouden we misschien overleefd hebben. (Hoewel ik denk dat, als je gelooft dat afwezigheid het hart verliefder maakt, je er goed aan doet bij jezelf na te gaan of je iets om je partner geeft.) Maar Jack en ik gingen toen eten bij mijn vriendin Evie.

Ze was een betrekkelijk nieuwe kennis. Ze had een massa verschillende baantjes gehad en had een paar weken roofovervallen gedaan voordat ze een baantje kreeg in de telemarketing. Ik had haar een heleboel verteld, over mij. Wat ik bedoel is: ze wist van Guy.

Ik wil niet jaloers klinken, maar Evie, die haar dichte, honingblonde haren in een grote, weelderige paardenstaart droeg, had Guy kunnen hébben, als ze gewild had. Maar, zittend aan de andere kant van het grauwe kantoortje, zag ze dat ik me bewust inspande om niet op mijn balpen te kauwen als mijn baas hem naar mijn bureau bracht en probeerde niets. Ik ben niet geweldig met meisjesrituelen en -pacten, maar zelfs ík had door dat, aangezien Evie Guy had afgestaan ter wille van mij, van mij verwacht werd dat ik haar bijpraatte over wat ze gemist had.

Maar goed, toen Evie ons uitnodigde om te komen eten waren Jack en ik vijf maanden getrouwd en ik had Evie sinds onze bruiloft niet meer gezien. En toen hadden we uiteraard geen kans gehad om elkaar te spreken. De man met wie Evie uitging had Jack meegesleept naar een andere kamer om, je gelooft het niet, een tredmolen te zien – die vent was schilderachtig, maar de saaiste persoon aller tijden. Ik keek toe terwijl Evie een pot Chicken Tonight in een pan kiepte en vertelde haar hoe Guy het besluit had genomen dat mijn leven had veranderd.

Ze streek een satijnen haarlok weg uit haar gezicht. 'Dus je nodigt Guy uit voor een wip bij jóú thuis en alleen maar omdat hij niet de moeite wil nemen om tien minuten te rijden voor seks geeft hij je de bons – en dat is uitgerekend de nacht waarop Jack je verrast met pronkerwten en champagne. Mijn gód, Hannah. Ik wed dat Jack niet met je getrouwd was als hij het had geweten.'

Er klonk een luid gekraak achter ons toen Jack zijn wijnglas zo hard op tafel zette dat het brak.

'Reken maar van yes,' zei hij en ons huwelijk was voorbij.

Terwijl de deur dichtsloeg zag ik de blik op Evies gezicht. Ik zou het een glimlach van afgrijzen willen noemen. Ik vond het moeilijk daarna nog met haar te praten en we verloren het contact rond de tijd dat Jack vertrok.

Wat daags daarna was.

Ik weet dat het extreem klinkt. Maar o, de ironie: ik geloof dat ik mijn man toen pas begon te begrijpen. Hij had de indruk gehad dat we al maanden vóór de pronkerwtnacht een exclusieve relatie hadden. Intussen had zijn vriendin geprobeerd een wip te regelen met een andere man. Jack hield van me, maar ik had het niet geloofd, ik had gewild dat hij de Taj Mahal voor me bouwde.

'Dus je hebt met die vent geneukt.'

'Néé! Nou ja. Ja. Eén keer. Eeuwen geleden. We hadden iets. Maar niet die avond. We kusten wat, niks... serieus.'

Ik probeerde het uit te leggen, maar ik verknalde het. De angst kortwiekte mijn IQ met vijftig punten terwijl ik daar stond. Mijn in paniek verkerende geest maakte de regels vlekkerig, ik kon Jack geen rechtlijnige antwoorden geven. De wrange grap ervan was dat het, onder acute stress, duidelijk was dat Guy niets voor me betekende en Jack alles. Ik zag hoe hij twee en twee bij elkaar optelde en op vijf kwam. Hij was de laatste tijd veel weg geweest... ik had koel tegen hem gedaan... ik had hem bedrogen... nu... toen... wat maakte het uit?

Hij had me de flat uit kunnen zetten, maar trok in plaats daarvan in bij zijn oudere zus, Margaret. Ik belde hem bij haar thuis in Richmond om nogmaals te proberen het uit te leggen... béter... maar ik wist in mijn hart dat het zinloos was. Er zou altijd twijfel zijn en Jack wilde honderd procent zekerheid. Hij was te trots om met minder genoegen te nemen. Zijn ouders kon hij niet kiezen, maar zijn vriendin wel. En nu, merkte hij, had hij verkeerd gekozen.

Jack vond het goed dat ik tegen vrienden en familie loog over onze redenen om te scheiden om zichzelf, niet mij, niet in verlegenheid te brengen. We zeiden dat we elkaar nooit zagen en uit elkaar waren gegroeid. (Hou het neutraal en ze geloven je.) Hij dacht dat de waarheid hem voor schut zou zetten. Hoewel de meeste mensen in werkelijkheid niet zo denken. Ze leggen, terecht, de schuld volledig bij de overspelige.

Tien jaar later haalde ik de herinneringen op en de schaamte erover voelde aan als gisteren. Indertijd zei iedereen dat ik het goed verwerkte en hoe vaker ze het zeiden, hoe beter ik het verwerkte. Het doet alleen pijn als je dat toestaat, hield ik mezelf voor, en denk eraan, er is niemand dood. Ik slaagde erin níét aan Jack te denken, en aan hoe het had kunnen zijn – een prestatie die ik bereikte door hard te werken en verschrikkelijk veel tv te kijken. Ik merkte dat, hoe minder ik deed, hoe minder ik wilde doen, tot ik nauwelijks meer iets kon doen. Dat klinkt misschien niet ideaal, maar het had het gewenste effect. Alles werd minder – gevoelens, ambitie, energie, verlangens – mijn bestaan werd omfloerst alsof ik onder een laag sneeuw leefde.

Jason had me uit mijn lethargie gewekt. Dus je snapt wel, ik was hem veel verschuldigd. Evengoed. Ik kan niet zeggen hoe graag ik géén contact wilde opnemen met Jack.

Maar mijn vader stond erop.

9

Ik had Jack in tien minuten kunnen opsporen, maar Peter belde en ik moest hem voor mijn rekening nemen.

Peter was een vaste klant van *Hound Dog*. Zijn probleem was een obsessie met een vrouw die geen belangstelling voor hem had. Katya was jong en heel knap, een Bulgaarse. Ze had daar een vriend. Ze was schoonmaakster bij Peter. Andere mensen geven hun schoonmaakster een fooi van vijf pond; Peter gaf de zijne een Mercedes. Haar enige wandaad, in zijn fantasie, was dat ze hem aannam. Ik heb daar best bewondering voor. Hij stond erop dat ze hem aannam, dus nam ze hem aan. Misschien dacht ze: wat een aardige man. En als ze dat niet dacht, bewonder ik dat ook. Peter had niet gezégd: 'Als je hem aanneemt, verwacht ik seks,' dus ik zeg: oké. Als je niet kunt zeggen wat je bedoelt, sta er dan niet van te kijken als mensen niet doen wat je wilt.

Greg weigerde een videocamera in Katya's slaapkamer te installeren, hij vond het 'verknipt'. Hij plaatste echter wel microfoons in haar keuken.

Greg had een uitzondering gemaakt voor Peter. Normaliter, als iemand ervan overtuigd is dat de partner hem of haar bedriegt, vraagt Greg: 'Zijn er kinderen?'

Zijn tweede vraag is: 'Hebben jullie samen een zaak?'

Als het antwoord op beide vragen nee is, antwoordt hij: 'Dump haar. Jullie hebben geen relatie. Jullie relatie is voorbij.'

Maar Peter was bereid elk bedrag neer te tellen en Greg had vier zoons op kostschool. Peter had dan ook niet het beste in Greg bovengehaald en Greg wilde daar niet aan herinnerd worden en had daarom alle contacten met Peter aan míj overgedragen.

Peter belde omdat iets wat hij had gehoord hem ervan had overtuigd dat Katya wél van hem hield.

Hij had haar, op bánd, tegen een vriendin horen zeggen: 'Ik heb zo'n zin in Peter vanavond.'

Ik had, op zijn instructie, zelf naar de band geluisterd en nadat ik hem zeventien keer had teruggespoeld, had ik slecht nieuws voor hem.

'Peter,' zei ik. 'Ze zei niet: "Ik heb zo'n zin in Peter vanavond." Ze zei: "Ik heb zo'n zin in pizza vanavond." Peter? Hallo? Peter? Ben je daar nog?'

Ik zuchtte en legde de hoorn neer. Toen zuchtte ik en pakte hem weer op.

Ik was van plan Jacks moeder te bellen en, als dat niet lukte, Jacks vader. Ik had het nummer van allebei en ik kon me niet voorstellen dat een van beiden verhuisd was. Zulke mensen waren het niet. Ik kon mijn neus dichtknijpen, doen alsof ik van de goeie ouwe sociale dienst was en zeggen dat ik voor Jack bestemde ziekenfondsformulieren naar het verkeerde adres had gestuurd. Niets om u druk over te maken, we kunnen een tweede set sturen, maar hij moet ze ondertekenen en terugsturen, waar moeten we...? Of ik kon mezelf zijn.

Al voordat ik Jacks moeder ontmoette nam ik een paar dingen aan. Uitgaande van Jack en de hoge dunk die hij van zichzelf had concludeerde ik dat ze hem vanaf zijn geboorte tot misschien wel vorige week voortdurend had voorgehouden: 'Je bent zó knap, je bent zo'n mooie baby, je bent de knapste, mooiste, intelligentste baby van de hele wereld, je bent zó'n slimme jongen, je moeder houdt verschrikkelijk veel van je, ze vindt je geweldig en grappig en slim en zó lief, geen enkele baby is zo bijzonder als jij...'

Ik vergiste me.

Ik heb zelden zo'n kil mens ontmoet. Het was alsof ze geen ziel had. Ik vermoedde dat ze doodongelukkig was. Ze rookte tijdens ons bezoek aan één stuk door, voornamelijk recht in mijn gezicht. Ik weerhield me ervan met mijn hand voor mijn neus te wapperen omdat ik niet net zo grof als zij wilde zijn. Ik merkte op hoe schoon het in huis was. Net een rijkversierde, brandschone asbak.

Elk porseleinen ornament had zijn eigen plekje. Het tapijt was wit. Er stonden enorme gebloemde sofa's die eruitzagen alsof er nooit op werd gezeten. Over de armleuningen van de bijpassende fauteuils lagen doorschijnende plastic hoezen om te voorkomen dat de stof werd bezoedeld door een menselijke aanraking. Ik zag slechts twee familiefoto's, stijve studioposes, in een zilveren lijst. Hadden ze zelf geen fototoestel? Het was een serieuze indicatie, leek me, voor een disfunctioneel gezin.

Het huis van Gabrielle en Oliver was een warwinkel van foto's – maar om eerlijk te zijn, Ollie is fotograaf – maar evengoed zag ik het als een teken van blijdschap en gezondheid. Gabrielle en Oliver op hun trouwdag, Gabrielle en Oliver op de Maldiven, Gabrielle en Oliver in New York, Gabrielle en Oliver in Thailand, Gabrielle en Oliver in Hyde Park en – later – Gabrielle, Oliver en Jude in het ziekenhuis, Jude en Gabrielle in de tuin, Jude en Oliver in bed, Gabrielle, Oliver en Jude op Sardinië, Jude, Jude, Jude, Jude, Jude, Jude, Jude.

Voor de geboorte van Jude had Gabrielle gezegd dat ze niet wilde dat het huis werd overspoeld door kinderspeelgoed en babyspullen. Na de geboorte van Jude had ze me verteld: 'Het is ook zijn huis. Waarom zou je dat niet mogen zien?' Dat was nadat ik gestruikeld was over een felgekleurde duwkar in de gang. Terwijl ik over mijn scheen wreef flikkerden rode lichtjes aan en uit, een computerstem zei: 'Ik-ben-een-aap' en barstte toen los in een vrolijke vertolking van *London Bridge is Falling Down.*

In het huis van Jacks ouders merkte je niets van zijn aanwezigheid. Hij was tweeëntwintig, maar niets wees erop dat hij hier ooit had gewoond. Jacks moeder bood ons geen kop thee of een koekje aan. Ik kon me niet voorstellen dat Jack hier als kind van zeven jaar had rondgerend en cowboy en indiaan had gespeeld met zijn oudere zus, Margaret. (Ik had haar ontmoet – ze was, anders dan je zou verwachten, een lachebek.) Ik kon me niet voorstellen dat hij de modder van zijn laarzen had gestampt in de kraakheldere keuken met zijn afschuwelijke kurken vloerbedekking. Kurkvloerbedekking was zo'n honderd jaar geleden beslist in de mode geweest, maar deze vloer zag er als nieuw uit. Ik kon me niet voorstellen dat Jack ooit voor het schoolkonijn had mogen zorgen, laat staan dat hij mocht fantaseren over een jong hondje. Ze gaf Jack geen kus toen we binnenkwamen. Ze raakte hem niet aan, waardoor ik zin kreeg het te doen.

Ik besloot mijn neus dicht te knijpen en van de sociale dienst te zijn.

Terwijl ik met trillende handen het nummer opzocht, dacht ik aan andere dingen. Jason. Roger. De twee mannen die belangrijk voor me waren, waren ervan overtuigd dat dit de juiste weg was. Ik slikte in een vruchteloze poging mijn droge keel te bevochtigen. Ik wilde hen geloven.

Mijn vader had gezegd: 'Hannah, lieverd, je hebt een puinhoop gemaakt van je eerste huwelijk en ik heb altijd het gevoel gehad dat het iets had kunnen worden als je had doorgezet. Ik denk dat jij dat stiekem ook denkt. En ik ben ervan overtuigd dat het gevoel van mislukking dat gepaard gaat met een mislukt huwelijk' – ik had gewild dat hij zou stoppen met het woord 'mislukken' – 'invloed heeft gehad op je relatie met Jason. Vooral nu gebleken is dat je je verzette tegen een nieuw begin. Je moet schoon schip maken met Jack. Alle dingen zeggen die ongezegd zijn gebleven. Jullie waren allebei onvolwassen en dwaas. Maar ik denk dat je littekens hebt overgehouden van de fouten die je hebt gemaakt en dat de angst als gevolg daarvan je ervan weerhoudt je over te geven aan een nieuw leven met Jason.'

Hij had vast gelijk. De dood van mijn eerste huwelijk had inderdaad invloed op me gehad, vooral omdat ík – realiseerde ik me nu – de moordenaar was geweest. In de tien jaar dat ik Jack niet gezien had, had mijn werk me duizenden keren de gelegenheid geboden te zien hoe andere mensen hun relatie om zeep hielpen. Het was zo makkelijk. Evengoed... wat kon ik tegen Jack zeggen waardoor mijn ziel op magische wijze zou worden gereinigd? Dat je naar *ER* kijkt wil nog niet zeggen dat je hersenchirurg bent. Ik wist niet zeker of mijn werk me veel nuttigs had geleerd. Natuurlijk, ik had een en ander opgepikt, maar ik kon niet garanderen dat het me zou helpen een tweede huwelijk verstandiger aan te pakken.

Mijn kennis werd pas toepasbaar toen het te laat was.

Ik kende de signalen van bedrog. (Ze variëren enigszins, naargelang de bedrieger een man is of een vrouw.)

Een man zal tegen zijn achterdochtige partner zeggen dat ze gek is. 'Je verbeeldt het je. Het zit tussen je oren. Je moet met iemand gaan praten...' Dat gelul. Maar er zal iets veranderd zijn. Hij investeert misschien in een fallisch voorwerp, zoals een auto. Een aankoop waardoor hij zich jonger voelt, al is zijn maîtresse even oud als hij. Hij lokt misschien ruzies uit, die hem een excuus geven om de deur uit te stormen – en naar zijn minnares te gaan. Hij zal níét gauw een nieuwe broek kopen, aangezien, het spijt me dat ik het moet zeggen, in de meeste gezinnen de vrouw nog steeds de was doet. Maar hij zou misschien attenter kunnen worden, de afwas doen bijvoorbeeld. Schuldgevoel.

Bedriegende vrouwen nemen een ander kapsel, vallen af, kopen nieuw ondergoed. Ze zijn ook slinkser. Mannen zijn niet zo slim. Ze laten sms'jes in hun mobiele telefoon staan, e-mails in hun computer. Dat komt doordat ze nog steeds geloven dat vrouwen a-technisch zijn.

Het probleem was dat ik, als detective, geïnteresseerd was in feiten, niet in gevoelens. Er is altijd een reden waarom mensen bedriegen, maar ik heb hem nooit te zien gekregen. We vragen de cliënt: wat wil je bereiken? Als we ontdekken dat hij een verhouding heeft, wat doe je er dan mee? Greg zegt dat we dat vragen omdat we hun leven niet voor niets willen verwoesten, maar persoonlijk denk ik dat, als ze naar ons toe komen, het al verwoest is. Vaak zijn ze tamelijk zeker van wat er aan de hand is, maar ze willen bevestiging.

Ik was dus uitstekend in het herkennen van de aanwijzingen dat iemand een relatie emotioneel al had beëindigd, maar er was geen professionele noodzaak om uit te zoeken waaróm. Als gevolg daarvan vermoedde ik dat ik niet beter toegerust was om de lei met Jack schoon te vegen dan ik tien jaar geleden was.

Ik kantelde mijn stoel naar achter en staarde naar de muur. Precies in het midden daarvan hing een ingelijst briefje van een cliënt. Ze was geadopteerd, ik had haar moeder opgespoord. Ze had het briefje getypt op een ouderwetse typemachine op dik, crèmekleurig papier.

Het luidde: 'Lieve Hannah, Vorige week heb ik voor het eerst mijn echte moeder ontmoet en het was raar en heerlijk tegelijk. Ontzettend bedankt, je hebt mijn leven veranderd. Liefs...'

Ze had een ouderwets vergrootglas over de tekst gelegd en hem ingelijst. Ik moest glimlachen telkens als ik hem zag.

Misschien was ik inderdaad te hardvochtig. Ik had een idee gekregen van hoe sommige mensen samen leven, dat was onvermijdelijk. Wanneer er een man of vrouw (meestal een vrouw) binnenkwam, bang dat de partner buitenshuis speelde, informeerde je naar een verandering in gewoonten en ze spuiden hun hele levensverhaal. Je moest een aardig goede therapeut zijn, en dat ben ik niet. Ik redde me door meestal mijn mond te houden en op gezette tijden te knikken. Dat was alles, realiseerde ik me, wat de meeste mensen vroegen. Na een eeuwigheid tegen het menselijke equivalent van een muur te hebben gepraat, snakten ze ernaar gehóórd te worden.

En af en toe werd je verrast.

Er kwam eens een vrouw binnen die ons vroeg de gangen van haar man na te gaan. Ze was aardig, maar ze praatte te veel. Haar toon varieerde nooit en ik kon onmogelijk zeggen of ze over iets heel belangrijks of over iets heel banaals praatte. Maar goed, haar man was veranderd. In plaats van elke avond van zijn werk naar huis te komen, bleef hij tot tien uur weg. Ze geloofde zijn verklaringen niet, ze vermoedde dat hij een verhouding had. We zetten twee man op hem (ik was een ervan), een week lang elke avond. En elke avond zagen we hoe hij naar een ouderwetse pub ging en, meer dan twee uur lang, in zijn eentje een glas bier dronk.

We lieten haar de film zien en ze begreep de boodschap. Wij allemaal. Het hele kantoor was onder de indruk, zelfs Greg.

En dan was er die vrouw die ervan overtuigd was dat haar man naar de hoeren ging. Ik moest haar bellen om te zeggen dat het een transseksueel was en het enige wat ze zei was: 'Oké. Bedankt. Dag.'

God, waar had ik het over? Ik had een heleboel geleerd. Ik had vooral geleerd hoe diep de meeste mensen kunnen zinken. Maar ik had ook iets geleerd over hoe het was om je verraden te voelen. Je hoeft niet altijd een geweldige, lange toespraak te horen. Soms zegt 'Oké. Bedankt. Dag.' Alles. Misschien was ik toegerust om Jack weer in de ogen te kijken.

Maar goed, ik keek hem nog niet in de ogen, ik keek zijn moeder in de ogen. Ik pakte de telefoon en draaide. Als ik niet zo in het verleden was opgegaan, had ik misschien meer aandacht geschonken aan het heden. In elk geval, toen een mannenstem 'Hallo' zei, begon ik in een reflex aan mijn spelletje. Ik was juist zover dat ik de geschokte belastingbetaler vriendelijk verzekerde dat hij zich nergens druk over hoefde te maken toen de persoon aan de andere kant van de lijn me in de rede viel.

'Gelul dat je van de sociale dienst bent. Je bent Hannah Lovekin; wat moet je, verdomme?'

Vergeet alle verongelijkte ontkenningen en tegenbeschuldigingen van waanzin en hersenschimmen.

'O, eh,' piepte ik. 'Hallo, Jack!'

10

Ik dacht snel na. 'Ik wilde je moeder niet van streek maken door zelf te bellen,' zei ik. 'Ik wilde gewoon je huidige adres achterhalen. Ik dacht dat dat de minst pijnlijke manier zou zijn om erachter te komen.'

'En wat moet je in godsnaam met mijn huidige adres?'

'Dat is moeilijk uit te leggen via de telefoon. Ik dacht dat we elkaar misschien zouden kunnen ontmoeten...'

'Ik peins er niet over,' zei Jack en hij hing op.

Ik grimlachte en zei met monotone stem: 'Dat ging goed.' Toen liet ik me voorover op mijn bureau vallen. Mijn benen voelden licht en warm aan, alsof ze het zouden begeven als ik ze op de proef stelde.

'Geen persoonlijke problemen, hoop ik,' zei Greg in de deuropening. Ik sprong in de houding. Greg had een kom havermoutpap in zijn hand en keek ongeïnteresseerd. Ik wist zeker dat de pap ijskoud was, maar hij zou hem gewoon opeten. Hij maakte elke morgen nieuwe, erin roerend tot het lijm was. Dan werd hij steevast gestoord en uiteindelijk nam hij in de loop van de dag her en der een lepel. Ik vond het een leuk gezicht, Greg met zijn kommetje koude havermoutpap door het kantoor drentelend. Ik voelde me er thuis door. Maar vandaag niet. Het was een kwestie van trots dat ik de drama's van mijn privéleven niet meebracht naar het werk. We waren de hele dag met andermans drama's bezig, er was gewoon geen plek voor die van onszelf.

Bovendien, tijdens mijn sollicitatiegesprek met Greg had ik vermeld dat ik gescheiden was en hem gevraagd of dat problemen gaf. 'Ik heb eigenlijk liever gescheiden mensen,' had hij gezegd. 'Gescheiden mensen zijn stabieler, zelfs als ze depressief zijn.'

'Ik ben niet depressief,' had ik geantwoord. 'Ik voel me best gelukkig.'

'Mooi zo. Dus zeg eens, wat vind je ervan mensen te vertellen dat hun man of vrouw hen bedriegt?'

'Ik zou het vervelend vinden om wie dan ook slecht nieuws te vertellen,' had ik op naar mijn idee diplomatieke wijze gezegd, 'maar ik zou vinden dat ze het verdienen te weten, dat ze het wíllen weten en dat ze het hóren te weten.'

'Ze dénken dat ze het willen weten.' Greg had even gezwegen. 'Ik ben tamelijk a-moreel. Wat we doen ís a-moreel. Waar ik bang voor ben, is dat mensen hier binnenkomen met hun verrekte moraal en me veroordelen.'

Ik had me naar voren gebogen. 'Waarom veroordelen? Omdat je de waarheid achterhaalt? Als het mensen niet lekker zit dat je bedriegers ontmaskert, is de kans groot dat ze er zelf een zijn. Jíj bent niet degene die een schuldgevoel moet hebben. Jij bent de boodschapper. Tenzij er iemand gekwetst wordt heb je er niets mee te maken.'

Greg had naar me geglimlacht. Hij had geknikt, langzaam, met halfgesloten ogen. 'Dat is een goeie,' had hij gezegd.

Daarom was het een erezaak dat ik niet labiel werd gevonden. De stem van de rede. 'Geen persoonlijke problemen,' zei ik. Ik zuchtte *Bisto Kid*-achtig en hief mijn hoofd naar een zonnige toekomst. 'Het leven kon niet beter zijn.'

Greg zette zijn kom havermoutpap op mijn bureau. Een akelige seconde lang dacht ik dat hij me zou dwingen hem op te eten, als straf omdat ik had gelogen. 'Ga door, meid,' zei hij. 'Ik heb zoveel geheimen – eentje meer kan geen kwaad.'

Hij grijnsde naar me en ik trok een gezicht. Ik kon me voorstellen dat vrouwen, toen hij jonger was, over elkaar heen vielen. Dat deden ze eigenlijk nog steeds. Hij zag er goed, zij het wat verfomfaaid uit. En hij was intelligent, zonder erover op te scheppen.

'Ik zal het je vertellen,' zei ik. 'Maar hou het stil.'

Ik besloot me tot de feiten te beperken en emoties erbuiten te laten. Dat zou hij op prijs stellen. Ik heb gehoord over kantoren waar vrouwen huilen waar hun baas bij is. Gabrielle had eens op de modeafdeling van *Harpers & Queen* gewerkt en ze zei dat je er je lunch om kon verwedden dat er op elk moment wel iemand van het personeel op de plee zat te janken. Het soort informatie waardoor ik blij was dat ik werkte waar ik werkte. Dat soort dingen doe je hier niet (tenzij je klant bent). Ik zie niet graag iemand huilen. Ik word er bang door. Als iemand huilt waar je bij bent kan er van alles gebeuren.

'Ik heb iets nodig van mijn ex en dus belde ik hem. Hij was niet blij dat hij van me hoorde.'

Greg trok het gepaste gezicht. 'Moet iets belangrijks zijn.'

'Is het ook. Daarom vind ik wel een manier om het te krijgen.'

Ik wil in het bijzijn van Greg niet minder dan capabel lijken. Mensen zijn meedogenloos. Je kunt zo volleerd zijn als Michelangelo, als je het één keer verknalt is dat het enige wat ze kan schelen.

'Verwachtte je dan een gevecht?'

'Het zou kunnen.'

Greg glimlachte. 'Ik zou de man weleens willen ontmoeten die tegen jou opgewassen is, Hannah.'

Ik zou je graag vertellen dat Greg me ziet als de dochter die hij nooit gehad heeft, maar het zou niet waar zijn. Ik denk dat die uitdrukking te vaak wordt gebruikt. Maar hij is wel op een passieve manier dol op me. Ik heb het gevoel dat genegenheid mensen soms verleidt tot familiair gedrag, wat hen op hun beurt verleidt tot vrijpostigheden. Dit was er een.

'Hij is niet tegen me opgewassen,' antwoordde ik stuurs. 'Daarom zijn we gescheiden en heb ik hem in geen tien jaar gezien.'

Toen glimlachte ik om te laten merken dat het me koud liet.

'Wat doet hij, die ex van je?'

'Hij is theateragent.' Ik liet mijn ogen rollen om te demonstreren dat ik het stom werk vond. Maar als koning van het stomme werk ('Ik word betaald voor een hoop flauwekul,' zei hij eens) wilde Greg graag horen over een verwante ziel.

'Interessant. Wie vertegenwoordigt hij? Hoe heet hij?'

'Dat weet ik niet.'

'Natuurlijk weet je hoe hij heet, meid; je bent met hem getrouwd geweest!'

'Je weet wat ik bedoel. Ik weet niet wie hij vertegenwoordigt, Greg. Hij heet Jack Forrester.'

Greg fronste zijn wenkbrauwen. 'Dat klinkt bekend.'

'O. Weet je dat zeker?'

'Wacht even.' Greg draafde mijn kantoor uit, zijn gestolde pap achterlatend op mijn bureau. Ik schoof hem uit mijn blikveld. Jack was vast ongelooflijk, ongelooflijk succesvol. Nou ja. Dan verdiende hij het. Hij was niet bepaald werkschuw geweest. De reden dat hij in die branche wilde werken, zei hij, was dat het leuk leek. 'Zorgen voor mensen die zich verkleden voor de kost.' Maar als ik Jack kende zat er veel meer achter. Ik kon me voorstellen dat hij succes had in een branche waarin je hard én charmant moest zijn. Jack kreeg wat hij wilde door niet los te laten. (Behalve mij.) Ik misgunde het hem niet.

De telefoon ging, mijn gedachtegang onderbrekend.

'Hannah?'

'Ja.'

'Met mij. Jason.'

'Hall-*o* Jase. Hoe is het?'

'Goed, bedankt. En jij? Ik bel om te vragen hoe het ermee staat. Met mijn' – hij zweeg even – 'voorwaarden.'

Hij kuchte. Jason was hypergevoelig voor de minste of geringste toespeling, wat ik, in deze schaamteloze moderne wereld, aandoenlijk vond. Heb ik al verteld dat hij niemand, man of vrouw, óóit een banaan rechtop zou geven? Ik had die theorie bedacht na toevallige observatie en hem vervolgens in de loop der jaren getest. Horizontaal, altijd. God verhoede dat het ze deed denken aan een overeind staande je-weet-wel.

'O,' zei ik. 'Prima.'

'Mooi. Het is gewoon omdat ik het gevoel heb dat het op den duur het beste zou zijn voor onze relatie.'

'Dat is zo.'

'Ik hou van je.'

'Bedankt.'

Er klonk een zucht.

'Hannah?'

'Ik ben er nog, niet dan?'

Hij zuchtte opnieuw. Zo moeilijk het voor sommige vrouwen te accepteren is dat hun man niet in Valentijnsdag gelooft (wat een onzin), zo moeilijk was het voor Jason te accepteren dat ik geen 'ik hou van je'-mens ben. Ik toonde mijn genegenheid door mensen voor de gek te houden. Hem hield ik het ergst voor de gek. Ergo: ik aanbád hem.'

'Oké, Hannah,' zei hij. 'Laten we elkaar over pakweg een week ontmoeten voor een voortgangsrapport.'

'Okidoki.'

Hij zuchtte voor de derde keer en legde de hoorn op de haak.

Een *voortgangsrapport*? Bespottelijk. Niettemin, ik was onder de indruk. Jason die assertief was. Wat mmmmmmmannelijk! Intussen was ik me er pijnlijk van bewust dat ik tot dusver niets had bereikt. Ik had alle onzin over meer aandacht aan mijn uiterlijk besteden van me af gezet omdat ik in deze tijd nauwelijks kon geloven dat hij het meende.

Mijn onwil had niets te maken met feminisme, maar was gebaseerd op het principe dat je mensen moet nemen zoals ze zijn. O, verdomme. Wat een léúgen! We nemen mensen zoals ze zijn tót we met ze trouwen. Dan is het gedaan met de fluwelen handschoen en gaan we ze serieus vormgeven met een scalpel. Jason was eerlijk en dat moest ik toejuichen.

Voorts. Een bekentenis. Die dag dat ik de bruid was? Gabrielle had gelijk. Ook al had ik een gedaanteverandering ondergaan. Het gaf een kick om van een vreemde te horen: 'Je ziet er prachtig uit.' En toen Jack me zag, door het middenpad schrijdend, ondanks de surrealistische gruwel van wat we deden, herkende ik die blik, een blik van ontzag, een blik die mannen meestal reserveren voor vrouwen zoals Sophia Loren en Cindy Lauper, ik bedoel Cindy Crawford. Noem me gerust ouderwets, het was een van mijn mooiste momenten. Het zou fijn zijn die blik weer toegeworpen te krijgen door een man. Jason, bedoel ik.

Ik pakte de telefoon en draaide Jacks moeder. Ditmaal nam de ijskoningin zelf op.

'Hallo, mevrouw Forrester. Is Jack er toevallig? Met Sylvie, een vriendin, van school, misschien herinnert hij zich mij niet.'

Ik hoopte dat, als ik haar alle benodigde informatie gaf, het gesprek kort zou blijven.

Ze legde haar hand blijkbaar over de telefoon. Ik hoorde een gedempte discussie, toen: 'Hallo?'

'Tja, Jack, sorry, ik ben het weer.'

'Je geeft het niet op, hè?'

Het was geen vraag, maar ik glimlachte. Volharding was een karaktertrek die hij in zichzelf waardeerde. Mensen worden sentimenteel bij zulke dingen. Ze nemen er overhaaste beslissingen door. 'Je hebt gelijk,' zei ik. 'We hoeven elkaar niet te ontmoeten. Maar ik wil je écht spreken. Alsjeblieft. Het duurt maar even.'

Je schrikt mensen niet af door ze plompverloren grote, zware, tijdrovende, inspannende dingen te vragen. Je vraagt ze vriendelijk je een kleine, makkelijke gunst te bewijzen en dán, wanneer je je een weg hebt gewurmd naar hun vertrouwen, vraag je iets meer en... nog iets meer.

Stilte. Toen zei hij: 'Wat is je nummer? Ik zal je terugbellen.'

En dat deed hij. Na zevenenvijftig minuten.

'Hou het kort. Ik heb het druk. En ik heb je niets te zeggen.'

'Begrepen,' zei ik terwijl ik zijn telefoonnummer noteerde.

Het lag in Jacks aard om gemeen te zijn. Zelfs als hij je aan het lachen maakte was dat door hatelijk te zijn. Ik weet nog dat hij een probleem voorlas, geschreven aan een alternatief therapeut in een zondagsblad. Een of andere arme vrouw had haar baarmoeder laten verwijderen en had last van nachtelijke transpiratie.

'"Ik heb kuisboom, *black cohosh* en salie-extract gebruikt, maar ik blijf last houden,"' had Jack geciteerd. '"Wat kan ik verder nog proberen?" Hm, een dókter misschien? Jezus, mens, er is iets afschuwelijks met je gebeurd! Stop met onkruid eten! Gebruik een fatsoenlijk medicíjn!'

Hij was wreed en hij was intelligent, een verwoestende combinatie. Vooral als hij je niet meer aardig vond.

Ik vroeg me af of ik hem de waarheid moest vertellen. Verdomme! De waarheid was waar het om draaide.

'Ik ga trouwen,' zei ik. 'Waarschijnlijk. Mijn aanstaande heeft voorgesteld dat ik, eh, eerst wat dor hout snoei.'

'Wat?'

Inderdaad. Ik probeerde het opnieuw. 'Hij wil dat ik' – ik kreunde – 'vrede met je sluit voordat we...'

'Je gaat trouwen.'

'Ja. Ik...'

'Met míj? Vrede met míj? Wat heb ik er godverdomme mee te maken?'

Ik slikte. Was de verbinding slecht? Er was geen touw aan vast te knopen. 'Hij denkt dat ik' – ik trok een gezicht – 'hij zegt dat ik me niet kan geven vanwege... dingen. Wat er gebeurd is. Met ons.'

'Heb je hem verteld dat je een bedriegster bent?'

'O, Jack. Misschien wás ik dat, vroeger, in zekere zin, maar het was heel anders dan je dacht. Maar inderdaad, ik heb Jason de hele waarheid verteld.'

'En je familie?'

Ik voelde een steek van medelijden. Jack had mijn familie aardig gevonden. Vooral mijn moeder en Gabrielle. Ondanks mijn gevoelens voor mijn moeder had ik het niet erg gevonden. Ik had gewild dat Jack alle liefde kreeg die hij kon krijgen, hij was zoveel te kort gekomen. Toen we scheidden verloor hij het meest en ik vroeg me af of hij me ook dat kwalijk nam. Het moest een pijnlijke gedachte voor hem zijn, zelfs nu nog, dat ik mijn familie had verteld dat ik met Guy gerotzooid had. Jack zou zich in hun ogen gekleineerd voelen, ik wist het zeker. Hij zou het verschrikkelijk vinden.

'Gód, nee,' zei ik, idioot van medeleven. 'Als papa zou weten dat we gescheiden zijn omdat ik stom had gedaan met een andere man zou hij... zou hij geen respect voor me hebben. Hij zou me minachten. Het zou afschúwelijk zijn.'

Jack zweeg. Toen zei hij. 'Ach, je weet maar nooit, Hannah. De ervaring zou je misschien goed doen.'

11

Ik gooide de hoorn op de haak, wat, realiseerde ik me later, de reflex van een idioot was. Het was niet eens uit boosheid. Het was uit ángst, als een kind dat een ruit ingooit en dan het gordijn dichttrekt, zo, nu is het niet gebeurd.

Als mensen ontdekken dat ik detective ben vragen ze altijd: 'Is er ooit op je geschoten?' Nee. Waarom?

Met mijn persoonlijke relaties lag het anders. Een wonder dat een beminde nooit op me had geschoten. Maar als Jack mijn vader de waarheid zou vertellen over waarom ons huwelijk was geëindigd zou hij evenveel schade aanrichten. Ik vond het kwetsend dat hij me nog steeds haatte.

Mijn gevoelens voor Jack waren de afgelopen tien jaar milder geworden en ik dacht welwillend aan hem terug. Het was dan ook een schok hem na al die tijd te spreken en me te realiseren dat zíjn interpretatie van onze scheiding niet was veranderd, dat de tijd zijn woede alleen maar erger had gemaakt.

Ik dacht niet dat het Jacks stijl was om uit de school te klappen. Hij had er tien jaar de tijd voor gehad en had het niet gedaan. Maar het nieuws dat ik van plan was opnieuw te trouwen had hem geen genoegen gedaan. Nu had ik er, naast mijn andere zorgen, een knagende onrust bij. Mijn vader had iets tegen ontrouw.

Moest ik Jack terugbellen? Bij gijzelingen raden onderhandelaars aan dat de gijzelaar in gesprek blijft met de gijzelnemer om hun overlevingskansen te vergroten. Maar als de conversatie van de gijzelaar nou eens zeurderig en irritant is? Als ik met Jack in gesprek probeerde te blijven, zou ik misschien overdrachtelijk door mijn hoofd worden geschoten.

Of moest ik nooit meer contact met hem opnemen? Ik geloof echt dat, als je een probleem negeert, het verdwijnt. Voor een deel. Ik heb, geconfronteerd met een onprettige situatie, altijd het gevoel: 'Dit is niet het goede moment. Als dit vólgende week was gebeurd, had ik het veel beter kunnen afhandelen.'

Ik wilde het helemaal niet afhandelen. Ik wilde gewoon tegen Jason zeggen dat Jack nog steeds wrok koesterde en me niet wilde zien. Ik had het geprobeerd. Ik hoopte dat Jason daar genoegen mee zou nemen. Zo niet, dan had ik een probleem. Ik zag ertegenop Roger te vertellen dat ik had gefaald met Jack – opnieuw – en dat een huwelijk met Jason daarom van de baan was.

Ik snoof en rook havermout. Ik wierp een blik op de pap, pakte de kom en marcheerde naar Gregs kantoor. Ik bereikte het, haalde langzaam en diep adem, bracht een glimlach op mijn gezicht en klopte aan.

'Ja,' zei hij. 'Kom binnen.'

'Volgens mij is dit van jou.'

'Bedankt, meid.' Hij zweeg, ten teken dat ons gesprek afgelopen was en mijn aanwezigheid overbodig. Jammer.

'Je zei dat de naam Jack Forrester je bekend in de oren klonk en rende weg. Ik vroeg me af of je hem ooit hebt ontmoet.'

Greg schudde zijn hoofd. 'Ik heb over hem gelezen. Hij heeft goed geboerd. Hij vertegenwoordigt een paar grote namen. Een heleboel jonge actrices.' Hij grinnikte.

'Tjongejonge,' zei ik. 'Die goeie ouwe Jack, ik ben zo blij voor hem.'

Ik draaide me om.

'Hé.'

Ik draaide me opnieuw om.

Greg knipoogde naar me. 'Hou me op de hoogte.'

Na het werk reed ik in stilte naar Hampstead Garden Suburb. Ik had me gerealiseerd dat, als ik er niet in slaagde mijn 'bagage' te sorteren en Jason me niet meer wilde, ik heel weinig had in het leven.

Nou ja.

Ik had dringender kopzorgen. Terence Rattigans *Separate Tables* bijvoorbeeld. De casting- en selectiecommissie van *Inimitable Theatre* had gestemd voor het op de planken brengen van zijn stuk, een Britse klassieker uit 1950, volgens mijn vader. Hij was regisseur (zowel als ster) en vanavond hadden ze een *tech*. Wat, voor de leken onder jullie, steno is voor een technische repetitie. Ik had gezegd dat ik een handje zou helpen – een idee dat ik wijt aan de schuldreserves die in mijn innerlijk rondklotsen. Ik hoopte dat Roger het te druk zou hebben met commanderen om naar mijn liefdesleven te informeren. Ik parkeerde de auto, haalde twee truien uit de kofferbak – overal waar *IT* repeteerde, was de temperatuur polair – en rende de aula van het plaatselijke atheneum binnen.

Ik vond zowat iedereen bij *IT* aardig. Het was een leuk gezelschap. Hele gezinnen waren lid. Bijvoorbeeld, een vrouw werd lid omdat ze van toneelspelen hield en haalde haar vriend over ook lid te worden. Ze trouwden en als hun kinderen oud genoeg waren zouden ze waarschijnlijk meedoen aan de jaarlijkse pantomime. Later zouden ze misschien besluiten dat ze liever achter de schermen werkten, kostuums maakten of choreografie deden. Mijn moeder was lid geworden omdat mijn vader het haar had gevraagd, maar kwam zelden. Op een keer had een van de actievere amateurs geroepen: 'Angela, als ik jou zie moet ik altijd aan een kop thee denken.'

Daar was ze, gezicht, haar, houding ingezakt terwijl ze de vloer voor het podium veegde. Er lag een dikke laag zaagsel op – ze waren zo te zien net klaar met het opbouwen van de set. Ik knikte hallo. Roger stond midden in de zaal, onberispelijk gekleed, zijn kin tussen wijsvinger en duim en mompelend tegen William, de toneelmeester. Hij zei graag, terwijl iedereen om hem heen rende, lampen, geluid, decors aanpaste: 'Ik ben niet de regisseur hiervan, ik ben een medewerker zoals iedereen,' maar het was niet waar. Zelfs zijn lach klonk voornaam. Al ontbrak het *IT* niet aan mannen met een diepe lach.

Ik besloot mijn vader niet lastig te vallen; hij had het kennelijk druk.

Ik stevende op Diana af, basisschoollerares. Ze was al lang lid van het gezelschap, kon moeilijk 'Nee' zeggen en kreeg daarom het werk van tien mannen toebedeeld. Die avond zette ze snoeren vast aan de plint, zodat geen enkele ouwe getrouwe zou struikelen en *IT* voor het gerecht dagen.

'Ik help je wel,' zei ik.

Ik glipte naar het achtertoneel om een schaar te zoeken toen Roger riep: 'Hann-arr!'

Bam. Ik liep naar Roger. Hij had een potlood achter zijn oor.

'Hoi, pappie, hoe gaat-ie?'

'Afgrijselijk. Miriam zette de kachel uit de garage op het karretje en liet dat buiten staan en een of andere klootzak heeft het gejat.'

'Wat, het kárretje?'

'Het karretje. Het lelijke, vierwielige, een plank en een handvat karretje. Wie kan dat verdomde ding nou gebruiken?'

Ik trok mijn neus op. 'Ze snaaien tegenwoordig van alles, Roger.'

'Ik weet niet waar je zulke woorden geleerd hebt, maar in elk geval niet in mijn huis.' Hij gromde. 'En,' ging hij verder, 'Nettie weigert een pruik op te zetten, dus moet Peggy haar haren oranje verven met een spuitbus.'

Ik floot tussen mijn tanden. Peggy was zesenzeventig en als ze haar gebruikelijke Earl Grey dronk, beefden haar handen zo dat het kopje het schoteltje zowat verbrijzelde. Nettie zou waarschijnlijk helemaal oranje worden gespoten; haar hoofd zou eruitzien als een mandarijn.

'Ga door,' zei ik, op mijn lip bijtend.

'Rosie ging ervandoor toen ze moest souffleren en Sefton stond vergeefs "tekst, tékst" te sissen. Geen ramp, maar hij stormde het podium af en brulde: "Dit! Is de laatste productie die ik ooit doe voor dit gezelschap!"'

'Dat zegt-ie altijd, Roger.'

Mijn vader streek met zijn handen door zijn haren. 'Ik weet het, maar het maakt mijn werk niet makkelijker.' Opeens haalde hij een stopwatch tevoorschijn en riep: 'Daar gaat-ie! Oké! Laten we het decor veranderen. Alle gezonden aantreden! Kunnen we pauzemuziek krijgen? Alles opruimen! Geen discussies! EEN MINUUT!'

Iedereen sprong (of krabbelde) overeind en mijn vader begon te ijsberen. Ik zag mijn kans schoon en mompelde: 'Ik ga Diana even helpen,' maar Roger pakte me bij mijn pols. Zeven minuten later, Peggy dwaalde nog steeds over het podium met een ingelijste foto van een paard in haar handen, zei Roger tegen William: 'Wil je het even overnemen?' en sleurde me aan mijn nekvel mee naar de achterkant van de zaal. Hij wees naar een stoel. Ik ging zitten en hij ook.

'Laat me lachen,' zei hij.

'Oké. Ken je die van die kameel die een bar binnenkomt?'

'Hann. Er...'

Ik zuchtte en liet me voorover vallen. 'Roger, ik heb geprobéérd met Jack te praten, maar het lukt niet. Hij is één en al verbittering. Het was een vergissing om contact op te nemen. Ik denk echt dat het beter is hem met rust te laten. Ik weet niet wat dat voor Jason en mij betekent, maar...'

Mijn vader stond op en liep weg. Misschien was het hem te binnen geschoten dat hij William aan iets moest herinneren en kwam hij over een seconde terug. Maar dat deed hij niet. Hij keek me de hele avond niet meer aan.

12

Meteen de volgende ochtend belde ik mijn vader. 'Ik zie Jack later op de dag,' zei ik.

Roger lachte. 'Aha, bravo! Zo ken ik je weer.'

Ik straalde in de telefoon.

'Neem me niet kwalijk als ik gisteravond boos was, lieverd. Je weet dat ik het niet meen. Ik vrees eigenlijk dat ik halverwege het gesprek als een ouwe lummel ben weggelopen... zo was het toch, nietwaar?'

'O néé, Roger, maak je niet druk. Ik weet hoe repetities zijn, je moet met je aandacht op honderd plekken tegelijk zijn.'

'Minimaal. Maar goed, ik heb haast. Maar laat me weten hoe het met Jack is gegaan. En laat je niet op je kop zitten. Niemand zit mijn dochter op haar kop.'

Glimlachend legde ik de telefoon neer.

Ik belde ook Gabrielle om haar het nieuws te vertellen. De klank van haar stem verbaasde me. 'Alles goed?' vroeg ik.

'Prima. Ik ben alleen druk bezig.'

'Werk?'

'Nee... nee. De badkamer schoonmaken.'

'Ik dacht dat je een schoonmaakster had?'

'Ik heb haar ontslagen.'

'O. Waarom?'

'Waarom denk je?'

'Ze pikte.'

'God, Hannah. Niet iederéén is een meestercrimineel.' Ze haalde diep adem en schakelde een tandje lager. 'Ze maakte gewoon niet goed schoon.'

'Gab,' zei ik, 'geen enkele schoonmaakster maakt goed schoon, want het is gewoon werk waar je onmogelijk van kunt houden. De laatste schoonmaakster die ik had was net een insluiper. Liet geen enkel spoor achter. Als je een schoonmaakster in dienst neemt, moet je denken: "Het is nét iets beter dan mijn huis helemáál niet schoonmaken".'

Er viel een ongeïnteresseerde stilte. 'Zo kan ik niet denken. Trouwens, ik kan het zelf beter.'

'Weet je het zeker, Gab? Het is een groot, oud huis.'

'Wat wil je daarmee zeggen?'

'Ik wíl geen dingen zeggen, ik zég ze. En ik zeg dat het een hele klus is, je werk, Jude én het huis. En,' ging ik verder, 'Oliver kennende wed ik dat je de hele administratie doet.'

'We hebben Amanda.'

'Ja, maar oppassen doen de administratie niet. En ze is parttime, niet?'

'Nou, ja, natuurlijk. Als ik mijn kind volledig aan een andere vrouw overdoe, wat heeft het dan voor zin dat ik het heb?'

'Nee, nee... dat is zo.'

'Het is niet zo dat ik víér kinderen heb. Het zou een beetje bedroevend zijn als ik niet één kind aankon.'

Ik wist niet precies waar we het over hadden en breide voorzichtig een eind aan het gesprek. Ik zou Gabrielle over Jack vertellen als ze meer zichzelf was. Als je op je kop in een toiletpot staat (zelfs een chique) om poep weg te krabben, is het moeilijk dat niet te zien als symbolisch voor je leven. Zelfs niet als je zo'n goed leventje hebt als Gabrielle.

Op het werk deugde ik nergens voor. Terwijl ik toch een bedrijfsverzekeringszaak had om me te amuseren. Het lijkt wel of het halve land met behoud van volledig loon thuiszit na zich op het werk te hebben bezeerd. Greg heeft graag bedrijfszaken omdat bedrijven je een budget geven en je je gang laten gaan. Huwelijkskwesties zijn vaak wat interessanter, maar ze hebben gelijk als ze zeggen dat ontrouw niet loont. Met ontrouw is geen droog brood te verdienen. Het is pijnlijk als een of andere arme vrouw belt en zegt: 'Ik kan het me niet permitteren hem vandaag te laten schaduwen,' en dan, vijf minuten later: 'Hij is nóg niet thuis – kunt u hem gaan zoeken?'

Verzekeringsmaatschappijen zijn minder emotioneel. Ze willen gewoon dat je uitzoekt of meneer Dinges inderdaad een ernstige wervelkolombeschadiging heeft doordat hij op een bedrijfsterrein is uitgegleden over een druif en of hij strompelt in het openbaar en in zijn tuin achterwaartse salto's maakt en ze zijn goed van betalen omdat we ze een fortuin besparen. Maar zo makkelijk is het niet, we moeten ervoor werken. Als iemand een verzekeringsmaatschappij oplicht, zijn ze daar meestal brutaal in. Ze hinken helemaal tot aan de voordeur en dan zíé je ze rondhuppelen in de huiskamer, wonderbaarlijk genezen. Ze nemen niet eens de moeite om de gordijnen dicht te doen, aangezien ze weten dat het illegaal is om iemand door een raam heen te filmen. De wet is opgesteld om schurken te helpen.

Ik had grootse ambities om de misdaad te bestrijden, maar ik deed het niet. Ik dacht aan Jack. Nadat ik was weggegaan bij de repetitie van *Separate Tables* had ik gebeld en gezegd: 'Alsjeblieft. Laat het me uitleggen. Je hebt me nooit de kans gegeven.' Ik haalde adem. 'Misschien zou jíj je er ook beter door voelen, Jack.' Toen hij zweeg had ik eraan toegevoegd: 'Zelfs moordenaars krijgen de kans om zich voor de rechtbank te verdedigen.'

'Ja, nou ja, de wet is een ezel,' had hij gezegd. 'Net als ik. Jezus christus. Maar we ontmoeten elkaar op míjn voorwaarden.'

Ik zat aan mijn bureau, beet op mijn potlood en speelde in gedachten zijn stem weer af. Ik werd misselijk bij het idee dat ik hem zou zien. Ik ging voor de spiegel staan en strekte mijn wangen naar mijn oren om te zien hoeveel ouder ik was geworden sinds Jack me voor het laatst had gezien. Mijn maag draaide. Ik was bang dat het zien van hem alleen al me zou veranderen in het naïeve ding dat ik tien jaar geleden was. Misschien zou hij onze afspraak afzeggen en dan hoefde ik er niet mee door te gaan.

Maar ik wist dat hij dat niet zou doen. Jack nam besluiten en handelde daarnaar. Zoals ik tot mijn schade wist.

We troffen elkaar om zeven uur in een restaurant dat, volgens *Time Out*, een tweede huis was voor beroemdheden en 'mediamensen'. Ik had er nooit van gehoord. Het was vreemd je Jack voor te stellen te midden van beroemdheden. Ik wilde hem geen lof toezwaaien, maar ik moest wel. Ik wedde dat hij een goede agent was. Hij was niet onder de indruk van roem. Beter gezegd: hij was minder onder de indruk van roem dan de meeste mensen. Ik zeg wel dat ik het niet ben, maar ik vrees van wel. Als iemand zo aardig is me een beroemdheid aan te wijzen, ben ik aardig opgewonden. Jammer genoeg weet ik nooit wie ze zijn. Ik ben niettemin opgewonden door het idee van hun beroemdheid en door de kans er rakelings langs te lopen.

Misschien was Jack veranderd. Misschien had hij al zijn oude vrienden in de steek gelaten en trok hij alleen op met bekende personen. Ik vroeg me af of hij zou verschijnen in een fluwelen pak. Of hij een oorring droeg. Dat was het enig nichterige aan Guy (die, voorzover ik wist, nooit de Evel Knievel-sprong over drie autobussen naar beroemdheid had gemaakt). Guy droeg een oorring. Ik had er eens iets over gezegd – 'Mmm, leuke oorring' – en hij had me verteld dat hij een nieuwe oorring nam elke keer als hij een nieuwe vriendin nam. Diep! De huidige werd gesymboliseerd door een kat. Ik zei dat ik het idee had dat ze beter gesymboliseerd kon worden door een rat, wat me een kille blik opleverde.

Jack verscheen niet in een fluwelen pak. Maar hij zag er heel anders uit dan de laatste keer dat ik hem zag. Als ik het blozende type was geweest, was ik vuurrood geworden. Mijn hart bonsde zo heftig dat ik aan mijn blouse frunnikte, alsof hij beweging in de stof zou zien. Ik voelde dat hij dwars door me heen keek.

Zijn donkere haren waren heel kort, heel *Black Hawk Dawn*. Een zweem van een stoppelbaard. Toen we nog op vriendschappelijker voet stonden had ik hem ermee geplaagd – zijn gezichtsbeharing groeide van nature in Mexicaanse-bandietenstijl. Hij was magerder dan toen hij tweeëntwintig was, waardoor zijn diepliggende ogen nog dieper verzonken leken. Zijn tanden waren nog altijd zijn beste wapen. Een bovenste snijtand aan weerszijden van zijn mond was door het tandvlees gedrongen, maar had nooit de moeite genomen verder te voorschijn te komen, wat ik bespottelijk sexy vonden. (Al klinkt het, zo beschreven, weerzinwekkend.)

Hij had een mooi oranje overhemd aan, voorgebleekte jeans en versleten sportschoenen. Hij had een mobieltje dat eruitzag alsof het je eten zou koken als je dat vroeg. Zijn verschijning suggereerde een drukke agenda, succes en geen inspanning.

Ik had me wel ingespannen, maar niet zo erg dat hij het zou merken. Ik wilde scherp overkomen, baas over mijn leven, maar niet alsof ik probeerde aantrekkelijk voor hem te zijn. Als je dringend iets nodig hebt van iemand, kom je niet aanzetten als een bedelaar. Je komt weldoorvoed (binnen redelijke grenzen) en welvarend aanzetten. Dus had ik mijn bril gepoetst. (Mijn contactlenzen waren buiten werking. Mijn schuld, doordat ik altijd door mijn zoutoplossing heen was, ze 's nachts in kraanwater zette en ze aflikte voordat ik ze weer in deed. Jason beweerde dat ik op die manier blind zou worden, maar dat was het niet. Ze waren bekrast; er was een of andere kalklaag op neergeslagen.) Ik had de glans van mijn gezicht gewassen en mijn tanden gepoetst. En mijn kleren geïnspecteerd op vlekken.

Ik had mijn werkkleding aan, wat, nu je het vraagt, is wat ik die dag zin heb om aan te trekken. De zeldzame keren dat je een vermomming nodig hebt – alleen wanneer je lange tijd op straat doorbrengt – zet je een hoed op, om je gezicht te verbergen, of je trekt een ander jack aan. En anders probeer je in de menigte op te gaan. Een mevrouw Niemand of een mevrouw Alleman te zijn. Een grauwe vrouw die niet opvalt. Al moet je soms juist opvallen om niet op te vallen. Ik heb weleens een helm, een felgroen jack en een klembord gedragen om niet te worden opgemerkt.

Maar gelukkig was dat die dag niet mijn outfit.

Jack zag me zitten op mijn lievelingsplek in elk etablissement – hoektafel, rug naar de muur – en glimlachte aarzelend. (Eerlijk gezegd, ik had die plek niet gekózen, ik was ernaartoe gebracht toen ik vertelde met wie ik had afgesproken.) Ik was even sprakeloos. Ik stond op – ik weet niet waarom – en zei: 'Ik zie dat die tanden nog steeds niet gegroeid zijn.'

Hij snoof geamuseerd, fronste toen zijn wenkbrauwen. Ik voelde dat hij spijt had van de glimlach. Maar ik voelde me opgewekter dan even tevoren. Ik wilde niet dat het onaangenaam werd en het leek erop dat dat misschien niet hoefde.

'Je ziet er oud uit.'

Anderzijds.

'Wat een grove opmerking,' zei ik. Ik was geschokt door zijn gebrek aan hoffelijkheid. Ik wilde terugbijten, maar beet op mijn tanden.

Jack haalde zijn schouders op.

Ik zei: 'Wil je iets drinken, grof persoon?'

Hij klapte zijn mobiele telefoon open, klapte hem weer dicht, staarde me aan. 'Nee. Ik wil het achter de rug hebben. Dit is niet voor de gezélligheid.'

Ik staarde terug. 'Kalm maar, Jack. Zo onweerstaanbaar ben je niet.'

Toen de kelner kwam bestelde ik een rode wijn, dronk ervan. Mijn handen beefden, ik ging erop zitten.

'Zenuwachtig?' zei Jack.

'Een kater.'

'Ik denk dat je zenuwachtig bent omdat je me weer ziet.'

'Ja, dat ben ik, en weet je waarom? Omdat je zo'n enorme *k*-zak bent.' Ik staarde hoopvol naar de bodem van mijn glas. 'Jezus, ik dacht dat we vijf minuten beschaafd konden zijn. Ik vergat nondeju wie ik verdomme tegenover me heb.'

Mijn taal vervuilde altijd als ik bij Jack was. Vijf minuten in zijn gezelschap en ik werd, zoals Gabrielle het noemt, schokkend.

'Dus waar wilde je over praten? Waarom je met een ander omging terwijl je met mij omging? Hoe het is op kantoor? Wie je momenteel bedondert? James? Jason. Heeft híj zich even opgeofferd voor de hele mensheid.'

'Jack. Je bent zo agressief. Ben je jaloers?'

'O, ja hoor. Dat ontbreekt me in het leven. Getrouwd zijn met een vrouw die maakt dat ik me ellendig voel. *Lieverrrrd*.'

Ik sprong op. Een mager blondje met ogen die iets te dicht bij elkaar stonden stond naast onze tafel en probeerde scherp te stellen op Jack. Ze schonk me een brede, witte grijns voordat ze zich diep vooroverboog om Jack op beide wangen te kussen en hem een blik te gunnen in haar decolleté.

Ik geeuwde en keek om me heen.

Ik had een goed zicht op het hele restaurant. Wat slechts kon betekenen dat Jack Forrester de beste tafel bestelde. Ver weg, bij de onregelmatige glas-in-loodramen – die licht binnenlieten, maar geen starende blikken vanaf de straat – zag ik enkele mopperige types eten. Ze wisten dat ze naar restaurant Siberië waren verbannen. Dichterbij ontwaarde ik een mannelijke soapster in een roze bloemetjeshemd, kieskauwend op een krulsalade. En naar de tafel naast de onze liep een al wat oudere vent van wie ik gezworen zou hebben dat hij een beroemd acteur was. Ik geloof dat hij in die *Hobbit*-film speelde. De twee vrouwen aan de tafel stonden op en de een zei minzaam tegen de ander: 'Je kent Ian,' toen hij zich bukte om haar wang te kussen.

Na wat gemompel over een 'project' dat momenteel was 'stilgelegd' maar binnenkort 'groen licht zou krijgen' beende het magere blondje terug naar haar tafel.

'Dus ze is je lieverd,' zei ik.

Jack keek scheel. 'Ik noem mensen "lieverd",' zei hij, 'als ik hun naam niet meer weet.'

Ik speelde met de steel van mijn wijnglas. 'Dus hoe ís het op kantoor?'

Hij lachte.

'Nee, echt. Ik hoor dat het goed gaat.'

'Ja? Waar heb je dat gehoord?'

'Nou ja, jee, Jack, ik luister je kantoor af.' Ik keek hem vol afkeer aan. Toen zei ik: 'Mijn baas kent je en zei er iets over.'

Jack masseerde zijn nek. 'Oké,' zei hij. En voegde er op wat beleefdere toon aan toe: 'Ik heb een paar leuke cliënten. Eén van hen ken je.'

'Ik?' lachte ik. 'Ik ken niemand.'

'Jonathan Coates. Meneer Coates?'

'Meneer Coates!' Ik lachte. 'Wat, de meneer Coates die toneelles gaf op mijn kleuterschool?'

'Ook míjn kleuterschool.'

'Ja, weet ik. Waarom zou je hem vertegenwoordigen?'

'Hij heeft een heel goeie commentaarstem.'

'Dat móét je wel zeggen. Je bent zijn agent. Wat grappig.'

'Hij vond me in het *Artists & Agents Year Book* en herkende mijn naam; waarom is dat grappig?'

Jack keek weer naar zijn telefoon.

'Heb je haast?' vroeg ik.

'Ja. Dus zeg wat je te zeggen hebt, dan kunnen we definitief afscheid nemen.'

Hij was te wreed. Ik probeerde te bedenken wat ik wilde zeggen en het dan te zeggen, maar het was alsof er een laag mos op mijn tong groeide. Tot mijn grote schrik jeukte mijn neus, wat ik me vaag herinnerde als de voorbode van tranen.

Het was als volgt. Ik moest kruipen. Jason wilde niet alleen dat ik mijn ziel reinigde, hij wilde ook schríftelijk bewijs dat Jack en ik 'weer beste vrienden' waren, zoals hij het noemde. Een situatie die even waarschijnlijk leek als vrede in het Midden-Oosten.

'Luister,' zei ik. 'Het spijt me wat er gebeurd is, maar ik denk eigenlijk niet dat het zo erg was als jij altijd hebt gedacht. Ik heb niet echt iets... veel gedáán met Guy. Niet toen het serieus werd met jou. Ik bedoel, er is in het begin van elke relatie altijd een vage periode en...'

Jack trommelde met zijn vingers op het tafelblad.

'Wat is er?'

'Hannah. Dit lijkt me geen excuus.'

'Nou, nee. Het is ook geen excuus. Het is een uitleg. Ik had rare ideeën over relaties toen ik jou leerde kennen. Jason is in' – ik kreunde – 'in therapie en kijkt terug om, eh, vooruit te gaan. Hij denkt dat, als jij de waarheid zou beseffen, je me zou kunnen vergeven. En een beter gevoel zou hebben over de hele... episode.'

'Ja hoor. Mooi niet.'

'Maar,' hakkelde ik. 'Geef me een kans.'

Jack wierp zich naar voren en legde beide armen op de tafel, zodat ik schrok. 'Hannah. Hij wil het onmogelijke. Je zegt dat hij wil dat we ons verleden doornemen, de kwesties en problemen eruit pikken als, als *distels* uit een koeienpoot en ze oplossen, zodat je zuiver en rein wordt, van alle schuld ontslagen, een herboren onschuldige.'

Ik knikte. Ik probeerde nog de relevantie van de koeienpoot te begrijpen. 'Ja. Dat is precies wat hij wil. Al bedoel je het nog zo sarcastisch. Dus waarom...?'

'Omdat er geen oplossing ís en het probleem is voor een deel dat jij dat nooit zult snappen. Als je iemand eenmaal hebt bedrogen, wordt de relatie nooit meer dezelfde. Je hebt me verraden, Hannah, toen ik meer van je hield dan ik ooit van een vrouw zal houden, en je hebt het nooit ingezien, je hebt het nooit erkend – je kunt het nog steeds niet, je hebt er de geestesgesteldheid niet voor, het ontbreekt je aan de juiste emoties, je lijkt verdomme wel... autístisch – ik kan je niet vergeven wat je me hebt aangedaan, je hebt me als mens veranderd, in het negatieve, en daar haat ik je om.'

Goed. Daar was het dan. Recht uit het hart. Of de vuist. Het was meer informatie dan ik ooit had gehad over wat Jack vond van mijn gedrag. Ik had aan zijn voeten moeten vallen, snikkend van berouw. Maar ik kon het niet. Hij irriteerde me mateloos. Hij was een van zelfmedelijden vervulde, pretentieuze zak die gewoon niet wilde lúísteren.

'Verrekte idioot dat je bent, maak jezelf van kant,' zei ik en ik liep naar buiten.

13

Ik ziedde van woede en was vuurrood. Het was zo typerend voor Jack en mij. Onze ruzies accelereerden van 0-100 in tien seconden. Ik hoorde Jack nog steeds 'Ik haat je' zeggen. Ik maakte een gorgelgeluid van woede diep in mijn keel. Ik was geen opschudding gewend in mijn privé-leven. Toen, recht voor me, maakte een vrouw een sigaret uit onder haar schoen. Ze trapte hem uit alsof ze wou dat het een mens was.

Ze was knap. Ik deed alsof ik mijn sms'jes las. Het is een geavanceerdere list dan in je tas rommelen omdat je erbij kunt treuzelen én kijken. Rondhangen heeft geen zin als een verfrommelde tissue en een hoopje kleingeld alles is wat je ziet. Ik liet mijn blik weer over haar gezicht dwalen. Ik kreeg een gevoel van een zorgvuldig samengesteld persoon.

Haar schoenen waren zwart-met-wit, met spitse punten, een in het leer gestanst patroon en een kleine hak. Dat, wist ik intuïtief, was mode. Lelijk en onhandig als ze waren, slaagden ze erin superieur te zijn, te suggereren: 'Ik weet iets wat jij niet weet, árme jij.' Ik had moeite om er niet naar te staren, het was alsof je probeerde niet naar een moedervlek te kijken. Als Gabrielle me iets geleerd had, waren ze haute couture en kostten ze driehonderd pond. Maar haar regenjas was scheef dichtgeknoopt. Ik weet weinig over mannen, maar ik vermoed dat die klunzigheid haar meer *ooo la la* gaf.

Ze ging het restaurant binnen waar ik net uit kwam en terwijl ze dat deed realiseerde ik me dat, als ik niet begon te lopen, ik hier nog steeds zou staan als Jack naar buiten kwam. Ik zette een stap in zomaar een richting, bleef toen staan. Toen volgde ik mevrouw Punt-Schoenen naar binnen. Net ver genoeg om te kunnen zien waar ze naartoe ging. Ik zei: 'Mm-hm,' in mijn telefoon en kweelde een cool 'momentje' tegen de receptioniste.

Mevrouw Punt-Schoenen stevende recht op Jack af. Ik zag dat ze hem op zijn mond kuste en dat hij terug kuste. Ik bracht warempel mijn hand naar mijn keel, als een ouwe oma die een vrouw schrijlings op een paard ziet zitten. Toen knikte ik, vreugdeloos, naar de receptioniste – die mijn groet beantwoordde – en beende de straat op.

Ik streek met mijn hand over mijn gezicht. Mijn hart voelde aan alsof het omgekruld was en verbrand tot een zwarte sintel. *Wat*, vroeg ik me af, *had je eigenlijk gehoopt hier te bereiken?* Ik voelde me misselijk en idioot. Jack had een mooie, glamoureuze vriendin. Toegegeven, het bewijs was dun. Ze kon een willekeurige vriendin zijn. Ja hoor. Als privé-detective moet je onderscheid leren maken tussen feiten en veronderstellingen, het heeft iets weg van een kip uitbenen. Dat gezegd zijnde: ik heb nooit een kip uitgebeend en bij gelegenheid heb ik veronderstellingen van onschatbare waarde gevonden. Zoals pakweg déze gelegenheid.

Ik herinnerde mezelf eraan dat ik met Jack had afgesproken met één doel: het bevorderen van een tweede huwelijksaanzoek door Jason. Ik zou me niet druk moeten maken over met wie Jack neukte. Misschien was het omdat ze blond was. Daarvan mochten er in pakweg Zweden dertien in een dozijn gaan, maar in Groot-Brittannië wordt een blondine extra speciaal gevonden, een soort Ferrero-Rocher. Het zat me dwars dat ik was opgevolgd door een model dat de hele natie esthetisch superieur zou vinden. Ik zou graag gezien hebben dat Jack was afgezakt tot een oude vrouw met een wrat op haar neus.

Ik spande mijn kaken en draaide me om. Verman je, Hannah. Onze ontmoeting bevestigde dat scheiden de juiste oplossing was geweest. Jack had zijn weg vervolgd. Dat moest ik ook doen. Maar hoe kon ik dat verdomme als hij me niet de kans gaf aan Jasons voorwaarden te voldoen? Jason had gelijk. Ik moest de geklonterde verwarring die mijn eerste huwelijk had geruïneerd uitzoeken voordat ik aan een tweede begon.

Jack zei dat hij me háátte. Haat is een groot woord. Ik knipperde met mijn ogen, zag dat Jack de blondine kuste, met zijn hand op haar heup. Jack was een verloren zaak. Ik hield mijn adem even in – vergeet Jack, concentreer je op Jason. Ik zou me aan Jason wijden, koste wat het kost.

'Krankzinnig,' zei Martine toen ik het haar de volgende dag vertelde. 'Hé, zijn Jacks voorkiezen nog steeds achtergebleven?'

Martine was tandartsassistente. Ze bestond in haar eigen hoofd en in romantische verhalen, wat goed uitkwam, haar werk in aanmerking genomen. Het was een levende dood, hoewel ze voor een aardige man werkte. Hij vond het heerlijk tandarts te zijn. De man hield van tanden. Hij praatte ook aan één stuk door. Of zette Capitol Radio uit. Hij sprak al zijn gedachten hardop uit, over de reclamespots voor autoverzekeringen en stompzinnige dj's, de hele dag in één kamertje.

'Ik vraag me af wat de spreuk van de dag is op de Sensodyne-kalender, Martine, scheur het blaadje eens af als je wilt, het heeft meestal iets te maken met poetsen, rare Sensodyne-spreuken...' Ik zou me van kant hebben gemaakt. Ik denk dat Martine nauwelijks een woord hoorde.

'Ja,' antwoordde ik. 'En Jack ook.'

Martine keek op van haar bord. We zaten in haar buurtpizzeria. Ik heb er voedselvergiftiging opgelopen, twee keer. 'Nee, hij niet,' zei ze. 'We hebben allemaal onze trots. Hij dacht dat je hem een rotstreek had geleverd. Dat kan hij niet vergeten. Hij kan je niet respecteren. Hij is een romanticus.'

Martine plukte met haar nagels een zwarte olijf van haar pizza. Ik stelde me doodsbang spartelende armpjes en beentjes voor terwijl ze hem naar haar mond bracht.

'Respect is niet de grondslag van veel huwelijken,' zei ik. 'Echt waar. Ik weet er alles van.'

Ik vergastte Martine op het voorbeeld van een recente zaak. Een vrouw had haar verloofde drie maanden laten volgen door een ABC omdat ze dacht dat hij haar bedroog. We hadden een busje voor zijn huis, de hele rataplan. Ze spendeerde *veertigduizend pond*, voor welk bedrag we haar verdenkingen beleefd bevestigden. Maar toen, in de laatste maand, stopte hij met zijn bedrog. Weken later belde die vrouw Greg om hem uit te nodigen in het Brompton Oratory. 'We laten ons huwelijk inzegenen,' vertelde ze hem. 'Ik zou het fijn vinden als je erbij was.'

Greg, die net een ontbijt nuttigde, slikte een groot stuk worst in zijn geheel door. 'Hoe,' antwoordde hij, 'denk je dat je je, spiritueel, zult voelen met míj erbij? En waar moet ik staan. Achter een pilaar?'

'Mijn huwelijk wordt niet zo,' zei Martine. 'Mijn man – dat wil zeggen, als ik hem ontmoet – wij zullen niet één geheim voor elkaar hebben.'

We zijn allemaal dom. Het hangt af van de maatstaven waarnaar we worden beoordeeld. Martine bleek dommer dan anderen. Hoewel ik stiekem geloofde dat ze minder stompzinnig was dan ze zich voordeed. Ze heeft vier oudere broers en er werd een zekere hulpeloosheid van haar verwacht en zelfs beloond. Maar goed, ik heb liever mensen die een beetje van zichzelf achterhouden.

'Ik tróúw niet eens als Jason erachter komt dat ik niets met Jack heb kunnen oplossen.'

Martine hapte naar adem. Ik dacht dat ze in een klont deeg stikte, tot ze zei: 'Roger zou wel een oplossing weten.'

'Geniaal, Martine,' zei ik.

'Maar,' bulderde mijn vader, bij wijze van nadruk opspringend uit zijn dekstoel. 'In godsnaam, waarom wil hij het niet als een redelijke volwassene met je uitpraten? Dit is bespottelijk. Het is tien jaar geleden. Hij wil je laatste kans op geluk toch niet in de weg staan?'

Ik hield mijn onaangeroerde glas water in beide handen en staarde erin.

Ik voelde me minderwaardig; Jack had een heleboel slechte herinneringen wakker gemaakt. Het was alsof je de populaire bink van school tien jaar later ontmoette. Hoe geweldig je het nu in je leven ook doet, je valt terug in de verhoudingen van toen. Ik was anders, ik was wellevend, in godsnaam, wellevend. Maar bij Jack was ik nog steeds die stomme tiener die zich niet wilde binden. Aan mijn vader had ik ook niets.

'Hij is nog steeds boos op me,' zei ik.

'Maar waarom dan?' riep Roger uit. Ik voelde de buren, hun adem inhoudend in hun patio-zitkuil. 'Het slaat nergens op! Geef me zijn nummer! Waar woont hij? *Ik* zal eens met hem gaan praten, ik zal eens een woordje met hem wisselen, de gotspe.'

Mijn hart leek een sprong te maken naar mijn keel. 'Nee!' zei ik.

Mijn vader zette zijn zonneklep af en keek me aan.

'Dat is nergens voor nodig, papa,' zei ik, kalmer. 'Ik weet... ik weet zeker dat Jason het niet erg zal vinden als ik niet, wapperend met een vredesverdrag met mijn ex, terugkom.'

'In godsnaam! Vervals die brief! Vervals hem! Wat dondert het! Stompzinnig idee. Wat Jason niet weet, zal Jason niet deren.'

'Nou, ik...' Ik zweeg. Die zin vatte de geschiedenis van mijn relaties samen, met iedereen. Het maakte me niet beter dan de Brompton Oratory-vrouw. Ik was niet van plan wat dan ook voor Jason te vervalsen. Het was de bedoeling dat het mijn nieuwe start werd, niet een slinks recyclen van oude gewoonten.

'Je hebt mijn vraag niet beantwoord!' bulderde Roger. 'Waarom doet Jack zo verdomd eigengereid? Wat kan het hem schelen? Wat verzwijg je voor me? Je verzwijgt iets voor me. Lieverdje! Wat is het? Lieg niet tegen me. Ik zit in de bedrijfsvoorlichting, dame, ik herken zuinigheid met de waarheid als ik het zie, kom op, gooi het eruit, gooi het eruit.'

Mijn mond ging open en dicht.

Meer dan wat ook was ik bang dat mijn vader een lagere dunk van me zou krijgen. Hij heeft eens iets heel merkwaardigs gezegd. Het was op de verjaardag van mijn moeder. Ik ben op die dag altijd aardiger tegen mijn moeder, een soort gratie. We waren met z'n allen naar de schouwburg geweest. Het was een première en mijn moeder had de toneelschrijver herkend, een grijs oud mannetje op de eerste rij. Ik merkte dat hij niet één keer lachte. Hé, misschien merkte híj dat ík niet één keer lachte. Toen de acteurs ten slotte hun vele open doekjes in ontvangst namen en iedereen opstond om weg te gaan, giechelde mijn moeder.

'Wat?' zei ik.

Ze sloeg haar hand voor haar mond. 'Hij liep vlak langs me en ik dacht, als ik nou eens "Wat een rótzooi!" zou roepen. Als ik dat nou eens riep, tijdens de voorstelling? Of als ik overeind was gesprongen en een acteur te lijf was gegaan?'

'Stel je niet aan,' zei mijn vader.

Gabrielle was er om de spanning te verdrijven – Oliver moest werken – en ze had haar arm door die van mijn moeder gestoken. 'Ik weet wat je bedoelt, Angela. Ik denk ook zulke dingen. Als ik op een redactiefeest ben met Ollie en met de fotoredacteur praat, denk ik weleens: "Stel dat ik mijn glas in zijn gezicht smeet?" Het is... Nou ja. Het is niet omdat je een rebel bent.'

We lachten allemaal. Behalve papa.

'Ik denk,' ging Gabrielle verder, 'dat het komt doordat je vindt dat het het ergste is wat je óóit zou kunnen doen. Je bent bang voor autoriteit, je bent bang voor andermans afkeuring.'

'O hemeltje, is het heus?' zei mijn moeder.

Ik voelde een korte opflakkering van genegenheid. 'Ja, Angela,' zei ik, 'dat ben je. Het hoeft niet. Je bent' – ik wilde niet zeggen dat ze even goed was als zij, maar ik kon het nu niet níét zeggen zonder de gratie te bederven – 'even goed als zij.'

'Hannah, je voorhoofd,' zei mijn vader. 'Ben je allergisch?'

'O! Nee,' zei ik. 'Gewoon een paar vlekjes.'

Terwijl Gabrielle en mijn moeder vooruit liepen, mompelde mijn vader, bijna in zichzelf: 'Schandalig.'

'Wat?' zei ik.

'Zoals je je uiterlijk verwaarloost. Ik denk er weleens aan hoe knap je als kind was, maar als ik nu naar je kijk, ben ik teleurgesteld. Al die beloften, wég. Alsof je in een... zure kers bijt.'

Het deed een beetje pijn.

Ik knipperde de herinnering weg toen Roger voor mijn gezicht in zijn handen klapte. 'Hallo-o! Aarde aan Hannah! Gooi het eruit. Je hebt Jack tegen je in het harnas gejaagd. Wat heb je gedaan? Zeg op!'

O, jezus. Ik had me vast voorgenomen eerlijk te zijn tegen Jason. Mijn vader verdiende toch zeker dezelfde behandeling.

Ik slikte. 'Oké, papa. Als je het per se wilt weten. Jack heeft nog steeds zo'n intense hekel aan me omdat hij dacht dat ik hem had bedrogen. Hij kwam erachter nadat we getrouwd waren.'

Ik wilde uitleggen dat het meer van technische dan van fysieke aard was, maar Roger gaf me de kans niet. Hij staarde me aan alsof ik in een andere persoon 'gemorfd' was, misschien niet eens een persoon, eerder een soort pad.

Hij zei: 'Dan ben je niet beter dan je moeder.'

Mijn vader keerde me de rug toe en liet me staan. Ik beefde, maar ik was niet verbaasd, want mijn vader heeft iets tegen bedrog. Hij heeft mijn moeder nooit vergeven dat ze hem bedrogen heeft. Ik evenmin.

14

Ik was vroeger heel dik met mijn moeder, toen ik klein was. Ik was toen heel meisjesachtig. De herinneringen zijn verbrokkeld, maar als ik wil kan ik er glinsterende scherven uit pikken.

Ze kocht een groene fluwelen jurk voor me, ik streelde hem altijd op mijn schoot als een kat. En een paar zwarte lakleren schoenen.

Ik kan me nog heel goed de ademloze opwinding herinneren die ik voelde als ik mijn voeten in die schoenen zag. Ik herinner me hoe ik als vijfjarige die magische woorden fluisterde: '*Zwarte lakleren schoenen*'. Ik droeg ze op feestjes, wanneer ik naar bijzondere plaatsen ging, en als ik de zilveren gespen vastmaakte kon ik amper geloven dat ze van mij waren, dat ik een meisje was dat zwarte lakleren schoenen droeg.

Zulke schoenen bezaten de macht om me te transformeren in iets wat ik niet was. Alle mensen die ik wilde zijn (mijn moeder, ballerina's, prinsessen) droegen zulke mooie schoenen: roze, satijnachtig, met stroken, hoge hakken, glimmend, met spitse tenen of ópen tenen, waarvoor je je teennagels in prachtige kleuren lakte. Ik paste de schoenen van mama, mijn benen werden dámesbenen. Mijn moeder was heel elegant. Ze bracht paarlemoer lippenstift aan en depte dan, twee keer, met een tissue.

Toch had ze iets behoedzaams, toen al. Ik heb een oude zwartwitfoto – ik kwam hem laatst tegen toen ik in mijn bureaula rommelde – die mijn vader genomen moet hebben tijdens een vakantie in Portugal of Spanje. Angela zit in het zand in een gebloemd badpak op een handdoek met smalle strepen, haar handen om haar knieën. Ze is slank en bruin en haar ogen zijn gesloten. Ik denk niet dat ze wist dat hij een foto nam, ze is te veel in zichzelf gekeerd, neemt het zonlicht op. Ik hou van haar katachtige gratie op deze foto, ze ziet eruit alsof ze spint, maar misschien is het haar behoedzaamheid waar ik iets mee heb. Ollie en ik zijn nergens te bekennen. Het strand is vol mensen die in de verte in groepjes op strandstoelen zitten en de zee is een dunne blauwe lijn achter hen, maar mijn moeder zit op het lichte zand, helemaal in haar eentje.

Ik herinner me niet veel en zeker niets over onze allervroegste relatie. Oma Nellie heeft eens laten vallen dat Angela 'moeilijkheden' had na mijn geboorte. Ik nam aan dat oma Nellie vrouwenproblemen bedoelde en vroeg niet verder. Dus misschien waren we in het begin niet zo intiem. Gek hoe je bewustzijn voor je vijfde jaar alles in zich opneemt, maar niet op *Opnemen* is gezet. Afgezien van het op zichzelf staande deppen van lippenstift en de herinnering aan mijn zwarte lakleren schoenen heb ik geen actieve herinneringen.

Foto's, verstilde levens, zijn alles wat ik heb. Angela heeft nog altijd een foto van ons tweeën op haar kaptafel staan. We zijn in de tuin en ze laat me een rozenblad zien. Ik weet weinig van kinderen, maar ik schat dat ik een jaar of twee was. We kijken alle twee met gefronste wenkbrauwen naar dat blad – misschien was het een eikenblad – en mijn babyhandjes lijken klein en mollig naast haar slanke handen.

Tot alles misliep hoopte ik precies hetzelfde te worden als zij.

Maar mijn vader nam het goed over. Er is opnieuw een leemte in mijn herinnering, rond de tijd dat het gebeurde. Maar je voelt het. Ik zou dit niet toegeven tegenover pakweg Greg, maar ik geloof dat, als er ergens iets ergs gebeurt, de droefheid in de wanden dringt en wordt vastgehouden door het bouwwerk dat getuige was van de misdaad. Misschien dat ik daarom niet hou van Hampstead Garden Suburb, ons huis. Er hangt nog de geur van spijt en bedroefdheid. Als de zonde niet is kwijtgescholden, kan ze nergens heen.

Ik herinner me een korte periode van schreeuwen, daarna stilte.

Ik heb een beeld van mezelf in onze gang: ik kijk naar mijn moeder die via de voordeur weggaat. En van een andere keer: ik kom die gang binnen en ren de trap op, ingehouden snikkend. Ik weet niet meer wie me binnenliet, maar ik negeerde hem of haar. Ik weet niet wat er gebeurde toen ik de bovenkant van de trap bereikte. Ik herinner me dat ik een hekel had aan gezinsmaaltijden. Concentreerde me op het eten op mijn bord, wenste dat het verdween zodat ik van tafel kon opstaan. Ik bracht veel tijd door in mijn speelhuisje – een laken over een reusachtige kartonnen doos – de inhoud ordenen, de keuken opruimen.

Ik weet niet wie zich het eerst terugtrok, ik of mijn moeder. Maar de persoon die ze was leek te vervagen. Zelfs als ze naar je keek voelde je dat ze door je heen keek. Wat veranderde, was dat ze méér voor ons kocht, voor Ollie en mij, maar het was niet leuk. Dééd minder, kocht meer.

Ze werd lui. Ze legde Scott Walker niet meer op de draaitafel, met een nasaal Amerikaans accent *Jackie* zingend terwijl zij ons ontbijt klaarmaakte.

Ik vond het heerlijk als ik beneden kwam en zij elk element van de ochtend onder controle had. Ik bleef knus tien warme minuten in bed liggen voordat ik opstond, luisterde naar hoe ze met keukengerei rammelde, de gordijnen opende, het schuifraam openzette, de tafel dekte, water in de lelievaas goot. Ze kocht elke week een bos witte lelies voor op tafel omdat, toen Ollie een baby was, dat de enige bloemen waren waar hij aandacht voor had. Ze had narcissen geprobeerd, rozen – geen reactie – maar zodra hij de grote, mooie lelies zag met hun trotse bloembladeren en sterke geur, wees hij ernaar en zei: *'Da!'*

Als je oma Nellie mocht geloven – die ons eeuwig vergastte op verhalen over onze ooit gezegende jeugd – was geen moeite mijn moeder te veel, toen. Een van Angela's specialiteiten was *boobala* – zo noemde ze het, ik denk dat het een Jiddisch woord is en dat ze het van háár grootmoeder heeft geleerd – en boobala is, objectief gezien, een walgelijk idee. Het is een kruising tussen een pannenkoek en een omelet, maar luchtiger, en je strooit er suiker en citroen op, of aardbeienjam. Als ze geen boobala's voor ons maakte, maakte ze eieren met spek, met lillende dooier. (Haar ideologieën liepen door elkaar.)

Toen begon ze ontbijt te kópen. Flensjes uit de supermarkt en knijpflessen stroop. Chocoladesaus. We mochten Ricicles eten. Geroosterd witbrood met boter en marmelade. Pindakaas. Nesquik met bananensmaak. Eenvoud was, korte tijd, een noviteit. Ollie at en kletste en mijn moeder glimlachte in zijn richting. Ik at alleen maar. Op een keer maakte ik een driedubbeldekkersandwich van vijf flensjes, bestrooide elke laag met Ricicles, kneep er krullen en nog eens krullen chocoladesaus en stroop op, plette hem met mijn handen, rolde hem toen op en at hem op zoals Homer Simpson een *bratwurst* eet. Intussen mijn moeder onafgebroken aankijkend, maar ze zei geen woord. Zat maar in haar koffie te staren alsof er een gouden munt op de bodem lag. Maar Ollie zag het en mimede: '*Varken*.'

Mijn ontbijtgewoonten van toen ik een jaar of zeven was zouden heel goed een verklaring kunnen zijn voor mijn eetgewoonten nu. Ik eet álles. Omdat hij geen fantasie heeft en zich nergens druk over maakt, geeft Ollie me met Kerstmis een mammoetreep chocolade, dus op 1 januari, als een groot deel van de vrouwelijke bevolking zich overgeeft aan een soja- en boetedieet, bedenk ik dat ik best eens wat Dairy Milk op mijn havermoutpap kan strooien. Ik kan chocolade eten bij tonijn, jezus, ik kan het tussen twee sneden brood eten. Ik heb niet het idee dat voedsel 'te rijk' kan zijn. Te ríjk? Wat ís dat?

Nadat ze een jaar flensjes had gekocht – en ik, neem ik aan, te dik werd – veranderde mijn moeder opnieuw. Ze tutte zich op in plaats van ons in haar pyjama naar school te brengen. Ze had zelfs een periode, ik weet niet hoe lang het duurde, tot mijn vader erachter kwam, denk ik, dat ze een taxi bestelde om ons elk morgen om acht uur thuis op te halen. En ons om halfvier 's middags terug te brengen. Echt, dat jaar speelde geld geen rol. Ollie vergaarde een trompet, een gitaar, een piano en een waterpistool zo groot als een kanon. *Ik* kreeg gezichtscrèmes. Niet om op mijn gezicht te smeren, want daar had ik geen belangstelling meer voor, maar om te mengen met paarse en zwarte verf om toverdrankjes te brouwen. Als mijn vader voor zijn werk naar Birmingham ging, bracht hij de bijbehorende miniflesjes shampoo en haarversteviger mee.

Ik bewaarde al mijn drankjes in een kartonnen doos, die ik met zwarte glitternagellak beschilderde en waarop ik *MIJN HEKSENSPULLEN* schreef. Ik had een groot aantekenboek met een zachte kaft en ruw geel papier waarin ik onheilspellende bezweringen noteerde. Ik schraapte stuifmeel van de bloemen in de tuin en rood sap van giftige bessen. Ik deed er shampoo, modder en kurkuma bij. Ik weet niet zeker wie ik dacht dat de heks was – ik of mijn moeder. Ik ging nog net niet zo ver dat ik haar koffie aanbood waar ik een drankje in had gedaan. Ze zou het trouwens gemerkt hebben (al mijn drankjes schuimden). Mijn experimenten met hekserij waren een voorloper van de Britse cappuccino.

Het jaar des overvloeds was voorbij en, afgaande op het uiterlijk, mijn moeder was terug. Vroeg uit de veren, haren keurig, parelmoeren lippen – hoewel haar mond eronder gekloofd leek, zodat ik mijn lippen likte. Ricicles waren weer taboe en er verschenen weer boobala's en eieren met spek op het menu. Ik weigerde ze en at toast. Ik mocht haar niet. Vroeger klopten al haar handelingen, elk woord, haar hele wezen van liefde voor ons, maar dit nieuwe model was een overdreven vrolijke bedriegster. Ze reed ons van hot naar haar, naar vrienden, naar het park, naar het zwembad. Ik wedde eens met Ollie wie het meeste water kon inslikken. Het was zeker dat het veertig procent urine was, maar dat kon me niet schelen, zelfs niet toen ik overgaf en ze het zwembad moesten schoonmaken, zo'n hekel had ik aan mijn moeder. Ik vond haar geestloos en *slaafs*. Net als Roger, merkte ik. Angela was de volmaakte Hampstead Garden Suburb-huisvrouw, maar ze zong nooit meer.

Mijn verstandhouding met mijn vader verbeterde intussen enorm.

En nu was ook die verpest. Met dit verschil, dat ík het had verpest. In sommige opzichten was ik een onnozel kind. Ik wist niets over seks, verhoudingen, de terminologie. Toen ik naar *Dallas* keek – ik was een jaar of acht – zei Clive tegen Lucy, of was het Sue-Ellen, dat hij 'impotent' was en ze moest erom huilen. Ik vroeg een klasgenootje: 'Wat is "impotent"?' en ze lachte me uit en zei: 'Jij.' Ik knarsetandde en kneep in haar zachte onderarm tot ze gilde. Dus hoewel het door mijn hoofd speelde dat mijn moeder een verhouding had, wist ik niet echt wat dat inhield. Ik wist alleen dat het de ergste van alle zonden was, een slecht, boosaardig, verdorven iets – een misdaad waardoor op school over mij en Ollie werd gefluisterd – het maakte mijn vader en mij diep ongelukkig en had tot gevolg dat we haar haatten. Het was allemaal haar schuld.

Zelfs als kind merkte ik al dat papa qua capaciteiten de mindere was van mama, maar ik had geduld met hem. Het gekke is dat ik het terugzie bij Jude en Oliver. Het joch is pas een jaar en verwacht nu al minder van zijn vader. Mama is degene die het heft in handen heeft, die weet wat ze doet. Papa is er meer voor de lól. Mijn papa was in elk geval veel leuker. Toen Angela steeds saaier werd, met haar plichtsgetrouw koken, haar eindeloos schoonmaken, voortdurende drukte en bijna volkomen zwijgen, pakte hij op wat zij liet liggen. Maar hij had geen benul van opvoedingsregels.

Hij was schokkend. Hij liet ons door de week zo laat opblijven dat we op de bank in de woonkamer in slaap vielen. Hij liet ons de meest gewelddadige films kijken die je ooit in je leven gezien hebt. *Manhunter* bijvoorbeeld. In een andere weet ik nog goed dat Bob Hoskins opdracht gaf iemands been af te zagen. Op een dag besloot Roger het bereiden van het avondeten op zich te nemen. Ik herinner me dat ik een krab op het buffet zag liggen die 'klak klak klak' deed. Toen mepte mijn vader hem dood met een kookboek. (Daarna probeerde hij de keuken te mijden.) Hij kocht zoveel kwarktaart met rozijnen en citroen voor ons als we op konden.

Mijn moeder bemoeide zich er niet mee. Ik wist niet of ze het niet durfde of dat het haar niet kon schelen. Ze was net een logee. Nee, meer een soort huishoudster. Mijn vader had de leiding over ons leven. Hij was een heel theatrale vader. Hij was een beroerde doe-het-zelver en op een keer reed hij met de grasmaaier over zijn voet. Ik zat in de kromming van mijn lievelingsboom in onze tuin en hij brulde: 'Aaaa-aaaaaoooow! Aaaaaaaaoooow! Aaaaaaaaoooow!' Riep vervolgens voor alle zekerheid: 'Dat deed *zeeeeeeeeeeeeeer*!' Het tegengestelde van háár. Op een keer was ze uien aan het hakken en ze sneed het topje van haar vinger. Er zat bloed op de snijplank, maar ze gaf geen kik. Alsof ze het niet voelde.

Mijn vaders reactie op pijn was in elk geval éérlijk. De hare raakte kant noch wal. Bovendien wilde ik het mijn vader naar de zin maken, dus ik volgde zijn leiding. Als hij in een goed humeur was, was het heerlijk hem in de buurt te hebben. Hij nam Ollie en mij mee naar feestjes van bevriende acteurs. Ik weet niet precies hoe oud ik was, een jaar of acht, denk ik – ik weet nog dat ik door een zee van tailles met gouden kettingen waadde om de Matchmakers te bereiken. Papa kocht een roze strik voor me die hij me graag zag dragen. Ik vond het goed omdat het me de aandacht van de andere volwassenen opleverde, wat hem genoegen deed.

Soms mocht ik spijbelen en met hem meegaan naar zijn werk. Hij had een kantoor met een heleboel ramen aan het eind van een gang, met een bureau zo groot als een pingpongtafel. Ik ging er graag naartoe, aangezien zijn assistente leverancier was van lekkere koekjes en me als een VIP behandelde. Bovendien had zijn compagnon een zwarte collie, die het goed vond dat ik haar volkorenkoekjes met chocolade voerde en me tegen haar ruige, warme rug nestelde terwijl ik bezweringen in Gotisch handschrift maakte. Haar adem stónk. Ollie weigerde te spijbelen. Toen hij ouder werd voelde ik zijn afkeuring van mijn vader. Ik probeerde het te negeren. Ik wist dat ik mijn vaders lieveling was.

En nu had ik het verpest. Toen ik wegreed van het huis wist ik niet hoe ik kon verdragen wat ik gedaan had. Ik had mijn vader verraden zoals zíj hem verraden had en de pijn die hij moest voelen leek in me te zwellen, te groot voor mijn lichaam, net een grote, opgepompte ballon die de lucht in de auto opzoog en me geen ruimte liet om te bewegen of te ademen. Ik stopte.

Goed. Ik kon één ding doen voor mijn vader. Alleen maar om ervoor te zorgen dat fase twee met Jason gladjes verliep.

Ik vervalste het briefje van Jack en deed het op de post.

15

Per kerende post kreeg ik een bruin pakje met BREEKBAAR en een bananenplant. In het pakje zaten twee grote, mooie keramische bekers, gemaakt in Italië en versierd met met de hand geschilderde rode harten. Ik glimlachte. Jason had het nooit prettig gevonden dat geen van mijn twaalf bekers een 'bijeen passend paar' vormde. In de plantenpot was een lichtblauwe envelop gestoken met de keurig gedrukte woorden: 'Op het nieuwe blad!' Ik keek en boven in de bananenplant was een stijf, strak opgerold groen babyblad.

Pas later die avond kwam ik op het idee dat er weleens een boodschap ín de envelop kon zitten. Hij luidde:

Lieve Hannah,

Jij rots!

Ik ben dolblij dat alles zo goed gaat. Uit zijn brief maak ik op dat Jack opgetogen was over de kans om het bij te leggen. Ik ben vanaf morgen twee weken voor zaken in Kenia. Ik popel om je te zien zodra ik terug ben. Smakkerds.

Jase xx

Ik voelde me onwaardig. Ik denk dat alles wat veel vrouwen van hun man willen, is dat hij aan ze dénkt. Het maakt ze weinig uit of hij bloemen of hondenvoer koopt. Bloemen zijn lief, maar het feit dat hij buiten de deur was en dacht: 'Hondenvoer. Als ik het niet haal moet zíj er speciaal de deur voor uit, ik zal haar de moeite besparen!' is ook prachtig. Ik zette de bananenplant lekker op de tocht om hem koel te houden en bedacht hoe Jason aan me dacht. Mijn hart smolt een beetje (niet de metalen kern, dat snap je wel, alleen de stalen buitenkant).

Hij verdiende alles te krijgen wat hij van me had gevraagd. Elk ding. Hij had niet veel gevraagd. De essentie van zijn verzoeken was dat ik moeite voor hem zou doen. Het kon geen kwaad als ik af en toe eens een rok droeg. Ik zou er ook niet aan dood gaan als ik over mijn emoties praatte, als ik er ooit een signaleerde. Ik kon de soort vrouw worden die haar lippen stiftte na het douchen.

Het probleem was – daar ging ik weer, altijd een smoesje – dat Jason al eens eerder had geprobeerd me op te dirken, tevergeefs. Babydolls, lippenstift, het was allemaal goed en wel voor ándere vrouwen, maar niet voor mij. We waren niet voor elkaar geschapen.

Voor mijn verjaardag had hij eens een pot donkerrood spul gekocht dat 'splash gloss' werd genoemd. Ik smeerde het uit nieuwsgierigheid op mijn mond voordat we uit eten gingen, grijnsde een halfuur naar alle kenners als het groentje dat ik was, keek toen toevallig in de wandspiegel en, o gruwel, mijn tanden zaten ónder de smurrie. O, mijn god, ik was zo'n vrouw met lippenstift op haar tanden; ze zijn gewoonlijk rond de vijftig.

En dan die keer dat hij terugkwam van Selfridges met een roze nachtjapon zo groot als een vaatdoek die er in zijn dure verpakking aanbiddelijk uitzag, maar afschuwelijk aan mijn lijf. 'Je pyjama's zijn een en al gat,' had hij gezegd.

Ik worstelde me erin. Het ding was gemaakt van elastische stof, strak en doorschijnend. Je zag tepels, schaamhaar, de hele handel, net een gratis voorstelling. Het ding spande om mijn bovenbenen, zat strak over elke hobbel. Het leuke roze lintje en de roze kanten boorden streefden naar een verfijnd effect, maar hun inspanningen waren vergeefs, overschaduwd door de tepels en het schaamhaar. Ik ben niet zwaarlijvig, maar in dat ding zag ik eruit als een zeeolifant in netkousen. Een topmodel zou er goed in hebben uitgezien. Ik droeg hem die nacht en lag klaarwakker, het was zo prikkelig, alsof je op distels sliep.

'Sorry hoor,' zei ik tegen Jason nadat ik mijn pyjama uit de pedaalemmer had gehaald. 'Die nachtjapon past niet. Ik zal wel geen babydoll zijn.'

Wat was ik gemeen en ondankbaar. Ik had niet eens doorgezet met die nachtpon. (Die hem negentig pond had gekost, wat neerkwam op zeven pond per vierkante centimeter stof.) Maar ik had op het eerste gezicht de pest gehad aan dat ding. Het deed me denken aan het feit dat sommige vrouwen zich kennelijk verplicht voelen er verleidelijk uit te zien in hun slaap. Ik vind heel sterk dat het een moment is waarop je de kans zou moeten krijgen om je te ontspannen.

Nu voelde ik me misselijk van schaamte en ik kon het niet meer aan de bramenwodka wijten.

Oké. Ik zou het zo doen. Ik zou elk verzoek op Jasons verlanglijstje inwilligen. Ik zou mezelf opnieuw uitvinden om hem een plezier te doen. Ik zou quiche leren maken. Ik zou mijn uiterlijk transformeren van ahum in tadáá! Ik zou Sindy de loef afsteken, een supersnoes worden. Tegen de tijd dat ik klaar was zouden Lucy en haar naaidoos vergeleken met mij ongeveer even vrouwelijk lijken als een rugbyspeler. En o ja, ik zou mijn taal kuisen.

Slechts één probleempje in mijn grootse plan. Ik had geen flauw benul.

Ik belde Gabrielle.

De trek op het gezicht van mijn schoonzus maakte me zenuwachtig. Ik had verwacht dat ze opgetogen zou zijn.

'Ik snap alleen niet waarom je dit doet. Voor Jason.'

'Gab. Ik heb vijf jaar met hem aan gerotzooid. Ik heb zijn kansen op een leuk leven met een normale vrouw verpest. Lucy,' voegde ik er voor de duidelijkheid aan toe. 'Dit is een tweede kans voor ons allebei. Ik wil mijn goede wil tonen.' Ze leek niet overtuigd, dus speelde ik mijn troefkaart uit. 'Misschíén trouwen we. Ik wil ons een kans geven.'

Als mijn argument filosofisch ondeugdelijk was, merkte Gabrielle het niet. Zoals verwacht reageerde ze op het 't'-woord als een hond op een biefstuk.

'Trouwen?' zuchtte ze. 'Hannah, dat wist ik niet. Mijn god, gefeliciteerd. O, in dat geval, natúúrlijk.'

Jezus, wat hebben mensen toch met trouwen? Het verandert ze in imbecielen. Gek is dat, want niemand vindt bruiloften leuk.

'Geniaal,' zei ik. 'Komt het nu uit? Of komt het ongelegen?'

Ik glimlachte hoopvol naar haar. Voorzover ik wist kwam het altijd ongelegen als je kroost onder de twintig had. Ik belde haar zelden, want altijd als ik het wilde doen dacht ik: 'Maar ze zal het nu wel druk hebben.'

Gab kwakte een roze, klonterig mengsel met oranje vlekken in een ijsblokjesbakje. Het zag eruit als braaksel, maar ik wist dat het gepureerde, zelfgemaakte haute cuisine voor Jude was. Ze had een stuk of tien receptenboeken voor baby's en ze stonden allemaal vol zalm *à la croute* en kip *chassis*. Dat kind at als een koning, hij wist niet hoe goed hij het had.

'Ik moet hier even een etiket op plakken en het in de diepvries doen, dan ben ik klaar,' zei ze. Ik keek toe terwijl ze de bakjes in een vak perste dat tot de rand toe vol zat met bevroren blokjes gepureerde kip *à l'orange* en gestampte garnalencocktail met knoflookmayonaise, nam ik aan. Ze gooide de diepvriesdeur dicht, stond op en zei: 'Gód, wat geeft dát veel voldoening.'

Ik zal wel niet-begrijpend hebben gekeken, want ze voegde eraan toe: 'Ik ga er prat op dat hij nog nooit uit een potje heeft gegeten. Hij heeft zó'n goede eetlust. Ik vind het heerlijk gezond voedsel voor hem te maken en te weten dat hij het zal opeten. Weet je, als hij zijn lunch niet opeet, ben ik de rest van de dag uit mijn hum.'

Ik glimlachte haar opnieuw toe, maar ik dacht: een tikkeltje overgevoelig. Ik keek haar aan zoals ze daar stond, helemaal *high* van een goede moeder zijn, in haar mooie keuken, ik keek naar haar heftig bevochten goede figuur, haar meisjesachtige kleren (een goed figuur is zinloos als je niet ha-ha kunt zeggen tegen de wereld) en ik vroeg me af wat Gabrielle zou doen als er een barstje in haar perfecte leventje zou komen.

Nu ik eraan dacht. 'Heb je een andere schoonmaakster?'

'Nee, nog niet. Maar het geeft niet. Ik doe het zelf, 's avonds.'

'Oké.'

Ik had een heleboel andere dingen kunnen zeggen, maar ik deed het niet. Ik had Gabrielle gevraagd me een *make-up over* te geven (zo noemen ze het bij *This Morning*) en hoewel ik geen damesbladenmeisje ben, wist zelfs ik dat een *make-up over* iets is wat vrouwen bij elkaar doen als kortere weg naar echt goede vriendinnen zijn. Op die manier is het niet nodig dat de een een trauma doormaakt en de ander er voor haar is.

Toch, ondanks dit protserige vertoon van vertrouwelijkheid, voelde ik dat Gabrielle en ik minder informatie uitwisselden dan ooit in de tien jaar dat ik haar kende. Ik begreep opeens wat Jasons psychiater bedoelde met intimiteit. Ja, je kon in iemands bijzijn naar het toilet gaan, maar dat stelde niet veel voor, tenzij je wist wat ze dachten, *terwijl je ging*.

Gabrielle was blijkbaar vergeten dat ik, om aan Jasons eisen te voldoen, Jack moest spreken. Als ze er al aan had gedacht, was ze niet voldoende geïnteresseerd om ernaar te vragen. Ik vond het ongelooflijk. Het is verbijsterend hoe onbelangrijk de details van ons leven zijn, zelfs voor degenen die ons het naast zijn. Het is goed dat je er af en toe aan wordt herinnerd. Het houdt je scherp. *Ik* had duidelijk geen leven, want *ik* herinnerde me dat Jude in het weekend naar de eerste verjaardag van een leeftijdgenootje was geweest.

'Vond Jude het feestje leuk?' vroeg ik.

'Wat? O. Nee.' Gabrielle sloeg tegen haar voorhoofd en ontblootte haar tanden. 'Ik dacht dat er "drie uur" op de uitnodiging stond. Ze hadden Monkey Music ingehuurd om de baby's te vermaken. Dus we komen om drie uur aan en de moeder van Robson doet open en zegt: "Jullie zijn te laat!" Dus ik zeg: "Maar op de uitnodiging staat 'drie uur'." Ze zwoer dat ze "een" had gezegd, maar zei dat ze misschien een vergissing had gemaakt. Ik kom thuis, zoek die uitnodiging. Er staat: "1300 uur". *Dertienhonderd uur!* Wat, zitten Jude en Robson soms in het leger? Ze is een Duitse, dus misschien is het in Europa normaler. Maar ik woon in Mill Hill! Ik leef niet volgens de vierentwintiguursklok, ik... o, moet je mij horen, waarom blijf ik erover bezig, maar goed, hij is vandaag bij mijn ouders, ze gaan met hem naar het strand, dus hij heeft vandaag in elk geval een leuke dag.'

'Mooi,' zei ik. 'Maar ik wed dat hij het gisteren ook leuk heeft gehad.'

'Ik maak niet graag fouten.'

Een afleidingsmanoeuvre was vereist. Ik zei: 'Goed dat je mij niet bent dan.'

Gabrielle lachte en de ban was verbroken.

'Oké,' zei ze, haar vingers buigend. 'Koffie. Daarna gaan we naar mijn werkkamer en moet je je uitkleden.'

'Wat?'

Gabrielle keek me berispend aan. 'Als ik je nieuwe styliste streep diëtiste moet zijn, zal ik je eens goed moeten bekijken.'

'Ik ga niet op dieet. Ik heb nooit iets gezegd over diëten. Ik kan niet minder eten dan ik nódig heb, Gabrielle. Als ik zelfs maar dénk dat ze mijn eten afpakken, begin ik te schransen. Zet me op dieet en het heeft een averechts effect, voordat ik het weet ben ik twee keer zo dik.'

Ik overdreef niet. Ik neem honger heel ernstig. Soms eet ik een stuk chocolade en slik ik het door, per ongeluk, voordat ik het in de gaten heb. Ik voel het als een klont door mijn slokdarm gaan en het besef dat een smaakervaring is verpest is reden voor *diepe spijt*. Ik zal die dag verscheidene keren denken aan hoe ik dat stuk chocolade in zijn geheel doorslikte en het elke keer heel erg vinden. Als je bent zoals ik, kun je niet diëten, je zenuwen kunnen het niet aan.

Gabrielle hief haar hand op. 'Rustig, lieverd. Ik heb het niet over ontbering, ik heb het over gezondheid.'

Eén pot nat. Ik nam mijn koffie mee en volgde haar langzaam naar boven. Uiteraard had ik een oud, rafelig slipje aan en een grauwe beha. Gabrielle is zo'n vrouw die zich elke dag van haar leven uitdost in witte kanten setjes ondergoed. Ze noemt het zelfs *lingerie*, zó chic is ze. Ik herinnerde mezelf eraan dat ik al het nodige zou doen om mezelf Jason waardig te maken. Ik zou een herboren meisje worden.

Gabrielle nam de koffiekop uit mijn handen en zette hem weg. 'Goed. Het eerste wat je moet doen, Hannah, is die pet afzetten. Het ziet er niet uit. O, mijn god, dat ook niet.'

Ik had een honkbalpet op. Ze had hem afgerukt voordat ik haar kon tegenhouden.

'Kappers zijn zo duur,' zei ik. 'Iedereen kan een pony knippen.'

'Blijkbaar niet.'

'Het bleef er idioot uitzien, ik blééf knippen.'

'Idioot. Wanneer heb je dat gedaan?'

'Gisteravond. Ik verveelde me. Er was niets op tv.'

Mijn schoonzus trok een gezicht.

Ik ging verder: 'Gabrielle, als je het per se wilt weten, ik voelde me beroerd over... iets wat ik Jason heb aangedaan, oké? Ik deed het uit berouw.'

Het was maar al te waar. Ik had steeds naar mijn bananenplant zitten kijken – onder valse voorwendselen verkregen – en zitten kermen.

Ze trok me naar de spiegel, haar vuist kneep het merg zowat uit mijn botten, het verbaasde me dat ik het niet als kneedklei tussen haar vingers uit zag kronkelen. 'Berouw. Ja hoor. Je lijkt Jim Carrey wel in *Dumb and Dumber*. Wedden dat je nú berouw hebt? Tuthola dat je bent.'

Ik schuifelde met mijn voeten. Je mocht met recht zeggen dat ik mezelf een wat simpel uiterlijk had gegeven. Niettemin was ik onder de indruk dat Gabrielle *Dumb and Dumber* had gezien. 'Een beetje wel, ja,' zei ik met een klein stemmetje.

'Ten tweede: ik zal je naar mijn haarstyliste moeten sturen.'

'Bedoel je niet: ten eerste?'

'Nee. Ten eerste moeten we wat nieuwe kleren voor je kopen.'

'Waarom?'

'Omdat je niet naar Michel' – ze sprak het uit als *Miesjel* – 'kunt gaan in een trainingspak. Nou ja, misschien ook wel, maar dan zou het Dior moeten zijn.'

'Wat? Wil je zeggen dat je je moet optutten om naar de kapper te gaan?' Ik kon het amper geloven. Waar ging dat naartoe met de wereld? Maar ze knikte.

'Nou en of. En helemaal opgemaakt. Dat is nog zoiets. Epileer je je wenkbrauwen weleens?'

'Nee.'

'Trek al je kleren uit.'

'W...?'

'Trek ze UIT!'

Neerslachtig gehoorzaamde ik.

Er klonk een diepe zucht. Misschien had ik ongemerkt een staart gekregen. Ditmaal wist ik wel beter dan 'Wat?' te zeggen.

Gabrielle graaide naar haar telefoon en drukte snelkiestoets vijf in.

'Hallo?' zei ze. 'Met Gabrielle Goldstein. Ik heb een afspraak met Michel, morgen, om twaalf uur. Ik bel om te zeggen dat mijn schoonzus, Hannah, in mijn plaats komt. Ze slaapwandelt, ben ik bang, en vannacht heeft ze in haar slaap haar eigen haren geknipt, ja, arme meid, alleen Michel kan haar redden. Bedankt. Kunt u me doorverbinden met de receptie van de schoonheidssalon. Sibyl? Lieverd. Met Gabrielle. Ja. Een noodgeval. Nee, mijn schoonzus. Grote beurt en een Braziliaanse. Wenkbrauwen. Snor...'

Dit werd te gek. Ik hád geen snor. Maar ik had wel werk. 'Ik heb werk t...'

Gabrielle drukte de wachttoets in. 'Neem een vrije dag!' Ze zweeg even. 'Je kunt je weer aankleden.'

Mooi, want ik begon me onwaardig te voelen, zoals ik daar spiernaakt stond terwijl mijn lichamelijke en geestelijke onvolkomenheden openlijk werden bespot.

'Sibyl? Ja. Manicure. Pedicure. Waarschijnlijk een Thalgo-zeealgenpakking. En een St Tropez voor daags daarna. Nee. Het gezicht doe ik wel. Ja. Bedankt. Daag.'

Ze beëindigde het gesprek en grijnsde naar me. Ik grijnsde terug.

Brazilië, St Tropez, het waren leuke plaatsen. Schoonheidsbehandelingen met zo'n naam konden zo erg niet zijn.

Gab gaf me bevel de volgende ochtend om klokslag negen uur weer naar haar toe te komen en ik protesteerde niet. Ik keek er zelfs naar uit. Boete doen zou *leuk* worden.

16

'Geweldig, kun je nu je wangen open houden?'

Ik kan niet namens de rest van de maatschappij spreken, maar mij gebeurt het niet vaak dat ik zonder slip op handen en knieën op een tafel zit en mijn billen spreid opdat een glamoureuze blondine de haartjes kan uittrekken die mijn anus aan het oog onttrekken. Misschien dat andere, hardere vrouwen eraan gewend raken, maar ik persoonlijk, noem me een doetje, kon maar niet wennen aan het ongewone feit dat ik met mijn toges in haar gezicht zat. Ze keek er recht tegenaan, o, daar was het, mijn onderste gaatje enkele centimeters van haar wipneus. Ik kon niet geloven dat mensen dit vrijwillig deden. En ik heb het niet over seksuele sadisten. Normale vrouwen. Ik bedoel, het klópt niet.

Ik bloosde tot helemaal naar mijn achterhoofd. In bloosde minstens op alle vier mijn wangen. Toen ze de haren uit mijn benen trok had ik mijn gêne kunnen bedwingen. Maar dit? Niets! Geen woorden konden dit verbergen.

Ik hield mijn mond. Het legde me even effectief het zwijgen op als een kogel. Ik had niets kunnen zeggen, al had ik het gewild. Dit was een sociale situatie die de etiquette neerknalde en bloedend achterliet, er stond de mensheid geen soort van woorden, geen correct gedrag ter beschikking dat dít normaal en draaglijk zou maken. Kolossale gekrenktheid overschaduwde de pijn die, in isolement – in pakweg een Iraakse gevangenis – ondergaan, folterend zou zijn geweest.

Ik dacht dat, als er een God was en Hij keek naar me omlaag (ik hoop van niet), Hij gezegd zou hebben dat ik gestraft werd voor mijn zonden. Evengoed had ik zin om Gabrielle te vermoorden, ik zou haar vermóórden voor wat ze me liet doormaken. De dag was een gruwel geweest, vanaf de eerste seconde dat ik haar die ochtend had gezien.

Tot mijn verrassing had Oliver opengedaan, met Jude op zijn armen.

Jude – die een wit modeding droeg, een wit tricootje – gilde toen hij me zag, van angst of blijdschap, dat wist ik niet.

'Waarom ben je niet op je werk?' zei ik (tegen Oliver, niet tegen Jude).

'Waarom jij niet?' antwoordde hij.

'Ik heb een vrije dag.'

'Ik ben freelancer, weet je nog?'

Oliver zette Jude voorzichtig op de grond. Dat kind had de dikste voeten die ik ooit had gezien. Er zaten plooien in zijn dijen, zo mollig was hij. Het deed me, om de een of andere reden, enorm veel genoegen.

'Ga eens kijken wat je moeder aan het doen is, lieverd,' zei Ollie en Jude dribbelde weg op zijn dikke babybeentjes.

Toen ik Ollie voor het eerst tegen Jude hoorde praten verslikte ik me. Hij gebruikte een stem die ik nooit eerder had gehoord, ondraaglijk teder. Maar toen hij dat zei, *ga eens kijken wat je moeder aan het doen is, lieverd*, voelde ik een misselijkmakende beweging in mijn keel, alsof iemand een lus om mijn hals had geslagen en eraan trok. Ik had zin om me jammerend ter aarde te werpen.

Ik had geen idee waarom.

Ik slikte en keek hem aan, alsof zijn gezicht me het antwoord kon geven, maar hij grijnsde en wiebelde met zijn oren – een kunstje dat hij onder de knie had gekregen toen hij zeven was en, zouden sommigen zeggen, het hoogtepunt van zijn talenten. Ik glimlachte stijf en even later verscheen Gabrielle met Jude op haar heup.

In een mum van tijd had ze me mee naar boven gesleurd en hield een preek over het juiste gebruik van gezichtscrème. Het bleek dat je die níét mengt met zwarte verf en giftige bessen en er bezweringen over uitspreekt, je smeert hem op je gezicht. Terwijl ze me bijpraatte over de vocht inbrengende, rimpels verdrijvende, kanker bestrijdende, eeuwig leven schenkende krachten van een piepklein potje smurrie die Dolphin Aromatic Soothing Cream (of zo) heette, kreeg ik een aanval van achterdocht. Toen vertelde ze me dat het vijfenveertig pond kostte.

'Hoe kleiner het potje, hoe duurder, uiteraard,' voegde ze eraan toe, alsof dat alles verklaarde.

'Gabrielle,' zei ik. 'Dit is... ik bedoel... het is olie en water en roze kleurstof. Het is... het is... opgeleukte vaseline. Die pseudo-wetenschappers in hun neplaboratoria, ze zullen zich wel in hun witte jassen zitten te benatten.'

Gabrielle trok haar mond tot een kille, rechte streep, waaruit ik opmaakte dat ze er belang bij had dat de Dolphin-geleerden genieën waren en de Soothing Cream alles wat er in de gebruiksaanwijzing stond. Gebruiksaanwijzing! (*'Steek vinger in pot...'*)

Ik wist dat het idioot was om door te gaan, maar ik kon me niet weerhouden.

'Dus als Jude last heeft van eczeem grijp je naar de Dolphin Aromatic Soothing Cream, ja? Ik bedoel, hij heeft van alles het beste, Gab. Hij zal verdrietig zijn als hij tv leert kijken en erachter komt dat je zijn huid hebt behandeld met die waardeloze ouwe Sudocrem, uit een *grijs potje*. Wat vertel je hem dan, dat hij het niet waard was?'

'Het is *Darphin*. En wil je nu dat ik je help om indruk te maken op Jason of niet?' riep Gabrielle.

'Sorry,' zei ik. 'Ga door.'

'Dit is Givenchy Balancing Mist. Een vocht inbrengende toner. Je spuit hem op nadat je je gezicht hebt gereinigd.'

Wanneer, wilde ik vragen, was een uitstekend woord zoals 'gewassen' veranderd in 'gereinigd'? Reinigen had iets bijbels en ik wilde weleens weten hoe vies die schoonheidswetenschappers dachten dat vrouwen waren. Ik hield mijn mond en dat was maar goed ook, want Gabrielle hield het flesje op en sprietste recht in mijn gezicht. Het was koud en vies, alsof iemand in je gezicht spuugde.

Daarna had ze me meegenomen naar het Brent Cross Shopping Centre. De meeste van mijn vriendinnen brachten meer tijd in het Brent Cross Shopping Centre door dan in hun eigen huis. Dat komt doordat moeders in het noordwesten van Londen het Brent Cross Shopping Centre van oudsher gebruiken als alternatief voor een open instelling voor hun kinderen. Het is puur slecht. Echtgenoten en echtgenotes lopen hand in hand door de deuren. Minuten later vliegen ze elkaar naar de strot. Het is de Bermuda-driehoek voor geluk.

Ik was er in geen jaren geweest en ik zag tot mijn verdriet dat Top Shop niet failliet was gegaan. Zoals ik het me herinnerde moest je meester van de vuile blik zijn om in die winkel te overleven. Gabrielle sleepte me mee naar binnen – het krioelde er van de veertienjarigen, ik voelde me net een pompoen in een worteltjesveld – en dwong me in wat asymmetrische kleren.

En toen, net toen ik dacht dat de marteling niet sadistischer kon worden, had ze me meegenomen naar de stad en me aan Sybil voorgesteld.

De hemel zij dank dat ik geen algenpakking kon gebruiken op dezelfde dag dat mijn benen en bikinilijn geëpileerd werden. 'Geeft niks,' schertste ik terwijl ik in mijn slip stapte, 'ik heb liever kaas en sla.'

Sybil wierp me een vreemde blik toe. Ik nam aan dat het 'ik walg van je' betekende.

Toen ik, later die dag, inspecteerde wat ze met me had gedaan, werd ik vuurrood van schaamte. Ik leek wel een pornoster. Ik peinsde er niet over om terug te gaan. Sybil kon haar algenpakking en haar St Tropez in haar dinges stoppen. Ze had me uitgelegd wat het was. Ik kon ook naar India vliegen en dysenterie krijgen, het zou hetzelfde effect hebben en me geld besparen.

Gabrielle belde. 'En, hoe voel je je?' informeerde ze met een stem die suggereerde dat ze een bedankje verwachtte.

'Ik voel me...' Ik zweeg even. 'Kaal.'

Gabrielle gniffelde. 'En Michel is een kanjer, niet?'

Mijn lippen knepen zich vanzelf samen. Ik was van de klauwen van Sybil overgegaan in die van de scheermeszwaaiende Michel, een botte Fransman. Hij scheen de staat van mijn pony op te vatten als een persoonlijke belediging. Toen, in een vijf seconden durende aanval van woede, had hij me een knipbeurt gegeven die me transformeerde in een kruising tussen Myra Hindley en zijn moeder. Ik had nu wat ik vreesde dat bakkebaarden waren. Ik was veertig minuten met de föhn in de weer geweest om ze bij de rest van mijn haren in te lijven.

'Luister,' zei Gabrielle. 'Ik moet over vijf minuten weg, er komt een cliënt, maar ik wil het je vertellen. Als je wilt leren je een weg naar Jasons maag te koken, of hoe ze dat ook noemen, moet je niet bij mij zijn. Ik doe alleen babyvoedsel. Maar. Ik ken wel de beste daarvoor.'

'Echt waar?' zei ik. 'En ze zou me willen helpen? Ik wil niet alleen weten hoe je een maaltijd moet klaarmaken, ik wil weten hoe je die servéért.'

'Je bent er serieus mee bezig.'

'Ja,' zei ik. 'Dat ben ik. Ik wil Jason geven wat hij... vraagt.'

En ik wilde mijn schuldgevoel uitdrijven. Ondanks de Braziliaanse en de bakkebaarden was dat niet minder geworden. Het lag opgerold als een slang in me.

'En je vader.'

'Wat?'

'Je wilt ook terug naar Jason om je vader een plezier te doen, niet?'

'Je kunt er geen bezwaar tegen hebben dat een ouder de partnerkeuze van zijn dochter goedkeurt,' zei ik.

'Mag ik vragen,' ging Gabrielle verder, 'houdt deze nieuwe jij stand tot de dood jullie scheidt? Of houdt ze stand tot eind volgende week, wanneer je genoeg hebt van het maken van *choux*-deeg en het verwaarlozen van je eigen behoeften?'

Sjoedeeg? Waar had ze het over? 'Ik verzeker je,' antwoordde ik, 'ik ben niet iemand die haar eigen behoeften verwaarloost. Mijn behoefte op dit moment is Jason. En als hij gelukkig is, ben ik gelukkig.'

'Weet je,' zei Gabrielle met vlakke stem, 'dat zeggen ze wel, maar persoonlijk vind ik niet dat dat klopt.'

Aha, ik evenmin, ieder uilskuiken weet dat dat gelul is. Je denkt dat het geweldig klikt, maar het klinkt schlemielig. Zelfs als je van iemand houdt kan zijn of haar geluk nooit een surrogaat zijn voor het jouwe. Anders zou ik zonder werk zitten.

Ik probeerde alleen maar mijn oprechtheid duidelijk te maken door kant-en-klare uitdrukkingen te gebruiken. En wat betreft me uitsloven voor Jason voor de rest van mijn leven, tja, wie weet kwam ik voor mijn veertigste onder een bus. Intussen betwijfelde ik of ik het reinigende, vocht inbrengende teintregime langer dan een maand zou kunnen volhouden zonder persoonlijke lening, maar ik wilde het oprecht proberen. Ik wilde de blik in Jasons ogen zien wanneer ik dag in dag uit gebraden kip op hoge hakken op tafel bracht. (Ik op hoge hakken, niet de kip.)

Jason en ik konden een geweldige relatie hebben. Ik was me ervan bewust dat ik de afgelopen vijf jaar op halve kracht had geopereerd terwijl hij vol gas rondscheurde. Als ik het maar kon opbrengen niet zo lúí tegenover hem te zijn, zouden we tevreden zijn. Gebraden kip, voelde ik, was daar een belangrijk deel van.

'Gab, alles goed?' zei ik. 'Je lijkt zo down. Eet je nog steeds geen koolhydraten?'

(Nog niet zo lang geleden was Gab een keer naar me toe gekomen en ik had bij de Italiaanse delicatessenwinkel een brood gekocht dat ciabatta heette. De nieuwste rage, kennelijk. Ik wist instinctief dat Gabrielle een ciabatta-meisje was. Dus diende ik het op met boter en kaas en naar de blik op haar gezicht te oordelen zou je gedacht hebben dat het een koeienvla was.

'Sorry, Hannah,' had ze gezegd, 'maar ciabatta is vergíf voor me. Het is witbrood, het heeft geen enkele voedingswaarde. De glycerolindex is rond de hónderd.' Ze at de kaas. Ik at de ciabatta, in de verwachting dat ik dood zou neervallen elke keer als ik slikte.

'Daar ligt het niet aan. Ik voel me prima. Alleen moe. Maar goed. Kom morgen om acht uur, als Jude in bed ligt, voor een les in Hoe Word Ik Jasons Ideale Vrouw.' Stilte. 'Klop, niet aanbellen, er is een slapende baby in huis,' voegde ze eraan toe en hing op.

Ik schudde mijn hoofd. Ze was beide kanten van een wip, die meid.

Mijn kapsel veroorzaakte geen opschudding op het werk, maar alleen doordat iemand anders het mikpunt van spot was, voor de verandering. Een van onze freelancers, Ron, was op surveillance geweest in een busje, tegenover het huis van het onderwerp en had – na zeven eentonige uren, slechts onderbroken door een of ander joch dat veertig minuten lang een tennisbal tegen de zijkant van zijn voertuig had gegooid – besloten een sigaret te roken. Een bewoner had rook gezien, gedacht dat het busje in brand stond en het alarmnummer gebeld. Rons nicotineroes werd abrupt afgebroken door zes potige, gehelmde mannen die de achterdeuren van het busje openbraken en hem van dichtbij bespoten met tien ton blusschuim.

Rons excuus tegenover de brandweerlieden was geweest: 'Moeder de vrouw wil niet dat ik binnenshuis rook.'

Ze hadden hem natuurlijk geloofd, want mannen denken stiekem dat alle vrouwen zo zijn. Ik kon het ze niet kwalijk nemen, ik dacht zélf stiekem dat alle vrouwen zo waren.

Het zette me aan het denken toen ik bij Gab en Ollie aanbelde. Wat probeerde ik te worden? Een traditionele huisvrouw? Een goede vrouw? Een ongelukkige vrouw? Of een pastiche van een vrouw?

Zoals Martine eens zei: 'God, ik word een pistache van mezelf.'

Ik wilde geen pistache van een vrouw worden. Het enige wat ik deed, stelde ik mezelf gerust, was mijn opties uitbreiden. Als dat op sommige mensen wat onderdanig en antifeministisch overkwam, zou ik ze, inclusief mezelf, verwijzen naar het gebrek aan respect dat ik Jason had betoond... vroeger. Ik moest het op de een of andere manier goedmaken.

'Ik zei toch dat je moest KLOPPEN,' zei Gabrielle met een stem luid genoeg om elke baby in de buurt te wekken. 'En' – ze sleepte me aan mijn pols naar binnen – 'waarom ben je nog steeds wít? Wat is er met je St Tropez gebeurd?'

'Ik maak wel een nieuwe afspraak,' loog ik.

'Nee, ík maak een nieuwe afspraak. Ik vertrouw je niet.'

We keken elkaar dreigend aan.

Toen zag ik een marineblauwe schoudertas op de grond staan. Met een anker erop en een bies van geel koord. Mijn schouders spanden zich.

'Van wie is die?' zei ik.

'Hannah, ik...' begon Gabrielle.

'Hallo,' riep mijn moeder, met haar beste imitatie van een zelfverzekerde glimlach om de keukendeur glurend. 'Ik ben het!'

17

'O,' zei ik.
Er was een toon die ik voor mijn moeder reserveerde. Het gebruik ervan was in de loop der jaren een gewoonte geworden. Lichtelijk verveeld, een scherp randje, maar niet ronduit grof. Niets, mocht ze me er ooit op aanspreken, wat ik niet kon toeschrijven aan drukke bezigheden of vermoeidheid. Maar ze had me er nooit op aangesproken. Onze verstandhouding was langzaam uiteengevallen als brood in water en ze had het laten gebeuren. Af en toe verbaasde ik me over haar stupiditeit. Als de ene manier van doen niet werkt, is het logisch dat je een andere probeert. Zelfs ratten weten dat. Maar mijn moeder klampte zich nog altijd vast aan dezelfde houding, onderdanig, gehoorzaam.

Wist ze niet dat, hoe aardiger je doet, hoe lelijker anderen je behandelen? Dacht ze dat mijn reactie op haar aandachtige, smekende ogen op een goede dag zou veranderen? Ik nam het haar kwalijk, want ik vond dat, als ze het belangrijk genoeg had gevonden, ze mijn boosheid zou hebben aangepakt en uit me zou hebben geschud. In het begin was ik waarschijnlijk te jong geweest om te weten waarom ik zo'n hekel aan haar had. Mijn afkeer was instinctief, dacht ik, gebaseerd op de wetenschap dat ze mijn vader diep had gekwetst. Later, toen ik volwassen genoeg was om te weten wat een verhouding betekende, vernieuwde mijn afkeer zich op bewust niveau.

Ze liet zich door me leiden, hoewel iedereen weet dat het de taak van een moeder is haar kinderen de weg te wijzen.

Ik zeg niet dat ik nooit genegenheid voor haar heb gevoeld – als je ooit in een *Joy to the World*-soort stemming bent geweest zul je het begrijpen. Je betrapt jezelf op een moment waarop alles goed met je gaat en je voelt een spontane opwelling van welwillendheid tegenover zo'n beetje iedereen. Toegegeven, het gebeurt zelden. Maar als zo'n stemming me overviel, sloop de nostalgie in het spoor daarvan naderbij.

Dan hunkerde ik naar de tijd dat het leven ongecompliceerd was. Toen het feit dat ik uit een beker kon drinken een hele prestatie was en mama naast mijn kinderstoel zat en applaudisseerde.

Maar dan zág ik haar opeens, een oud geworden kartonnen replica van haar jonge ik, en zei ze iets irritants en kreeg ik zonder er moeite voor te doen een onvriendelijke uitdrukking op mijn gezicht.

Ik weet dat Gabrielle wilde dat we vriendinnen waren. Zij was dikke maatjes met mijn moeder. Ze leenden elkaars kleren. Een slecht idee, want geen enkele zestigjarige – hoe donker haar huid en hoe blond haar haarwortels ook – ziet er goed uit in een topje. Ook bespraken ze hun seksleven. Ik had liever geen seksleven dan dat ik het besprak met mijn moeder.

Ik zei zoiets tegen Gabrielle, maar ze hield zich er liever buiten.

Ze deed haar best. Gab was aanstekelijk energiek; een deel van haar charme was dat ze enthousiast was over haar vrienden, niet alleen over zichzelf en haar naaste familie. Daardoor viel het haar moeilijk zich niet ermee te bemoeien, te proberen ons over te halen, ons tot elkaar te brengen. Misschien had Ollie haar gewaarschuwd. (Ollie liet dingen liever betijen. Zijn motto was 'Ach ja'.) Of misschien wist ze dat, als ze onze vriendschap wilde behouden, ze haar mond erover moest houden. Ze moest zich erbij neerlegen dat ik tamelijk gereserveerd was (niet over andermans zaken, dat snap je, alleen over de mijne). Bovendien was zij hier niet het slachtoffer.

Maar af en toe werd haar gezonde verstand overweldigd door haar behoefte om ons tot een gezellige familie te kneden.

'Angela,' zei ik. 'Kun je even wachten? Ik heb iets met Gabrielle te bespreken.'

Mijn schoonzus volgde me met veel tegenzin naar de woonkamer.

'Waar ben je mee bezig?' vroeg ik.

'Hannah, je zult moeten toegeven dat niemand beter is in traditioneel huisvrouwtje spelen dan je moeder.'

'Gabrielle,' zei ik met langzame, geduldige stem, alsof ik het tegen een heel dom persoon had, 'wat denk je te bereiken door me met een smoesje hierheen te lokken?'

'Je geeft haar geen kans,' barstte Gabrielle uit. 'Je hebt geen idee hoe het voor haar is. Zoals je haar behandelt, het is kwetsend...'

'Maar ze...'

'Ik weet het, maar weet je, er zijn ergere dingen.'

Ik keek haar vuil aan. 'Je bent niet goed wijs wat huwelijkstrouw betreft.'

'Er zijn een heleboel manieren om een partner te bedriegen.'

'Zoals?'

'Geestelijke wreedheid...'

'Waar heb je het over?'

'Ik weet dat je moeder van je houdt...'

'Ach, kom op.'

'Hannah, je snapt het niet, ze had van alles kunnen zeggen om je te vervreemden van... maar ze wilde het niet omdat ze weet hoeveel je...'

'Wat?'

'Niets.'

Alle boosheid verdween uit Gabrielle, in een zichtbare '*puf!*'

'Volgens mij,' ging ze verder, 'besef je gewoon niet hoe intens het is om moeder te zijn. En ik kan me niets ergers voorstellen dan dat je dochter je haat. Je denkt vierentwintig uur per dag aan je kinderen, ze vullen je hoofd zodat er amper plaats is voor iets anders, hun welzijn, hun heden, hun toekomst, hun geluk, je wilt ze voor de rest van hun leven voor gevaar behoeden, je maakt je zorgen over de mensen die ze leren kennen, vandaag, morgen, altijd, de mensen die van ze zullen houden, zullen kwetsen, hoe je na je dood kunt zorgen dat ze veilig zijn, je kijkt naar foto's van ze waarop ze glimlachen en je zou willen dat je ze zo zou kunnen bewaren, want op dat moment zijn ze veilig, je maakt je zorgen elke keer als ze in een auto stappen, elke keer dat je ze niet kunt zien, je ziet iedereen als iemands baby, ooit, en toch beschouw je iedereen als een potentiële dreiging, je sluipt hun slaapkamer binnen en kijkt naar ze als ze slapen, je luistert naar hun ademhaling, controleert of het raam dicht is voor het geval een pedof...'

'Gabrielle, Gabrielle!'

Ze zweeg.

'Gabrielle. Zo is mijn moeder niet. Zo zijn weinig moeders die ik ken. Zo ben jij.' En met zachtere stem, omdat haar gezicht verschrompelde, voegde ik eraan toe: 'Je bent zó'n goede moeder. Jude heeft zoveel aan je te danken.'

Ze barstte uit in tranen.

'Gab, Gab, wat is er?' Ik klopte op haar schouder. Ze snoof en trok zich terug.

'Ik, ik ben zo bang. Ik ben bang dat hij doodgaat, dat iemand hem van me zal afpakken, en ik ben zo moe, hij slaapt goed nu, maar ik ben nog steeds doodmoe, ik kan me nergens op concentreren, ik heb geen tijd, zelfs als ik bij Jude ben heb ik het gevoel dat ik voor de helft ergens anders ben, ik voel me schuldig als ik bij hem ben, schuldig als ik niet bij hem ben, en zijn eten, die verrekte diepvries, die verrekte, nutteloze diepvries, gisteren heb ik een gigantische voorraad kip en groenten voor hem ingevroren, de hele avond, en vandaag wilde ik het laten zien aan het kindermeisje en de snelvriesknop had niet gewerkt en de kip was zo drássig, ik heb alles weg moeten gooien en ik was zó kwaad, en ik vergeet dingen, vorige week was ik vergeten dat er een bruid zou komen en ik had haar pasmodel niet klaar, het was afschuwelijk, het was me gewoon ontschoten, weet je, het kan gebeuren dat ik de woonkamer uit loop en Ollie zegt "zet water op" en tegen de tijd dat ik in de keuken ben, ben ik vergeten wat hij vroeg en alles is me te veel, er zijn dagen dat ik mijn gezicht niet eens was en vorig weekend konden Ollie en ik eindelijk samen de deur uit om met Jude naar het park te gaan en we waren aan het wandelen en een vogel, zo'n smerige vogel, ik voel een vieze *plets!* op mijn hoofd en schouders en die vogel heeft op me gepóépt, paarse kledder, en ik wil gillen en naar huis rennen om te douchen, maar ik wil zó graag naar het park met mijn gezin, om al is het maar vijf minuten een gezin te zijn, dat ik Ollie vraag om het ergste af te vegen met een luierdoekje en toen' – ze sloeg haar hand voor haar mond – 'die avond was ik zo moe dat... ik mijn haar de volgende morgen pas waste! Ik, ík, kun je je voorstellen dat ík dat doe, zo smerig!'

Ze keek me vanaf de sofa diep ongelukkig aan. Ze had iets wits aan, haar haren waren opgebonden in een zachtglanzende paardenstaart, een toonbeeld van glamour. Hoewel, als ik goed keek, lag er iets vermoeids rond haar ogen. Rond één oog in feite. Haar linkerwenkbrauw was keurig geëpileerd. De andere was... borstelig.

Ik haalde diep adem. Ik ben middelmatig in advies geven. Ik wou dat er een superheld was op wie ik een beroep kon doen; bestond Cat Woman maar. Helaas, ik zou het zelf moeten doen. 'Gabrielle,' zei ik. 'Het eerste wat we doen is een schoonmaakster voor je zoeken. Je kunt niet alles zelf doen. Je leidt al twee levens. Misschien wel drie, als ik Oliver goed ken. Het is te veel. Nu. Met Jude is alles goed. Dat is het belangrijkste. Maar even belangrijk is dat het met jou níét goed gaat.

We moeten dus iets bedenken waardoor je je wel goed voelt. Meer slaap, denk ik. Hoe laat ga je naar bed?'

'O, nou ja, tegen twaalf uur, meestal.'

'Hoe laat sta je op?'

'Zes uur. Halfzes. Hangt van Jude af.'

'De kleine rat! Je moet uiterlijk om halfelf in bed liggen!'

Ze knikte. 'Maar...'

'Geen gemaar! Je moet het dóén. Het is heel simpel, maar het zal een enorm verschil maken voor je humeur.'

'Maar dan maak ik Jude zijn e...'

'Ik maak zijn eten wel, verdomme!' Ze keek weifelend, dus ik ging verder: 'Voor een deel. Jij zegt wat ik moet doen, ik doe het.' Waarom, waarom waarom, onbezonnen idioot, kreunde een stem in mijn hoofd; bied iets aan wat je kunt.

'Ik denk,' zei Gabrielle, 'dat ik mijn moeder wel om hulp kan vragen. Ze zou het heerlijk vinden. Het is gewoon dat ik, ik het liefst alles zelf doe. Ik denk dat niemand... het zo goed doet als ik.'

Een vrouw naar mijn hart, maar dat zou ik nooit toegeven. 'Gab, jij hebt nu eenmaal de behoefte om alles in eigen hand te houden, inclusief het weer. Maar ik ben bang dat ouder zijn betekent dat je het niet in de hand hebt, tot op zekere hoogte. Ik denk dat het zou kunnen helpen als je je daarbij neerlegt. Je bent een geweldige moeder. Maar niemand is volmaakt. Het is niet mogelijk en het is niet... nodig. Het is beter jezelf toe te staan een paar fouten te maken. Als je voortdurend in angst zit, zal Jude dat merken. Net als sommige van je andere problemen. Sommige daarvan kun je oplossen met een agenda. Door lijstjes te maken. Lijstjes werken uitstekend. Je kunt dingen afvinken, Jason doet dat altijd, en dan heb je het gevoel dat je iets gedaan hebt. Intussen zie je er, zoals altijd, piekfijn uit. Maar misschien wil je... wil je ook die andere wenkbrauw epileren. Maar je huid ziet er prachtig uit, je haren zitten prachtig. Als dat het resultaat is van vogelpoep, nou, dan moest iemand dat maar eens tegen die schoonheidswetenschappers zeggen.'

Gabrielle bracht haar hand naar haar wenkbrauw. Giechelde.

Ik voelde me opgelucht.

'Je bent goed,' zei ze. 'In praktische dingen. Ik voel me stukken beter. Je hebt gelijk. Een groot deel ervan is simpel. Ik ga voortaan vroeger naar bed. Delegeer, sommige dingen.'

Ik glimlachte, maar ik voelde dat ze iets achterhield. Min of meer zoals een toneelstuk met 'ONGELOOFLIJK' op het aanplakbiljet, terwijl de criticus in werkelijkheid schreef: 'Een ongelooflijke verspilling van tijd en geld, de slechtste voorstelling die ik ooit heb gezien, afgrijselijk...' Wat hield Gabrielle achter?

Ze had gezegd dat ze doodsbang was dat Jude dood zou gaan, maar, jezus, daar had ik geen antwoord op! Er was geen antwoord. Niet het antwoord dat zíj nodig had. ('Nee, hij gaat niet dood. Nooit. Ik garandeer het.') Het joch kon zijn lot niet ontlopen, net zomin als wie ook.

Ik schraapte mijn keel. 'Gab,' zei ik. 'Het komt wel goed met Jude. Hij heeft mensen om zich heen die van hem houden en goed voor hem zorgen. Het is heel gewoon dat je je druk maakt, maar laat dat niet je blijdschap bederven dat hij er is. Hij maakt het prima en zál het prima maken.'

Ik zág gewoon dat ze mijn woorden indronk. Als de maatschappij geen regels had gehad voor zulke dingen, wed ik dat ze ze uit mijn mond zou hebben gezogen. Haar glimlach deed haar gezicht stralen. 'Ja. Ja, ik weet het. Je hebt gelijk. Bedankt, Hannah.'

Ik moest moeite doen om niet gewiekst te kijken. Ik presenteer optimistische gissingen als feiten en omdat ze het wíl geloven, gelooft ze het en is gerustgesteld, hoewel ze toch een volwassen mens is die verstandelijk weet dat het gissingen zijn, aangezien het geen feiten kunnen zijn.

Vrouwen! Ik zeg je, ze zijn ongelooflijk.

De voordeur van Gabrielles huis viel dicht. Ze sprong op. 'Angela!' zuchtte ze. Ze duwde de houten jaloezieën open en we gluurden naar buiten. Mijn moeder sjokte over het pad, een broze gestalte met boodschappentassen in haar handen.

Mijn schoonzus wierp me een smekende blik toe.

Ik keek naar de gladgeschuurde eikenhouten vloer en mompelde: 'O, laat haar gaan.'

18

'Je weet dat haar moeder niet in orde is,' zei Gabrielle terwijl ze haar armen over elkaar sloeg.

'Wat? Nee. Nee, dat wist ik niet.'

Jaren geleden, op de bruiloft van een nicht, had oma Nellie zichzelf voor schut gezet door tegen mijn vader uit te vallen. Ze bleef maar roepen, met haar bevende stem: 'Schaam je!' We waren nooit zo dik geweest, ze had Ollie altijd voorgetrokken. Ik denk dat ze jongens belangrijker vond dan meisjes. Mijn vader had gezegd: 'Rustig maar, Nellie.' Had zijn kalmte bewaard. Maar ik was woedend op haar. Waarover moest híj zich schamen? Háár dochter was de bedriegster. De sfeer was om te snijden in de auto onderweg naar huis. Sindsdien zag ik mijn oma alleen bij familiegebeurtenissen en na een paar jaar maakte het feit dat ik nooit bij haar op bezoek ging het te pijnlijk om ineens met een cake op de stoep te staan.

Ik zweeg even. 'Hoezo niet in orde?'

'Ziek,' zei Gabrielle. 'Ziekenhuisziek. Ze wilde het je zelf vertellen, maar je schijnt nooit te komen als ze thuis is.'

Ik slikte; er was blijkbaar een steentje in mijn keel blijven steken. 'O, goed,' zei ik en ik rende mijn moeder achterna.

Ik haalde haar in toen ze in de Volvo stapte. Mijn ouders hebben ieder een auto, zoals de meeste inwoners van The Suburb. Het is er een wespennest van milieumaatregelen en de onuitgesproken dreiging van civielrechtelijke arrestaties als je je heg niet op de voorgeschreven hoogte snoeit, maar ze vinden het doodgewoon dat ze gemiddeld drie benzine slurpende auto's per gezin bezitten.

'Angela, wacht.'

Mijn moeder stapte achterwaarts uit en knalde met haar hoofd tegen de deurstijl. Ze reageerde niet, schonk me alleen een nerveuze glimlach. 'Ik dacht dat je...' Ze zweeg.

'Ik raakte met Gabrielle aan de praat,' zei ik. (Het was een kwestie van principe, ik zei nooit 'sorry' tegen mijn moeder.) 'We hebben gepraat.' (Nog zo'n principe: leg nooit meer uit dan absolúút noodzakelijk is. Als je begint te wauwelen is het alsof je je verontschuldigt en dat verzwakt je positie.) 'Ik wil nog steeds graag koken, als er nog tijd is.' Een deel van me herinnerde zich dat ik beslag voor chocoladecake uit de mengkom had gegeten terwijl mijn moeder de oven inspecteerde. Ik had het liever ongebakken. Mijn oma zei altijd dat ik er maagpijn van zou krijgen, maar Angela liet me mijn gang gaan. 'Ik wist niet dat oma Nellie in het ziekenhuis ligt. Is alles goed?' Ik voegde eraan toe: 'Heb je je hoofd pijn gedaan?'

Het irriteert me, mensen die lichamelijke pijn altijd verbijten. Alsof alle anderen zeurkousen zijn. Ik kon slechts concluderen dat ze het doen om indruk te maken op hun omgeving, of om te voldoen aan een of andere Britse Norm van Pijnverdraging, in de achttiende eeuw vastgelegd door een of andere verveelde lord. Ik vind het ridicuul, het is jóúw pijn, niet die van een ander, je moet er zoveel ophef over maken als je gepast lijkt zonder andermans vermoeiende gevoeligheden te hoeven ontzien. Het is niet nodig om net als Jason te zijn, die van geen ophouden weet, al heeft hij maar op zijn tong gebeten. Maar waarom kon mijn moeder geen 'Au!' zeggen?

'Met mij is het goed,' antwoordde mijn moeder. 'En met oma ook. Ik dacht dat je van gedachten veranderd was... wat koken betreft.'

Ik nam een boodschappentas van haar over en samen liepen we terug naar de voordeur. Zelfs dat was pijnlijk. We waren het niet gewend samen te lopen, we hadden geen wie-gaat-waarheen-regeling getroffen – zij wachtte op mij, ik op haar. Ze deed beleefd. Ik heb er een hekel aan als mensen achter me lopen. Ik heb zo'n irrationele angst dat ik door mijn hoofd word geschoten. Na een schokkerige, over onze eigen voeten struikelende episode ging zij voor en ik volgde.

'Wat heeft oma?' vroeg ik. Terwijl ik het zei realiseerde ik me dat ze het naar believen kon interpreteren.

'Ze heeft een lichte beroerte gehad.'

'O god!'

Dergelijke gesprekken verlamden me. Jezus, het was alsof ík een beroerte had gehad. Ik wist nooit wat ik moest zeggen, wat de gepaste reactie was. Het draaide er altijd op uit dat ik irrelevante vragen stelde, zoals: 'Welke route heeft de ambulancechauffeur genomen naar het ziekenhuis?'

'Was ze, eh, aangekleed toen ze het kreeg?'

O, god, Hannah, hou je mónd. De enige andere vraag die een salto mortale vanaf het puntje van mijn tong wilde maken was: 'Heb je de melkboer afgezegd?' (Je wilt niet dat de melkflessen zich aaneenrijgen op je stoep, het zegt 'Joehoe!' tegen inbrekers.) Ik kon het nog net inslikken.

'Ze had haar kamerjas aan,' antwoordde mijn moeder.

Ik knikte heftig. 'Mooi zo, mooi zo.'

'De keuken is klaar voor je,' riep Gabrielle, God zegene haar. 'Ik ben in mijn werkkamer als je me nodig hebt.' Angela en ik reageerden op dit nieuws alsof het het verschil betekende tussen leven en dood.

'Lief,' zei mijn moeder aarzelend, 'dat je dit voor Jason wilt doen.'

Ja, wilde ik zeggen. Ik dacht dat het mijn leugens tegenover hem misschien goed zou maken, als je begrijpt wat ik bedoel.

'Ja,' zei ik.

Mijn moeder bloosde. 'Goed,' zei ze. 'Ik heb een kookboek en de ingrediënten meegebracht.'

'Geweldig,' zei ik. 'Hoeveel krijg je van me?'

Ik babbelde vaker met de kat van de buren. (Een siamees; ze hebben mensen verrassend veel te zeggen, in aanmerking genomen dat het katten zijn.)

'Maak je daar maar geen zorgen over.'

Ik wilde al protesteren toen ik het kookboek in haar hand zag. '*Ben je hongerig vannacht? Elvis' favoriete recepten.*'

'O!'

Ze glimlachte en keek naar de tafel. 'Dat heb ik ooit van Jack gekregen, met Kerstmis.'

'Hij is gek op Elvis,' zei ik, onnodig. Ik voelde een steek van ergernis. Over tactloos gesproken! We kookten voor Jáson! En dat niet alleen; mijn moeder kon weten dat Jason geen gebakkenpindakaastype was. 'Wat voor gerecht wilde je klaarmaken?'

'Ik dacht te beginnen met gehaktbrood met champignonsaus.' Ze zweeg even, me de gelegenheid biedend om ter plekke te bezwijmen.

'Het is heel makkelijk,' ging ze verder toen ik dat niet deed. 'Maar vijf ingrediënten voor het brood en vijf voor de saus.'

Samen tien, dacht ik.

'Je mengt gewoon alles door elkaar voor het brood en zet het een uur in de oven. Wat de saus betreft, dat is niet meer dan de uien en de champignons bakken in boter en er dan wat runderbouillon bij doen. Je mixt bloem en water in een afzonderlijke kom en voegt het toe. Het is voornamelijk roeren.' Ze voegde eraan toe: 'Wat vind je ervan?'

'Het klinkt niet al te moeilijk. Moet ik er iets bij maken?'

'Gepofte aardappelen zijn prima. Zet ze tegelijk met het brood in de oven. En bonen. Besprenkel ze met wat water en dek ze af met folie. In de magnetron zijn ze in drie minuten gaar.'

Muziek in mijn oren.

'Doe er boter bij of rasp er Parmezaanse kaas overheen, om ze wat sjeuïger te maken.'

Ze bedoelde smeuïger. Maar ze zei sjeuïger. Ik kan niet eens ópschrijven hoe dat woord klinkt, het is zo bizar. Ik weet niet waar ze het vandaan heeft, ze is de enige levende persoon die ik ken die het gebruikt. Het was een triest woord. Het doet me denken aan een kapper die het dunnende haar van een oude vrouw opkamt.

'En als toetje. Ik weet dat Jason op zijn figuur let' – getsie, alsof-ie een meid was – 'dus ik dacht Pikante Gebakken Appelen. Ook voornamelijk ingrediënten mixen.' Ze aarzelde. 'Er staat elke vijftien minuten bedruipen, maar ik dacht dat je dat misschien wilde overslaan.'

Mijn moeder praatte me door beide recepten heen, liet me roeren en hakken. Eén keer corrigeerde ze de manier waarop ik het mes vast hield en haar hand trilde licht. Ze was gewend opdrachten uit te voeren in plaats van te geven.

'Ik heb de recepten voor je gekopieerd,' zei ze. 'Ik zal je een bakblik lenen. De meeste ingrediënten kun je overal kopen, maar ik heb een blik groentebouillonpoeder voor je gekocht, voor de champignonsaus. Maak een kwart liter aan. Eén eetlepel poeder mengen met kokend water. Zie je?' – ze wees met een gelakte nagel naar de zijkant van het blik – 'de letters "*tsp*" betekenen "eetlepel" (*tablespoon*). Twee eetlepels per halve liter. Simpel. Maar het is belangrijk dat je het goed doet. Denk eraan, in geval van twijfel, meer poeder. Het versterkt de smaak.'

Ik knikte. 'Oké'.

Ze nam de saus van me over. Ik lette goed op, zonder te dichtbij te komen. De sfeer was ongeveer hetzelfde als toen ik rijexamen deed. Met dit verschil, denk ik, dat ze wat opgewondener was dan mijn examinator dat ik haar met mijn gezelschap vereerde. Ze liet een ui vallen, toen een vork en toen een opscheplepel, zodat ze hete boter over Gabrielles brandschone tegels spatte. Ze keek me niet één keer aan.

Ik keek haar evenmin aan. Ik dacht heel even dat deze recepten, hoe makkelijk ze ook waren, misschien niet helemaal geschikt waren voor iemand met gevoelige darmen, maar mijn moeder wist van zijn klacht en in culinaire kwesties vertrouwde ik haar. Terwijl we wachtten tot het gehaktbrood en de gebakken appels klaar waren, liet Angela me zien hoe je de indruk van een enorme, uitputtende inspanning kunt wekken.

Een: zet bloemen op tafel. (In een vaas, niet zomaar neerleggen.) Ook geen zonnebloemen. Een kleine, verfijnde bloem.

Twee: servetten. Effen, niet met een patroontje of grappig. Vouw ze in driehoeken, zodat ze vanzelf blijven staan.

Drie: verwarm de borden, in de magnetron, twee minuten.

Vier: doe een schort voor als je de deur opendoet.

Vijf: doe *oh de cologne* op je polsen. (Ik zal wat moeten kopen.)

Zes: doe bleekwater in het toilet.

Zeven: zet een rij waxinelichtjes op tafel (waxinelichtjes zijn kleine kaarsen) en dim het licht. Denk eraan, het is geen verhoor.

Acht: gebruik een lichte lippenstift (lichtrood, stelde ze voor), doe een rok en schoenen met hoge hakken aan.

Negen: zorg voor wijn en Japanse rijstcrackers in leuke schaaltjes.

Tien: zet de tv uit voordat je hem binnenlaat.

Ik weet niet zeker of dit de goede volgorde was. Ook zag ik niet goed het verschil tussen de índruk van een enorme, uitputtende inspanning en een enorme, uitputtende inspanning. Ik zette de tv nooit uit. De tv was mijn vriénd. Geweldig voor het vullen van gaten in gesprekken. Misschien kon ik hem zachter zetten?

Ik wilde de regels nu al aanpassen. Ik zou doen wat ze zei en op de uit-knop drukken. Proberen kon geen kwaad. Weinig.

Ik wilde mijn moeder laten zien dat ik dankbaar was, zonder overdreven fysiek contact. 'Dit was heel aardig van je,' zei ik voorzichtig. 'Ik waardeer het. Ik vroeg me af,' voegde ik er haastig aan toe, 'of ik iets voor oma Nellie moet doen. Is haar huis beveiligd? Haar keuken heeft een staldeur. De meeste mensen denken dat het genoeg is als ze alleen de onderste helft dichtdoen en er de grendel op schuiven. Maar je moet ook de bovenste helft op slot doen. Anders kan iemand de ruit inslaan, de grendel wegschuiven en naar binnen klimmen. En heeft ze een beveiligde brievenbus? Het is tegenwoordig erg in onder dieven om met een vishengel sleutels van gangtafeltjes te vissen, makkelijk zat met een gewone brievenbus. Gewoonlijk zijn ze uit op autosleutels, maar ze kunnen zichzelf ook binnenlaten en het huis plunderen. Ze doen het meestal tussen vier en zes uur 's morgens. Ze moet een beveiligde brievenbus hebben – je kunt er een stok in steken, maar de klep slaat dicht, zodat je niets naar buiten kunt trekken. En ze kan nog meer maatregelen nemen, dievenklauwen aanbrengen en versterkte deurstrips. En werkt haar alarm goed? Ze moet de kleine lettertjes van haar opstalverzekeringspolis lezen, want het is gespuis, die lui. En heb je haar melkboer afgezegd? Ik bedoel, haar melkboer tijdelijk afgezegd? En haar *Daily Express*? En er moeten een paar lampen branden, de hele nacht, om de indruk van aanwezigheid te wekken. En de gordijnen moeten dichtgetrokken zijn, beneden aan de achterkant. En de ramen dicht. Elk raam moet een slot hebben, een gewoon slot is prima. Ik kan een goede slotenmaker aanbevelen. De aanbouw heeft een plat dak, dus dat is een zwakke plek, qua beveiliging. Ze heeft nergens ladders liggen, is het wel, want ook dat is taboe...'

Ik zweeg, want mijn moeder keek uiterst gekweld. Alsof ze vond dat ze iets moest zeggen, maar het niet wilde. Ik glimlachte, ongeduldig, en trok mijn wenkbrauwen op.

Mijn moeder draaide aan haar trouwring, heen en weer, heen en weer, snel. 'Ik dacht dat ik het gezegd had,' zei ze. 'Ik zal het wel vergeten zijn. Oma Nellie is acht maanden geleden naar een verzorgingshuis verhuisd.'

Zíj was het niet vergeten. *Ik* was het vergeten. Het was beangstigend hoe grote hompen belangrijke informatie als geesten mijn oren in- en uitgingen.

'Ach, ja, natuurlijk.' Ik werd vuurrood. Mijn mond was droog en het verboden woord lag op mijn lippen. Raar eigenlijk dat ik oma Nellies verhuizing naar een verzorgingshuis vergeten was, want ik had er indertijd vaak aan gedacht. Ik zal eerlijk zijn. Ik denk zelden diep na over mijn persoonlijke relaties. Ik pieker in feite vaker over relaties die niet bestaan. Voorbeeld:

Oh, Susanna, don't you cry for me,
I'm off to Alabama with a banjo on my knee!

Ik had het deuntje op een van Judes plastic speeltjes gehoord en had me de woorden vanuit het niets herinnerd. En me afgevraagd waarom Susanna haar tijd verdeed met kniezen over een man die zo overduidelijk een zelfingenomen idioot was die met een banjo naar Alabama kuierde en het lef had zich haar verdriet voor te stellen. Ze was waarschijnlijk blij dat hij opdonderde, met zijn maffe banjo en zijn irreële kijk op werkgelegenheid in de muziekindustrie. Susanna – ik stelde me haar kuis en blond voor, met een ruitjesschort, babyblauw en -wit – was waarschijnlijk te welopgevoed om hem te zeggen dat ze zijn banjospel, en hem, verfoeide.

Ik weet niet waarom ik dat doe. Maar tussen het piekeren over denkbeeldige Susanna's door dacht ik wel aan mijn oma die naar een verzorgingshuis ging. Ik wilde er niet bij stilstaan omdat zo'n verhuizing zo duidelijk Het Einde voor Oma Nellie inluidde. Zoals Gabrielle me steeds voorhoudt – of -hield – is de wereld niet zo slecht als ik denk. Toen haar moeder met longontsteking in het ziekenhuis lag waren de verpleegsters geweldig, aardig en zorgzaam. Maar Martines bejaarde oom had alzheimer en toen Martine tegen een verpleegster zei dat hij haar negeerde, antwoordde die: 'O, ik geef altijd een ruk aan zijn neusinfuus, dan krijg ik zijn aandacht.' Na zo'n verhaal is het moeilijk je Florence Nightingale voor de geest te halen. Ondanks ons problematische verleden was het geen leuke gedachte dat oma Nellie aan de genade van vreemden was overgeleverd. Ik denk dat ik het daarom had verdrongen.

'Maar,' zei Angela. 'Er, er, er is één ding dat je kunt doen, als, als, als je wilt. Ik weet dat oma Nellie het heerlijk zou vinden.' Ik kromp ineen. Maakte ik haar echt aan het stotteren? En het was pijnlijk, na het gehaktbrood en de gebakken appels, dat ik vergeten was dat mijn oma in een verzorgingshuis was gestopt.

'Natuurlijk,' zei ik. 'Wat?'

Mijn moeder kuchte, verfijnd, met haar vingertoppen voor haar parelmoerglanzende lippen. 'Ze zou het fijn vinden als je haar zou opzoeken in het ziekenhuis.'

'Maar NATUURLIJK!' brulde ik. 'Wanneer je maar wilt, met alle plezier.'

Jezus, Maria, Jozef en de Technicoloured Dreamcoat, maak me dood, ik sterf nog liever.

19

Het schrikbeeld van oma Nellie – maar misschien is dat het noodlot tarten – het *opdoemende* bezoek aan oma Nellie zette me aan het denken. Ik bedoel niets diepzinnigs. Gewoon, het leven is tamelijk kort – het mijne schijnt in uitbarstingen van zes maanden te verlopen, gelijk op met mijn tandartsafspraken – en zoveel mensen maken er een zootje van. Ik was op het werk, twee weken later, en Greg vertelde me over een zaak die hij had aangenomen voor een zekere mevrouw Speck. Een doorsneegeval.

Ze woonden in Dover. Hij had in Londen overnacht voor zaken. Meneer Speck had tegen zijn vrouw gezegd dat hij met een mannelijke collega ging eten in een restaurant dat No Boo heette. Of zoiets. Ze had No Boo gebeld en dat had de reservering bevestigd, maar ze bleef achterdochtig.

'In elk geval,' zei Greg. 'Ik zette er een statische op' – een eenpersoons observatie – 'en die volgt hem terug naar het hotel.'

Ik ontspande me tijdens het verhaal. Ik vond het prachtig zoals Greg het vakjargon gebruikte. Het gaf me het gevoel dat ik lid was van een elitegroep. *Statische. 'Maak wat victor'* (video-opnamen). '*Zonnestraal'* (de cliënt). '*Alfa een'* (het onderwerp). Op een keer, toen we iemand schaduwden, sprak hij de woorden: 'Alfa een in punt-2-positie' – wat betekent dat die kerel buiten was, in het blikveld van de agent in de auto – en er trok even een dwaze rilling langs mijn ruggengraat. Ik denk dat Greg het wist, want tegen alle anderen praatte hij gewoon Engels.

'Na een uur komt hij zijn hotelkamer uit met een prachtige oosterse vrouw. Op dat moment zet ik het hele team op hem. Hij loopt naar een geldautomaat. Geeft haar wat biljetten. Daarna neemt ze een taxi naar Kensal Rise.'

Wat een ploert. Ik was niet ontspannen meer. Het maakte me neerslachtig. Aan de ene kant had je oma Nellie, met één been in het graf, en aan de andere kant meneer Speck die prostituees neukte terwijl zijn vrouw thuis met No Boo zat te bellen. En het ergste was, ze wist het. Of zou het weten als Greg verslag uitbracht. En wat zou ze dan doen?

Scheiden als je twintig bent is al erg genoeg, maar je hebt tenminste niet te veel van iemands tijd verspild. Als je mevrouw Speck was lag dat anders. Ze zat klem. Ofwel ze negeerde Gregs bevindingen en legde zich erbij neer dat ze haar hele leven zou vergooien aan een man die haar niet waard was. Of ze legde zich erbij neer dat ze haar halve leven had vergooid aan een man die haar niet waard was, maar bedacht dat er *misschien* andere mannen waren en maakte de sprong naar de harde, uitzichtloze wereld van bedaagde afspraakjes, in de vage hoop dat ze er een aan de haak zou slaan.

Ik zou er natuurlijk aan toe moeten voegen dat mevrouw Speck andere, man-vrije dingen kon doen met de rest van haar tijd en op die manier voldoening zou vinden. Maar de realiteit was dat vrouwen zoals mevrouw Speck niet gewénd waren voldoening te vinden zonder een man. Mevrouw Speck was anders dan ik, maar, realiseerde ik me met een schok, ik leefde met haar mee. Als je gewend bent aan een bepaalde manier van leven, kan het nagenoeg onmogelijk zijn een andere te aanvaarden. Mevrouw Speck zou misschien verhuizen naar een knus flatje, gaan pottenbakken, lid worden van Monumentenzorg en een op opera gerichte gezelligheidsvereniging, maar ze zou haar dagen doorbrengen met watertrappelen, dankbaar als het tien uur werd en ze naar bed kon gaan en éérzaam het bewustzijn verliezen, haar tijd doorbrengen tot ze, hoopte ze, de man ontmoette die haar weer normaal zou maken.

'Arme mevrouw Speck, opgescheept met zo'n lul,' zei ik en liep stampvoetend Gregs kantoor uit.

Hij keek verbaasd en ik ergerde me aan mezelf. Als de klus geklaard is, snijd ik de problemen van cliënten uit mijn geest zoals je een stuk van een beurse appel snijdt. Het was niet mijn zorg wat mevrouw Speck besloot te doen met onze bevindingen en de rest van haar leven. In werkelijkheid popelde ik om Jason te zien en dat maakte me kribbig. Het haar op mijn toges groeide weer aan. Ik vond het niet leuk te zien dat al die pijn en vernedering voor niets waren geweest.

Hij had me elke dag chocolaatjes gestuurd vanuit Kenia. Beter gezegd, hij liet zijn secretaresse elke dag chocolaatjes sturen van Thorntons. Ik had het Gabrielle verteld, in de verwachting dat ze Jason zou prijzen. Haar reactie: 'Wat vreselijk.'

Toen hij belde, de volgende ochtend, spatte mijn slechte humeur als een zeepbel uiteen.

'Jase!'

'Hallo, Chocolate Girl!'

'Wat?' zei ik.

'Chocolate Girl. De titel van een liedje. Van Deacon Blue. En ik heb je...'

'Ja, ik snap het al.' Ik zweeg even. Probeerde in mijn nieuwe persoonlijkheid te glijden. 'Bedankt,' zei ik. 'Het was heel aardig van je. Ze waren heerlijk. Misschien krijg ik suikerziekte.'

Stilte.

'Ik zou het heerlijk vinden je te zien, Jason,' zei ik na enkele ogenblikken. Ik moest minder bruusk zijn. Meegaander. *Liever*. Minder bevelen, geblafte verklaringen. Meer bedeesde, wimperknipperende vragen. Het punt was, ik had Jason nodig. In een wereld vol mensen die geen hoge dunk van me hadden stond hij alleen.

'Kom hierheen,' zei ik. 'Ik zal voor je koken.'

'Pardon?'

'Ik zal voor je koken.'

'Echt waar?'

'Ja!'

'Nee!'

'Jason,' zei ik. 'Ik heb het serieus genomen. Die lijst met voorwaarden.'

'Ah, die. Ach, Hannah. Weet je, die lijst... het was een beetje veel. Vooral die brief van Jack, bedoel ik, ik had een rotgevoel toen ik hem las... ik kan me niet voorstellen dat het makkelijk was. Maar ik voelde me gekwetst, door jou, ik was boos. Ik wilde alleen maar zien of je het wilde probéren.'

Ik kronkelde op mijn stoel. Ondanks mijn vermeende nieuwe persoonlijkheid was ik nog steeds niet gelukkig met het idee over emoties te mekkeren zodra je er een voelde. Als iemand tegen je zegt: 'Ik voel me gekwetst... ik ben boos,' is dat voor mij (en ik citeer Jason, denk vooral niet dat ik dit zelf dacht), *co-dependent gedrag*. Co-dependentie, als ik lang genoeg wakker blijf om het uit te rekenen, is wanneer je op een bepaalde manier handelt om je slaafje van een partner te verleiden tot een bepaalde reactie. Wanneer Jason me vertelde dat hij gekwetst was, boos, dwong hij me medelijden en schuld te voelen.

Is dat niet het tegengestelde van goede manieren, die ten doel hebben mensen op hun gemak te stellen?

Schijnbaar was het de heilige graal van de therapie om je emoties aan te boren en te uiten, het punt waarop je *volwassen* werd. Hoe, als het delen van je gekwetstheid en boosheid zo ontzettend vervelend en storend is voor je omgeving?

Ik voelde me verachtelijk dat ik zulke dingen dacht. Ik zei: 'Kom om negen uur. Dat geeft me tijd om te koken.'

'Wauw,' zei Jason. 'Ik popel.'

Toen keek ik in mijn spiegeltje aan de wand en realiseerde me dat ik melkbleek was. Ik zou het moeten afzeggen. Ik kon Jason niet onder ogen komen voordat ik bijgekleurd was. Ik neem je niet in de maling, precies op dat moment ging de telefoon. Het was een ondergeschikte die belde namens Gabrielles esthéticienne (is dat even een bedacht woord, verzonnen om ons vertrouwen te geven in helemaal niets) om me eraan te herinneren dat ik een 'St Tropez' had geboekt voor halfzes die dag. Als dat niet het lot is, zeg me dan maar eens wat wel.

Het St Tropez-gebeuren is saai en vernederend, maar na mijn Braziliaanse was het een makkie. Toen ze 'Klaar!' zei sprong ik op, triomfantelijk, keek in de spiegel, viel bijna in katzwijm.

'M... m... maar ik... Dit is geen zonnebruin! Dit is niet goudbruin! Dit is vies bruin! Ik zie er vlekkerig en smerig uit. Ik zie eruit als een schoorsteenveger. Ik zie eruit alsof ik in de modder heb gerold. Ik zie eruit...' besloot ik erbarmelijk, 'als een zwart-witte minstreel. Ze lynchen me op de buis.'

De vrouw glimlachte alsof ik idioot was. 'Dat is maar tijdelijk. Morgenvroeg neem je een douche en dan zal je prachtige goudbruine kleur zich hieronder ontwikkeld hebben.'

Een mooi verhaal!

'Maar tot die tijd,' ging ze monter verder, 'mag je je handen niet natmaken. Of welk lichaamsdeel ook. En drink met een rietje. Anders krijg je twee witte puntjes in je mondhoeken.'

'Je bedoelt' – ik slikte – 'dat ik er tot morgenvroeg zó uitzie?'

'Heb je de informatiefolder niet gelezen?'

Natuurlijk had ik de informatiefolder niet gelezen! Waar zag ze me voor aan, een toeriste?

'Nee,' zei ik zo hooghartig als ik kon (in de gegeven omstandigheden).

Ze schonk me een minachtende blik. 'Als je vanavond doucht, spoel je vijfenveertig pond door de afvoer.'

Vijfenveertig pond? Ze had me alleen maar bruin geverfd! Ze had al lef gehad als ze een tientje had durven berekenen.

Ik betaalde en maakte me uit de voeten. *Vijfenveertig pond!* Ik was een van de armen der aarde. Bovendien had ik mijn auto bij het station laten staan om het spitsuur te vermijden. Ik kon me geen taxi veroorloven. Absoluut niet. En zeg niet dat Londenaren afstandelijk zijn. Van station Green Park tot metrostation Kentish Town vielen onbekenden elkaar nagenoeg in de armen van het lachen. Ten slotte ontsnapte ik in de vervuilde lucht, slechts om me te herinneren dat ik nog boodschappen moest doen. Waar ze even schaamteloos waren. Staren. Elkaar aanstoten. Tegen de tijd dat de kassier 'Door de schoorsteen op en neer' riep was ik het spuugzat.

Ik sprong in mijn auto en belde Jason om het uit te stellen. Toen verbrak ik de verbinding. Hij had gezegd dat hij me vanávond wilde zien. En ik had de ingrediënten voor het gehaktbrood gekocht. Bovendien wilde ik hem zien. Ik wilde niet wachten. Ik wilde niet de indruk wekken dat ik halfhartig stond tegenover ons nieuwe begin. Ik zou gewoon... het licht moeten dimmen.

Klokslag negen uur werd er aangebeld. Ik zuchtte. Het zou ermee door moeten kunnen. De flat was ongebruikelijk goed opgeruimd. Er stonden bloemen op tafel, een verlepte bos, alles wat de supermarkt nog had, maar evengoed bloemen. Ik had de vloer van de badkamer afgeschuimd op schaamhaar en had drie weerbarstige zondaars opgekruimeldiefd. Mijn beddengoed was op zestig graden gewassen (de laagste temperatuur waarbij bacteriën sterven, volgens Jason) en in de wasdroger gedroogd, waardoor het een heerlijke gebrande-katoengeur had gekregen. Intussen zag ik er zelf tamelijk angstaanjagend uit.

Mijn mondhoeken waren nat geworden, hoewel ik niet had gedronken en ondanks een ongewone razende dorst. Die esthéticienne had me paranoïde gemaakt; ik had elke seconde kwijl uit mijn mond voelen druipen. Toen ik keek of er witte plekjes waren, had ik een witte rand om héél mijn mond, als een clown. Blijkbaar, anders dan de meeste jonge dames, kwijlde ik als een hond. Ik had het verborgen onder een grote hoeveelheid lippenstift. Dientengevolge had ik nu een enorme nepmond. Ik had mascara op mijn wimpers gedaan, hoewel mijn gezicht zo smerig was dat ik het net zo goed op mijn vermeende snor had kunnen smeren. Mijn haren zagen er schitterend uit. De kleren die Gabrielle voor me had uitgekozen waren zo slecht nog niet. Mooie rode schoenen met hoge hakken zoals een prostituee misschien zou dragen. Een witte klokkende rok met een ongelijke zoom. Een rood haltertopje. Het ergste wat je van me kon zeggen was dat ik iets travestietigs had. Afgezien daarvan hoopte ik dat Jason onder de indruk zou zijn.

'Hannah! O, is de stroom uitgevallen?'

'Hoi, Jase. Nee. Het is sfeervol. Voor het diner.'

'Maar het is pikdonker.'

'Je went er wel aan.'

'Nou ja, laten we in elk geval een kaars aansteken. Of het licht in de gang aandoen. Zo. Ahhhhh! Jezus! Hannah! Wat heb je gedaan. Je bent helemaal... vies. Is het, is het... eh, gekostumeerd?'

Ik wilde boos worden omdat ik me geneerde, maar ik keek naar Jasons knappe, opgewekte gezicht, zijn ergens tussen verwarring en afschuw weifelende glimlach en begon te giechelen.

'Nee,' zei ik ten slotte. 'Dit is zonnebruin. Ik wilde indruk op je maken.'

'Maar...'

'Het is Miw Hiw-bruin.'

'Wat?'

'Jason, het is nepbruin.'

'O.'

'In plaats van huidkanker krijgen?'

'O. Ik snap het!'

(Ik wist dat hij dat een goeie zou vinden.)

'Maar... dus... waarom is het... zo... *verkeerd*?'

Ik legde het uit.

'Maar,' zei ik, 'als je verder zou kunnen kijken dan de bruine plantaardige kleurstof, naar het haar, en de kleren, en de schoenen?' Ik maakte een snelle pirouette.

Jason straalde. 'Je ziet er geweldig uit,' zei hij. En toen nam hij me in zijn armen en kuste me. Ik verwachtte het niet, zodat mijn tanden tamelijk hard tegen de zijne stootten, maar afgezien daarvan (en van de bruine vlekken op zijn gele overhemd en de vegen rode lippenstift rond zijn mond) was het perfect. De avond was goed begonnen.

'Ik vind je kleren mooi,' zei Jason. 'Ik vind ze écht mooi. Ze zijn zo... het zijn méísjeskleren.' Hij voegde eraan toe: 'Dat bedoel ik niet negatief.'

Hij keek met grote ogen om zich heen. 'En je hebt opgeruimd. En er staan bloemen!'

Als Jason me een overzicht wilde geven van alles wat hij zag, stond ons een lange avond te wachten. Maar ja, Gab klaagde altijd dat ze haar hoofd kon laten transplanteren zonder dat Ollie het zou merken. Ik probeerde blij te zijn dat Jason iemand was die veranderingen opmerkte.

'En' – hij snoof – 'wat je ook aan het klaarmaken bent, het ruikt heerlijk. En je hebt de tafel gedekt!'

'Wil je iets drinken?' vroeg ik om het commentaar te stoppen.

Jason aarzelde.

Ik zwaaide met een fles rode wijn. 'O, doe eens ruig,' zei ik met mijn moeders stem.

Hij grinnikte. 'Waarom ook niet? Vooruit dan maar.'

In de stilte na deze bedaagde gedachtewisseling schoot mijn hart naar mijn schoenen. Ik denk dat ik verwacht had dat Jason zou snappen dat hippe jongelui zoals wij niet hoorden te beuzelen over het aanbod van één glas rode wijn, alsof het een schaal met talkpoeder versneden heroïne was. Ik wist dat hij het als een serieuze overweging beschouwde dat hij de volgende dag aan de eisen van kantoor zou moeten voldoen en het gaf me een gevoel alsof ik op weg was naar het levenseinde. Om mezelf op te monteren haalde ik twee cognacglazen en schonk twee vingers drank in het zijne (de welgemanierde hoeveelheid, blijkbaar). Ik vulde het mijne tot de rand.

'Er is iets veranderd,' mompelde Jason terwijl ik rond het fornuis danste en de klontjes uit de champignonsaus prakte. Ik werd in stilte gewelddadig, tot ik me realiseerde dat het champigons waren. 'Hannah! Je hebt de tv uitgezet!'

Ik bloosde.

Jason schudde zijn hoofd. 'Hannah. Je bent verbazingwekkend. Eerlijk is eerlijk, ik had nooit gedacht dat je het zou doen. Maar het lijkt van wel. Ik vond het riskant, je vragen om contact op te nemen met Jack, maar ik heb het gevoel dat het de moeite waard was. Je hebt echt een nieuwe bladzijde opgeslagen.'

Eén probleem met Jason: zijn gebruik van clichés. Kant-en-klare taal. Voor mensen die te lui zijn voor oorspronkelijke gedachten. Maar ach, hij nam evenzeer aanstoot aan mijn gebruik van kant-en-klaarmaaltijden. Maar vanavond niet.

'Dit is fantastisch!'

'Het is gehaktbrood,' zei ik.

Jason zweeg even. 'Is het vlees?'

Ik zweeg even. 'Het is gehâktbrood. Het woord zegt het al.'

Jason kuchte. 'Goed. Goed. Alleen, ik dacht, gezien' – hij rolde met zijn ogen – 'mijn gevoelige maag dacht ik dat je het misschien vervangen had door soja.'

'O.'

'Geen probleem. Maar weet je, de Chinezen noemen soja "vlees zonder bot".'

'Wat? Is het heus? Getsie! Waarom doen ze dat? Wat walgelijk. Getsie, het doet je denken aan een lichaam zonder geraamte...' Ik zweeg.

'Vanwege het hoge eiwitgehalte van de bonen.'

'Aha.' Ik glimlachte. 'Champignonsaus? Kan ik je ermee tergen? Ik bedoel, kan ik je ermee verleiden?'

Jason hield zijn bord op. Ik bedolf het onder de saus en wachtte op loftuitingen. Wat ik kreeg was een homp gekauwd gehaktbrood dat midden op mijn witte tafellaken (tevens beddenlaken) werd gespuugd en een omgevallen stoel terwijl Jason kokhalzend naar de badkamer rende. Hij bleef er twintig minuten, wat me tijd gaf om vast te stellen dat de champignonsaus zo zout was als de Dode Zee. Met uitpuilende ogen griste ik mijn moeders instructies naar me toe. Daar stond het. '*Tsp* betekent eetlepel.'

'Jason,' riep ik. Ik kon hem horen zuchten op het toilet. 'Jason. Wat betekent T-S-P, bij koken?'

'Theelepel (*teaspoon*),' kreunde hij.

Ik kon me alleen maar verontschuldigen. En Angela haten. Ze wist wat een *tsp* was, het was haar moedertaal. Ik zou later wel met haar afrekenen.

Ik leunde tegen de badkamerdeur. 'Jase,' zei ik. 'Gaat het?'

Hij kreunde zacht.

'Jase? Ik moet je iets vertellen.'

'Wat?'

'Het... het spijt me zo van deze troep, vanavond. Ik wil alleen maar een nieuw begin maken. Ik heb het gevoel dat ik je niet verdien. Je bent zo... zo góéd, Jason.'

'Zeg dat niet. Ahhh, zou je, zou je naar het eind van de gang willen rennen, nú, Hannah, alsjeblieft?'

Ik rende naar het eind van de gang, waar het geluid van Jasons diarree nog steeds duidelijk hoorbaar was. Toen het voorbij was, rende ik terug.

'Jason. Ik heb de brief van Jack vervalst.'

Het werd stil. Toen zei Jason: 'Wil je zeggen dat hij hem niet heeft geschreven?'

'Nee.'

'Dus je hebt je emotionele bagage niet gesorteerd? Je hebt tegen me gelogen?'

'Nee.' Ik kreunde. 'Ja.'

'O mijn god!'

Ik staarde naar de badkamerdeur.

'Is het... voorbij?' fluisterde ik.

'Ik denk dat er misschien nog iets komt, misschien moet je opnieuw naar het eind van de ga...'

'Jase. Ik bedoel: is het voorbij tussen ons?'

Mijn ingewanden waren van kwik, hard, en zwaar. Maar ik had het moeten zeggen. Ik verdomde het onze nieuwe toekomst op leugens te baseren. Ik wilde integer zijn, door en door.

'Hannah, nee, helemaal niet.'

Ik veroorloofde me een glimlach.

Hij lachte. 'Eigenlijk,' zei hij, 'is het éérlijker.'

'Hoe bedoel je?'

'Omdat, o god' – prtsprtsprtsprts – 'eind van de gang!'

Ik rende ogenblikkelijk. 'Ja?' zei ik, mijn stem verheffend.

'Omdat ik met Lucy naar bed ben geweest.'

Ik zuchtte. 'Jase. Natuurlijk ben je met Lucy naar bed geweest. Je bent met haar verloofd geweest. Een minuut.'

'Nee.' Het toilet werd doorgetrokken. 'Ik bedoel, ik ben afgelopen week elke dag met haar naar bed geweest. *En* gisteren.'

20

'Wát?' zei ik. 'Ik dacht dat je darmirritatie je libido aantastte?'

Nu weet ik dat ik opgelucht was. Nadat ik de slechterik was geweest met Jack, was het een voorrecht om in een positie te zijn dat ik kon vergeven. Jasons ontrouw nam de druk weg. Het ontsloeg me van de plicht om góéd te zijn. Toen vond ik niet dat het effect had op de kracht van mijn liefde voor Jason. Of op mijn befaamde problemen met intimiteit, zoals Jason zou zeggen. Ik vond eerlijk gezegd dat ik behoorlijk twintigste-eeuws was. Ik vermoed dat Jason een beter idee had van wat mijn reactie betekende dan ikzelf. Wat misschien de reden was waarom hij door het lint ging.

Hij stormde door de badkamerdeur (na hem geopend te hebben). Gééf je eigenlijk wel iets om me enz.

'Natuurlijk geef ik om je,' zei ik.

'Waarom hang je me dan op aan een technisch detail? Ben je niet kwaad, Hannah? Ben je niet jaloers? Zie je Lucy en mij niet voor je, en wat we samen deden?'

Ik trok een gezicht. 'Eerlijk gezegd, nee, het zou tamelijk vies zijn.'

'Gód!' schreeuwde Jason.

Ik keek hem afkeurend aan. 'Je denkt toch niet dat mensen die ervoor kiezen hun ziel niet tot vermaak van Jan en alleman bloot te leggen geen gevoelens hebben? Zou dat niet net zoiets zijn als denken dat, pakweg, New York alleen bestaat als jíj op JFK landt?'

(Dit was een steek onder water: Jason was nog nooit in New York geweest. Persoonlijk denk ik dat hij er niet tegen opgewassen was.)

Jasons gezicht werd zachter.

Aangemoedigd ging ik verder: 'Voorzover jíj weet ga ik vanbinnen dood.'

'Hannah,' zei hij. 'Het spijt me verschrikkelijk. Ik besefte het niet.'

Ik ben geen Miss Marple, maar Jason zou een beroerde detective zijn geweest. Hij hoorde alleen wat hij wilde horen en nam dingen aan. Ik had niet gezegd: 'Ik ga vanbinnen dood.'

Hij perste me uit in een lange omhelzing, wat me tijd gaf om na te denken over hoe ik me dan wél voelde.

Er was geschoktheid. Jason had seks altijd ondeugend gevonden, en niet op een positieve manier. Hij vervulde trouw zijn plicht – maar hij scheen zichzelf nooit te verliezen. Maar dag in dag uit een nummertje maken met Lucy wees op *enthousiasme*.

Ik was inderdaad gekwetst. Omdat ik van Jason hield? Omdat mijn ego een deuk had opgelopen? Jason had vooruitzicht op mij; waar had hij haar voor nodig? Maar toch, er was geen sprake van de withete woede die ik had gevoeld toen ik Jack een meisje zag kússen. Lucy was niet blond, misschien kwam het daardoor. Wat is erger? Dat een man je bedriegt met een lelijke vrouw of met een heel mooie?

Ook vond ik het maar niks dat Jason háár gisteren had gekust en míj vandaag, al was het maar om gezondheidsredenen. Laat Martine over mondflora praten en je kust nooit meer. ('Stafylokokken veroorzaken tandvleesabcessen en ze groeien in groepen, zoals een tros druiven.')

Ik kom tot de conclusie dat het moeilijk was jaloers te zijn omdat Lucy geen voorwerp van afgunst was. Na drie weken ploeteren was ik meesteres bloemschikken (haal bos uit papier en zet rechtstreeks in vaas) en het huiselijke huis: verwijder elk voorwerp van elk oppervlak, aldus oppervlakken van elke zin berovend, bedelf alle geuren onder bleekwater of parfum. Dit was Lucy's wereld en ze was er welkom in.

Ik sloeg mijn armen strak om zijn middel. Hij hapte naar adem. 'Ik hóú van je,' zei ik. 'Echt waar.' Ik voelde me op slag gelukkiger doordat ik het zei.

Jason bloosde. 'Dat is de eerste keer in vijf jaar dat je dat uit jezelf zegt,' zei hij. 'Ik hou ook van jou. En natuurlijk vergeef ik je.' Hij haalde diep adem. 'God, Hannah. Ik voel me zo licht, en gelukkig!'

Ik stond op het punt een toilet-gerelateerde kwinkslag te maken, maar hield me in.

Jason liet zich op één knie vallen. Ik wist wat er komen ging.

'Hannah,' zei hij terwijl hij mijn handen in de zijne nam, 'zeg ditmaal alsjeblíéft ja.'

'Oké,' zei ik, 'maar moeten we dit altijd bij een wc doen?'

Jason lachte en schuifelde op zijn knieën over de vloerbedekking. Ik trippelde achter hem aan en voelde me idioot. Ik wou dat hij opstond en liep; ik hou niet van kleine mannen. (Dat is kennelijk instinctief. Bovendien heb ik eens een nare reactie gekregen van een knaap toen ik hem, in zijn gezicht, 'klein van stuk' noemde.) Gelukkig krabbelde Jason, nadat hij een heel eind van het toilet vandaan was geschuifeld, overeind en veroorloofde me de meisjesachtige opwinding van zijn volle lengte, een meter zevenenzeventig.

'Hannah, wil je met me trouwen?'

Ik rolde met mijn ogen. 'Vooruit dan maar.'

'Hoera!'

Jason tilde me op en draaide me in het rond. Ik lachte, tot mijn voeten het gangtafeltje raakten en ik mijn rug verrekte. Ik liet me door hem naar de sofa dragen. Hij klopte de kussens op achter mijn rug en zei: 'Kijk eens wat ik voor je heb.'

Een diamant waarvan je ogen uitpuilden.

'Wauw.'

Hij was groot en scherp met gevaarlijk glinsterende facetten, op een gouden ring.

Hij deed hem aan mijn vinger. Het voelde zwaar en vreemd aan. Mijn hand viel langs mijn zijde en ik wist zeker dan mijn arm zo'n vijf centimeter werd uitgerekt. Ik hees hem terug tot op ooghoogte. Ik kantelde mijn hand naar links en naar rechts, als een dame, om hem te zien fonkelen. 'Dit,' zei ik, 'is een gevaarlijk wapen.'

'Het is ook,' zei Jason met strelende stem, 'een teken van mijn hoogachting.' Hij ademde in mijn oor, wat maar één ding kon betekenen.

Gezien zijn maag, mijn rug en de nasmaak van ontrouw was het niet de geweldigste. Maar toen ik na afloop zijn haren streelde voelde ik me teder gestemd. (De weg naar mijn hart is hoogst ondamesachtig.)

Er was een ondeugend deel van me dat niet kon wachten om mijn moeder te vertellen dat Jason en ik *geëngageerd* waren.

Waarom? Omdat ik een vermoeden had. Angela vond Jason niet de juiste man voor mij.

Hij had haar altijd aanbeden. Zoals alle jongemannen. Het was net zoiets als homo's en Lisa Minelli. Ik had moeten vechten om ze uit elkaar te houden. Jason dacht dat hij *moederlijk potentieel* in Angela zag en wilde het per se aanboren. Alsof ze de volmaakte moeder was, opgesloten in een toren en wachtend op het juiste kind dat haar zou komen bevrijden. Hij keek altijd met grote ogen toe hoe ze een bakblik met gloeiend hete gebakken aardappelen uit de oven haalde met een versleten theedoek. 'Angela, gebruik de ovenwanten, je verbrandt je handen nog!'

Dan schonk ze hem een snelle, gespannen glimlach en zei: 'Bedankt, Jason. Het gaat wel.' Maar als, pakweg, Gabrielle zich ermee bemoeid zou hebben, zou mijn moeder haar bij haar arm hebben gepakt, in haar ogen hebben geglimlacht en gezegd hebben: 'O, Gabrielle, je weet hoe ik ben, ik ben onverbeterlijk.'

Het was raar. Jason was het type man van wie moeders geacht werden te houden.

Een boosaardige opwelling overviel me en ik zei: 'Hé, Jase. Ik popel om mijn moeder te vertellen dat we verloofd zijn.' Jason glimlachte. 'Ik denk dat ze je afkeurt.' Zijn glimlach verdween.

'Ze keurt me áf?' Jason was zich ervan bewust dat hij het type man was van wie moeders geacht werden te houden. 'Waarom? Het is niet waar! Dat kan niet.' Hij leek van streek. Toen zei hij: 'Maar... als het waar is, waarom popel je dan om haar te vertellen dat we verloofd zijn. Zou je het niet eerder willen uitstellen?'

Ik trok mijn neus op. 'Ik vind het leuk haar te plagen.'

'Dat is geen plagen,' zei Jason. 'Dat is pesten. Wat een manier is om woede te uiten.' Hij leunde op een elleboog. 'En weet je wat woede nog meer is?'

Ik kietelde zijn voet met de mijne, maar hij liet zich niet afleiden.

'Verdríét,' zei Jason streng. 'Woede is verdriet. En ik denk dat jouw boosheid op je moeder een masker is voor je verdriet. Zo hoef je niet het verdriet om haar verlies te voelen.'

Ik kalmeerde hem. 'O, Jase. Je bent zo grappig. Ze is niet verlóren. Ze is er. Ik geef niet veel om haar, maar ze is er.'

Jason schudde zijn hoofd. 'Hannah. Gezien alles wat je me verteld hebt is ze verloren voor jóú. Je geeft wél iets om haar, maar je hebt al je verwachtingen van haar vernietigd. Zo kan ze je niet teleurstellen. Je hebt de lat laag gelegd omdat het pijn doet als je hem hoog legt.'

Ik legde hem het zwijgen op met een kneepje in zijn wang. 'Jason,' zei ik. 'Ik ga mijn ouders bellen om ze het blijde nieuws te vertellen.'

Ik viel niet uit omdat ik meende te weten waarom hij zo was uitgebarsten. Hij was boos op zíjn moeder, omdat ze was doodgegaan. Hij was bezeten van moeders. Zijn hele houding riep: 'Ik ben de ideale zoon.' Alsof, als hij goed genoeg was, zijn moeder uit de dood zou opstaan.

Als dat voor mijn doen ongewoon scherpzinnig klinkt, één therapiesessie had me dit geleerd: wat je ook zegt dat je bent, je bent het tegenovergestelde. Ik was blij dat ik het op Jason kon toepassen, al was het niet op mezelf. (Therapie was niks voor mij. Ik ging zitten en gaf bijna over omdat de stoel *warm was van een eerder achterwerk*. Ik voelde me beledigd door het idee dat ik een detail op een lopende band van beschadigde waren was.)

Jason keek op zijn horloge. 'Ik besef dat Lieve Papa een verslag verwacht van elk voorval in je leven zodra het zich voordoet,' zei hij. 'Maar het is al twaalf uur geweest. Je kunt nu niet bellen.'

Ik negeerde het door jaloezie veroorzaakte sarcasme en liet me weer op het bed vallen. 'Je hebt gelijk. Ik zal morgen bellen.'

Het drong tot me door dat ik er tegenop zag Roger het nieuws te vertellen, al zou het de snelste weg terug naar zijn genegenheid zijn. Ik kon niet beslissen of het kwam doordat ik zelf niet bijzonder aangegrepen was door het nieuws of omdat ik niet bijzonder aangegrepen was door Roger. Beide gedachten waren heiligschennis en ik probeerde ze uit te bannen.

21

Ik belde daags daarna inderdaad naar huis, maar er werd niet opgenomen en mijn vader was op kantoor onbereikbaar. Zijn secretaresse, Rita, was verontschuldigend en indiscreet. Een *Telegraph*-medewerker had de functie 'Wijzigingen markeren' in een als Word-document verzonden persbericht gebruikt. Dat beloofde moeilijkheden.

Zoals Roger eens had uitgelegd: 'Elk persbericht moet door iedere klojo in het bedrijf worden goedgekeurd en is uiteindelijk gecorrigeerd door driehonderdenzesendertig verschillende zakkenwassers.'

Als een journalist een kort document ontvangt met een onevenredig hoog aantal bytes en in het menu van zijn Word-programma 'Wijzigingen markeren' aanklikt, kan hij elke wijziging zien die in het document is aangebracht.

'Je vader is zíédend,' fluisterde Rita. 'Hij zal de hele dag bezig zijn om de schade te beperken. Maar ik zal zeggen dat je gebeld hebt, lieverd. Niks belangrijks, hoop ik?'

Ik had de ring met de diamant in mijn zak gestopt, want ik wilde niet dat Greg hem zag. Mijn vader moest het als eerste horen. Maar ik moest het íémand vertellen, een testreactie opwekken. Ik besloot Gabrielle te bellen.

'Gab? Alles goed?'

'Niet echt, o, jezus, *hou daarmee op! Nee!* Niet daarop drukken, Jude, hou onmiddellijk op, nu – wacht! – lieverdje, kom mee, weg hier, schat, je zult je pijn... au, domme jongen, wat zei ik nou, au, arme Jude, o nee, o, arme jongen, o, het is al goed, knuffel van je mammie, knuffel van je mammie, oei, mammie niet bijten...'

Ik vind het onbeleefd om iemand uit een rothumeur te halen, net zoiets als iemand uit een taxi sleuren. Ik zou mijn nieuws opzouten. Ik zei: 'Is hij gevallen? Mankeert hij niks? Waar is kinderjuf Amanda?'

Gabrielle snoof. 'Terug naar Melbourne.'

'Vakantie?' vroeg ik zonder hoop.

'Voorgoed.'

'Wat? Waarom?'

Stiekem kon ik me geen vanzelfsprekender besluit voorstellen. Tien minuten met Jude en ik was bekaf, klaar om naar bed te gaan. Volgens zeggen zijn de meeste baby's net zo. Jude kon ruim een halfuur lang op en af en op en af en op en af een drempel stappen, terwijl jij zijn hele, aanzienlijke lichaamsgewicht torste, en dan hysterisch worden, opeens, zomaar. Op een keer was Jason binnengekomen met een hoed op en Jude had gereageerd alsof Freddie Kruger net door de deur was gestapt. Gab had hem van Jasons hoofd gerukt en gegild: 'Hoeden maken hem bang!' Nou, tenzij hij *Nightmare on Elm Street* had gezien, was dat irrationeel. Ik had geen idee hoe kinderjuf Amanda hem had aangepakt.

'Had een hekel aan Engeland.'

'Aha.'

Het was geen verrassing. Kinderjuf Amanda en Gabrielle hadden een goede arbeidsverhouding gehad, afgezien van het feit dat Londen kinderjuf Amanda volkomen koud liet terwijl Gabrielle het onwrikbaar verdedigde. Als ik ooit informeerde naar de gezondheid van kinderjuf Amanda, bracht Gabrielle verslag uit van de laatste sneer aan het adres van het Verenigd Koninkrijk.

Het belangrijkste pluspunt was dat het 'vlak bij een heleboel andere landen' lag.

Na bij Sainsbury's in de rij voor de kassa te hebben gestaan: 'Weet je, in Australië hebben ze zogenaamde Snelkassa's.'

Als de wisselkoers er niet geweest was 'zouden hier de helft minder Aussies en Kiwi's zijn'.

Nadat ze drie kilo was aangekomen: 'Iedereen komt hier en wordt dik. Het is het weer. In Australië at ik nooit junkfood.'

Na een ontmoeting met een knaap uit Dalston: 'De mannen hier zijn zulke *dags*.' (Na om een vertaling te hebben gevraagd ontdekte Gabrielle dat een *dag* 'de aangekoekte stront en wol aan een schapenstaart' was.)

Het was duidelijk slechts een kwestie van tijd voordat kinderjuf Amanda ons land van dikke mensen, *daggy* mannen, lange rijen en Australiërs zou ontvluchten.

'Wat ga je doen?' zei ik.

'Geen idee,' zei Gabrielle met toonloze stem.

'Kun je geen andere oppas krijgen?'

'Ik kan een psychopate krijgen die niet van kinderen houdt, geen probleem. Ik kan een kind van zestien krijgen zonder diploma. Ik kan een meisje krijgen dat twee woorden Engels spreekt – de meisjes die drie woorden spreken zijn allemaal weggekaapt. Ik kan een vrouw van zesenvijftig krijgen die op een nieuwe heup wacht. Lieverd, niet aan de video komen. Weg! Brave jongen! Nee, daar niet op duwen! Hannah, het is nagenoeg onmogelijk om een goede oppas te vinden die in deeltijd wil werken, het gaat verdomme maanden duren en wat moet ik tot die tijd doen, ik heb mijn werk, ik...'

'Kan je moeder niet bijspringen?'

'Ja, maar niet dag in dag uit. Trouwens, ze zit momenteel in Puerto Banus. Ze heeft haar eigen leven. Lieverd, nee! Niet de tv! Weg! Dank je! Nee, daar niet op drukken. Ze is gek op hem, ze pronkt graag met hem, maar ze houdt niet van schone luiers aandoen. Hij komt van haar thuis met de dikste luier die je ooit...'

'En Ollie?'

'Nou, die is meestal weg voor zijn werk. En als hij thuis is... hij is oké, maar hij is... verstrooid. Hij beseft niet helemaal dat je een baby niet zijn gang kunt laten gaan. En hij doet dingen niet góéd. Ik moet hem altijd corrigeren.'

En zoals we allen weten, vinden mannen niets zo leuk als gecorrigeerd worden.

'Gab,' zei ik. 'Wat doe je vandaag?'

'Op mijn zoon passen.'

'Als ík eens op hem paste?'

'Wat?'

Inderdaad. 'Je een middagje rust gunnen.'

'Maar je bent aan het wérk, Hannah.'

'Dat zit wel snor. Niemand zal bezwaar hebben.' Leugen, leugen.

'Lieverd, het is heel lief van je, maar hij vraagt veel aandacht. Nee! Jude! Nee, lieverd, geld eten we niet, we geven het uit. Je kunt hem niet met een goed boek in een hoek dumpen. Je moet hem bezighouden. Je moet hem elke secónde in de gaten houden. Ik meen het. Hij verveelt zich gauw. En hij moet rond vier uur iets drinken. En het is belangrijk dat je positief reageert als hij tegen je praat – nou ja, het is niet echt praten, maar brabbelen, op een paar trefwoorden na...'

'Hij lijkt zo te horen op alle mannen die ik ken, ik red het wel. Dus, eh, wat zijn de trefwoorden?'

'Appel. Deur. Papa. Tiet. Hij noemt alle mannen "papa" en alle vrouwen "tiet".'

Goeie god, wat voor man werd daar opgevoed? Gabrielle moet mijn afkeuring hebben aangevoeld, want ze ging verder: 'Dat is normaal voor kinderen die de borst krijgen, oké? Luister, het is misschien niet zo'n goed idee. Heb je ooit een luier verschoond? Nee! Schatje, nee! Niet mama's zonnebril. Geef hem aan... o, o, goed, hou hem maar.'

'Nee, ík niet, maar... Greg, mijn baas, vast wel. Hij heeft vier jongens. We redden het wel.'

'Je moet met hem gaan wandelen.'

'Greg? O, Jude, ja, natuurlijk. Geen punt.'

'Weet je zeker dat je het aankunt? Heb je het niet ontzettend druk? Zul je goed op hem letten? Neem je hem niet mee op karwei? Ik bedoel... het zou een uitkomst zijn. Om drie uur komt er een klant voor een laatste pasbeurt. Maar... o, goed, ik geef hem zijn lunch en zet hem daarna af.'

'Wat is dát?' zei Greg, naar Jude wijzend.

'Een puppy.' (Nou zeg, alsof hij het niet wist.)

'Wat doet het in mijn kantoor.'

'Ik ben zijn tante, het was een noodge...'

'Hiiiiiii!'

Ik grinnikte, en Greg ook. Jude had mijn baas begroet met het overdreven enthousiasme dat je voornamelijk aantreft bij televisiemedewerkers.

'Hallo, jochie!'

'Op.'

Jude stak zijn armen uit. Goed werk.

Greg knielde en tilde Jude uit de buggy. *'Ma!'* zei Jude, naar mij wijzend. Zijn andere hand lag om Gregs hals. Ik zag dat Greg wazig begon te kijken en toen ik me weer ontspande, stak Jude een vinger in Gregs neus en trok hem weer terug.

'God!' snakte Greg. Zijn ogen traanden. 'Knip je nagels, jochie.' Hij gaf Jude terug. Ik bezweek bijna onder zijn gewicht.

'En, hoe dacht je je...' Greg zweeg. 'Ik heb de perfecte klus voor je. Geknipt.'

Het stond me niets aan.

Vijf minuten later keek ik toe hoe Jude op mijn sleutels kauwde en vroeg ik me af of ik Gabrielle zou bellen. Ik wilde haar niet lastigvallen. Of bang maken. Ze zou het misschien niet waarderen dat ik haar kind als dekmantel gebruikte. Het scenario was als volgt. De rechtswinkel had Greg, via hun advocaten, benaderd namens een cliënt. Hij was gescheiden en betaalde kinderalimentatie. Maar hij vermoedde dat zijn ex een inwonende vriend had. In welk geval hij recht had om haar voor de rechter te slepen en te vragen om vermindering van de alimentatie.

Om te bewijzen dat ze samenwoonden moest hij bewijzen dat de partner drie achtereenvolgende nachten in haar huis verbleef, het weekend niet meegerekend. Greg zou letten op nachtelijk bezoek, in de vroege ochtend, een aanwijzing dat de vriend nog in huis was. Alles wat hij nodig had waren een paar *stills* – foto's – genoeg om de rechter reden te geven om eraan te twijfelen dat de vrouw alleen stond. Greg zou het avondwerk zelf doen, of het laten doen door iemand zoals Ron. Wat hij wilde dat ík deed was naar de school van het kind gaan, met Jude in zijn wandelwagen, om te zien door wie het werd opgehaald. Niemand let op een vrouw achter een buggy, maar een man alleen voor een school is verdacht.

We hadden een rugzak met een minicamera in de riem. Ik kon hem op een goede hoogte houden. Wat Greg hoopte was dat de moeder en de nieuwe vriend het kind samen ophaalden en in een auto stapten. We zouden het kenteken moeten hebben. Als het de auto van de vriend was, zouden we – of Ron – ze volgen om te zien of ze naar zijn huis of het hare gingen. Jude en ik moesten 'een team' zijn. Greg had me een foto van de moeder gegeven. Lara. Ze was slank, met lang, sluik, donker haar en een droge huid en haar kiezen waren getrokken. Ze zag er niet uit als een vrouw die zwemt in haar geld.

'Aaaaa,' zei Jude, de sleutels ophoudend.

'Heel hartelijk dank,' zei ik. 'Heel lief. Wil je misschien, eh, met mijn laptop spelen?'

Ik tilde hem op mijn schoot en hij graaide naar het toetsenbord en rukte vijf toetsen los, D, S, K, F en U.

Nu was het mijn beurt om 'Aaaaa!' te zeggen.

Om de een of andere reden moest Jude hierom lachen. Hij was een behoorlijk ervaren lacher. Hij legde zijn hoofd in zijn nek en lachte met open mond, alle zes zijn tanden tonend. Het was gewoon prachtig en ik lachte mee. We herhaalden het 'Aaaa'/lach-proces vijftig keer.

Greg kwam langs mijn kantoor. 'Je moet gaan,' zei hij. 'Als je haar wilt betrappen.'

'Oké,' zei ik. Jude kreunde. Ik keek omlaag en hij was paars in zijn gezicht. 'O jezus,' gilde ik, 'hij heeft stuipjes, bel een ambu...'

'Dat is een Ik Doe Een Poep-gezicht,' zei Greg. 'Alle mannen trekken zo'n gezicht op de plee.'

Ik greep naar mijn hart en zuchtte. Toen keek ik Greg aan, sluw. 'Ik moet haast maken, dus zou je...?'

Ik duwde Jude langzaam over straat naar de school. Hij kirde in zichzelf en begroette een dronkaard die ons voorbij wankelde met een luid *'Hiiiiii!'*

Lara, het doelwit, had eveneens een jongen. Hij was vijf. Charlie. Ik vroeg me af met hoeveel de rechter zijn moeders onderhoudskosten zou verminderen als ik bewees dat de vriend bij haar woonde. Rare redenering. Mijn ervaring is dat de gemiddelde inwonende vriend een geldverslinder is. Lara's onderhoudskosten zouden hooguit verdubbeld moeten worden. Ik dacht na over wat ze niet voor Charlie zou kunnen kopen als ik met bewijs kwam. Een driewieler. IJs? Schoenen?

Ik zwenkte naar links en nam Jude mee naar het park.

We gingen samen in de draaimolen en ik belde Ron. 'Ze is alleen,' zei ik. 'Er is verder niemand. En' – iets verdraaiend wat ik niet mocht verdraaien – 'de camera is defect. Ik ga morgen terug en maak dan wat victor.'

'Godver,' zei hij. Alsof het hem iets kon schelen.

Ik zette Jude op de schommel, liet hem van de glijbaan gaan. Toen gaf ik hem zijn melk, zoals Gabrielle me had opgedragen. Hij brulde even toen ik hem weer in de buggy zetten en werd toen stil. Ik dacht dat hij zat te mokken, maar toen ik keek sliep hij. Zijn lange donkere wimpers glinsterden van tranen en zijn rozenknoplippen weken enigszins uiteen. God, dacht ik, ik doe dit góéd. En ik voelde een opwelling van liefde.

'Liefde,' zei ik, hardop. Het woord maakte me niet aan het huiveren zoals het normaliter deed.

Ik ging schuldbewust terug naar kantoor.

'Ik denk dat ze het mis hebben,' zei ik tegen Greg. 'Maar ik kon geen foto's maken, de camera is defect. Zal ik het morgen nog eens proberen? Of ik kan er vannacht de wacht houden, als je wilt.'

'Vreemd,' zei Greg. 'Hij leek in orde. Maar inderdaad. Vanavond zou goed uitkomen. Al is Ron erop gebrand. Maar het is goedkoper als jij het doet.'

'Geen probleem.' Ik streek over mijn vermeende snor. Ik zweette. En niet alleen door de zomerse warmte. Het was eng, tegen Greg liegen. Hij was getraind om leugenaars te ontmaskeren.

'Tussen haakjes. De moeder van het kind heeft gebeld. Ik heb verteld dat je op karwei was en dat de baby het goed maakte. O, en je pa heeft gebeld. Hij klonk niet erg blij.'

Ik staarde Greg na terwijl hij terugmarcheerde naar zijn kantoor. Wist hij wat hij gedaan had?

Gabrielle kwam binnen met een gezicht als graniet. Ze zag dat Jude sliep, deed zachtjes de deur dicht en sleurde me aan mijn arm naar de gang. Toen zei ze met heel kalme stem: 'Ik dacht dat ik je kon vertrouwen, kan ik je niet vertrouwen, wat heb ik gezegd, wat heb ik uitdrukkelijk gezegd dat je NIET mocht doen, en jij gaat verdomme en je doet het, je moest hem gebrúíken, een baby, voor je stomme werk, je kon niet gewoon van zijn gezelschap genieten, hem accepteren zoals hij is, je neef, je hebt geen respect, geen respect voor wie ook, je bent een kille, kille, ongelukkige vrouw, hoe durf je, hoe dúrf je mijn kind in gevaar te brengen, na alles wat ik voor jou en die idioot van een Jason heb gedaan nog wel, na alles wat ik tegen je gezégd heb, ik walg van je...'

'Maar ik... ik...' Ik probeerde nonchalant te kijken, achter me, of de deur van Gregs kantoor open was. Dat was hij en Greg keek me strak aan. Ik draaide me om. 'Hij is geen moment in gevaar geweest, ik zweer het. Maar het spijt me echt, Gab, echt waar.'

Ik probeerde haar met mijn ogen te vertellen dat ik nú niets kon zeggen, maar ze was te boos.

'Weet je wat, Hannah,' zei ze. 'Ik zeg geen sorry. Omdat ik denk dat het niets betékent.'

Toen duwde ze me opzij, haalde Jude in zijn wandelwagen op en duwde hem naar buiten, haar kaken op elkaar klemmend. Ik slenterde terug naar mijn kantoor, deed de deur dicht en mompelde in mijn handen. Ik zou later proberen het uit te leggen. Maar ik wist dat ik, in de stemming waarin Gab nu was, moeite zou hebben om haar zover te krijgen dat ze me geloofde.

Toen belde ik mijn vader. Ik hoopte dat mijn verloving met Jason hem zou opvrolijken en hem voor me zou innemen. Hij had in elk geval gebéld, al had hij nors geklonken. Tijdens onze laatste ontmoeting had hij geconcludeerd dat ik het achter de ellebogen had en me de deur gewezen. Hij had contact opgenomen en dat moest positief zijn.

Dat was het niet.

Hij had gebeld om te vertellen dat mijn oma dood was.

22

De meeste dagen draait mijn geweten om het eten van chips. Het had zichzelf echter op een halfslachtige manier wakker geschud met betrekking tot oma Nellie, reden waarom ik het minachtte. Ik had uit de goedheid van mijn hart ingestemd met een bezoek aan oma Nellie. Ik had ermee ingestemd omdat ik niet wilde dat ze met wrok jegens mij dood zou gaan. In welk geval zij het laatst zou hebben gelachen.

'Maar het was maar een lichte beroerte,' had ik gezegd toen Roger het me vertelde.

'Ja, nou ja, dat heeft de tweede goedgemaakt,' antwoordde hij.

Het was een rare manier van zeggen, maar mensen zeggen gekke dingen als ze van streek zijn.

'Arme mama. Hoe is het met haar?'

Normaliter praten we niet over mijn moeders emoties, ervan uitgaande dat, welke het ook zijn, het haar eigen schuld is.

'Ze is in het verzorgingshuis, om Nellies kamer op te ruimen.'

'O.'

Hij had mijn vraag niet beantwoord, maar ik drong niet aan. Zijn toon suggereerde dat hij me nog niet had vergeven.

'Hoe heette dat verzorgingshuis ook alweer?' zei ik.

'Hannah, ik heb er geen flauw benul van.'

'Oké. Geeft niet.'

Ik belde mijn moeder op haar mobiele telefoon. Ik had het nummer ergens.

'Hallo?'

'Mama. Met Hannah. Ik vind het zo erg van oma Nellie. Hoe is het met haar? O gód. 'Ik bedoel, hoe is het met jou? Hoe gaat het?'

Mijn moeder zweeg.

'Hoe gaat het? Ik bedoel, ik weet dat het niet gaat, maar...'

Stilte.

'Moet ik iets voor je doen?'

'Nee,' zei mijn moeder. 'Het gaat wel.'

'Goed,' zei ik. 'Goed. Is de begrafenis al geregeld? Of zorgt Roger daarvoor? Moet ik je misschien helpen om haar kamer op te ruimen?'

Het was eigenlijk gênant. Al die tijd zo koel tegen haar zijn en dan, omdat er iets verschrikkelijks gebeurd was, een beetje warmer worden. Dat is, geloof ik, wat mensen noemen: níét de moed van je overtuiging hebben. Anderzijds, als ik bij deze gelegenheid wél de moed van mijn overtuiging had gehad, zou ik een monster zijn geweest. Ik denk dat ik liever schijnheilig ben dan een monster. Al is er niet veel verschil.

'Roger,' zei mijn moeder, 'betaalt alles. Daar is hij goed in.'

'O, dat is aardig,' zei ik – ik was opgelucht. Ik dacht niet graag dat mijn vader gevoelloos was.

Mijn moeder antwoordde niet. Ze was ook op haar beste momenten wazig. Ik herhaalde de vraag. 'Dus moet ik je helpen om haar kamer op te ruimen of zo?'

'Nee, bedankt, Hannah.'

Het bleef even stil.

'En' – hakkelde ik – 'de begrafenis?'

'Ollie regelt de crematie. Echt, je hoeft niets te doen.'

Ik voelde een steek van ergernis. Ze had *Ollie* gebeld. Maar het was in een oogwenk voorbij. Ze stond dichter bij Ollie doordat ik me had omgeven door een onzichtbare stalen barrière die mijn moeder terugkaatste zodra ze dichtbij kwam. Natuurlijk had ze Ollie gebeld. Maar toch, als je een verzoenende hand uitsteekt, is het een schok als hij wordt weggeslagen. Zelfs als je hem vijfentwintig jaar achter je rug hebt gehouden.

Er was nóg iets wat ik niet wilde zeggen. 'Het spijt me dat ik te lang heb gewacht om oma Nellie te bezoeken.'

'Je kunt je spijt tijdens de crematie betuigen, Hannah,' antwoordde mijn moeder. Het verdriet maakte haar blijkbaar driest; ze deed nóóit zo grof tegen me. Ik vond het niet erg. Ik wilde weleens een vonk zien. 'Het is op begraafplaats Golders Green, aanstaande maandag, om elf uur.'

'Hee, ligt Keith Moon van The Who daar ook niet?' Jezus, hou je bék.

'Ik zou het niet weten,' zei mijn moeder met toonloze stem. 'Ik moet weer eens verder.'

'Natuurlijk,' zei ik. 'Dag dan maar.'

Ik veranderde van gedachte. Ik wilde níét wel eens een vonk zien.

Niet als hij op mij gericht was. Al die jaren dat ik vergeefs had geprobeerd mijn moeder te provoceren. En de dood van oma Nellie levert dan eindelijk succes op. Het voelde anders aan dan ik gedacht had. Het maakte me misselijk, het besef dat ik niet wilde dat mijn moeder me haatte. Echt mísselijk. De walging zat hoog in mijn keel.

Nou ja. Ik zou mijn best doen voor oma Nellies begrafenis. Een rok aantrekken. Nu ik er een had. In een flits zag ik oma Nellie in vroeger tijden. Ze droeg oudevrouwenkleren en de meest blitse Nikes die je ooit hebt gezien. Ik verwachtte altijd dat ze een sprintje zou trekken. Ze had een dikke buik en magere beentjes. Als een insect.

Ik dacht ook aan mijn moeder. Maanden geleden was ik in de tuin van mijn ouders en zag ik Angela in haar werkkamer zitten. Haar bureau staat bij het raam. Ze staarde naar buiten naar niets, terwijl ze kleine, snelle hapjes pure chocolade nam. De enige soort die ze eet. Ik weet alleen dat een hond dat spul nog zou weigeren. Dat beeld zei alles. Het stonk naar lusteloosheid en zelfkastijding. Maar (zoals mensen altijd zeggen na een overlijden omdat ze het niet kunnen verdragen dan anderen ontroostbaar zijn) misschien komt er iets goeds uit voort.

Het zou goed zijn, dacht ik, als mijn moeder wat van haar levenslust terugkreeg.

Ze zeiden steeds weer dat het weer zou omslaan, maar ze hadden het mis. Op maandag, om negen uur, was ik op kantoor en veegde met mijn hand het zweet uit mijn nek. Gregs ventilatoren wiekten de warme lucht alleen maar rond door het vertrek. Ze hadden niet meer nut dat iemand die in je gezicht blaast. Ik zal de eerste zijn om over het Engelse weer te klagen (somber, somber, somber, om twaalf uur 's middags pikkedonker van oktober tot februari), maar ik realiseerde me, nadat de verzengende hitte in april was begonnen en – op een paar druilerige weken na – was doorgegaan tot in juli, dat ik een hekel heb aan zon.

Ik had mijn weekend zwetend en alleen doorgebracht. Jason was boos omdat ik niemand over de verloving had verteld.

'Jase,' zei ik. 'Begrijp het alsjeblieft. Mijn familie is in de rouw. Het is niet het goede moment.'

Hij begreep het niet en was ervandoor gegaan voor een weekendje golfen met zijn vader. 'Het lijkt wel alsof je het niet wílt vertellen,' was zijn afscheidsschot.

Ik had Martine kunnen vragen of ze buiten met me wilde spelen, maar ze was voor een meidenweekend in Blackpool. Als ze tijd had zou ze de chocoladefabriek in Birmingham aandoen.

Zon is allemaal goed en wel als je in een warm land woont en eraan gewend bent, maar de Britten verandert hij in idioten. Op zaterdag had ik geen hoed opgezet. Zoals de meeste Britse burgers, als zich in het Verenigd Koninkrijk zonneschijn voordoet, gelóóf ik er niet echt in. (Het meteorologische equivalent van chips die niet dik maken als je ze staande eet.) De hele nacht had ik het gevoel alsof iemand de haren uit mijn schedel probeerde te rukken. Na urenlange ernstige pijn vond ik in de diepvries een moot schelvis, die ik tegen mijn pijnlijke hoofd drukte. Toen ik Martine belde, medeleven verwachtend, lachte ze. Nou en? Een zak diepvrieserwten is acceptabel, maar met een schelvis zou je een leipo zijn?

Kortom, toen maandagochtend aanbrak voelde ik me belazerd. Ik had spijt van mijn koppigheid jegens oma Nellie. Wat deed het ertoe dat ze geen chocoladeblik-oma was? Diep in mijn hart wist ik dat ik niet het juiste had gedaan en ik verfoeide mezelf erom.

Bovendien deed mijn hoofd nog steeds pijn, wat me prikkelbaar maakte, ik bleef als een vampier naar de schaduw fladderen. Ook had ik de sterke indruk dat niemand me mocht. Zelfs mijn familie niet. Vooràl mijn familie niet. Zelfs Martine, een vrouw die – mocht een man dwaas genoeg zijn om met haar te paren – haar kinderen Roquefort en Dolcelatte wilde noemen, had betere dingen te doen dan haar tijd met mij doorbrengen. En Jason was zó kinderachtig.

Ik probeerde mezelf ermee te troosten dat ik er goed uitzag, al kon het niemand iets schelen. De ironie ervan was dat oma Nellie het goedgekeurd zou hebben. Ik had mijn lippen gestift. Ik had een kápsel aangemeten, mijn nagels waren schoon, mijn benen waren glad, mijn wenkbrauwen gewelfd en ik had de uitdaging aangenomen en alle haren uit mijn neusgaten geknipt. Ik had de slag van de camouflagestift nog niet te pakken – het enige resultaat was dat elk plekje werd benadrukt, in een grote beige cirkel, als de ringen rond Saturnus. Maar al met al had ik me aardig opgedoft.

'O, schatje,' zei Ron toen ik die maandagochtend het kantoor binnenkwam, 'wat zie je er pikant uit.'

Ik benaderde hem glimlachend en begroef mijn vingers in zijn nek tot hij naar adem hapte. 'Dit is de eenentwintigste ééuw, Ron,' zuchtte ik, 'de eenentwintigste ééuw.'

'Sleep hem voor de rechter,' zei Greg. Ron masseerde zijn nek en mompelde iets. Wanneer hij iets zei liet hij zijn ondertanden zien, als een buldog. Ik had er de pest over in dat hij werk had vanwege de begrafenis van mijn oma. Greg wist in elk geval dat het waar was – de overlijdensadvertentie en de gegevens over de begrafenis hadden in *The Times* gestaan.

Om halfelf inspecteerde ik mijn uiterlijk in de spiegel. 'Pikant,' zei ik. De poeder was gesmolten tot een glanslaag op mijn vuurrode gezicht, elke zweetdruppel was beige. Ik wou dat ik niet zo zwéétte. Toon me de vrouw die er prat op gaat, want ik zou haar koele, droge hand willen schudden. *Ik* zweet als een man. Als een paard zelfs.

Het crematorium was leuk, voor een crematorium. Donker hout, maar niet te donker. Sommige zijn nauwelijks meer dan een betonnen garage op een grauw parkeerterrein. Ik ging naast mijn moeder, mijn vader, Ollie en Gabrielle op de eerste rij zitten. Jude zat te slapen in zijn wandelwagen. Daar stond de kist, recht voor ons, voor een velours gordijn. Ik vond het van slechte smaak getuigen. Ik voel me niet op mijn gemak met de dood. Ik heb dat middeleeuwse idee dat het besmettelijk is.

Ik staarde naar mijn moeder, maar ze keek niet op. Gabrielle stond naast haar als een lijfwacht, haar hand in de hare. Ook zij maakte geen oogcontact. Mijn vader knikte me kort toe. Evenals Ollie. Ik vermoedde dat Gabrielle hem had verteld dat ik zijn zoon en erfgenaam in de vuurlinie had geplaatst. Ik noteerde dat ze wel erg snel het slechtste van me dachten. Martine schuifelde binnen, zwaar hijgend, zwetend als twee paarden. Ik was geroerd, hoewel zij het waarschijnlijk zag als een kans om haar nieuwe hoed te dragen in aanwezigheid van Roger. (Ik dacht snel het slechtste over Martine. We verdienden het waarschijnlijk alle twee.)

Er waren heel weinig rouwenden en ik vond het triest voor mijn oma. Ik had het krankzinnige idee dat Jack de advertentie in *The Times* had gezien en zou komen, maar waarom zou hij? Hij vond mijn moeder aardig. Dat was alles wat ik kon bedenken. Het was, noteerde ik, niet in Jason opgekomen dat het misschien van goede manieren zou getuigen als híj zou komen. Hij had mijn moeder vast een mooie brief geschreven. De dominee sprak met luide, heldere stem. Hij had ook oma Nellies naam goed, waar ik dankbaar voor was. Hij had vast tien van zulke verbrandingen per dag, ik vond zijn accuratesse niet vanzelfsprekend.

Ik dacht niet dat Angela iets zou zeggen, maar ik was verbaasd toen mijn vader opstond en met papieren ritselde. Er was een katheder, waar hij achter ging staan om zich tot ons te richten. Hij was onberispelijk gekleed in een marineblauw kostuum, een roze das en een geel overhemd. Hij was altijd zwierig, maar die dag was hij adembenemend. De zwakke, citroenachtige geur van zijn aftershave hing heerlijk in de lucht. Het deed me denken aan Tinkerbell in *Peter Pan*. Ik keek opnieuw naar mijn moeder, ze zag er verschrikkelijk uit. Haar mascara was uitgelopen over haar hele gezicht en ze had een of andere zwarte zak aan.

Mijn vader sprak glimlachend. Hij maakte zelfs een grapje over oma Nellie en haar sportschoenen. Martine lachte, sloeg toen haar hand voor haar mond. Ik hm!'de. Alle anderen staarden zwijgend naar de grond. Vervolgens las hij een stuk uit de bijbel, over vertrouwen op God. Al vond ik dit het aangewezen moment om God níét te vertrouwen. Als Hij de leiding had, was de kans groot dat Hij degene was die oma Nellie had geveld. Na zoiets zou het veel gevraagd zijn hem de schoolhamster toe te vertrouwen.

Ik hoorde mijn vaders stem, maar zijn woorden zweefden door me heen. Ik voelde me vijf jaar oud, wachtend tot de bovenmeester klaar was met preken. Zijn stem galmde zelfverzekerd; bijna, vond ik in een opwelling van ontrouw, té zelfverzekerd. Ik aarzel om het woord 'neerbuigend' te gebruiken. Het zou toch zeker van goede manieren getuigd hebben om een beetje te stamelen, overmand te worden door emoties? Maar hij was rolvast, verkondigde de saaie conversatie tussen God en Zijn Discipel vol enthousiasme en *met verschillende stemmen*, alsof hij voorlas uit een toneelstuk, pakweg *Separate Tables*.

Ik moest er maar op vertrouwen dat dit het juiste was. Ik ben niet geweldig in maatschappelijke gebruiken. Ik keek weer naar mijn moeder en zag een traan uiteenspatten op haar gebedenboek. Het trof me dat ik me niet de laatste keer kon herinneren dat ik haar had zien huilen. Plotseling stond ze op.

'Ik zou graag enkele woorden zeggen, nu.'

Mijn vader staarde haar aan. Hij was nog niet klaar met het bijbelcitaat. 'Maar ik...' Hij glimlachte. 'Natuurlijk, schat.' Toen hij naar de andere kant van het middenpad terugkeerde, mompelde hij: 'Het is jouw begrafenis.'

Niemand hoorde het, behalve ik, op het eind van de rij. En ik wilde het niet horen. Die woorden waren niet welkom. Er was geen positieve manier om ze te interpreteren. Het zweet droop langs mijn nek en ik voelde me opgezwollen van warmte en verdriet. Mijn vader was sterk, aardig, bekwaam, volmaakt. Het was alsof je naar *Spartacus* keek en een Romein met een polshorloge zag. Je hecht er veel geloof aan dat de mensen die je wereld beheersen weten wat ze doen, je wilt geen getuige zijn van hun fouten, je hebt er behoefte aan te weten dat ze geen fouten maken.

En terwijl mijn moeder het spreekgestoelte beklom voelde ik me beroerd in het besef dat mijn vader niet volmaakt was.

23

Wat mijn moeder ook over haar moeder had willen zeggen, het bleef geheim. Ze glimlachte bibberig vanaf het spreekgestoelte en zei: 'Ik ben nooit erg intiem geweest met mijn moeder, maar ze was... ze was... ze...' Toen schudde ze haar hoofd, sloeg haar handen voor haar gezicht. Ollie begeleidde haar terug naar haar plaats. Mijn vader kon zijn lezing beëindigen.

Na afloop reed iedereen in konvooi naar Gab en Ollie thuis en at broodjes zalm. Ik had geen honger, maar probeerde iets te eten. Oma Nellie had een hekel gehad aan voedselverspilling. Mijn moeder had binnen een zonnebril op, wat betekende dat ze migraine had. Vijf minuten later ging ze even liggen in Gab en Ollies logeerkamer. Ik maakte eruit op dat het feest voorbij was en vertrok. Toen ik de deur achter me dicht trok, stond Martine met mijn vader te kletsen. Ik vroeg me af wat er nog te vertellen was.

Ik reed om via Hampstead Heath en zat naar de vijver te staren tot de lucht roze werd. Toen ik naar huis reed toeterden er zo'n vijftig auto's naar me. Ofwel ik had de beker gewonnen of ik was met mijn aandacht niet bij de weg. Begrafenissen worden geacht te maken dat je je levender voelt. Er is een gemene reflex in de menselijke aard die, op onbewust niveau (tenzij je bijzonder onaangenaam bent) ervoor zorgt dat we denken: haha, zij zijn dood, ik niet – zelfs als we van de desbetreffende persoon hielden. Ik voelde me dood.

'Oma,' zei ik tegen het dak van de auto. 'Ik ben een idioot. Het spijt me dat ik nooit op bezoek ben geweest. Al die jaren. Het lijkt zo kleingeestig nu. Ik ben het steeds... van plan geweest.'

Ik wás het van plan geweest.

Wat zielig. Precies zoals ik altijd van plan was geweest het aan Jack uit te leggen.

Jack.

Ik dacht aan wat hij in het restaurant had gezegd. 'Je hebt me verraden, Hannah, toen ik meer van je hield dan ik ooit van een vrouw zal houden...' En ik kreeg een diep gevoel van berouw, het overspoelde me als een golf en er was een behoefte om hem te zien die pijn deed. Hij moest weten dat het me oprecht speet. Ik kon het niet verdragen dat hij me haatte, ik moest hem ronduit zeggen dat ik stom geweest was en bang voor liefde, maar dat ik geen bedriegster was. Ik kon geen minuut langer verder zonder dat hij dit wist.

Ik staarde naar het imposante witte interieur van Jacks gebouw en rende toen het stenen pad op.

Pas toen ik had aangebeld en voetstappen hoorde, begonnen mijn knieën te knikken. Ik klemde mijn lippen op elkaar – ze voelden raar glibberig aan, ik gebruikte zo zelden lippenstift – en plantte mijn voeten stevig op het tapijt in de gang. Jack had me niet verteld waar hij woonde, maar ik was erachter gekomen, dankzij een fabuleuze website waar we illegaal toegang toe hadden. Hij werd door de politie gebruikt om mensen op te sporen. Je tikte een telefoonnummer in en het bijbehorende adres verscheen op het scherm. O, stout.

'MetHannahhetspijtme,' zei ik zo snel als ik kon voordat hij tegen me kon schreeuwen. De woorden klonken leuk zoals ze als verf in elkaar overliepen, dus ik herhaalde ze: 'Jack, ik heb zo'n spijt van alles, de scheiding, alles. Oma Nellie is gestorven en ik moet je spreken, ik moet het uitleggen.' Ik voegde eraan toe: 'Wees alsjeblieft niet boos op me, ik weet dat je boos bent, maar niet doen, want het spijt me heel heel erg.'

Daar stond hij, lang, en ik had het gevoel dat hij op me af dook, als een vampiervleermuis. Of misschien was ik duizelig. Mijn hand vloog naar mijn mond. 'O god,' zei ik. 'Glad vergeten. Is je vriendin er. Die blonde?'

'Hoeveel vriendinnen denk je dat ik heb?' zei Jack. Zijn gezicht was ondoorgrondelijk. Ik kromp in elkaar, alsof hij me zou slaan. Hoewel hij dat nooit had gedaan, was hij een expert in het overbrengen van fysieke dreiging. Andere mannen begonnen geen gevecht met Jack.

Ik trok een verontschuldigend gezicht.

'Ik heb het uitgemaakt met die blondine. Het werd niets,' zei hij. Maar hij hield de deur open en maakte een weids gebaar met zijn arm om me binnen te laten. Toen ik langs hem liep raakte hij mijn rug aan, heel even. 'Gecondoleerd met oma Nellie.'

'Bedankt,' zei ik. Zijn gang verschilde enorm van de mijne. Het witte plafond bijvoorbeeld was twee keer zo hoog en had decoratieve krullen van pleisterwerk in elke hoek. Cornetto's, geloof ik dat ze ze noemen. Ik keek omhoog en draaide in het rond, als Alice in Wonderland nadat ze de krimppil heeft genomen, en verloor bijna mijn evenwicht. Jack pakte mijn arm en hield me overeind.

'O, wat mooi, Jack,' zei ik. 'Heel Chinezig, die donkere houten vloer en donkere houten jaloezieën en nauwelijks meubels, het is heel sober en minimalistisch.' Ik bazelde maar wat. Jack had een lange weg afgelegd sinds de tijd dat een grote potplant op de keukentafel zetten, naast een grote verstelbare bureaulamp om onze koteletten te verlichten, zijn idee was van een romantisch etentje.

Jack wees me een vormeloze sofa – hij paste niet bij de kamer, maar je zakte erin weg als in een warm bad.

'Bedankt,' zei ik. Ik schraapte mijn keel. Ik wist wat ik wilde zeggen en probeerde de woorden in een begrijpelijke volgorde te zetten. 'Ik heb ooit ruzie gehad met oma Nellie. Jaren geleden. Zoals ze tegen mijn vader deed... kwetste me. Ik ging niet meer naar haar toe en omdat ze van de generatie is, wás, die vond dat jongere mensen het initiatief moesten nemen, is ze nooit bij mij geweest. En dus, uit koppigheid, hebben we het nooit bijgelegd en ze stierf. En nu lijkt het zo'n verspilling.'

Ik zweeg.

Jack knikte.

'De begrafenis was vandaag en ik móést je zien. Ik... wilde niet dat hetzelfde met... ons gebeurde.

'Ik hoopte dat ik nog een paar jaar te leven had,' zei Jack en ik wist dat hij zenuwachtig was. Zijn grapjes namen dan altijd een duikvlucht.

'In werkelijkheid, Jack,' zei ik, 'begreep ik wél dat je je verraden voelde door mij en dat spijt me meer dan wat ook in mijn leven. Ook toen al, maar ik kon het niet uiten. Ik weet niet waarom. Jij veronderstelde het ergste en ik verkrampte, ik was misselijk van dwaasheid, ik kon de woorden niet vinden. Om te zeggen dat ik nooit naar bed geweest ben met Guy terwijl ik met jou was. Het was beangstigend om met jou te zijn, want je deed onverschillig. Die ene keer dat ik Guy kuste – niet goed, ik weet het, maar meer niet – was het om afstand te nemen van jou, het voelde véiliger. Ik hield van je, maar het drong niet tot me door wat je voor mij voelde tot ik je reactie zag.'

Jack sloot zijn ogen en opende ze. 'Ik had naar je moeten luisteren. Maar ik kon het niet. Ik geloofde het ergste. Het was alsof... ik was zo boos op mezelf dat ik het wílde. Je denkt dat je vertrouwen hebt, maar de proef op de som is wat het kan doorstaan. Als je niet opgroeit met vertrouwen, maar het aanleert, kun je het even makkelijk weer áfleren. Toen je zei dat jij bij die vent was geweest, werd het mijne weggeblazen als een paardebloem.'

Hij schudde zijn hoofd. Toen stond hij op, abrupt, en liep de kamer uit. Ik wist niet goed wat ik moest doen.

'Jack?' riep ik hem na. 'Jack? Gaat het? Ik wilde je zeggen dat het me spijt, ik heb spijt van alles wat ik gedaan heb, je betekende alles voor me, het was te veel, ik vind het verschrikkelijk dat ik dat... ons heb aangedaan.'

Er kwam geen antwoord en ik riep in witte stilte. Ik hield mijn adem in en sloop naar de gang. Aan het eind was een open deur naar een badkamer, de soort badkamer die ik alleen ooit in tijdschriften had gezien, en Jack stond voorovergebogen over de crèmekleurige porseleinen wasbak, één hand voor zijn ogen, huilend. Hij, zag ik met een schok, húílde.

'O lieverd.' Mijn hart bonkte en ik flapte de woorden eruit voordat ik kon nadenken. Ik wilde me terugtrekken, ik was vernederd voor ons allebei, dat ik hem op dit moment had overvallen. Ik wist ook dat ik mezelf voor de gek gehouden had wat Jason betrof, dat ik er een eind aan moest maken, God helpe me, de eerstvolgende keer dat ik hem zag.

'Luister, Jack, het spijt me,' zei ik. 'Ik zal nu weggaan, ik zal voorgóéd weggaan, ik bedoel, ik...'

Zonder op te kijken stak hij zijn hand op en zei met opeengeklemde tanden: 'Wacht.'

Ik knikte en rende terug naar de koele, witte voorkamer. Ik was te opgewonden om te gaan zitten en drentelde daarom naar een spiegel die tegen de muur stond en keek erin. Hij was stoffig en er zat het weer in. Jack kocht toch zeker geen... antiek, wel? Ik voelde me opeens ontnuchterd, gegeneerd, alsof hij een kritische volwassene was geworden terwijl ik nog een verbijsterd kind was dat de voorkeur gaf aan goedkope, in serie gefabriceerde, níéuwe dingen. Ik slaakte een korte kreet en keek aandachtiger in het mistige reflecterende glas.

Een clown staarde terug.

Ik had geen rode lippenstift op mijn lippen gesmeerd, eerder eromhéén. Jezus, ik zag eruit als een idioot. Ik moest zenuwachtiger geweest zijn dan ik had gedacht. Ik begon hem met de rug van mijn hand van mijn gezicht te vegen. Waarom had hij niets gezegd?

Het deed me denken aan die keer dat ik met Jack en Martine naar een bruiloft was geweest, een paar maanden na ons trouwen. Het was een bloedhete dag en ik droeg een afzichtelijk menopausaal, perzikkleurig, zijden 'ensemble' (zo genoemd door de vrouw in de winkel – *Sammies of Highgate* – aanbevolen door Martine, waar het stonk naar oestrogeen; je kreeg het idee dat, als er ooit een man binnen zou komen, er een valluik in de vloer open zou gaan en woeps, daar ging-ie).

Dat was mijn probleem: ik kleedde me zo zelden als een meisje, dat ik niet wist hoe het moest. Vandaar de aanschaf van iets waardoor ik in een gemuteerde sperzieboon veranderde. En dat niet alleen: ik had het zo verrekte héét; ik wist zeker dat ik dwars door die misselijke, kriebelende stof heen zweette en op de perzikkleurige rug zat een donkere, natte plek.

'Jack,' zei ik. 'Zit er een zweetplek achter op mijn jasje?'

Hij inspecteerde het en zei: 'Nee, lieverdje, je ziet er schitterend uit.'

Maar ik zag Martines ogen fonkelen. We liepen de kerk in en ik zocht een vestiaire met een spiegel. Ik draaide me om en goeie god, op mijn jurk zat een donkere plek zo groot als heel Wales. Ik wilde al woedend worden op Jack toen het in me opkwam dat zijn leugen een daad van liefde was. Ik schikte mijn bijpassende perzikkleurige shawl op een strategische plek en marcheerde met geheven hoofd naar mijn plaats. Mijn hart voelde aan alsof het zopas in een zachte vorm was gekneed.

Ik veegde net de laatste van mijn clownslippenstift af toen ik Jack hoorde. Ik stond op terwijl hij snel op me af kwam en zei: 'Laat me je daarmee helpen.' Ofwel ik stak mijn hand naar hem uit of hij trok hem naar zich toe, in elk geval, ik stond dicht tegen hem aan voor een hete, heftige kus, we stommelden, koortsachtig, grepen elkaar vast, ik rammelde aan de gesp van zijn riem alsof het een hangslot was en ik voelde zijn vingers beven toen hij me mijn jack uittrok en zijn handen over mijn rug, voorkant, mijn hele lichaam liet glijden. 'O, god, Hannah,' fluisterde hij. 'O god.' Ik schudde mijn hoofd, perste me tegen hem aan, ik had zin om te janken, te lachen, ik kon geen woord uitbrengen.

Hij droeg me naar zijn slaapkamer en legde me op het bed.

Ons bed.

'Je hebt het gehouden,' zei ik. Mijn ogen traanden. 'Ik dacht dat je het zou verkopen.'

Hij fluisterde: 'Ik kon het niet.'

Hij kuste me opnieuw, heftig, en het voelde goed, zoals het met geen ander ooit was geweest. Ik had bij seks weleens vaker zin gekregen om een potje te janken, maar geloof me, nooit van vervoering en vreugde. Het was nooit een feest geweest, maar met Jack was het dat wel. Alsof het al die tijd wij had moeten zijn. Het was alsof we in bed beter konden communiceren dan erbuiten.

Ik herinnerde me dat Jack na een extatische sessie eens had gezegd: 'Wat was dát verdomme?' Ik had me indertijd opgelaten gevoeld, alsof ik mijn ziel had blootgelegd voor een ongelovige. Het was niet in me opgekomen dat er een leukere interpretatie kon zijn. Nu, na tien jaar weer met hem, ademde ik zijn geur en zijn gevoel in met een gretigheid waarvan ik het bestaan niet kende. Ik hunkerde naar hem, alsof ik de afgelopen tien jaar celibatair had geleefd.

Na afloop zei hij, mond aan mond: 'Hoe kon je denken dat ik niet van je hield?'

'Ik... ik denk dat ik nooit een goede definitie heb gekend,' zei ik. Mijn hart huppelde in mijn borst als een jong konijntje.

Het was met Jack onmetelijk veel wonderbaarlijker dan met Jason. Ik vond Jason altijd te heet. (Niet in de sexy zin, maar in de je-bent-onaangenaam-warm-ga-weg-zin.)

Jason. Jason! O god. Ik had Jack niet eens over de toestand met Jason verteld. Hij was me volledig door het hoofd gegaan.

'Wat?' zei Jack. Zijn linkerarm lag over mijn borst. Hij had mooie armen, mooi afgetekende spieren en huid in de kleur van een vervagend zonnebruin. Mijn huid had de kleur van een effen witte katoenen zakdoek. Jack ging waarschijnlijk vaak met vakantie. Ik raakte zijn wang aan, verontschuldigend, en schoof een eindje weg.

'Niks.'

Nu huppelde mijn hart in mijn borst als een jong konijntje dat probeert te voorkomen dat het wordt doodgeschoten.

'Ik vind je slaapkamer mooi,' brabbelde ik. Dat was zo, al was het bedoeld om zijn aandacht van mijn onbehagen af te leiden. Jacks slaapkamer was cool, eenvoudig en mannelijk. Anders dan die van sómmige mannen. Je ziet ze in weekendbijlagen, met acteurs of voetballers. Ze zijn rijk, jong, knap, alleenstaand, vrij om de slaapkamer van hun sekshol naar eigen goeddunken in te richten – en dan richten ze hem in voor hun moeder om er te slapen. Abrikooskleurige vloerbedekking. Zijden gordijnen, met festoenen. Gebloemde dekbedovertrek, ruches. O god. Arme Jason.

'Bedankt,' zei Jack, me aankijkend. 'Dus. Hoe staat het met Jason?'

'Jack,' zei ik. 'Je moet me geloven. Jason heeft me vorige week ten huwelijk gevraagd en ik heb ja gezegd en toen gebeurde dat met oma Nellie en realiseerde ik me dat ik een afschuwelijke vergissing had begaan. Hij is kwaad omdat ik mijn ouders – of wie ook – nog niets heb verteld – ik zei dat het niet het geschikte moment was – maar nu weet ik dat het was omdat ik wíst dat het verkeerd was. Niet eens bewust, maar ik wist het. En ik, ik verzeker je, ik had niet verwacht... dit nu... ik wist dat het voorbij was met Jase voordat ik hierheen kwam. Ik zou het je ronduit verteld hebben, maar ik kreeg de kans niet en ik ga het uitmaken met Jason, zeggen dat het een afschuwelijke vergissing was, ik ga het meteen uitmaken, vanavond, ik bel hem, ik...'

Jack legde zijn hand op mijn knie en ik keek hem bang aan.

'Hé,' zei hij. 'Je zegt dat je het vanavond uitmaakt. Dat doe je ook. Ik geloof je.'

24

Ik vertrok met de belofte van niets, de mogelijkheid van alles.
'Ik kan beter gaan,' had ik gezegd.

We hadden elkaar bij de ingang een afscheidskus gegeven en toen ik me op het trottoir omdraaide, was hij al naar binnen gegaan.

Ik glimlachte. Ik baadde me in de gloed van zijn vertrouwen en niets kon het wonder van wat er zojuist was gebeurd tenietdoen. Ik probeerde af te koelen door mezelf voor te houden dat mannen altijd in zijn voor een wip, maar zelfs ik ben niet zo oppervlakkig. Niet álle mannen zijn áltijd in voor een wip, alsof ze allemaal eender zijn. Niet met de richting waarin computerspellen zich hebben ontwikkeld. Jack had gezegd... een paar heerlijke dingen.

Al maakt geweldige seks je geneigd tot overdrijven.

Ik stond mezelf toe te dromen en riep het toen een halt toe. Ik was een realist. Ik ging er niet van uit dat één wip een goede afloop maakte. Ik wist nog steeds niet precies wat een goede afloop wás voor mij. Als je bang bent voor het huwelijk, mag je dan zelfs maar méédoen in een sprookje? Maar als Jack de volgende dag door een knappe prinses zou worden gewekt, had hij míj in elk geval wakker gemaakt voor het feit dat Jason en ik even slecht bij elkaar pasten als een jong poesje en een buldog. (Ik was de buldog.)

Ik keek op mijn horloge. Het was een uur 's middags. Ik aarzelde, groef toen mijn mobiele telefoon op en belde Jasons nummer thuis. Ik liet het toestel dertig keer overgaan. Toen probeerde ik het opnieuw. En opnieuw. Niets. Dat was het punt met Jason, hij sliep als een blok. Bovendien gebruikte hij oordoppen. Je moest doorzetten. Ach, stik.

Ik kromp ineen door de heftigheid van mijn ergernis. Seks met Jack had gewerkt als een contrast met de ontoereikendheid van mijn relatie met Jason en nu daalden duizend kille waarheden als hagel op me neer.

Een liefdesleven met Jason was onmogelijk geweest door zijn preutsheid. Seks werd bedreven onder gereguleerde omstandigheden, een snelle, enigszins beschamende routine. Ik denk dat Jason liever zou hebben gehad dat mannen en vrouwen gemaakt waren zoals Ken en Barbie, leuk om te zien, maar geen gaten of bungelende stukjes, overal glad, geen kans op *gekke dingen*.

Ik zeg je, die man had in geen vijftien jaar kerrieschotel gegeten, want, zei hij: 'Het smaakt wel lekker, maar als het er aan de andere kant uitkomt, verbrandt het je... achterste en, Hannah, ik wil niet weten wat voor maaltijd ik uitscheid.'

In werkelijkheid kón hij geen kerrieschotels eten vanwege zijn gevoelige darmen, maar hij was te preuts om dat toe te geven. Alsof ik het kon vergeten. Hij hield een gevoelige-darmendagboek bij, het lag naast zijn bed op de grond. Ik had het eens doorgebladerd. Het bevatte een opsomming van zijn dagelijkse symptomen, inclusief het aantal keren dat hij naar het toilet ging en de mate van zijn abdominale zwelling. Elke pijnscheut had een cijfer van een tot tien gekregen. Het was een interessante variatie op *Bridget Jones*. O, en hij bewaarde een zelfgemaakt laxeermiddel in mijn koelkast. Appelmoes met pruimensap en tarwezemelen. Ik had er eens van gedronken, toen er niets te eten was. Een onaangename minuut later was ik hongeriger dan ooit.

Ik schudde mijn hoofd, ademde kort uit. Ik was boos op mezelf dat ik er een zootje van had gemaakt. Ik was van slag door wat er met Jack was gebeurd. Ik had het niet verwacht. Nu ik afdaalde van een zintuiglijke hoogvlakte werd ik bekropen door de oude angsten. Kon ik mezelf vertrouwen, kon ik hem vertrouwen, zou het de volgende keer even goed zijn?

Het was niet eerlijk om er Jason op aan te kijken. Ik voelde me geweldig en ik voelde me afschuwelijk. Mijn leven vertoonde de orde van een pudding. Het zou afschuwelijk zijn Jason te vertellen dat ik toch niet met hem wilde trouwen. En, gossie, die arme Lúcy. Ze pasten, zo te horen, precies bij elkaar. Mijn kortzichtigheid, mijn kinderlijke verlangen naar Jason louter omdat hij het lef had gehad om zich met een andere vrouw van mijn afwijzing te herstellen, het had allemaal ernstige consequenties. Ik moest me erbij neerleggen dat ik Lucy's leven en misschien ook dat van Jason had verpest uit *krengigheid*. Lucy, nam ik aan, wist al dat haar leven verpest was. Jason niet.

Ik kwam thuis, probeerde zijn nummer opnieuw. Geen antwoord.

Mijn hart bonsde en ik weerstond de aandrang om naar hem toe te gaan en op zijn voordeur te beuken. Hij moest het *onmiddellijk* weten. Ik had het Jack beloofd. Ik wilde van Jason bevrijd zijn én dat het officieel was.

Ik probeerde het nog twee keer en gaf het toen op. Ik zou hem morgenvroeg om zeven uur bellen, voordat hij naar zijn werk ging. Ik zette de wekker. Toen liep ik naar de badkamer en keek in de spiegel naar mijn gezicht. Mijn lippen waren gezwollen van het kussen en mijn wangen waren roze. Ik besloot dat ik te moe was om te douchen, ik wilde de herinnering aan Jack nog niet wegspoelen. Ik voelde me net een eekhoorn, noten hamsterend voor de winter. Zoiets.

De wekker rinkelde na wat een minuut leek, maar ik schrok wakker en keek naar de telefoon. Dit zou een van de ergste gesprekken van mijn leven worden. Ik snapte nu zelfs waarom sommige vrouwen hun bruidsjurk aantrokken als een lijkwade en naar het altaar liepen om hun leven door te brengen met een man van wie ze niet hielden, omdat dat makkelijker leek dan de verloving verbreken. Een verloving verbreken maakt veel mensen kwaad. Veel vrouwen lijden liever dan dat ze andere mensen kwaad maken, vooral familie.

Over familie gesproken, ik realiseerde me dat ik er zelfs niet over had nagedacht wat mijn vader zou zeggen. Nou ja.

Ik greep naar het toestel en het rinkelde, me in verwarring brengend.

'Hallo?' zei ik.

Rogers stem dreunde in mijn oor. 'Angela en ik beseffen dat Jason een aardige vent is, maar het idee dat hij je man is vervult ons met angst. We voelen de ijzige greep. Wat, Hannah? De ijzige greep van de ángst. We voelen de ijzige greep van de angst. Hannah, alles klinkt raar als je het tien keer moet zeggen. En we herinneren je eraan, Hannah, dat die man, drie weken nadat je hem aan de dijk had gezet, zijn buurvrouw ten huwelijk vroeg. Zou hij de postbode gevraagd hebben, als díé toevallig had aangeklopt? Hoe ik dat weet? Over de postbode? De verloving! Ik heb het gelezen, madame! Een advertentie in die verrekte *Daily Telegraph* maar liefst! Sociale evenementen! Zeg eens, hoe is het met Jack?'

'Mijn hoofd ontploft, papa, zou je het heel erg vinden als ik je over vijf minuten terugbelde?'

Ik legde de hoorn neer en gilde. Toen rende ik naar de gemeenschappelijke hal, naar de deur van mijn buurvrouw en griste haar ongerepte *Daily Telegraph* van de mat. Ik sloop terug naar mijn woonkamer, bladerde door de krant, scheurde pagina's, tot ik bij Sociale evenementen kwam.

Toen gilde ik opnieuw.

Met grote vreugde maakt de weledele heer Brian Bocklehurst te Highgate de verloving bekend van zijn jongste zoon, Jason Arran, met Hannah Bluebell, dochter van de heer en mevrouw Lovekin te Hampstead Garden Suburb.

Woedend verfrommelde ik de krant en greep naar mijn hoofd. Ik voelde me bibberig van boosheid op Jason. Hoe durfde hij? Mijn wensen niet respecteren. Me opzettelijk ongehoorzaam zijn. Een jaar geleden zou hij zich nooit zo hebben misdragen. Initiatief hebben genomen. Nu had hij alles veel ingewikkelder gemaakt. Hij had onze privé-vergissing veranderd in een publiek fiasco. Vernederend en afschuwelijk. En Jack? Stel dat Jack het las. Wat zou hij van me denken? Ik moest hem bellen. Maar nee! Hij zou de *Telegraph* niet lezen, daar was hij niet het type voor. Het was beter het zo maar te laten dan hem attent te maken op een loos alarm. Maar ik zou Jason bellen. De klootzak.

En mijn vader! Ik had hem mínstens zes minuten geleden beloofd dat ik over vijf minuten terug zou bellen. Ik pakte de telefoon om hem te bellen, legde hem toen weer neer. Nu ik even nadacht over wat hij had gezegd raakte ik in verwarring. De afgelopen vijf jaar had mijn vader zowat met zijn vingers trommelend zitten wachten tot Jason me ten huwelijk vroeg. Nu was het zover en hij was niet geschíkt?

Ik vroeg me af of Roger zo'n intense afkeer van me had vanwege mijn vermeende huwelijksbedrog dat geen enkele heldendaad die ik tussen nu en de eeuwigheid zou verrichten hem ooit tevreden zou kunnen stellen. Het was denkbaar. Wat óndenkbaar was was zijn plotselinge dikke-maatjes-act met mijn moeder. Tenzij de dood van oma Nellie wat medeleven in hem had gewekt. Bovendien, waarom informeerde hij naar Jack?

Het voelde allemaal niet goed aan.

Misschien moest ik het Angela vragen.

Te achterbaks. Mijn vader was de enige die ik vertrouwde. Als zijn gedrag onlogisch was, zou hij daar zijn redenen voor hebben. Zelfs de gedachte dat ik met mijn moeder over hem zou praten stond gelijk aan ontrouw. Trouwens, ik vertrouwde mijn persoonlijke kwesties nog liever toe aan een vreemde in de trein.

Jezus, laat me Jason gauw bellen.

Geen antwoord. Stík. Ik sprak geen bericht in.

Ik belde Roger en legde uit dat de aankondiging een vergissing was, maar of hij, aangezien Jason het nog niet wist en waarschijnlijk op ditzelfde moment een trouwkostuum aan het kopen was, het alsjeblíéft stil wilde houden.

'Hannah,' zei mijn vader – hij klonk opmerkelijk ontspannen – 'het zal erg vervelend zijn Jan en alleman te vertellen dat er opníéuw een huwelijk van je is afgezegd, nadat ik hun onvermijdelijke felicitaties en gelukwensen in ontvangst heb genomen, maar wees gerust, je geheim is veilig bij me. En bij je moeder.'

Ondanks alles moest ik glimlachen om zijn woorden. Ik concludeerde dat er geen mysterie was. Papa wilde gewoon het beste voor me. En Jason was niet het beste – wat we ons tegelijkertijd gerealiseerd hadden, ruwweg gisteren.

Ik was opgelucht dat ik het door had.

25

Toen drong het tot me door dat het een minuut voor halftien was op een doordeweekse dag en dat ik momenteel een baan had.

Toen ik op kantoor kwam zwaaide Greg met zijn paplepel naar de *Daily Telegraph*.

'Ik zie dat felicitaties op hun plaats zijn,' zei hij. 'Ik ben dus verplicht door de vingers te zien dat je te laat bent.'

'Nee,' zei ik. 'Dat zijn ze niet. Je kunt het korten op mijn salaris.'

Toen sloot ik me op in mijn kantoor.

Ik had Jasons mobiel tien keer gebeld; hij had hem uitgeschakeld. Nu belde ik Jason op zijn werk. Zijn secretaresse, Kathleen, nam op.

'Ik zie dat felicitaties op hun plaats zijn,' zei ze, als een nieuwslezer die de ondergang van de wereld aankondigt.

'Bespaar je de moeite,' antwoordde ik. 'Verbind me maar door.'

'Hij is in Milton Keynes voor een hoorzitting.'

'Waar in Milton Keynes, hebben ze telefoon?'

'Je kunt hem niet in de rechtbank bellen!' zei ze.

Ik had de fut niet. 'Het is niet waar!' zei ik. 'Nou, als hij belt, zeg dan dat zijn verlóófde hem wil spreken. Heb je dat?'

'Weet je,' siste ze. 'Lucy was zóveel aardiger dan jij.'

'O, niet doen, Catherine, je maakt me aan het huilen,' zei ik en verbrak de verbinding.

Ik legde mijn hoofd op mijn handen en kreunde. Ik zou zoveel verder komen in het leven als ik stom was.

Toen zag ik dat mijn antwoordapparaat knipperde. Met een zuur gezicht drukte ik op *afspelen*.

'Lieverd, met mij. Jason. Ik móét je spreken, maar dit was de enige kans, het is hier nogal druk. Wat verschrikkelijk dat ik je ben misgelopen. Maar goed, ik hoop dat je de verrassing in de *Telegraph* leuk vond. Ik heb er nog een, voor vanavond. We gaan naar *Chitty Chitty*

Bang Bang! Ik tref je om kwart over zeven voor het theater. Het Palladium! Ik hou van je.'

Vol ongeloof staarde ik naar het apparaat. *Chitty Chitty Bang Bang!* Hoe oud waren we? Vier? Jason leek eindelijk zijn ware persoonlijkheid bloot te leggen. (Een verslaving aan idiote aankondigingen in kranten en tweederangs musicals – neem me niet kwalijk, *Chit*-fans, maar alle musicals zijn volgens mij tweederangs.) Hij zou zo'n marteling niet hebben durven voorstellen – laat staan reserveren – toen we nog niet verloofd waren. Sommige mannen beschouwen het huwelijk als een hondenpenning, het geeft ze eigendomsrechten. Jason, realiseerde ik me, was zo iemand.

Maar, o heer. Hij klonk zo opgewonden. En oprecht verliefd. Hij was gekwetst geweest dat ik mijn ouders niet meteen over onze verloving had verteld en ik moest toegeven dat het een begrijpelijke reactie was. Naar de krant stappen was een manier om me tot handelen te dwingen, bij wijze van spreken – passieve agressie, dat was het! – maar als ik inderdaad van hem had gehouden, zou het geen punt zijn geweest. Dat het een punt was, was helemaal mijn schuld en ik zou Jason eerlijk behandelen.

Mooi. Ik zou het hem na de voorstelling vertellen.

Nou, gossie, ik wilde het niet voor hem verpesten.

De dag verstreek tergend traag. Martine had de *Telegraph* gelezen (of iemand had haar eruit voorgelezen) en ze wilde me per se ontmoeten voor een snelle lunch. Ze at dezelfde hoeveelheid, twee keer zo snel. Er was bijkomende schade, voornamelijk aan haar voorkant, maar het kon me niet schelen, het was beter dan gewoonlijk: mijn achterste dat fossiliseerde op mijn stoel terwijl ik wachtte tot Jason klaar was met eten. ('Kauw langzaam en wacht tussen twee happen om je eten tijd te geven om te zakken' had zijn gevoelige-darmentherapeut geadviseerd – de egoïst: als we uit eten gingen, moest het personeel overwerken vanwege hem.) Toen ik haar mijn dilemma voorlegde, zette ze grote ogen op, hoewel ze haar vork niet neerlegde.

'Jason had nooit naar je terug moeten komen,' zei ze. 'Maar je weet waarom hij het deed, niet?'

'Om me te straffen?'

'Ja. Nou ja. Ik heb Lucy gesproken. Ik ben naar haar toe gegaan, om Jason te spreken, nadat jullie uit elkaar waren.'

'O? En?'

'Ze heeft chronische periodontis.'

'Pardon?'

Martine liet haar stem dalen. 'Haar adem stinkt. Ze moet in geen jaren bij een tandarts zijn geweest. Ik bedoel, het begint met chronische gingivitis, dat is het eerste stadium, wanneer alleen je tandvlees ontstoken is. Het is een infectie, veroorzaakt door het aankoeken van plaque op de randen van het tandvlees. Elke keer dat ze niet de moeite neemt om haar tanden te poetsen of te flossen – ik kan niet genoeg benadrukken hoe belangrijk flossen is, Hannah – blijven er etensresten aan het tandvlees plakken, waarmee bacteriën zich voeden en zich vermenigvuldigen.'

'Het lijkt *Alien* wel.'

'Ja, en het kan allemaal gebeuren in je mónd.'

Ik rilde.

'Ze heeft etensresten zich laten ophopen in de tandvleeskloof.'

'Ik denk dat ik ga overgeven.'

'Nee, wacht. Dat is de smalle spleet tussen de tanden en het tandvlees. Als je tandvlees' – *thantfleesj*, zei ze, ik vond het grappig – gezond is, zit het strak tegen je tanden. Maar als je etensresten en plaque hebt, raakt het tandvlees geïrriteerd en zwelt op, waardoor de tandvleeskloof groter wordt.'

Het is een regel dat alles in de tandheelkunde walgelijk klinkt. Dat komt doordat het zo is.

'En dat veroorzaakt een zogenaamde valse pocket rond de tanden. Het doet geen pijn, maar hij zit vol bacteriën en pus. En dat veroorzaakt slechte adem. Ik bedoel, ze zit diep in de penarie. Als ze er niet snel iets aan laat doen, krijgt ze zweren, bloedingen, haar kaakbeen zal slinken, ik wil maar zeggen, ik snap niet waarom sommige mensen zo bang zijn van de tandarts, net of... ze proberen alleen maar te helpen, ik bedoel, neem nou Marvin, hij hóúdt van tanden, hij hóúdt ervan...'

'Ik weet het. Maar Marvin heeft iets wat ze een "krokodilklem" noemen.'

Martine keek verongelijkt. 'Nou ja, hoe dan ook. Het is net of je een vier dagen oud lijk kust.'

Ik trok een laatdunkend gezicht en nam een slokje witte wijn. 'Dus. Ik ben nét ietsje beter om te kussen dan een vier dagen oud lijk.' Ik zuchtte. 'O god. Ik hoop echt dat hij en Lucy na dit alles weer bij elkaar komen. Ik hoop dat ik het niet heb verpest voor Jason.'

'Waarschijnlijk wel,' zei Martine. 'Maar goed. Hoe is het met jou? Met wie ga jij samenwonen?'

'Misschien,' zei ik, 'tart ik de wereld en blijf ik alleen. Net als jij.' Maar Martine had me aan iets herinnerd. 'Waar hadden jij en Roger het gisteren na de begrafenis over?'

'Hoezo?'

'Omdat toen ik papa over Jason vertelde, het hem klaarblijkelijk volkomen koud liet. Hij leek opeens erg gesteld op Jack.'

'Wat heeft dat met mij te maken?' Martine beduidde de serveerster meer brood te brengen. De serveerster wierp haar een dodelijke blik toe.

'Het geeft niet als het iets met jou te maken heeft,' zei ik. 'Het komt prima uit. Ik vroeg het me alleen maar af.'

Martine speelde met een oorbel. Ze had gaatjes in haar oren gekregen toen ze vijf maanden oud was. Met een oorbel spelen verraadde haar. Mijn vraag was dus grotendeels beantwoord. Nou en? Ik had het te druk met Jason en Jack om me druk te maken over Martine. Ik liet het erbij.

26

'Nog nieuws over de alleenstaande moeder?' vroeg Greg.

Hij had het niet meer over de *Telegraph*-advertentie gehad. Intrigeren was niks nieuws voor hem.

'De moeder van Charlie?' vroeg ik.

'Ik neem aan van wel,' antwoordde Greg.

Ik schoof papieren rond over mijn bureau. 'Ik heb het druk gehad vandaag, met mijn pogingen om onverloofd te raken. Neem me niet kwalijk, ik heb er geen tijd voor gehad. Ik zal het adres vanavond observeren. En morgenochtend. Wat victor maken.'

Greg keek onaangedaan. 'Wat is je dekmantel?'

'Eh, dat ben ik net aan het bedenken.'

Meestal gebruik ik echt wel mijn hersens als ik aan een schaduwklus begin. Ik ben op mijn hoede voor 'het derde oog' – nieuwsgierige buren, bewakingscamera's – en gewapend met een geloofwaardige smoes. Als je eraan begint moet je ervan uitgaan dat ze je aanspreken. Gregs stelregel is: 'Er komt altijd een nieuwe dag'. Als je denkt dat je betrapt bent, ga je weg.

'Maak je geen zorgen. Ik zorg wel dat het er goed uitziet,' zei ik.

Ik was kampioen in zorgen dat weinig heel veel leek. Ik zou de straatnaam vastleggen (tijd en datum werden automatisch opgenomen), het huis filmen (zodat de cliënt wist dat ik er was geweest). Ik zou al het mogelijke doen om ervoor te zorgen dat niemand kon zeggen dat ik mijn werk niet naar behoren had gedaan. Als je maar genoeg details verstrekt – 'de buren kwamen thuis om 11.37. Om 12.30 ging het licht boven aan' – hebben ze het gevoel dat ze waar voor hun geld krijgen. Wat ze, deze keer, niet kregen. Ik had het moeilijk genoeg met mezelf. Als alle andere kinderen Nike-sportschoenen droegen, wilde ik er niet verantwoordelijk voor zijn dat Charlie op surrogaat naar school moest.

'Ik maak me wel zorgen,' zei Greg.

Ik had hem niet zo chagrijnig gezien sinds de Hampstead Heath-klus (nu legende). Een vrouw verdacht haar man ervan dat hij een verhouding had. Dat had hij ook, met een man. Preciezer gezegd: elke willekeurige man. Ron volgde hem naar Hampstead Heath. Die vent parkeerde zijn auto, verdween tussen de struiken en kwam even later terug met een andere man. Ron had een foto moeten maken – het was te donker voor video – maar Ron stond te piesen. Het doelwit kwam naar hem toe en vroeg: 'Heb je hulp nodig?'

'Nee, bedankt,' piepte Ron. 'Ik hoef alleen maar te pissen.' En hij rende weg! Greg was woedend. Ron had hem op heterdaad moeten betrappen of de politie moeten roepen – als die hem wegens zedeloos gedrag zou hebben gearresteerd, zou Greg op die manier aan bewijsmateriaal zijn gekomen. Maar doordat Ron zo'n homofobe báby was, had hij het verknald. Greg had hem lange tijd geen opdrachten gegeven.

Goddank was ik in vaste dienst. (Als je een bepaald karakter hebt, is een vaste baan rampzalig voor je. En voor het bedrijf waar je werkt.)

'Greg, ik blijf er tot drie uur vannacht en kom om vijf uur terug. Ik vind het echt leuk. Kat in het bakkie.'

Greg trok een wenkbrauw op en verliet het kantoor. Ik haalde mijn schouders op. Ik sprak de waarheid. En werk zou me een excuus geven om niet te lanterfanten nadat ik Jason het nieuws had verteld.

Ik had besloten dat ik het hem het beste kon vertellen tijdens een kop koffie na de voorstelling. Altijd als we ons een avond de stád in waagden – wauw! – wilde Jason per se 'een plek voor koffie' zoeken. Hij had een obsessie voor 'een plek voor koffie' die gelijk stond aan uitgaan om het uitgaan, in plaats van thuisblijven. Natuurlijk, je moet úítgaan om naar het theater te gaan, maar ik had het gevoel dat Jasons behoefte om úít te gaan voor koffie de neerslag was van zijn onzekerheid over zijn leven thuis. Tenzij je koffie drinkt voor de Taj Mahal (of de gelegenheid te baat neemt om een gigantisch stuk taart te eten) is de waarneming door andere mensen het enige verschil tussen koffie buitenshuis en koffie binnenshuis. Alsof je bestaan waardeloos is, tenzij het wordt gezien en goedgekeurd door een derde. Ik stelde me zo voor dat hij collega's de volgende dag altijd vertelde: 'En toen gingen we uit om koffie te drinken...'

Helaas, dat was niet wat hij ze déze keer zou vertellen.

Om stipt kwart over zeven arriveerde ik bij het London Palladium. Het was niet nodig Jason meer dan noodzakelijk van streek te maken.

'Je ziet er mooi uit,' zei hij terwijl ik me door luidruchtige menigten kinderen in de foyer wrong.

'Bedankt.'

Mooi?! Welke vrouw is ooit zó vernederd? Sinds ik onlangs met een normale gezichtsscherpte gezegend was, verbaasde het me dat Jason de gapende gaten in onze relatie niet zag. Maar ik glimlachte en zwaaide met mijn jumbopak Maltesers naar hem. Hij glimlachte en zwaaide met zijn jumbofles mineraalwater naar me. 'Ik heb vijf maanden op kaarten hiervoor moeten wachten,' zei hij.

'Dat méén je niet.'

'Wat?' zei Jason. 'Je kijkt zo vreemd.'

Ik zuchtte. 'Als je me zoiets vertelt, realiseer ik me dat ik mensen niet begrijp. Mijn werk draait om mensen begrijpen.'

'Je zei altijd dat het om feiten draaide.'

'Ja. Nou ja. Maar het draait ook om mensen begrijpen.'

'Je hebt altijd beweerd dat dat niet zo was.'

'Jason. Dat is waarschijnlijk de reden waarom ik er niet erg goed in ben.'

We zochten onze plaatsen, tien rijen van het toneel, en gingen zitten. Jason vertelde me dat de kaarten meer dan honderd pond kostten. Ik voelde me verschrikkelijk en kocht dus maar een programma voor hem. Ik kon hem later zestig pond terugbetalen. (Hij kan meer dan honderd pond uitgeven voor kaarten, maar nog geen vijf pond voor een programma, en brengt de avond liever in verwarring door. Voorzover *Chitty Chitty Bang Bang* je in verwarring kan brengen.)

Eerlijk is eerlijk, ondanks mijn angst voor wat er later zou komen vond ik het best leuk daar te zitten. Ik hield ervan te zien hoe andere mensen erin opgingen, boe roepend en sissend naar de acteur die de Child Catcher speelde. Het probleem dat ik met musicals heb is dat ik niet snap dat mensen uitbarsten in een lied alsof het natuurlijk is. Enkele ogenblikken tevoren krijgen ze een rare trek op hun gezicht.

Jason had gezegd dat de voorstelling uitverkocht was, maar drie rijen voor ons waren twee legen stoelen. Het verbaasde me. Is het voor sommige mensen net zoiets als een fitnessles boeken? Ja, ik zal naar het theater gaan, het zal me goed doen, ik zal na afloop zo blij zijn dat ik ben gegaan... en op het laatste moment trekken ze zich terug. Jason 'wipte' naar het toilet en ik overwoog of de vrouw voor me een nóg grotere hoed kon hebben. Daarmee niet tevreden had ze haar haar in pieken geföhnd. Wie weet kwam ze na de pauze terug met een hoge hoed.

Ik schokte op mijn stoel. Ik had een vertrouwde beweging opgevangen, opgekeken en daar was Jáck. Ik bloosde en dook ineen op mijn stoel. Ik had de mogelijkheid van zijn aanwezigheid zo snel gevoeld dat het was alsof ik erop wáchtte. Ik geneerde me voor mezelf.

Hij en nog een man baanden zich een weg naar de lege stoelen. Er was de gebruikelijke arrogante uitstraling, maar Jack keek niet op. *Alsjeblieft, zie me niet met Jason, alsjeblieft, niet doen...* Als ik geen pech had.

De mogelijkheid dat ik hem tegen het lijf zou lopen was niet in me opgekomen, hoewel ik van Jack wist dat naar het theater gaan een van de belangrijkste taken van een agent was. Je ging minstens drie keer per week naar het theater. Het had te maken met netwerken, aangezien je status in de branche alles was. Er waren zoveel acteurs. Het was niet moeilijk cliënten te strikken. Het ging erom goede cliënten te strikken.

Als je zelfvertrouwen steeg nam je casting directors mee uit om je cliënten te zien optreden. Je ging met ze naar persvoorstellingen, premières, *aftershows* (*aftershow*-féésten, lieverds) en het was doodsaai. Je steunde je cliënten ook, of ze nou Othello speelden of Caractacus Potts. Vaak sloop je tijdens de pauze binnen, als je dacht dat niemand het zou merken. Ik vermoedde dat Jack dat had gedaan. Maar evengoed. Verdomd *Chitty*. Ik was vervloekt, ik wist het.

Ik vroeg me af wie zijn metgezel was. Ik zag hem van opzij toen hij zich naar Jack toe keerde en mijn maag kromp samen. Kende ik hem? Je kunt sommige mensen één keer zien en op slag vergeten hoe ze eruitzien, ze desgevraagd niet kunnen beschrijven. Toch slaan je hersens die informatie voor je op. Je zult iemand die je eens één seconde hebt gezien herkennen, ook al denk je van niet. Greg had eens een lezing van de politie bijgewoond waar de toehoorders vijftig gezichten in een flits van elk één seconde te zien kregen. Daarna werden er vijftig andere gezichten vertoond en moesten ze van elk gezicht zeggen of het in de eerste reeks was voorgekomen. 'Jáááá' antwoordde het gehoor als één man, 'Nééé... nééé... jááá.'

Mijn hersens zeiden ja en toch kon ik hem niet thuisbrengen. Was hij casting director? Een cliënt? Een vriend? Ik probeerde hun relatie te taxeren zonder te staren. Ik slaagde er niet in. In plaats van dwars door hem heen te kijken was ik zo stom om weg te duiken. Greg zou zich geschaamd hebben. Ik kwam weer overeind en glimlachte geforceerd toen Jason zich op zijn stoel liet ploffen. 'Oké, lieverd?'

'Prima,' zei ik. Als ik de optie had gehad om een zwarte vuilniszak over Jasons gezicht te trekken, had ik het gedaan. Veel erger kon het niet worden.

Jack fluisterde zijn vriend iets in het oor. De man schrok, maakte in elk geval een abrupte beweging, maar keek niet om. Ik werd nerveus. Tot mijn ontsteltenis kwam Jack naar ons toe.

'Hannah,' zei hij op schijnbaar normale toon. 'Jason. Gefeliciteerd.' Hij keek me niet aan.

Ik lachte zenuwachtig. Mensen doorgronden was essentieel voor mijn werk. Greg zeurde altijd dat het dom was een ontmoeting aan te gaan zonder vooropgezet idee van hoe die moest lopen. 'Om te krijgen wat je wilt,' zei hij, 'moet je je aan de situatie aanpassen. Niet andersom.' Mensen doorgronden, benadrukte hij, had alles te maken met het doen van elementaire, nuchtere observaties en daarnaar handelen. Ik deed het zelden. Ik was slecht in elementaire, nuchtere observaties. Maar terwijl we daar stonden, gebogen over onze versleten roodfluwelen stoelen, wist ik dat ik Jack weg moest krijgen van Jason, en vlug ook. Jason zou het nieuws over onze verbroken verloving van niemand anders horen dan van mij.

'Jason,' zei ik. 'Dit is Jack Forrester. Ik...'

'Jack!' riep Jason uit. 'Ik ken je nog van school. Hoe is het met je? Bedankt dat je het met Hannah hebt, eh.... uitgepraat. Ik vind dat je een huwelijk het best kunt beginnen met een, eh, schone lei...'

'Sorry,' zei ik. 'Ik moet naar het... me opfrissen.' (Jason had een hekel aan het woord 'toilet'.) 'Je wilde net naar buiten om een sigaret te roken, is het niet, Jack?' Ik mimede 'alsjeblieft' en hij volgde me de zaal uit. 'Ik leg het buiten wel uit,' zei ik.

Hij antwoordde niet en omdat ik de stilte niet kon verdragen zei ik: 'Wie is die man die bij je is?'

'Jonathan Coates. Onze oude leraar drama.' Jack staarde me uitdrukkingsloos aan.

'Leuk dat hij even goedendag kwam zeggen.'

'Och... ja,' zei Jack.

Ik deed onbehouwen om mijn wanhoop te verbergen. Waarom had

hij me niet verpletterd met een repliek over *bedriegen*? Hij was zelden met stomheid geslagen en ik vroeg me af: waarom nu? Eenmaal in de foyer herstelde hij zich snel, pakte me bij mijn bovenarm en zei: 'Zo, Hannah. Het is weer zover. Alleen speelt die arme Jason ditmaal de rol van de goedgelovige sul.'

Ik schudde mijn hoofd. Nou ja, misschien was er een overeenkomst, maar om heel andere redenen. Jason verraadde ik omdat ik niet van hem hield. Jack had ik verraden omdat ik te veel van hem hield en ik, negentien jaar oud, de gevoelens die hij in me wekte niet had vertrouwd. En had ik Jack dit alles niet al eerder uitgelegd, na de begrafenis van oma Nellie? Hij was kort van memorie. Nu ik hier stond, zag zelfs ík dat ik veranderd was. Maar ik snapte ook dat ik, in Jacks ogen, dezelfde was gebleven.

'Luister, Jason is...'

'Jason is een aardige vent en een volkomen achterlijke lul,' zei Jack in mijn gezicht. 'Ik snap niet dat je hiermee doorgaat.'

Dat doe ik niet, wilde ik zeggen, maar in plaats daarvan mompelde ik: 'Aha, een stiekeme *Telegraph*-lezer. Leve de revolutie!'

Zijn woede sloeg me met wartaal. Net als vroeger. Ik kon me niet verdedigen. Als hij me altijd zou veroordelen, wat ik ook zei, wat had het dan voor zin?

Jack liet mijn arm los en trok een gezicht. 'Weet je, ik snap het wél. Jason begrijpt je niet. Hij heeft geen benul van hoe jij bent als mens. Wat je wilt. Waar je bang voor bent. Wat Hannah beangstigt. Ik wel. *Lieverd*.'

De manier waarop hij 'lieverd' zei was mijlenver verwijderd van hoe Jason het zei. Jack zei 'lieverd' alsof het een dreigement was.

'Die sukkel daar heeft in één opzicht gelijk. Je bent bang voor intimiteit, even bang als andere mensen voor een gewelddadige dood. Wat hij níét snapt is dat dát de reden is waarom je met hem trouwt, zodat je hem op afstand kunt houden tot jullie jezelf naar de verdommenis helpen vanwege de zinloosheid van alles. Wat hij ook niet snapt is dat jouw problemen niet met mij zijn begonnen, ze zijn héél lang geleden al begonnen.'

'Wat?'

'Als je het nu niet snapt, zul je het nooit snappen en daarom ben je een lafaard, Hannah, je kunt niet toegeven dat je het mis hebt, je kunt niet tegen kritiek op de enige die kritiek verdient, wat hij deed was...

en op een dag, als je een zielig oud vrouwtje bent, zul je terugkijken op je leven en er spijt van hebben dat je het verspild hebt.'

Ik maakte een zacht geluid in mijn keel. 'Bedankt. Qua impact gaat het beslist dieper dan een kaart. Je denkt zoals altijd het ergste van me. Je hebt me nooit een kans gegeven. Ter informatie: Jason heeft die *Telegraph*-advertentie buiten mij om geplaatst en ik heb hem niet kunnen bereiken sinds ik bij je ben weggegaan. Ik hoop onze verbintenis na de voorstelling te kunnen verbreken.' Ik zweeg even. 'Ik besef dat elke minuut dat ik het niet tegen Jason zeg me tot een bedriegster maakt. Maar. Ik moet zijn gevoelens ontzien en ik kan het er niet zomaar uitflappen. Verder denk ik dat niemand in mijn leven ooit zo vijandig tegen me heeft gedaan als jij.'

Jack staarde me aan, vol ongeloof, en trok zich toen terug, wuifde met zijn hand alsof hij me liet gaan. Toen pakte hij mijn pols, boog zijn hoofd naar mijn oor en zei: 'Ik zou altijd voor je gezorgd hebben, als je me de kans had gegeven.'

Ik rukte me los en rende weg. Jason fronste zijn wenkbrauwen toen ik mijn plaats innam. 'Alles goed? Je bent eeuwen weggeweest. Stond er een rij? Of was het' – hij liet zijn stem dalen – 'buikpijn?'

Ik knikte, staarde recht vooruit, dankbaar dat de lichten werden gedoofd. Ik sperde mijn ogen zo ver mogelijk open en knipperde snel om ze droog te houden.

'Is de auto niet spectaculair?' fluisterde Jason.

Ik zie liever een Vauxhall, dacht ik, maar ik zei niets, knikte alleen. Alles wat Jack zei had er een handje van te beklijven. De woorden zoemden rond in mijn hoofd, maakten me duizelig. Al die tijd dat Jase over intimiteit had gewauweld had het een grap in een vreemde taal geleken. Ik dacht dat het betekende dat hij zich ondermijnd voelde door mijn zelfverzekerdheid en kracht. Angst voor intimiteit is een kreet die wordt gebruikt door mensen die zich bedreigd voelen door onafhankelijke vrouwen. Meer was ik niet: onafhankelijk. Want in laatste instantie kun je op niemand bouwen. Zelfs niet op je moeder.

Maar als Jack die beschuldiging uitte, leek het waar en betekende het iets anders. Hij zei en zei en zei het niet zoals Jason, tot de woorden als natte verf in elkaar overvloeiden. Hij plaatste het in zijn context, zodat de consequenties in vlammen oplichtten. Ik was bang voor intimiteit en hij had gelijk, dat was de reden waarom ik, vorige week nog, me had willen binden aan een man die me niet begreep, niet kende, nooit zou kennen. Ik zag ervan af en dat monterde me enigszins op, want dat betekende toch zeker vooruitgang? Maar ik voelde de tranen weer opkomen en dat was omdat Jack de onwillige waarheid had losgepeld als een oester uit zijn schelp.

Angst voor intimiteit betekende angst voor liefde, angst om liefde te geven, angst om haar te ontvangen, en dat leidde tot een liefdeloos leven. Dat was geen onafhankelijkheid, dat was waanzin, dat wilde ik niet. Maar mijn angst voor intimiteit bestónd nu eenmaal, ingebed in mijn hart, als angst voor het donker. Ik wist niet waarom en ik wist niet zeker of ik het wílde weten. Ik verzamelde andermans geheimen en dat besef maakte dat ik me superieur voelde, het was een dun schild tegen mijn eigen zwakheden. Ik wist één ding en dat maakte me doodsbang. Jack had gelijk. Het was niet begonnen met hem. Het was véél eerder begonnen. Het had natuurlijk te maken met mijn moeder. Ik had alerter moeten zijn op hoe haar gedrag mijn daden beïnvloedde.

Maar er was meer. We hebben allemaal iets nodig om te vereren; het heeft te maken met geloof hebben in de ultieme goedheid van het leven. Niemand wil zijn idool zien vallen. We móéten geloven, zoals we moeten ademen. Wat de reden is waarom de kranten nog niet de helft afdrukken van de vuiligheid die ze hebben over de beroemdheden die wij als nationale schatten beschouwen. Mensen kunnen niet tegen desillusies. Ze kunnen hen breken. Als de groten en goeden corrupt zijn, dan is de hele wereld corrupt en wat heeft het bestaan dan voor zin? Het was geruststellend de corruptie te ontdekken van degenen die niet belangrijk voor me waren. Maar als Jack suggereerde dat het ergens de schuld van mijn vader was, wilde ik het niet weten.

27

De voorstelling was afgelopen en ik gaf Jason een dikke knuffel om hem te bedanken. Ik denk dat het tegelijk een excuus was voor wat ik hem dadelijk zou aandoen. Hij ging door, alsof hij het niet kon geloven. (Ik was een afmaker van knuffels, geen gangmaker.) Ik voelde me rot en er lag een starre glimlach op mijn gezicht, een grimas misschien, maar ik dwong mezelf te blijven zitten. Gelukkig zei degene die naast me zat – de dikste in de hele zaal, uiteraard – 'Sorry, mag ik erlangs?', waardoor ik een geldig excuus had om te stoppen. Ik keek stiekem naar waar Jack had gezeten. Hij was weg.

'Het was briljánt!' zei Jason. 'Nou ja, Waarlijk Zalig! Zullen we een plek voor koffie zoeken?'

'Jason,' zei ik. Ik kon niet wachten tot de koffie. Ik moest het hem nu vertellen. Ik pakte zijn hand. 'Luister. Ik moet je iets zeggen.' Ik keek in zijn blauwe ogen en zag angst en het schokte me. Ik ging haastig verder: 'Greg wilde per se dat ik vanavond werk. Het spijt me heel erg.'

Jason lachte, van opluchting, denk ik. 'Maak je geen zorgen. De cafeïne zou me alleen maar wakker hebben gehouden.'

Ik glimlachte stroef. Zat met een nietszeggend gezicht en roerloos in de taxi naar huis. Ik was inderdaad een lafbek. Maar besluiten het hem te zeggen was nog heel iets anders dan hem aankijken en het zeggen. De waarheid? Ik kon het niet weer uitmaken, realiseerde ik me. Het zou hem kwetsen, hij was een gevoelige ziel, twee keer zou te veel zijn. Jezus, wat moest ik doen?

Ik maakte een akelig halfuurtje door voordat zich, ping!, een idee presenteerde. Ik glimlachte bijna. Híj zou het uit moeten maken. Jason Brocklehurst moest mijn hart jammerlijk breken.

Nu moest ik bedenken hoe ik zo'n voorval moest uitlokken.

Ik zat in mijn auto, aan de overkant van de straat tegenover Charlies huis, een videocamera op schoot, en dacht na over mijn werk. Ik zal niet tegen je liegen, ik vond het gaaf, het maakte dat ik me een beetje een held voelde. Wij van *Hound Dog* boekten resultaat, met schamele middelen – we scharrelden ons kostje bij elkaar – en dat maakte me trots. Als de politie iemand schaduwt, zetten ze een team van vijfentwintig man in en acht auto's. Elke auto volgt het doelwit slechts veertig tot vijftig seconden. Het maximum dat wíj gebruiken is drie agenten, één auto en een motorfiets. Er zitten heel wat oud-politieagenten in deze branche en Greg zegt altijd weer hoe geschókt ze zijn over hoe wij het redden, de verwende krengen. Het valt niet mee als je niet met een bevelschrift kunt wapperen.

En toch, op dat moment, voelde ik me absoluut geen held. Ik voelde me een boef. Ik had de gebruikelijke dingen gedaan. De straatnaam gefilmd, het huis gefilmd. Nu hield ik het in de gaten. Boven ging een licht aan, om 11 uur 07, en uit, om 11 uur 24. Achter het raam hing een Action Man-pop, aan een provisorische parachute. Geniaal als ik was vermoedde ik dat het Charlies kamer was. Misschien kon hij niet slapen. Misschien had zijn moeder hem een glas melk gebracht, of cola, of een verhaaltje voorgelezen. Dankzij Gabrielle en Jude was ik sinds kort afgestemd op de wereld van moeders en hun kinderen.

Ik vond goede moeders intrigerend. Gabrielle bijvoorbeeld had me eens op mijn nummer gezet omdat ik 'Nik nak paddywack' voor Jude had gezongen. (Voor de niet-ingewijden: *'This old man, he played one, he played nik nak on my tum, with a nik nak paddywack give a dog a bone, this old man came rolling home.'*) Voorzover ik het kon zeggen was het beminnelijke onzin. Volgens Gabrielle zong ik voor mijn eenjarige neefje over een pedofiel.

'Op mijn búík?' zei ze steeds weer. 'Wat moet een oude man nik nak paddywack spelen, wat het verdomme ook mag zijn, het klinkt ongelooflijk verdacht, op de búík van een kind?'

'Sommige mensen zingen "op mijn kónt",' antwoordde ik, om haar te verzekeren dat ik genoeg verantwoordelijkheidsgevoel had om de gekuiste versie te zingen. Mijn geruststelling kwam slecht over.

Zo besteedde ze ook buitensporig veel aandacht aan de kleinste details van Judes dagelijkse leven waar normale mensen (Ollie bijvoorbeeld) niet eens aan zouden denken.

Ze verplaatste zijn kinderstoel om de hele tafel heen, zodat hij niet altijd hetzelfde uitzicht had. Ze deed hem een tuinbroek aan omdat ze vond dat elastiek te strak om zijn dikke buikje zou spannen. Ze bouwde zijn kartonnen huis elke avond opnieuw op, zodat hij de ene ochtend de huiskamer binnen waggelde naar een eenkamerappartement en de volgde naar een opengewerkte dakwoning. Op een keer zag ze een vos in de tuin en ze gilde vanuit haar werkkamer: 'Een VOS! Iedereen, een VOS!' Oppas Amanda moest stoppen met het aantrekken van een schone luier en Jude werd naakt voor het raam gehouden om zijn eerste vos te zien. 'Woef!' zei hij, een leuke compensatie voor de dobermanndrol die hij daarna op het vloerkleed legde.

Ik had respect voor de moeite die Gabrielle voor hem deed. Afgezien van het feit dat we allemaal wel een lijfknecht willen hebben, had een dergelijke liefde iets verlossends. Ik had het gevoel dat, zolang er moeders – en vaders, natuurlijk, en vaders – op de wereld waren die hun kind liefhadden met de onuitsprekelijke passie waarmee Gabrielle van haar baby hield, er hoop was voor iedereen. Wat me bracht tot de *Hound Dog*-cliënt die Jason zijn koffie door de neus had geboord. De rat. Aan welke goede zaak zou hij het geld spenderen dat hij zijn vijf jaar oude zoon, Charlie, wilde onthouden? Bier? Een nieuwe stereo-installatie. Een haarimplantatie?

Ik zag een Ford Fiesta stoppen waar een jongeman uit sprong. Hij had een sjofele bos bloemen bij zich, maar geen weekendtas. Hij sprintte het betonnen pad op en – *klopte zachtjes*. O, heer, hij was een beroeps! De deur werd geopend en Charlies moeder sloeg haar armen om hem heen en kuste hem. Toen, alsof hij het gepland had om me zachtzinnig te vermoorden, wrong een jongetje in pyjama zich langs zijn moeder en kreeg een *high five* en een dikke kus voor de moeite. Ik, de indringer, wendde mijn blik af. Mijn videocamera was op de grond gericht, waar hij een mooi uitzicht had op de Cola-blikjes, Ribena-pakjes, oude prints van plattegronden, Snicker-wikkels, chipszakken en kleingeld die de mat aan het oog onttrokken. Ik hief hem op, langzaam, en richtte de lens op het bijna identieke huis aan de overkant. Nachtopnamen waren van afschuwelijke kwaliteit; geen mens zou het merken.

Ik bleef tot 2 uur 30 zitten, omdat het moest lijken alsof ik vergeefs had gewacht tot mijn vriendje zou komen opdagen. Toen reed ik naar huis, liet mezelf in de hal van mijn flatgebouw, waar het eerste wat ik zag een stevige vrouw met vaalgrijze haren was, in een strakke zwarte broek, pumps en een beige truitje met v-hals en zonder mouwen, die op de kale trap een dik boek met een in goud gedrukte titel zat te lezen. Haar armen waren bleek, sproetig en kleurloos en ze had iets zakelijks. Ze staarde me aan en stond op. 'Hannah Lovekin?' blafte ze. Ik taxeerde haar als een potentiële dreiging.

'Wie wil dat weten?' antwoordde ik, 'om kwart voor drie 's nachts?'

'Je bent!' krijste ze terwijl ze haar boek wegsmeet en op me af rende, 'een miezerige hoer, ik háát je, je hebt mijn verloofde ingepikt, de druiven waren zuur, je wílde hem niet eens, wíj hielden van elkaar en toen, gewoon omdat de druiven zuur waren (ze sprak het uit als *dreuve sjuur*) pik je hem weer in en ik kreeg het pas te horen toen mama die verdomde *Telegraph* las, jij miezerige hóér! Ik heb de afgelopen vijf dagen op een jacht in Monte Carlo gezeten, ik ben pas vanmorgen geland, ik wist niet eens dat míjn verloving verbroken was.'

Ik ontweek de tackle en zei: 'Je wilt niet ingerekend worden wegens aanranding, lieverd.'

Ze stopte, wat me moed gaf. 'En noem me niet nog eens "hoer",' zei ik. 'Als jij Lucy bent, ben je er zelf ook niet vies van, als ik het goed gehoord heb.'

Ze greep naar de knoop van haar paardenstaart en streek hem glad, zodat haar dichte, kleurloze haren over één schouder vielen. 'Wat? Wat heb je gehoord? Jasie zou je' – haar lip trilde – 'nooit iets vertellen. Hij houdt van me. Je hebt hem een kunstje geflikt, ik wéét het gewoon, ik wéét dat hij van me houdt.' Ze snoof. 'Wat heb je met hem gedaan? Hij neemt zijn mobiel niet op, hij is de hele dag niet thuis geweest en nu doet hij niet open. Ik heb hier drie uur gewacht.'

Ik merkte dat Lucy nog heel wat te leren had over Jason. Jason nam zijn mobiel nóóit op, de dure mobiel op afbetaling die ik voor zijn vorige verjaardag had gekocht. Hij was ervan overtuigd dat hij, elke keer als hij hem tegen zijn oor hield, er oorpijn van kreeg en een beetje doof werd. 'Het duidt op het ontstaan van een tumor,' had hij gezegd. Met als gevolg dat hij hem altijd vergat en het aan mij was hem eraan te herinneren hem in zijn zak te stoppen, aan te zetten, op te laden.

'Je halsketting zit gedraaid,' ging Lucy verder terwijl ze met haar vingers in de richting van mijn hals wiebelde. Ik staarde haar aan en draaide hem recht. 'Als ik zoiets zie, wijs ik er altijd op.'

'Oké,' zei ik.

Behoorden we zelfs maar tot dezelfde soort?

'Lucy,' zei ik langzaam. 'Kom binnen. Ik ben blij dat je er bent.'

Ze schudde haar haren recht, en dat deed me denken aan een geïrriteerd paard dat vliegen weg zwiept met zijn staart. Ik ging haar voor naar de woonkamer, waar ze de groezelige lichtroze muren vol afkeer bekeek. Ze draaide zich naar me om. 'Ik ben beduusd,' zei ze. 'Ik kan me jou niet voorstellen met Jasie. Hij verfoeit... smerigheid.'

Ik wilde haar vertellen dat mijn flat in mijn ogen brandschoon was, maar ik had het te druk met ademhalen door mijn mond. Van smerigheid gesproken, Martine had gelijk. Haar adem was inderdaad afschuwelijk. Ik zei er niets van, maar vroeg haar plaats te nemen en haalde een glas water voor haar. Toen ging ik buiten adembereik op een stoel zitten.

'Lucy,' begon ik. 'Ik zal eerlijk zijn. Jason hóúdt van je. Niet van mij. Jij en hij zijn nog steeds verloofd. Je hebt gelijk, ik heb me misdragen. We zijn niet verloofd...'

'Wat heeft die knoeper van een diamant aan je ringvinger dan te betekenen?' gilde ze.

'O, dat,' zei ik. Ik was zo uit het huwelijkscircuit dat ik de terminologie vergeten was. *Ringvinger.* Ik deed de ring af en legde hem in een la. Ik zag nu ook voor het eerst dat Lucy met de rood-met-zwarte wrat van de dode oma pronkte.

'Ik geneer me zo,' ging ik verder. 'Ik... nou, je weet dat hij me een keer ten huwelijk heeft gevraagd? Hij liet me de ring houden.' Ik glimlachte nerveus, voor het geval Jason haar alles had verteld, maar er volgde geen uitbarsting, dus ik nam aan dat hij verstandig was geweest en zijn mond had gehouden. 'Ik, ik ben hem blijven dragen, heb mezelf voor de gek gehouden. *Ik* heb die advertentie in de *Telegraph* geplaatst. Hij wist er niets van. Hij schrok zich dood.'

Ik zweeg even.

Lucy veegde tranen weg met handen die de afwas deden (en ernaar uitzagen). 'De arme schat. Schaam je. Hoe laat is het? Ik moet hem bellen.' Met een soepele beweging haalde ze een mobiele telefoon zo groot als een baksteen uit haar grote handtas.

'O, nee, niet doen!' riep ik.

Lucy legde de telefoon op haar schoot. 'Waarom in godsnaam niet?'

'Omdat... ik vind dat hij jou moet bellen. We hebben lang gepraat, vanmorgen. Hij heeft me duidelijk gemaakt dat er geen hoop was, voor ons, dat ik moest ophouden met fantaseren, mijn leven weer moest oppakken. Bovendien heb ik een... probleem. Ik ben bang voor de tandarts. Ik ben er in geen jaren geweest en, nou ja, Jason had problemen met mijn halitose. Hij vindt het verschrikkelijk bij een vrouw.'

Lucy legde een hand voor haar mond. En terecht, nadat ik me zó had vernederd.

Ik ging verder: 'Jason zei dat hij van jou houdt. Hij schaamt zich voor wat ik gedaan heb. Hij denkt waarschijnlijk dat je woedend op hem bent, dus wees niet verbaasd als hij afstandelijk doet, schaapachtig zelfs. Misschien lijkt het zelfs of hij je een week of zo probeert te ontlopen. Maar alleen omdat hij het zo graag wil uitleggen en bang is dat je hem niet zult geloven.'

'Ik snap het.' Lucy keek me aan en klemde haar handtas tegen zich aan. 'Ik ga nu,' kondigde ze aan. 'Ik verwacht niet meer van je te horen.'

Ik knikte gedwee en liet haar uit.

Toen belde ik Jason. De telefoon ging dertig keer over voordat Jason wakker werd en opnam.

'Jase,' zei ik met een heftige theatrale snik. 'Ik, ik heb iets waarvan ik vind dat ik het je moet vertellen.'

'Mm. Hoe laat is het?'

'Laat. Maar het is dringend.'

'Grrr.' Ik kon geruis horen toen hij rechtop in bed ging zitten. 'Wat?' zei hij met wat minder slaperige stem.

'Ik vond dat je het moest weten voordat we trouwen.'

'Wat?'

'Dat ik van je hou, maar dat ik honderd procent zeker weet dat ik nooit kinderen wil.'

'Wat!... Je bedoelt dat je geen kinderen kunt kríjgen?'

'Nee. Nee, ik bedoel, ik wíl geen kinderen. Nooit.'

'Maar, wat... Waar heb je dit vandaan? Je bent gewoon moe. Je bent gek op Jude! Je aanbidt hem!'

'Jason. Ik bewonder hem drie minuten en geef hem dan weer aan zijn rechtmatige eigenaars. Ik, ik wil geen gezin, Jason. Ik vond, ik vond dat, voordat je je aan mij bindt, in plaats van aan Lucy, het alleen maar eerlijk was om je dit te vertellen.'

'Maar,' sputterde Jason, 'maar, maar het is al áángekondigd! Ik hou van je, Hannah. Maar dit, dit is onmogelijk! Ik snap niet dat je zo lang gewacht hebt voordat je me zoiets fundamenteels, zoiets essentieels vertelde.'

'Het spijt me,' zei ik. 'Ik was zo bang dat je... van gedachten zou veranderen. Maar als je dat zou doen, zou ik' – ik vroeg me af of ik te ver ging – 'de kracht vinden om het te begrijpen. Ik denk dat ik, uiteindelijk, mijn leven weer zou oppakken.'

'Hannah, ik... ik ben sprakeloos – hoe kun je me dit aandoen? Dit is krankzinnig! Iedereen heeft kinderen!'

'Niet waar.'

'Je weet nooit. Misschien is dit een fase. Je bent overwerkt. Je hebt vakantie nodig. Misschien denk je er straks anders over, over een paar maanden, jaren...'

'Nee. Nooit. Dat zou ik nooit doen. Sterker nog, ik denk over een operatie.'

'Een operatie!'

We dwaalden af. Het was tijd om hem terug te leiden. 'Jason, ik weet niet of je al kans hebt gehad om je verloving met Lucy te verbreken...'

'Ja, nou ja! Een mooie puinhoop is dit. Ze is weggeweest... ik had haar willen bellen... gisteren... eergisteren... vandaag, voordat ze de *Telegraph* zag, maar... nou ja, het is niet zo gemakkelijk... en altijd als ik haar zag eindigden we... en vandaag ben ik de hele dag weg geweest en toen ik vanavond thuiskwam was *zíj* weg. En nu is het een puinhoop, gewoon een puinhoop.'

Ik was een beetje geschokt dat Jason – een man zo beleefd dat hij de hoorn niet kon neerleggen voor een antwoordapparaat – zichzelf had wijsgemaakt dat er een geldig excuus was dat hij het Lucy niet had verteld. Maar ik mocht niet klagen; het kwam ons alle drie goed uit.

'Jason,' zei ik. 'Ik ben diep gekwetst door het feit dat jij en Lucy niet van elkaar af kunnen blijven. Temeer omdat onze liefde... mat was. Maar misschien zegt dat iets.'

Ik zweeg even om mijn wijsheid te laten bezinken. Toen ging ik verder: 'Voorzover zij weet heb *ík* die advertentie geplaatst, zonder jouw toestemming of medeweten. Voorzover zij weet zijn wij nooit verloofd geweest, het was een verzinsel van mij. Ik bedoel, ik ben er natuurlijk kapot van, ik zou er kapot van zijn als jij... maar ik vond dat ik je de waarheid moest vertellen – ik bedoel – is het echt voorbij?'

Ik probeerde niet hoopvol te klinken.

'Hannah,' zei Jason. 'Het spijt me verschrikkelijk. Maar als je geen kinderen wilt, ben ik bang dat het niet anders kan.'

28

'Je vader zal wel blij zijn,' was Martines reactie toen ik het haar vertelde. 'Heb je hem gebeld?'

'Weet je wat?' zei ik. 'Waarom bel jíj hem niet?'

Ze irriteerde me. Het was prettig dat Roger het zou goedkeuren, maar ik had besloten wat afstand te houden. Jack had gelijk, ik belde hem inderdaad altijd binnen vijf minuten na een belangrijke gebeurtenis in mijn leven en misschien was het zijn beurt om mij te bellen.

'Misschien,' zei Martine. 'Tsjau!'

Martine is de enige die ik ken die nog steeds '*ciao*' zegt, vijf jaar nadat iedereen ermee is gestopt. (Op de Italianen na.)

Ik was niet bijster goed gestemd.

Dat verbaast misschien degenen die nooit een verloving zijn ontsprongen. De opluchting bij het besef dat ik niet mijn hele leven zou doorbrengen met een man die me zou vervelen en irriteren was heerlijk, maar fysiek uitputtend, als zwemmen in zee. Ook stond ik paf van het succes van mijn plan. Ik had er niet de slechte ouwe waarheid uitgeflapt, ik had een leugen verteld zo puur dat je er tranen van in je ogen zou krijgen. Ik had het onmogelijke bereikt en een zijden beursje gemaakt van een varkensoor. (Of hoe het gezegde ook luidt.) Toegegeven, ik had Lucy en Jase met rust kunnen laten, maar er was opmerkelijk genoeg geen kwaad geschied.

Maar ik voelde me leeg. Ik stond nog steeds achter wat ik eerder had gezegd. Ondanks Jasons fouten was ik ergens verdrietig dat ik hem losliet. Ik kan het slechts vergelijken met *Free Willy*. Er bestaan vrouwen die het zouden begrijpen. Vrouwen die een stuk van hun twintiger, dertiger, veertiger jaren hebben gewijd aan een man die aardig is, beminnelijk, knap, *verkeerd*, die verdriet voelen als ze hem het bos in sturen, maar weten dat het het beste is. Die betreuren dat het sociaal niet geaccepteerd is om een leuke man in een aquarium in het toilet op de begane grond te houden.

En er waren nog meer factoren. Ik had twee uur rust gehad voordat ik om zes uur 's morgens naar Charlies huis was geslaapreden om mijn imitatie van een surveillance nog enkele uren voort te zetten. Ik kon niet wachten tot ik de wetswinkel een rekening kon sturen ter hoogte van hun hele subsidie, zodat ze minder geld konden verkwisten aan niksnutten zoals Charlies vader. Ik was om klokslag halftien aan het werk gegaan en had Greg een e-mail gestuurd om hem 'geen geluk met de vriend' te vertellen, maar dat ik het vanavond opnieuw zou proberen. Ik wilde hem niet recht in zijn gezicht voorliegen: die rechtstreekse blik deed mijn hersens smelten.

Greg had urenlang niet gereageerd en toen om drie uur 's middags terug gemaild. 'Je hebt er geen geluk mee. Misschien moet ik Ron erop zetten?'

Ik vond het weliswaar prettig dat ik me kon verbergen achter het pokerface van de elektronische communicatie, maar het was lastig dat Greg dat ook kon. Was hij sarcastisch? Of medelevend? Ik had teruggeschreven: 'Ik probeer het vanavond opnieuw.'

Ik had ook mijn moeder gesproken. Het was een bizarre conversatie geweest. Vol gaten, als een Zwitserse kaas. Na afloop had ik honger gehad en had een half pak koekjes opgegeten.

'Hoe is het?'

'Goed, bedankt. En met jou?'

'Goed. Mijn verloving met Jason is van de baan, je zult het wel leuk vinden.'

'Aha. Schande. Je vader had het voorspeld.'

'O. Nou ja, in elk geval, ik neem aan dat je weet dat gehaktbrood niet geschikt is voor iemand met gevoelige darmen. Vooral niet als de champignonsaus vijf keer de aanbevolen hoeveelheid zout bevat.'

'O hemeltje. Heb ik het recept niet goed opgeschreven?'

'Dat weet je best, Angela.'

'Het spijt me. Ik zal wel afgeleid zijn door... andere dingen.'

'O. O. Goed. Nou ja. Zijn de spullen van oma allemaal uitgezocht?'

Mijn moeder zuchtte. 'Ik denk het wel,' zei ze ten slotte. 'Ze heeft je een doos nagelaten.'

'O! Ik verwachtte niet... Wat voor doos?'

'Een kartonnen.'

Oma en ik waren niet bepaald dikke maatjes geweest, maar ik was een beetje uit het veld geslagen. 'W-wat denk je dat ze daarmee wilde zeggen?'

'Nee, Hannah. Er zitten dingen in. Al weet ik niet wat. Hij is niet zwaar. Je naam staat erop en hij is stevig dichtgeplakt. Ik geef hem wel mee als je weer eens komt.'

'Goed. En wat doe jij – ik bedoel eigenlijk, hoe... hoe, eh, voel je je?'

Ik zette me schrap voor een nieuwe zucht, maar die kwam niet. 'Beetje beter,' zei ze, bijna alsof ze het meende.

'Kan ik iets doen?'

'O, nee, nee, bedankt.'

Ik wilde het al opgeven – het was alsof je je oksels onthaarde – toen mijn moeder zei: 'Hannah?'

'Ja?'

'Vind je het erg van Jason?'

Ik dacht erover na. 'Ik leer er wel mee te leven,' zei ik.

'Ja,' antwoordde ze, niet overtuigd.

Het viel me op, terwijl ik met mijn nagels lusteloos op het toetsenbord trommelde, dat het gesprek met mijn moeder nauwelijks emotionele inhoud had gehad en dat was deze keer niet mijn schuld. Ik had geprobeerd haar wat gevoel te ontfutselen, maar tevergeefs. Eerlijk is eerlijk. Nam ik aan. Na mijn gesprek met haar had ik gehunkerd naar een stevig gesprek, waarbij mensen zeiden wat ze dachten, en ik had Gabrielle gebeld. Ze was niet thuis of ze nam niet op. Hoogstwaarschijnlijk nam ze niet op voor míj. Noem me tegendraads, maar ik was gepikeerd dat ze niet had gebeld om me te feliciteren met mijn tweede verloving.

Of het verscheiden ervan.

Ik hoopte dat haar woede bekoeld zou zijn, of minstens dat ze het me zou laten uitleggen, maar dat was niet zo, anders had ze me wel gebeld. Ik wilde met haar praten over Angela. Me ervan vergewissen dat mijn moeder het goed maakte. Ik had nooit verdriet gevoeld, ik weet niet wat het met mensen doet. Het had beslist iets veranderd in mijn moeder en dat maakte me nerveus. Sinds de begrafenis had Angela haar pogingen met mij opgegeven en dat was de reden waarom we niet konden praten. Niet als béide partijen hun mond houden. Een van de twee moet er vrolijk op los kletsen om de terughoudendheid van de ander te verhullen. Mijn moeder deed geen moeite meer om dat met mij te doen. Het betekende dat onze gebrekkige relatie in coma was geraakt. Ik wist niet goed wat ik ervan vond. Maar ik was ervan overtuigd dat Angela Gabrielle in vertrouwen nam.

Ik miste haar. Iedereen die ik de laatste tijd sprak voelde zich miserabel. Ik had behoefte aan een praatje met mijn schoonzus, die – ondanks haar humeurigheid de laatste tijd – in feite een opgewekt mens was. Ik hoopte min of meer dat ze míjn dag wat zou opvrolijken. Een goedhumeurtransfusie. Zou het niet heerlijk zijn, dacht ik onderweg naar huis, als ik voor mijn flat stopte en Gabrielle op de stoep zat? Dat doe ik weleens. 'Zou het niet heerlijk zijn als...' denk ik dan, waarbij ik stiekem weiger te erkennen dat ik een of andere fee misschien vraag een wens te vervullen.

In overeenstemming met dit onofficiële pact hield ik mijn blik afgewend van mijn flatgebouw tot ik de Vauxhall geparkeerd had. Toen keek ik op. En schrok. Daar, op de stoep, zat... *Ollie*. Ja hoor. Leuk geprobeerd, Tinkerbell. Terug naar de feeënschool, jij.

'Ollie?' riep ik, alsof het een ander kon zijn.

'Hee, Ner. Hoe is het?'

'Vrijgezel; hoe is het met jou?'

'Ik dacht dat jij en Jase stopten met het divangedoe.'

'Wat?'

'Laat maar. Is het uit?'

'Ja.'

'Je lijkt niet erg verdrietig.'

'Ik lijk nooit iets, Ollie.'

Hij glimlachte, eindelijk. 'Precies, Ner. Je wringt je niet in bochten, zoals normale meisjes.'

'Ik neem aan dat je bedoelt dat ik onverstoorbaar ben in plaats van abnormaal.'

'Dat bedoel ik nou. Gab zou me ervan beschuldigen dat ik haar idioot noem.'

'Hoe is het met haar?'

'Druk.'

'Nog steeds kwaad op me?'

Hij haalde zijn schouders op.

'Het gekke, Ollie, is dat, hoewel die klus inhield dat ik met Jude naar een school moest wandelen om iemand een kind te zien afhalen, ik met hem naar het park ging.'

'Gab deed alsof je hem had meegenomen tijdens een klopjacht. Persoonlijk zou ik er geen kwaad in hebben gezien. Maar je kent Gab. Ze... voelt dingen heel sterk. Ze kan onredelijk zijn.'

Ik glimlachte stijfjes. Ik hield er niet van dat Ollie tegenover mij kritiek had op Gabrielle, ik geloofde liever dat hij haar volmaakt vond. 'Dus,' zei ik. 'Waaraan heb ik dit genoegen te danken?'

Ollie lachte en hield een plastic tas op, die rinkelde. 'Wind je niet op. Het is voornamelijk Cola. Ik ben met de auto. Trouwens, wat bedoel je? Mag ik mijn zus niet bezoeken? Moet ik een reden hebben?'

Ik keek hem strak aan. Ollie en ik hadden een hechte band. Jack zou gezegd hebben dat we zo intiem waren als twee mensen die ongedurig zijn van intimiteit maar kunnen zijn. Want ík mocht er dan problemen mee hebben om mijn ziel bloot te leggen, Ollie had dat ook. Voor zijn werk als freelancefotograaf reisde hij de hele wereld rond. Hij deed veel opdrachten voor reis- en natuurtijdschriften, avonturen naar vreemde, gevaarlijke plekken. Hij weigerde aanbiedingen voor reclameopdrachten voor grote bedrijven die hem in staat zouden hebben gesteld om om zes uur thuis te zijn. Hij zat een dikke vijf maanden per jaar in het buitenland. Hij had Judes eerste woord gemist, 'Papa'. (Jude had het gezegd tegen een foto van Ollie aan de muur.)

Ik zag Ollie niet vaak en als ik hem zag waren onze gesprekken zo grillig als vlinders die boven een weide fladderen. Onze liefde was onwrikbaar, maar ik voelde me vaak terughoudend in gesprekken met hem, zeker als het over míj en míjn leven ging. Af en toe had hij of ik een aanval van openhartigheid. We hadden het nooit over onze ouders, over onze gevoelens voor hen, onze relatie tot hen. In plaats daarvan voerden we ingewikkelde, gedetailleerde maffe gesprekken over personages in tv-programma's, waardoor we open konden zijn over ándere mensen, verzonnen mensen nog wel. *CSI* was een van onze favorieten.

'Grissom is zó cool,' had ik eens opgemerkt nadat mijn held – met hooghartig misprijzen – over een moordenaar had gezegd: 'Waarom denken ze dat ze ons een kunstje kunnen flikken?'

Ollie had geantwoord: 'Ja, maar je weet toch wel dat hij een nerd is.'

De daaropvolgende discussie had de hele uitzending geduurd. Nadat hij vertrokken was realiseerde ik me dat, hoewel ik had kunnen afstuderen op Ollies overtuigingen en analyse van Grissoms persoonlijkheid, ik geen idee had van wat voor opdrachten hij kreeg, of hij en Gabrielle plannen hadden (meer Judes? reisje naar Italië? verbouwing van de zolder?) of wat hij vond van de nieuwste ontwikkelingen van zijn zoon. Hij had niets gezegd over Jude, laat staan over Judes nieuwste ontwikkelingen, en ik vroeg me af of hij het zelfs maar wist. Ik had niet gevraagd of hij foto's bij zich had.

Trouwens, ook Gabrielle had nooit foto's van Jude bij zich. Ik had haar eens gevraagd waarom niet en ze had geantwoord: 'Als mensen echt belangstelling hebben, in plaats van nieuwsgierig of beleefd te zijn, komen ze naar hem kijken.'

Ik wist niet hoe ik het had. Ze beschermde Jude niet alleen tegen echte gevaren, ze beschermde hem ook tegen theoretische gevaren in andermans hoofd. Háár emotionele gevoeligheden waren zo overontwikkeld dat ze elke mogelijke nuance van de menselijke psyche bestreken; ze compenseerde Ollies zwakke emotionele radar aardig. Het was grotendeels aan haar te danken wat ze vandaag hadden: een warm, gastvrij thuis waar mensen wilden blijven. Ik dacht aan de strenge, formele sfeer van mijn ouderlijk huis en ik was trots op Ollie om wat hij bereikt had. Ik zei het hem natuurlijk nooit.

'Nee,' zei ik. 'Je hebt geen reden nodig, Ollie. Het is alleen zo dat je er, op de aardigst mogelijke manier, altijd een hebt.'

Ollie masseerde zijn slapen alsof pijn als een mee-eter kon worden uitgeknepen. Zijn bakkebaarden vertoonden grijze plekken. 'Gab is dit weekend naar haar moeder. Ze heeft Jude meegenomen.'

'Blij dat te horen. Hij is wat jong om op het huis te passen.' Ik fronste mijn wenkbrauwen. 'Dit wéékend. Maar haar moeder woont in Miw Hiw. Twintig minuten van jullie vandaan.'

Ollie keek geërgerd. 'Het is leuk voor haar dat ze haar moeder ziet. Ze praten over, je weet wel, vrouwenzaken.'

'Vróúwenzaken, Ollie?' zei ik. 'Je bedoelt... *maandstonden*?' Ik bewoog mijn vingers naast mijn hoofd in een zwakke imitatie van een angstaanjagend spook.

'Noem dat woord niet,' zei mijn broer en hij trok een blikje open.

Het was vier uur, drie afleveringen van *The Shield* en twee kerrieschotels later, toen ik wegging om de poppenkast van doen alsof ik Charlies huis observeerde voort te zetten, toen mijn achterdocht werd bevestigd.

'Is het goed dat ik op je bank slaap?' vroeg Ollie.

'Néé. Waarom zou je het zelfs maar wíllen in dit miezerige tweekamerflatje als je zelf een kast van een huis hebt?'

Ik had de pest aan logés. Over overlast gesproken. Ze verwachten echte maaltijden (geen pesto op toast), schone handdoeken, warm water, gratis telefoneren, ze doen alsof ze in een hotel zijn, ze vragen zich af of je misschien een warmwaterkruik hebt, of ze je föhn kunnen lenen, laten je achter hen aan draven als een Filippijns dienstmeisje, ze snuffelen tussen je spullen, kijken in kasten, komen je slaapkamer binnen als je nog in je Snoopy T-shirt rondloopt, zetten verse koffie in je laatste koffiefilter in je favoriete beker en vreten het oudbakken Deens gebakje op dat je voor je eigen ontbijt had gereserveerd.

Martine was eens blijven slapen en ze had me zo kwaad gemaakt dat ik haar drie maanden had moeten ontlopen.

Ollie staarde naar het opschrift op zijn Cola-blikje. 'Ach, je weet wel,' zei hij. 'Decorwisseling.'

'Ollie?' zei ik.

'O, jezus,' zei hij. 'Ik ben weg bij Gabrielle.'

29

Ik gilde het. 'Wát?'

Ollie trok zijn hoofd tussen zijn schouders als een kind dat een klap verwacht. 'Het werd allemaal te veel.'

'Wát?' gilde ik opnieuw. 'Wát werd te veel? Dat je kleren voor je worden gewassen en gedroogd?'

Ollie hief zijn hoofd op en fluisterde: 'Hou op met gillen.'

Het was alsof hij in slowmotion dacht en bewoog, dus ik pakte een leeg glas en smeet het op de grond.

'Hannah.' Hij staarde me aan. 'Dat was jóúw glas. Wat heb je?'

'Wat ik heb?' gilde ik. 'Wat denk je dat ik heb? Wat ik heb is dat je je vrouw en kind zomaar in de steek hebt gelaten, stomme idioot.'

'Hannah, Hannah, rustig. Jezus! Waarom reageer je zo? Je bent mijn zús.'

Ik voelde me net een stier die het abattoir binnenkwam. 'Dat heeft NIETS te betekenen,' krijste ik. 'Sinds wanneer betekent familie iets voor je? Ik zal je zeggen sinds wanneer. Sinds je Gabrielle Goldstein uit Mill Hill hebt leren kennen. Voor die tijd was je een soort menselijke oase. Dat meisje heeft je gemaakt, Oliver! En ze is míjn schoonzus en Jude is míjn neef. Ze zijn jouw gezin, zonder hen ben je niets, is je leven zinloos.'

'Hannah, hou je mond. Ik luister hier niet naar.' Ollie sloeg op het tafelblad.

Ik wierp hem mijn vuilste blik toe.

'Hannah, je begrijpt het niet. Er is een heleboel gebeurd. Het gaat slecht met mijn werk.'

'Nou en?'

'Het gaat al een jaar niet goed. Ik mag van geluk spreken als ik elke maand één opdracht krijg. Ik heb in geen zes weken gewerkt. Ik ga de deur uit... ik dwaal door parken. Het economische klimaat. En ik ben misbaar. Zelfs voor een goedkoop artikel zetten alle tijdschriften vast personeel in of doen een beroep op uitzendkrachten.'

'En wat heeft dat met Gabrielle te maken?'

'Ze zeurt zo verschrikkelijk. Ik word er gek van.'

'Echt waar?'

Ollie trok een lelijk gezicht en zette een zeurderig stemmetje op. 'Je had die reclame-opdracht moeten aannemen, je had je vaker moeten laten zien, je had met je portfolio alle fotoredacteuren moeten afgaan, je had niet zoveel werk moeten doen voor *Wild Things*, je had voor meer verschillende tijdschriften moeten werken, kakel kakel kakel.'

'Ik snap het,' zei ik. 'En hoe ga je daarmee om?'

Ollie gebruikte weer zijn eigen stem. 'Soms beweeg ik alleen maar mijn vingers voor haar gezicht heen en weer en zeg: "*Slaaaaap!*"'

'Hm-mm.'

'Of ik hou me dood. Ik laat haar praten, maar het enige wat ik hoor is "blablabla". Dat maakt het makkelijker.'

'Genie.'

Ollie zuchtte. 'Je snapt het toch wel? Jij hebt voortdurend met zulke dingen te maken. Mannen die hun zeurende vrouw beu zijn. Niet dat ik haar zou bedriegen, want afgezien van al het andere, waar haal ik de energie vandaan? Maar je snapt wat ik doormaak?'

'Ja,' antwoordde ik. 'Ik geloof dat je aardig duidelijk hebt gemaakt wat je doormaakt. De *peuterspeelzaal*. Egoïstische lul.' Mijn stem was opnieuw gestegen. 'Ze zéúrt niet, Oliver; waarom is het "zeuren" als ze haar mening geeft? Ze heeft gelijk. Waarom ben je zo kieskeurig. Je bent Marion Testino niet.'

'Mario.'

'Kan me niet schelen. Je bent geen wereldberoemde kunstenaar, je kunt je niet de luxe permitteren om een opdracht te weigeren omdat het niet Kate Moss in bikini is of een inboorling met een blaasroer. Wat geeft het als het voor het personeelsblad is van een bedrijf dat gazonmaaiers verkoopt? Je bent een vader die hulp nodig heeft om zijn gezin te voeden! Het komt niet allemaal op jouw schouders neer. Gabrielle werkt ook! En daarnaast doet ze het huishouden, zorgt voor Jude en speelt secretaresse voor jou! Ze heeft gelijk. Alles wat ze zegt klopt.'

'Luister,' zei Ollie. 'Ik ben al tien jaar fotograaf...'

'Vertel mij wat! Je vindt, na tien roemrijke jaren in de branche, dat je het recht hebt om te stoppen met naar opdrachten hengelen. Nu ga je zitten mokken tot alle geweldige, glamoureuze, goed betalende opdrachten binnenstromen. Mijn god. Gabrielles opa heeft vijftig jaar als glaszetter bij hetzelfde bedrijf gewerkt voordat ze hem lieten afvloeien, een jaar voordat hij met pensioen zou gaan. Hij klaagde niet. Hij werd freelancer omdat hij geen keus had en binnen een halfjaar verdiende hij vijf keer meer dan het bedrijf hem had betaald, vanwege zijn reputatie. Telkens wanneer een kind een ruit kapot schopte, telkens wanneer er bij iemand was ingebroken, adviseerden de buren meneer Gol...'

'En de moraal van het verhaal, dat ik vaker heb gehoord...?'

'Arbeidsethos, Oliver.'

'En dat uit jouw mond.'

Ik negeerde dit. 'Dus,' zei ik. 'Samenvattend. Je hebt enkele problemen met luiheid. Sorry, met gebrek aan werk. Gabrielle maakt zich er zorgen over. Dus ik snap het niet. Waarom ben je bij haar weggegaan?'

Er was wat Cola op tafel gemorst. Mijn broer tekende er figuren in, met één vinger, een Cola-vlek veranderend in een Cola-inktvis. 'Ze is onmogelijk,' zei hij. 'Het is niet alleen het werk.' Hij lachte. 'Een kind hebben. Het heeft alles veranderd. Er blijft geen tijd over, geen tijd voor ons – begrijp me niet verkeerd – ik hou van Jude, hij is geweldig, dat joch, als hij lacht, ik zeg je...'

'En als hij niet lacht?'

Oliver keek naar de lucht en blies omhoog, zodat zijn kuif wapperde in de bries. 'Een huilende baby... als een baby huilt en huilt... heb je het gevoel dat je hoofd kan splijten als een walnoot. Het drijft je tot waanzin...'

'Ik zou zeggen,' zei ik, 'dat dat juist de bedoeling is. Een noodklok die ouders niet kunnen negeren.'

'Nou, Gab kan het in elk geval niet. Ze heeft hem in feite léren huilen.'

'Sorry, Oliver. Heb ik iets gemist? Ik snap namelijk nog steeds niet waarom je bij je vrouw bent weggegaan.'

'Ze is zo grillig, Hannah. Ze is irrationeel. Laatst ging ze door het lint omdat ik Jude in de lucht gooide en opving. Hij schaterde van het lachen – hij vond het prachtig.'

'Ja, maar stel dat je hem had laten vallen?'

'Ik zou hem niet laten vallen.'

'Oliver. Mensen maken fouten.'

'Jezus. Luister, ik kom wel aan de beurt als hij wat ouder is, als hij kan praten. Hij is zo... veeleisend, zo intens. Alsof hij je ziel door je ogen op zou zuigen als hij kon. Het is uitputtend, het is te veel. Hij is zo... machtig.'

Ollie zweeg en schudde zijn hoofd. Het was een rare snoeshaan, mijn broer. Hij was onderlegd, belezen, intelligent en toch had hij voor de vermomming van een Neanderthaler gekozen.

'Op dit moment is hij mama's jongen. Ja, hij houdt van zijn papa, maar haar heeft hij echt nódig. Ze is beter met hem dan ik. Zij is degene die hem wekt, zijn ontbijt klaarmaakt...'

'Wat, moet ze hem wakker maken?'

'Ben je gek? Dat joch is om zes uur klaarwakker. Als er een kat langs het huis loopt, wordt hij wakker. Hij is een vleermuis. Gab gaat naar binnen.'

'Ik snap het. En wat krijgt Jude' – ik sprak het uit als 'Jooode' – 'als ontbijt?'

'Wat? Toast met pindakaas. Eieren met spek. Ik weet het niet.'

'Je weet niet wat Jude als ontbijt krijgt?'

'Ner, doe niet zo moeilijk. Luister. Gabrielle werkt thuis. Ze heeft een oppas...'

'Dat mens heeft opgezegd, weet je nog? Gab doet alles wat er gedaan moet worden, behalve je billen afvegen. Misschien wil je dat ook nog?'

'Je hoeft niet zo sarcastisch te doen. Ik doe van alles. Gabrielle ziet dat niet. Ze is altijd zo boos, zo vijandig, zo...'

'Moe?'

'Ja, ze is moe, maar iedereen is moe. Ik weet het niet. Ze zegt steeds weer dat ze... down is.'

Ik onderdrukte een opwelling van schuldgevoel. 'Juist, en wat zeg jij dan?'

'Ik zeg dat ze eens goed moet uitslapen en dat ze zich dan 's morgens beter zal voelen. Maar ik krijg er genoeg van dat ik dat moet zeggen, ze luistert niet en gaat altijd pas tegen twaalf uur naar bed. Ze luistert niet naar goede raad, ze viert alles op mij bot en ik kan er niet meer tegen. Ik heb ruimte nodig. Ze moet er grip op krijgen. Misschien gebeurt dat als ik er niet ben.' Ollie zuchtte. 'Dus wat zeg je, Ner? Mag ik blijven slapen? Het is maar voor een week of zo. Ik heb een briefje achtergelaten waar ik ben.'

'Je bedoelt... ze weet dat je hier bent?'

'Ja.'

'Nee, je mag níét blijven slapen, maak dat je wegkomt, ga weg, ga verdomme weg en naar huis, hoe durf je naar mij toe te komen, hoe dúrf je en hoe durf je een briefje achter te laten voor Gab, alsof we samenzweren, ik sta versteld van je brutaliteit, mijn god, het ligt er zo dik bovenop, Gab heeft je nodig als gelijkwaardige partner, je zou haar moeten helpen, met de baby en het huis, je moet haar vriendelijk aansporen om meer rust te nemen in plaats van met je handen voor haar gezicht te zwaaien en "Slaaaaap" te zeggen, egoïstische, stomme, neerbuigende klootzak dat je bent.'

Toen barstte ik tot mijn verbazing uit in tranen.

Ollie sprong op als een man in een griezelfilm en schuifelde naar de deur. 'Eh, Ner, luister, het is al goed, ik ga weg...'

'Maak dat je wégkomt,' gilde ik. 'Hoe durf je, je hebt verantwoordelijkheden, hou op met jeremiëren, ga naar huis, naar je gezin, ga weg, ga weg, ga WEG!'

Toen hij weg was ging ik trillend op de bank zitten. Ik snapte niet waarom ik zo van streek was.

Ik reed naar het huis van Charlie, maar ik kon me zelfs niet concentreren op doen alsóf ik mijn werk deed. De woede trilde door me heen als een stroboscoop en ik kreeg telkens weer een huilbui. Ik belde Ollies mobiel, maar hij had hem uitgeschakeld. Misschien moeten mannen geen mobieltjes krijgen zolang ze niet bewezen hebben dat ze ze verantwoord kunnen gebruiken. Toen ging mijn telefoon. Ik bloosde in het donker. Greg heeft met grote letters op de binnenkant van de deur van kantoor geschreven: 'TELEFOON DOORSCHAKELEN'. Het was de eerste keer dat ik vergeten was mijn telefoon door te schakelen.

'Martine. Ik ben op mijn werkplek.'

'Je bent op je afwerkplek. Beetje grof om je telefoon op te nemen, niet?'

'Werkplek, werkplek, niet áfwerkplek, ben je doof?'

'Als je geen seksleven hebt, hoef je dat nog niet op mij af te reageren.'

'Martine. Wat is er?'

'Ik bel alleen maar om te vragen hoe het gaat. Hoe je je voelt, onder alles.'

Het had lang geduurd voordat ik me had gerealiseerd dat Martine niets voor zich kon houden. Ik denk dat ik haar altijd van alles vertelde omdat ze nooit erg nieuwsgierig leek. Jezus. Ze had het van míj geleerd kunnen hebben. Het is een stelregel: als je informatie van iemand probeert te krijgen, dring niet aan. Jij vertelt mij iets, ik vertel jou iets, anders zijn we niet gelijkwaardig en zijn we geen vrienden. Greg zegt altijd dat het helpt in deze branche als je kelner of barkeeper bent geweest, want dan ben je gewend aan kletsen en mensen een goed gevoel geven. Als iemand je iets over zichzelf begint te vertellen en je te sterk aandringt, klapt-ie dicht. Mensen praten graag over zichzelf, maar zelf moet je ook iets bieden.

Martine, realiseerde ik me, bood alles en niets. Ze kon zogenaamd vertrouwelijke privé-dingen vertellen, maar als je erover nadacht, bleek uit niets hoe zíj erover dacht. Ze was net een op een afschuwelijke plek gedetacheerde verslaggever. *CSI Miami* bijvoorbeeld. De laatste anekdote die ze me had toegeworpen ging over een opengebroken zweer in een van de vele bloedvaten van haar moeder, waarbij het bloed tegen de kamermuren spatte. Het was duidelijk waarom we bevriend waren, maar ze was breedsprakig. Ik zou haar niet vertellen dat Ollie was geweest of ze zou het hele verhaal uit me trekken zoals Marvin een tand trok.

'Als je met "alles" Jason bedoelt, ik voel me prima, bedankt. En jij?'

'Ja, goed, bedankt. Ik heb Roger gebeld, zoals je me aanraadde, en hem verteld dat je het gedaan hebt. Hij vindt het geweldig van je, meid, geweldig. Hij zei dat hij je zou bellen zodra hij kon. Hij heeft het druk gehad. Met het overlijden van je oma en het toneelstuk.'

Ondanks mezelf – en ondanks de absurditeit van Martine die een onafhankelijke telefonische relatie met mijn vader had – voelde ik een opflakkering van blijdschap.

'Goed dan,' zei ik. 'Hang nou maar op.'

Ik wachtte een uur, wreef door mijn ogen, er werd niet gebeld. De ontvangst was met dit toestel trouwens op en af. Misschien probeerde hij de flat. Ik besloot naar huis te gaan. De toeristische route, via Belsize Park. Ik reed, langzaam, door de straat van Gab en Ollie en toen weer terug, en nog eens. Een trage spiraal van woede wikkelde zich af in mijn borst. Ollies auto (een metallic purperen Mercedes hatchback) stond er niet. Ik wist dat hij niet naar huis zou gaan. Ik wíst het gewoon. Alles wat ik tegen hem gezegd had was boter aan de galg gesmeerd. Zo was mijn familie: we vluchtten voor problemen.

30

De volgende dag meldde ik me ziek en ging naar Gabrielle. Ze was niet bij haar moeder, Ollie had gelogen. Wie van mijn familie had nog meer gelogen? Liegen was zo makkelijk, probeer het één keer, probeer het twee keer, het was een gewoonte die je omhulde als een warme jas. Leugens stellen mensen gerust. Ik beschouwde het als een persoonlijke overtuiging, was teleurgesteld te merken dat het in de genen zat. Was ik het nu aan mijn eer verplicht de waarheid aan het licht te brengen? Ik hoopte van niet. Ik voelde me als een vrouw die was uitgenodigd om aanwezig te zijn bij het wereldrecord dominostenen laten vallen en per ongeluk de eerste steen had omgegooid.

'Het komt niet gelegen,' zei Gabrielle en ze deed de deur dicht. Ik zette mijn voet ertussen, maar ik had slippers aan en een zware deur die keer op keer tegen mijn blote tenen sloeg was te pijnlijk. Ik trok mijn voet terug en belde maar aan. Ik riep ook door de brievenbus.

'Gab! Alsjeblieft! Luister naar me. Ik maak me zorgen over je. Ik heb Ollie gesproken. Hij...'

De deur werd opengerukt, Gabrielle verscheen, woedend. De huid rondom haar ogen was gezwollen onder haar camouflagestift. Ik heb nooit van camouflagestiften gehouden. De meiden op school gebruikten ze altijd tegen puistjes. Ik vond altijd dat je net zo goed een fluorescerende markeerstift kon gebruiken. Trouwens, ik heb puistjes nooit erg gevonden. Het gaf me iets om handen.

'Hou je mond,' siste Gabrielle. 'Ik heb net een nieuwe cliënt, je denkt toch niet dat ik wil dat ze dit hoort?'

'Nee, maar ik...'

'Hannah, ga gewoon. Wat kan het jou trouwens schelen?'

'Ik ga niet weg,' zei ik. 'We hebben iets te bespreken. *Hallo!*' Ik zag mijn kans schoon en wuifde naar de dikke, donkerharige vrouw die in de gang achter Gabrielle heen en weer liep. 'Sorry dat ik stoor, ik ben Hannah, de schoonzus van Gabrielle. Mag ik zeggen dat, als u een mooie bruidsjapon zoekt, u aan het juiste adres bent.'

Gabrielle keek chagrijnig. De vrouw straalde. 'O! Dat weet ik wel zeker. Mijn nicht had ook een jurk van Gabrielle en ze zag er adembenemend uit.' Ze zweeg even. 'Al is ze slanker dan ik. Blijf je? Je mag wel komen kijken, als je wilt. Mijn vriendin Amy zou ook komen, maar haar hond is dood.' Ze boog haar hoofd verontschuldigend voor de impliciete harteloosheid jegens de hond.

'Heel graag,' koerde ik en ik stapte naar binnen. Gab hief een gebronsde arm op en versperde me de weg.

'Weet je het zeker, Jennifer?' zei ze.

Ik glimlachte bemoedigend naar Jennifer en probeerde er niet uit te zien als de wolf van Roodkapje.

Ze knikte. 'Ik weet nooit hoe ik eruitzie. Het zou fijn zijn een onpartijdige mening te horen.'

'Nou, geweldig,' zei ik en wurmde me voorzichtig langs mijn schoonzus. Ik wist dat Gab het niks vond als haar bruidjes gechaperonneerd werden door belanghebbende partijen. Ze zei altijd dat weinig mensen een meisje in een bruidsjurk objectief kunnen bekijken. Ongetrouwde vriendinnen bijvoorbeeld zagen hoe zijzélf eruitzagen. Schoonmoeders en zelfs sommige moeders waren niet te vertrouwen. Gab had eens verteld dat een mooi bruidje haar moeder had uitgenodigd om de laatste pasbeurt bij te wonen en dat die had gereageerd met wat Gab een 'ijzige stilte' had genoemd. De bruid had gevraagd: 'Vind je het niet mooi?' en haar kin had getrild. Gab vermoedde dat ze het ofwel verkeerd had begrepen of dat de vrouw jaloers was en ze dacht te weten wat. Maar de bruid, zei Gab, was 'in tranen opgegaan'.

Zonder me aan te kijken zei ze tegen Jennifer: 'Je moet op jezelf vertrouwen. Je weet het vanzelf als je de goede jurk gevonden hebt.' Ze glimlachte. 'Als een bruid de juiste jurk aantrekt, beweegt ze zich anders. Ze glimlacht naar zichzelf. Je merkt het vanzelf, Jennifer. Je past misschien nog tig andere jurken en komt dan terug bij de juiste. Die heeft die wauw-factor.'

Jennifer knipperde met haar ogen. Ze had een uilenbril op en ik zag tranen glinsteren achter de glazen. Ook Gab keek een beetje waterig. Jennifer lachte, een nerveuze, schelle lach, en zei: 'Het zal wel net zoiets zijn als de ware Jacob ontmoeten.'

'Precies!' riep Gab met indrukwekkend enthousiasme.

'Hoe heb je je verloofde leren kennen?' vroeg ik, denkend dat het een onschuldige vraag was. Gab keek me dreigend aan.

'Hij was mijn reclasseringsambtenaar,' zuchtte Jennifer.

Ik zei: 'Ach, wat heerlijk.'

Jennifer giechelde. 'Het is niet waar. Ik wilde alleen maar horen wat je zou zeggen. We hebben elkaar via het werk leren kennen. Hij was mijn secretaris. Het was liefde op het eerste gezicht. Hij is dyslectisch, wat niet bevorderlijk was voor brieven aan cliënten. Maar ik vond het leuk zoals hij op zijn pen beet. Ik heb eens drie kwartier zitten kijken, tot ik merkte dat het hele kantoor ons aanstaarde.'

Gab had altijd gezegd dat bruidsjurken ontwerpen net zoiets was als kapper zijn – mensen namen je meteen in vertrouwen. Je praatte over De Japon, maar ze ontkleedden zich voor je, emotioneel en fysiek, praatten over hun lichaam zoals ze anders nooit zouden doen. Alles goed en wel, maar Jennifer had haar jas nog niet uitgetrokken.

Gab echter riep: 'O, wat mooi. Ik ben gék op zulke verhalen. Een heel enkele keer zegt een cliënt: "Ik hou echt van hem... maar hoe kun je er zeker van zijn?" en dat maakt me bang. Je wéét het gewoon. Mensen krijgen een veilige, prettige relatie en er is niets verschrikkelijk mis, dus ze gaan ermee door, maar wat een manier van leven, vergeleken met het gevoel als je iemand ontmoet die je hart doet bonzen.'

Zij en Jennifer koerden als een koppel houtduiven en ik verbaasde me over Gabs professionele houding. Ze kon het nog steeds niet geloven – haar man had haar de vorige avond verlaten. Maar haar woorden maakten me kriebelig. 'Er Is Niets Verschrikkelijk Mis' had de kop kunnen zijn voor Jasons en mijn relatie en ik had er vijf jaar genoegen mee genomen, had mezelf bijna in een huwelijkscontract gestort zonder de moeite te nemen om de kleine lettertjes te lezen. (IK HOU NIET ECHT VAN JE.)

Het koeren bereikte zijn natuurlijke slot en Gab loodste Jennifer de salon binnen. Ik ben niet sentimenteel, maar het was alsof je het Koninkrijk van de Sneeuw betrad. Overal witte, prinsesachtige japonnen waarvan de lovertjes en parels de middagzon kusten en de ruimte vulden met schittering en gloed. Ik ging op een keurige bank zitten en Jennifer rende linea recta naar een jurk en streelde hem.

Ik zat daar maar, glimlachend, zonder hen echt te zien en de tijd versmolt in zichzelf. Ik was me bewust van een warm geroezemoes van woorden, Gabrielles stem die mompelde tegen die van Jennifer.

'Gebeurt het in de kerk?... Wat vind je van kant?... Heb je een D-cup?... Wat is je schoenmaat?... Het wordt dus een grote bruiloft?... kristal... kralen... als je danst maken we biaisband aan de zoom... het is een heel nauwsluitend model... als je hem meer ingenomen wilt hebben kunnen we daarvoor zorgen... doe eens een stapje naar voren... Millennium-satijn, glanzender dan Duchess-satijn... kijk eens naar de hartvorm van deze... deux-pièces maken de heupen breder... niemand beslist de eerste keer, zelfs niet de tweede... ik zal noteren welke je mooi vindt... Hannah, wat vind jij? *Hannah!*'

'Ja?' Ik sprong op en probeerde oplettend te kijken.

Jennifer stond, met wijd gespreide armen als een vogelverschrikker, in zo'n saaie jurk die in het modewereldje geraffineerd wordt genoemd. De soort jurk die Gwyneth Paltrow zou kunnen dragen tijdens Oscar-uitreikingen. Hij stond haar niet. Jennifer kronkelde en draaide voor Gabrielles gigantische passpiegel, alsof ze iets kwijt was.

Wat nu? Beledigde ik de ontwerper of de draagster? Ik zei: 'Hij is prachtig, maar... eh... wat denk je er zelf van?'

Jennifer ruiste heen en weer en zei: 'Hmm.'

'Je kunt tien minuten zo blijven staan,' zei Gabrielle, 'maar door "hmmm" wordt hij niet mooier. Uittrekken!'

De jurk werd met een geritsel uitgetrokken en Jennifers ogen rustten op zijn tegenstander – een japon passend voor een middeleeuwse prinses. Deze had lange, wijde mouwen, een strak lijfje en een golvende rok. Het enige wat eraan ontbrak was de punthoed. 'Ik ben te klein voor een echte japon,' zei ze hoopvol.

'Onzin,' zei Gabrielle. 'Je hebt de juiste molligheid. Ik verander het patroon. Als ik de taille driekwart centimeter verhoog maakt dat een gigantisch verschil voor hoe hij je staat.'

'Echt waar?'

'Nou en of. Als je een foto van een bruid in haar eentje ziet, zonder een boom of een auto aan de hand waarvan je haar lengte kunt schatten, moet je niet kunnen raden hoe lang ze is.'

'O, mooi.' Jennifer zweeg even. 'Maar ik ben echt van plan af te vallen. Drie kilo. Maar... kloppen de maten dan nog wel?'

Gabrielle zwiepte de jurk van de hanger en zei: 'Lieverd, het kan me niet schelen al val je geen pond af. Ik zorg dat je er fantastisch uitziet. Maar als je vindt dat je moet afslanken voor je trouwdag, prima. We stellen een pasdatum vast – ik maak een paspatroon van calicot en voering en daarna kunnen we de verhoudingen veranderen. Ik zal je ook een dieet-deadline geven. Geen strenge diëten een maand voor de grote dag.'

Jennifer knikte, haar brede glimlach geaccentueerd door twee lachkuiltjes. De magische woorden: *ik zal zorgen dat je er fantastisch uitziet.* Ik glimlachte zelf ook. Gab had me kort nadat we elkaar hadden leren kennen uitgelegd hoe ze werkte. Ze had gezegd: 'Mijn werk is op wereldniveau onbelangrijk... het is iets anders dan dokter zijn. Maar het is wél belangrijk.' Ze had gelijk.

'Wat vind je?'

Jennifer maakte niet zozeer een pirouette, daarvoor was het te vorstelijk, meer een langzame, zwierige draai in het rond. Ik glimlachte. Ze had niet méér kunnen verschillen van de vrouw die ik in de gang had ontmoet, in een donkere, vormeloze broek. Deze jurk geerde, spande en zwierde op alle juiste plekken, de lichte crèmekleurige stof, een plagerige rij knoopjes op het rugpand van het lijfje, het voorpand ingetogen zedig, haar donkere haren staken glanzend af tegen de lichte stof en zelfs de uilenbril kreeg een sexy fonkeling, heel erg *jeetje, Miss Jones, maar...*

'Je bent mooi,' zei ik.

'O!' – ze greep met een hand naar haar hals en zwaaide met de andere voor haar gezicht heen en weer – 'niet doen, je maakt me nog aan het huilen.'

Gabrielle lachte. 'Dat is precies wat de juiste jurk doet. Hij maakt mensen aan het huilen.'

Jennifer lachte en schudde haar hoofd. 'O mijn god,' zei ze. 'Ik voel me... ik voel me zo... hij is adembenemend, o, ik doe hem nooit meer uit... o, ik weet het niet, wat denk je, weet je zeker...?'

Ik knikte glimlachend. Een uur geleden kende ik die vrouw niet eens en nu was ik te ontroerd om iets te zeggen. Het was vreemd. Gab had over vrouwen zoals Jennifer verteld. Stuk voor stuk capabel, indrukwekkende carrière, groot budget, vlogen her en der, maar als ze een persoonlijke beslissing moesten nemen hadden ze geen flauw idee. Ze hadden geen tijd om over zichzelf na te denken. Ze vermeden het zichzelf gedetailleerd te bekijken en als Gabrielle Goldstein ze ertoe dwong, voelden ze zich verplicht zichzelf neer te halen.

Maar nu leek het een beetje triest.

Ik zat daar maar en staarde in de verte terwijl Jennifer haar gewone kleren weer aantrok en een nieuwe afspraak maakte met Gab. Ze vertrok, zo licht bewegend als paardenbloempluis op de wind. Gab kwam weer de salon binnen.

Ik zei haastig: 'Dat was heerlijk, het was een voorrecht om er getuige van te zijn. Ik was er echt... ontroerd door.'

Ik kromp onmiddellijk in elkaar, het klonk zo slijmerig uit mijn mond, zo sentimenteel, mijn ergste eigenschap. Toch voelden de woorden niet aan alsof mijn ingewanden werden uitgerukt; ze luchtten me zelfs op.

'Ja hoor,' zei Gab, door haar neus blazend. 'We weten allemaal hoe jij over het huwelijk denkt.'

'Nou,' zei ik. 'Zo denkt iedereen.'

Gab zuchtte. 'Ja hoor,' zei ze, alsof ze me niet gehoord had. 'Weet je, ik begin het met je eens te worden.' Ze zweeg even. 'Je had je broer gisteravond niet naar huis hoeven sturen, ik heb hem meteen buitengesmeten.'

'O nee!' zei ik, 'dat is verschrikkelijk.' Ik zakte in mijn stoel, ik had de houding van een banaan.

Gabrielle schopte haar zilverkleurige balletschoenen uit en legde haar gepedicuurde voeten op de salontafel. 'Waarom?' zei ze. 'Er lopen zoveel huwelijken stuk. Ik bedoel, kijk naar jezelf.'

Ik staarde naar de grond. Ik keek naar mezelf. Ik zag een meisje dat was getrouwd toen zowat iedereen 'niet doen' zei en zij hadden het laatst gelachen en ik had het maar te slikken. Als je twintig bent is alles heel heftig en toen Jack wegging drong het tot me door dat ik mijn hele leven met hem had kunnen doorbrengen, maar dat ik het nu in mijn eentje zou doorbrengen. Scheiden was een vies woord in mijn familie en ik weet dat mijn vader het gevoel had dat ik hondenpoep mee naar binnen had gebracht. Evengoed nam hij een advocaat voor me in de arm en alles wat díé wilde weten was: 'Waar is het eventuele geld dat je hebt?' Alsof ik geld had, alsof het me iets kon schelen als ik het had en Jack pikte alles in.

Ik knipperde met mijn ogen. Keek weer op. Zag Gabrielle, die gekweld keek. Het was duidelijk dat ze niet van plan was me te vergeven wat Jude betrof, dat ik de zus van Oliver was, wat dan ook. Ik besloot te gaan. Ik zette drie stappen.

Toen bleef ik staan. 'Nee,' zei ik. 'Ik kijk naar je. En ik zie de vrouw die me eens heeft verteld dat ze bruidsjurken dróómt, wier dromen gevuld zijn met organza en kant, dat ze 's morgens wakker wordt en in haar slaap een patroon heeft geknipt. Ik zie de vrouw die, toen ik haar vertelde dat ik van Jack ging scheiden, door het lint ging. Die me vertelde dat de mensen tegenwoordig niet veel meer pikken, dat ze er niet aan willen werken. Die zei dat ze zou willen dat mensen meer geduld met elkaar hadden, dat er zoveel geborgenheid is als je met de juiste persoon bent. De vrouw die haar bruiden vertelt dat de jurk het belang van de dag symboliseert, dat het is alsof ze zeggen: voor deze heel bijzondere dag gaan we dit unieke, heel bijzondere ding doen, zodat de betekenis ervan nooit uit onze herinnering zal verdwijnen. Maar diezelfde vrouw houdt haar bruiden ook voor dat het niet over de jurk gaat, dat het over jou en hem gaat, je knippert even met je ogen en je trouwdag is voorbij en er zal een dag komen dat je een hekel aan hem hebt, maar dat zal voorbijgaan, misschien ontmoet je financiële problemen, je kinderen, je kinderloosheid, zullen je relatie op de proef stellen, maar dat je, als je inderdaad van die persoon houdt, geen overhaaste besluiten zult nemen, omdat het allemaal weer in orde zal komen.'

Gab staarde me aan. 'Ik wil niet dat hij weggaat,' zei ze met opeengeklemde tanden. 'Ik zou het niet kunnen verdragen.'

'Hij gaat niet weg, Gab,' zei ik. 'Hij houdt heel veel van je. Maar jullie moeten met elkaar praten. Plannen maken om te veranderen wat verandering nodig heeft.'

Gab keek op. 'Zou je een tissue voor me willen halen?'

'Natuurlijk,' zei ik en ik rende naar het luxueuze toilet. Ik ging zitten en huilde zelf een deuntje. Het werd een slechte gewoonte, zoals zoete tussendoortjes. Maar terwijl ik mijn neus snoot realiseerde ik me dat het slagen van het huwelijk van Gab en Ollie alles voor me betekende.

Daarna reed ik snel naar huis, ik sleepte een stoel naar mijn kleerkast en haalde de zwarte vuilniszak tevoorschijn waar mijn verfomfaaide bruidsjurk in zat. Ik gooide de zak op de grond en spreidde de jurk uit op het bed. Mijn hart bonsde toen ik de zijdezachte stof streelde – ik herinnerde me dat ik hem op dezelfde manier had zien liggen, tijdens onze huwelijksnacht. Mijn ogen prikten – jezus, ik leek wel een hormonale tiener! Het verbaasde me hoe doodgewone voorwerpen een status en betekenis krijgen die hun reële waarde ver overstijgt en, hoe ze bijna een deel van iemand kunnen lijken. Vooral als die iemand er niet meer is. Ik bestudeerde de jurk, probeerde de kreukels glad te strijken. Toen zag ik dat de zoom smoezelig was en een beetje gerafeld. Ik zou hem naar de stomerij brengen, meteen morgenvroeg. Uit respect voor... ik wist het niet precies, maar ik wist wel dat ik me beter zou voelen als hij gestoomd en gestreken was en op een zachte zijden hanger hing, zo goed als nieuw.

31

Op maandagochtend ging ik weer aan het werk en kreeg de zak. Greg noemde het een 'proefscheiding', maar we weten allemaal wat dat betekent. Die klootzak, Ron. Hij had me geschaduwd. Hij had video-opnamen van Charlies moeder en haar vriend, kussend, op donderdagavond. En opnamen van mij terwijl ik het niet vastlegde.

Het is moeilijk te zeggen hoe weerzinwekkend ik Ron vind. Donker krullend haar, in vettige lokken, tegen zijn hoofd geplakt. Pokdalige huid, als iets uit de Middeleeuwen. Afhangende schouders. Heeft een hekel aan vrouwen. Ik denk dat het pas na mijn St Tropez-transformatie tot hem doordrong dat ik er een was. Het was niet te geloven. Ik had altijd gedacht dat ik mannen noch vrouwen aanstoot gaf. Ik ben niet mooi genoeg om voor een van beiden een bedreiging te zijn, maar ik ben ook weer niet zo lelijk dat ze op je vitten. (A propos: dat is mijn theorie over waarom Ron een hekel heeft aan vrouwen.)

Greg zei niet veel. Hij zei meer met zijn lichaamstaal. Armen over elkaar, benen gekruist: chagrijnig eigenlijk.

'Je hebt dat kind niet meegenomen naar de school, je bent ermee naar het park gegaan.'

'Wat, heeft de grote speurder Ron me daar ook geschaduwd?'

'Nee. De wielen van de kinderwagen zaten vol gras. Binnen een straal van tien kilometer van die school is geen sprietje groen te vinden.'

'Nou, Greg,' zei ik. 'Was mijn schoonzus maar net zo'n goeie detective als jij. Ze is er nog steeds van overtuigd dat ik haar kind heb meegenomen op surveillance en ik kan haar niet van het tegendeel overtuigen.'

Greg zei: 'Je bent er emotioneel bij betrokken geraakt, Hannah. Dat kan ik niet toestaan.'

Ik zei niets. Het was niet eerlijk. Omdat ik een vrouw was, was ik 'emotioneel' betrokken. Terwijl, als ik een man was geweest, ik een 'verantwoorde' beslissing zou hebben genomen. Greg nam die vaak genoeg. Een cliënt had hem eens de haalbaarheid van het opblazen van het belastingkantoor laten onderzoeken. Greg had gezegd dat het niet haalbaar was en hem een vette rekening gestuurd.

'Dat was het dus,' zei ik.

Greg rolde met zijn ogen. 'Nee, Hannah, dat was het niet. Je houdt je twee weken gedeisd en beslist in die tijd of je deze baan echt wilt.'

'Word ik betaald om me gedeisd te houden?'

'Wat denk je?'

Ik zuchtte.

'Hannah,' zei Greg. 'Je hebt het in je om een goede detective te zijn. Je bent ambitieus. Vasthoudend. Koppig. Intelligent. Toen je hier kwam, was je ook professioneel. Maar nu... Je maakt geen onderscheid tussen gegevens, feiten en vooroordelen, veronderstellingen. Ik weet dat je problemen hebt, maar wie heeft die niet? Je weet twee dingen over de vader van Charlie – hij is gescheiden, hij wil minder alimentatie betalen – en je neemt automatisch een derde ding aan: hij is een schavuit. Dat is riskant. Ik kan het niet hebben dat je een moreel oordeel velt. De psychologie van de menselijke aard is nooit je sterkste kant geweest, maar je kon in elk geval belangstelling veinzen. Nu ben je doorgeslagen naar het andere uiterste en identificeer je je met mensen. Wat is dat toch?'

Ik trok een ik-ben-een-idiootgezicht en keek naar mijn schoenen. 'Dus Ron krijgt mijn baan, hè?'

'Nee,' zei Greg.

Ik veroorloofde me een zuinige glimlach. 'Mooi zo,' zei ik, 'want hij is een imbeciel.'

'Nou nou,' zei Greg. Maar hij ontweek mijn blik. Een van de andere keren dat Ron zich had onderscheiden was toen hij het achterlicht van een auto had kapotgemaakt om hem te kunnen volgen. De oen! Waarom de wet overtreden? Je koopt gewoon een reflecterende strook bij Halfords en plakt die op de achterbumper. Het zijn van die kleine plastic strips, dubbelzijdig, je plakt hem op en loopt door, twee seconden. Hij weerkaatst het licht van je koplampen en aangezien hij onder de achterklep zit, ziet niemand het.

'Je plaats,' zei Greg, 'blijft die twee weken open. Zoals ik al zei: gebruik die tijd om na te denken over wat dit werk inhoudt en of je bereid bent te geven wat er gevraagd wordt. Ik zeg niet dat je je in bochten moet wringen. Meer... *flexibel.* Ik betaal je niet om tegen me te liegen. Ik verwacht niet dat je mijn tijd verspilt. Als je problemen hebt met je opdrachten, zeg het dan.'

'Ik heb geen problemen met mijn opdrachten, ik had een probleem met déze opdracht. Heb je Charlies moeder gezien? Ziet ze eruit alsof ze in weelde baadt? Haar ex betaalt geen cent, wed ik, en nu wil hij minder dan niets betalen. Ik kan gewoon... wat moet dat jongetje missen vanwege ons? Je hebt altijd gezegd, Greg, dat wij een verschil maken. Maar als het het verkéérde verschil is?'

'Ik vlei me met de gedachte dat onze bedoelingen goed zijn,' zei Greg. 'Ik vlei me met de gedachte dat ik meedogenloos meelevend ben.'

Ik wilde zeggen dat hij inderdaad meelevend was, maar ik wist dat hij het niet zou willen horen. Greg was een man die zijn tijd besteedde aan het oplossen van andermans problemen. Op een keer hadden de grootouders van een peuter de voogdij gevraagd omdat haar ouders 'onbekwaam' waren. Greg moest de eerste lading papieren afleveren, de ouders in kennis stellen. Omdat er altijd een tweede lading is, kun je geen vijanden maken. Greg had zich een weg gebaand over een 'tuinpad' vol rottend vuilnis en hondenpoep. Hij was naar binnen gegaan en daar was een kind van drie met maden in haar arm. Ze had haar armen naar hem uitgestrekt, hij had gezegd dat ze ogen als schoteltjes had. Hij kon haar niet aanraken, hij zou alles verpest hebben. Hij had weg moeten gaan. Ik zat in de auto te wachten. Hij had de sociale dienst gebeld en gezegd dat ze erheen moesten gaan, nú. De loonslaaf aan de andere kant van de lijn had geprobeerd hem duidelijk te maken dat ze naar huis ging. Greg had haar overgehaald; hij beefde. Het liep goed af. De grootouders kregen het kind. Ze waren 'keihard', zei Greg, maar ze hielden van haar, ze zouden hun best doen. Desondanks wist ik dat hij nog altijd nachtmerries had over dat kind. Je zag het aan hem, hij proefde die klus nog steeds. Ik wist dat het iets voor hem betekende dat hij zijn steentje had bijgedragen om dat kind daar weg te krijgen. Ik wist ook dat onschokbare, onbeefbare Greg geschokt was, gebeefd had omdat dat kind woonde in een rijtjeshuis in een grote stad, omdat buren gezien moesten hebben hoe ze eraan toe was en dat niemand iets had gedáán. We waren teruggegaan naar de zaak en Greg had zich opgesloten in zijn kantoor. Maar onder geen beding mocht ík emotioneel betrokken raken bij een zaak.

Ik zuchtte en begon mijn bureau op te ruimen.

'Luister je eigenlijk wel? Ik wil dat je die tijd benut om na te denken. Denk na over wie je bent, Hannah. Niet iedereen is hier geschikt voor. Jij was dat vroeger wel, maar mensen veranderen. Anderzijds, er zijn verschillende manieren om het werk te benaderen. Ik persoonlijk vind dat je in deze branche de wet Bescherming Persoonsgegevens bijna onmogelijk níét kunt breken. Maar ik ken genoeg privé-detectives die zo rechtlijnig zijn als maar kan. En misschien ben jij er zo een, Hannah. Maar misschien ook ben je helemaal geen privé-detective. Misschien vind je het prettig om klakkeloos aan te nemen wat je ziet. Misschien is de waarheid iets wat je naar je hand kunt zetten. Misschien, Hannah, is *advocaat* je ware roeping.'

Het was nergens voor nodig dat hij me beledigde.

Ik pakte mijn mobiel van mijn bureau en probeerde me geen loser te voelen. Het hielp zelfs niet dat mijn mobiel zilverkleurig was en zo klein als een lucifersdoosje. (Ik had een nieuwe aangeschaft nadat ik die van Jack had gezien.) Ik was het meisje met de nieuwste snufjes, de kleinste telefoon, de grootste tv. En toch voelde ik me het meisje met de grootste telefoon, de kleinste tv. Ik voelde me alsof iedereen áánnam dat ik een grote, zware mobiele telefoon had. Gabrielle had iets dergelijks. Jarenlang had iedereen gedacht dat ze vegetarisch was. Als vraatzuchtig vleeseter (ze gebruikte het Atkins-dieet als een bus: in, uit, in, uit) vond ze het beledigend. Je kunt veel over jezelf te weten komen uit wat mensen van je denken – daarom vraag ik het ook nooit. Jason, toen we elkaar pas kenden, nam aan dat ik een meisje was dat haar auto nooit vulde met benzine, dat ik het rode lampje negeerde tot het voertuig het op straat begaf. Ik snapte waar het vandaan kwam, maar in werkelijkheid heb ik een obsessie voor een volle tank. Het hoort bij het werk, een beetje padvinder zijn, op alles voorbereid. Contant geld, creditcards, volle tank, tas met een ander jack. Je weet nooit wat het doelwit doet. Ik was toen blij met mijn werk, dat het me mysterieus en onvoorspelbaar maakte.

Fluitend verliet ik Hound Dog. Greg zou me niet als een meid zien janken. Maar ik klemde mijn tanden zo stevig op elkaar dat het me verbaasde dat ze niet afbrokkelden in mijn mond. Mijn werk was mijn *identiteit*. Zonder dat was ik een grote telefoon, kleine tv-meisje – ik voelde me blootgesteld, naakt, zoals zo'n haarloze kat. Het was afgrijselijk.

Ik kwam thuis en smeet de deur dicht. Ik wilde niemand zien. Ik dacht erover Jack te bellen, maar ik kon het niet. Ik voelde me geen aantrekkelijk persoon. Presentatie is alles, zelfs als je een blik bonen probeert te verkopen. Ik zat op mijn sofa, zette de tv niet aan, staarde slechts naar zijn zwijgende, grijze gezicht.

Wat moest ik twee weken lang beginnen? Een gedwongen, ongesalarieerde werkonderbreking brengt je niet in vakantiestemming, zelfs niets als je 's middags films kunt kijken.

Ik belde mijn vader.

'Suikermeloen! Hoe is het met je?'

'Ik heb me weleens beter gevoeld, Roger.'

Ik zweeg. Daar zat ik dan, niet meer verloofd met Jason, het zwarte schaap van de familie (ik vermoedde dat, als ik mezelf niet opdrong aan Gabrielle, mijn moeder of mijn vader, de kans groot was dat ik nooit meer iets van ze zou horen), ontslagen, doordrenkt van spijt dat ik mijn oma niet had bezocht voordat ze stierf, ontzet dat Ollie weg was bij Gabrielle – en mijn vader had niet gebeld. Hij was niet zoals sommige mannen. Hij kon in een sociale situatie heel goed de telefoon pakken en bábbelen.

'Lieverd, het spijt me verschrikkelijk dat ik geen contact heb opgenomen, ik heb geen minuut voor mezelf gehad – ik ben voortdurend op kantoor geweest om drama's bij te leggen en een écht drama te organiseren – de productie *Separate Tables* van Inimitable Theatre gaat woensdagavond in première! Maar ik ben in gedachten bij je geweest. Martine heeft zich als onze persoonlijke bemiddelaar opgeworpen en hoera dat je Jason de bons hebt gegeven, hij zou je een ellendig leven hebben bezorgd. Die knaap was te... *onnadenkend*.'

'Ik wist niet dat het stuk nog steeds doorging,' zei ik. 'Nu oma dood is, ik zonder werk zit – ja, ik kreeg het vandaag te horen – Ollie die weggaat bij Gabrielle – wist je dat? – mijn verloving aangekondigd in de pers en dezelfde dag weer verbroken, zodat ik het gesprek van de dag ben – iedereen in de familie lijkt het te begeven, dus het verbaast me dat er nog tijd is voor het stuk.'

Mijn hart ramde mijn borstkas. Ik had nooit zo tegen mijn vader gesproken, het grensde aan grofheid en was nooit eerder vertoond. Ik zette me schrap voor een uitbrander.

Maar mijn vader zei: 'O, Hannah,' met een diepe, warme stem. 'Arme schat. Laat ik je één ding zeggen: niemand lacht je uit. Iedereen vindt het heel erg dat het huwelijk niet doorgaat.'

Vergeef me mijn cynisme, maar ik krulde mijn onderlip. Er is een rood minibusje dat rondscheurt over de met bomen omzoomde straten van The Suburb om her en der Filippijnse dienstmeisjes af te zetten en toen de buurvrouw een hartinfarct had en haar zoon de ziekenwagen belde, tóéterde dat busje omdat de ziekenauto de weg versperde. En dat nadat de chauffeur en zijn passagiers hadden toegekeken terwijl de ziekenbroeders de vrouw languit op een brancard uit het huis hadden gedragen, als een meute Romeinen die toekijkt hoe een leeuw een christen opvreet.

Ik betwijfelde of The Suburb het erg vond dat mijn huwelijk niet doorging. Dat zei ik ook.

'O, Hannah,' zei Roger voor de derde keer. 'Ik weet wat je nodig hebt. Je hebt een traktátie nodig!'

Ik spitste mijn oren. Hoewel ik geen vijf ben.

'Wat jij nodig hebt, lieverd, is een chic diner in een chic restaurant in chique kleren! Ik zal de generale repetitie onmiddellijk moeten verlaten, maar barst maar! Mijn dochter gaat voor. Ik ken een geknipte gelegenheid, met Michelin-sterren, ik zal opbellen, mijn diepste stem opzetten en de naam Rockefeller noemen, eens kijken of ze me een tafel durven weigeren. Ik haal je om halfnegen op. En nu, kop op en beste jurk! Doeidoei.'

Sommige mensen spotten met weidse gebaren. Ik vind het 'weids' belangrijker dan het 'gebaar'. In elk geval, ik moest mijn vader een netelige vraag stellen en – afgezien van het vragen midden in de nor, omringd door smerissen – een chic restaurant waar niemand zijn stem of hand kon verheffen, was de volmaakte plaats.

32

Ik zal niet ontkennen dat ik me soms erger aan mezelf, maar anderen zijn nog irritanter. Zelfs mensen die ik aardig vind. Ik heb een hoge dunk van Gabrielle, maar zelfs zij heeft gewoonten waar ik buikpijn van krijg. Haar eindeloze commentaar op andermans eetgewoonten bijvoorbeeld. Ze zag eens hoe ik een hoop pasta met kaassaus naar binnen werkte en zei: 'Je eet een heleboel wit voedsel.' Ik denk dat ze liever had gehad dat ik de straat op ging om een antilope te spietsen.

Jason irriteerde me op miljoenen manieren, onder meer door zijn voeten niet op te tillen als hij liep, of door 'onvervalst' te antwoorden wanneer de caissière bij de bank vroeg hoe hij zijn geld wilde hebben. Ollie door mijn flat binnen te komen en een souvenir in het toilet achter te laten, waarvan Jason dan aannam dat-ie van mij was en hysterisch werd. ('Ik werk hem niet weg, we zullen een loodgieter moeten bellen,' enzovoort). Martine door luidruchtig lucht op te snuiven om haar neus schoon te maken en te denken dat dat sociaal acceptabel was. Greg zijn gebruik in het openbaar van tandenstokers (zou hij flóssen in een restaurant?). Mijn moeder... dat weet je. Maar mijn vader was volmaakt.

Tot nu toe. Hij stond wat wankel op zijn voetstuk, wiebelde af en toe. Hij had zichzelf elke keer weer opgericht, maar het had mijn vertrouwen een knauw gegeven. Ik was overgevoelig voor elk woord van hem, alert op elke mogelijke onjuiste beoordeling. Ik had hem deze avond tot dusver niet betrapt. Hij arriveerde op tijd in zijn zwarte Volvo C70 ('een van de veiligste cabriolets ter wereld'), hield alle deuren open, maakte een positieve opmerking over mijn kapsel. En het restaurant, toen we het bereikten, was heel bijzonder. Geen plek waar ik zou gaan eten als ik honger had, maar het was een geweldige ervaring.

We werden begroet door een zwerm gekostumeerde mannen en vrouwen die onophoudelijk glimlachten en met elkaar wedijverden om ons verversingen, stoelen, wijnkaarten, menu's, toast, een cocktailglas met bleek schuim met 'de complimenten van de kok' aan te bieden. Ik was bang dat hij erin gespuugd had, maar Roger vertelde dat het *espumantee duh Pimms* was – prik me niet vast op de spelling – en dronk de zijne met een rietje.

De eetzaal was wit, met ramen van vloer tot plafond, als een kas. We keken uit over wat een vijver leek te zijn, maar van dichtbij bleek hij zo diep als een regenplas. Er dreven vlamvormige lampjes op. 'Een vuur-en-water-moow-tief,' zou Jack hebben gezegd, met een bekakt accent, spottend. Leuk, of klef, al naargelang. Engeland worstelde nog altijd met de hitte en ik vond het fijn dat deze plek vreedzaam mediterraan was, alsof hij ervoor was geschapen.

Het eten werd opgediend als kunst. Het was verrukkelijk maar weinig en ik moest elke gang aanvullen met brood. Mijn vader zuchtte en leunde achterover in zijn Papa Beer-leunstoel. Ik zat op een muurbank en mijn voeten kwamen niet aan de grond. Ik zwaaide ermee, als een klein meisje, en roerde met het rietje in mijn chocolade-milkshake. Ik pepte mezelf op om te spreken en dacht dat zoveel mogelijk suiker in mijn lichaam proppen de beste manier was.

(Ook een van Gabrielles opmerkingen: 'Je bent verslááfd aan suiker!' Gezegd terwijl ze op haar vingers aftelde wat ik die dag had gegeten: 'Rijstvlokken! Witbrood met honing en pindakaas! Gebakken aardappelen! Cola! In honing gebrande pinda's! Witte bonen! Dadels! Appelsap! Een Lion-reep! Pasta! Mascarpone-saus! Koffie met room en twee klontjes! Cola! Appeltaart! Roomijs met een wafel!' Zelf was ik aangenaam verrast geweest over mijn evenwichtige dieet.)

Mijn vader weigerde ervan te schrikken dat Ollie weg was bij Gabrielle. 'Een storm in een glas water,' zei hij, twee keer. 'Ze leggen het wel bij. Bemoei je nooit met andermans huwelijk.'

Toen had hij zijn mond afgeveegd met zijn servet, om duidelijk te maken dat dit onderwerp afgehandeld was. Ik had willen zeggen: 'Ja, maar we weten zelfs niet waar Ollie ís; maak je je geen zorgen?', maar ik zag ervan af. Als hij er niet over wilde praten, ook goed. Ik zou zijn zorg opofferen voor een andere, meer dringende. Ik zette me al schrap voor de milkshake en de crème brûlée die mijn aderen plakkerig zouden maken van de glucose toen Roger me voor was.

'Zo,' zei hij. 'Nu Jason buiten beeld is, neem ik aan dat je met Jack naar het stuk zult willen komen.'

Ik slikte. Ik verbeeldde me dit niet. Ik keek mijn vader over de tafel heen aan. Het was kenmerkend voor de kwaliteit van dit restaurant dat er geen kaars midden op tafel stond die als een fakkel in je ogen scheen.

'Waarom ben je zo pro-Jack?'

De vraag ontschoot me, zomaar. Ik had hem willen verzachten met 'zeg eens' of 'mag ik vragen', maar zo werkte dat nooit bij mij.

Als dit een film was geweest en mijn vader de slechterik, dan zou de camera ingezoomd zijn op zijn gezicht, waar een spier in zijn wang zich zou spannen en zijn woede en onbehagen zou verraden. Ik heb het altijd een goedkope truc gevonden – ik bedoel, welke klunzige acteur kan zijn kaken niet op elkaar klemmen? Ze zijn er allemaal meesters in bij *Inimitable Theatre*. Let wel, mijn vaders kaak bleef ongeklemd.

Hij zei: 'Ik denk dat hij goed voor je zou zijn, Hannah. Meer niet. Ik wil je met de juiste persoon zien.'

Het frustreerde me dat hij me met welke persoon dan ook wilde zien. Ik had een afkeer van de universele gewoonte – een gemeenschappelijk kenmerk van elke oude bemoeial met een vage bloedband – om zich te bemoeien met het liefdesleven van hun jongere verwanten. Ik kon de gedachte niet van me af zetten dat ze plannen maakten voor mijn vagina, op zoek waren naar geschikte penissen ervoor. Dat was toch zeker een privé-aangelegenheid waarmee niemand iets te maken had? Dat was de reden waarom ik geen voldoende had gehaald voor Engels: ik vond Jane Austen nagenoeg pornografie.

Maar vagina's waren nu niet mijn eerste zorg.

'Juist,' zei ik. 'Je wilt wel erg graag dat hij naar het stuk komt kijken.'

'Nou en of,' zei mijn vader met een brede glimlach. 'Het leek me leuk als je iemand zou meebrengen en Jack kent de hele familie. Het zou heel relaxed zijn, heel cool.'

Ik wou dat hij geen woorden zoals 'cool' gebruikte. Zelfs ík was te oud om woorden zoals 'cool' te gebruiken.

En toen de genadeslag. 'Papa. Wist je dat Jack agent is voor acteurs? Een heel geslaagde agent?'

Ik klemde me vast aan de zitting alsof ik op een rotsrichel zat. Het had gekund, zo bonsde mijn hart.

'Nééééé!' zei mijn vader. En toen, op gekwetste en geschokte toon: 'Ha-nnah! Je dacht toch niet...' En toen, berispend maar vol genegenheid: 'Nou, hoe lang ken je me al?' En toen: streng maar begripvol: 'Je hebt een moeilijke tijd achter de rug, bent door een heleboel mensen in de steek gelaten: Jason, je baas, je moeder...'

'Nou, eerlijk gezegd, mama is geweldig geweest, ik denk dat het zout in het gehaktbrood...'

'Mmmmaakt niet uit. Ik zeg alleen maar: je vertrouwen in de mensen om je heen is begrijpelijkerwijs geschokt, maar ik moet zeggen, ik sta versteld van je bijzonder beledigende suggestie dat ik ooit zo diep zou kunnen, zou willen zinken dat ik mijn bloedeigen dochter zou gebruiken om mijn dwaze acteurscarrière te promoten – het is niet eens een carrière, het is een hobby, verstrooiing, een vlucht – als ik zelfs maar één picoseconde had gedacht dat je fantasie zo'n verwrongen, gemene vlucht zou nemen, zou ik het nooit maar dan ook nooit hebben voorgesteld, sterker nog, ik sta erop dat je Jack níét meebrengt, ik zou het niet kunnen verdragen als je zelfs maar een schijn van achterdocht zou koesteren dat ik je had overgehaald om hem mee te brengen om mijn eigen egoïstische doeleinden na te streven, dus, Hannah, liefje, zwéér je dat je Jack Forrester in géén geval mee zult brengen om te zien hoe je oude vader zich aanstaande woensdagavond om zeven uur in de schoolaula voor joker zet op het toneel?'

Ik brak bijna van schuldgevoel.

'Papa,' zei ik, 'ik breng Jack mee naar dat verrekte stuk, einde verhaal, mijn meest onderdanige verontschuldigingen en laten we dit gesprek vergeten, laten we het uit onze herinnering schrapen als, eh, modder van onze schoenen. Pardon, of ik koffie wil? Wat doe jij, Roger? Cafeïnevrij, graag, alleen als het cafeïnevrij is.'

Het probleem met mij, realiseerde ik me meteen toen de woorden mijn mond verlieten, was dat ik alles zou doen om mijn vader te plezieren. Het was pathologisch, al was de suikerstoot medeschuldig. Zelfs als ik dácht dat Roger me irriteerde, was die diepere behoefte sterker dan mijn irritatie. Ik walgde van mezelf, als een tot inkeer gekomen alcoholist die stiekem een slok whisky achteroverslaat. Ik had mijn vader net zo goed aanspraak op de troon kunnen beloven.

Maar... ik wilde Jack spreken. Zijn laatste woorden tegen me in het theater rolden als knikkers door mijn hoofd. *Ik zou altijd voor je gezorgd hebben, als je me de kans had gegeven.*

Ik begon te beseffen dat Jack zijn gevoelens zo goed afschermde dat bijna elke emotie verborgen werd achter een schild van mogelijkheden.

Je kon er nooit zeker van zijn wat hij bedoelde, tenzij jíj een risico nam.

De volgende ochtend dacht ik erover en dacht ik erover en rende kokhalzend naar het toilet en toen belde ik Jack, op kantoor. Ik bedacht dat, als hij 'hoe is het me je' zou vragen, ik misschien 'vrijgezel' zou kunnen antwoorden.

Hoe een man voorgoed af te stoten.

Zijn secretaresse nam op, met het air van een portier. 'Met het kantoor van Jack Forrester? Kan ik u van dienst zijn?'

'Ja, graag. Met Hannah Lovekin. Ik zou hem willen spreken, is hij te bereiken?'

'Mag ik vragen waar het over gaat?'

'Ik ben zijn ex.'

'O! Sorry. Ik dacht dat je een acteur was die een zaakwaarnemer zoekt. Momentje, ik verbind je door.'

Na lang wachten kwam Jack aan de lijn. 'We kunnen elkaar beter niet spreken.'

Ik kneep mijn lippen op elkaar om een zucht van verlichting binnen te houden. 'Jack,' zei ik. Ik hield van de klank van zijn naam in mijn mond. 'Ik wilde je laten weten dat ik mijn verloving met Jason heb verbroken.' Ik zweeg. Wachtte. Stilte.

Ik sloot even mijn ogen en voegde eraan toe: 'En ik denk echt dat veel van wat je zei in het theater, dat ik... bang ben voor intimiteit... dat is waarschijnlijk wel zo. Zo, eh, goed opgemerkt.'

Ik zweeg. Niets.

'Luister. Ik vroeg me af of ik je zou kunnen spreken. Waar je maar wilt. Wanneer je maar wilt. Ik heb momenteel geen werk. Later op de dag, misschien?'

'Hannah. Ik weet het niet.'

'Alsjeblieft.'

'Ik heb het druk.'

'Nou, misschien zou ik je op je kantoor kunnen ontmoeten, na werktijd.'

'Wat, naar mijn kantoor komen?'

'Ja.'

'Je zult moeten wachten.'

'Prima.'

'Hannah, je hebt geloof ik het idee dat sommige mannen gewoon terugveren in hun oude vorm, dat ze immuun zijn voor pijn.'

'O! Ik denk niet dat ik dat denk! Ik hoop dat ik dat niet denk, ik weet niet of ik er ooit over heb nagedacht.'

'Dat kun je beter wel doen.'

'Jack!'

'Ja?'

'Dan kom ik naar je kantoor, vanavond om, zeg, zeven uur.'

'Wat?'

'Alsjeblieft!'

'Jezus, oké.'

Ik veegde onmiddellijk daarna mijn lippenstift af; ik voelde me leeg. Het had me veel moeite gekost om hem te bellen en dat wist hij. Desondanks had hij me geen zíér gegeven. Maar toch. Je kunt, neem ik aan, niet verwachten dat iedere ontmoeting smeult.

Precies acht uur later zat ik in de hoek van Jacks kantoor op een harde stoel te kijken terwijl hij werkte. Tussen ons stond een massief eikenhouten bureau. Hij had één woord tegen me gezegd ('Hallo') tussen een reeks eindeloze en onbegrijpelijke telefoongesprekken.

'Nou, als ik je zóú aannemen, zou ik je zo snel mogelijk uit de soap halen. En geen pers of publiciteit. En geen gedonderjaag meer in korte rok voor Click om drie uur in de nacht. Een derde reeks? Afwijzen. Je kunt niet bang zijn om het af te wijzen. Het is erg moeilijk om werk te vinden voor mensen die uit soaps komen. Snobisme, lieverd. Jij je zin. Het zal moeilijk worden een auditie voor je te regelen voor pakweg een Shakespeare-film, maar dat is de doelstelling. Het Donmar, met een goede regisseur. Alles met Sam Mendes. Een combinatie van film en goed toneel. Eénmalig tv als het goed is. Idealiter een stugge meid in *Pride and Prejudice*, wat dan ook. Iets briljants in het National. We moeten het evenwicht bewaren, de deur openhouden. Denk erover na, we praten nog, mmhmm. Doeg.'

'Venetië? Die specificatie is binnen. Morgen om tien uur schikt je? We bespreken welke rollen we zullen voorstellen. Ja, twee hoofdrollen, geen figuratie. Ik denk dat ze hiervoor naar echte Ierse cliënten zoeken. Tilly leest het manuscript vanavond. Waar ben je? Jammer. Hij keek waarschijnlijk door het gordijn waar je was. Tot ziens dan, doeg.'

'Wat? Ik weet het. We zijn getipt. *New of the World*. Ze hebben het citaat. Alles wat nodig is is medewerking. *Ik* niet, ik zeg nooit een woord. Verbond met de duivel. Ik kan alleen maar zeggen dat het niet groots is. Oké.'

'Lucien? Typisch. Heeft maandenlang niet gewerkt en krijgt dan twee dingen tegelijk. Ik heb *Vanity Fair* gesproken. Nee. Moet dinsdag in Gloucester zijn, dat is de enige dag dat ze de windmolen hebben. Terence. Hij staat tegenover hem. Donderdag in Praag, moet per se, Terence kan op geen andere dag. Andere windmolens? Ik zal Tilly erop af sturen. Goed, doeg.'

'Clara, lieverd? Jack. Zit je? Het is voor de bakker. Ja! Ik weet het! Legaal gecontracteerd. Drankjes ergens sterachtigs, het is een áfspraak. Helemaal niet, jíj goed gedaan. Als je talent hebt veranderen dingen. Ik heb je gegevens doorgespeeld aan de productie. Kostuums belt je morgen. De productie-assistent heeft het kantoor al gebeld, om te vragen waar ze het laatste concept naartoe moeten sturen. Het wordt meteen morgenvroeg naar de flat gebracht. Ik weet het, heel opwindend. Slaap lekker, lieverd, dikke kus.'

Na dit speciale telefoontje snoof ik luidruchtig en keek chagrijnig. Jack keek op zijn horloge. 'Lieverd,' zei hij, 'wring je niet in allerlei bochten voor mij. Ik gooi mijn leven niet om omdat jouw Overpeinzing voor Vandaag betrekking heeft op mij. Morgen ben je waarschijnlijk weer bij Jason.'

Ik was verontwaardigd. 'Geen sprake van!'

Jack stond op. 'Nee, geen sprake van. Dat was niet eerlijk. Sorry.'

'Huh,' zei ik

'Ach, Hannah,' zei hij terwijl hij zijn jas pakte. 'Het spijt me echt. Ik ben ook... gespannen. Om een zinvolle relatie met iemand te hebben, moet je vertrouwen.'

Goeie god, dacht ik, daar is het eindelijk, zo lang verwacht als een koninklijke baby. De erkenning van feilbaarheid. Eindelijk begint het Jack te dagen dat anderen het misschien fout doen, maar dat Jack niet vertrouwt en dus is Jack niet volmaakt.

'Je vertrouwt mij niet, je vertrouwt jezelf niet, je vertrouwt niemand. Er is weinig veranderd in tien jaar. En nu dat uitgepraat is en we elkaar begrijpen, heb je zin om uit eten te gaan?'

33

Ik kon niet '*Wat?*' zeggen zonder bekrompen te klinken. We gingen uit eten, wat verdomd welopgevoed was, onze laatste ontmoeting in aanmerking genomen. Ik moest er tevreden mee zijn. Ik wist ook waar we zouden gaan eten. Fred's Books.

Fred's Books was, verrassing, een boekhandel die eigendom was van een zekere Fred. Er was een eethuis aan verbonden dat prat ging op worst en puree, vispastei en broodpudding. Er waren ook purperen, zachte banken waarop je je kon terugtrekken met je aankoop en een beker warme chocolademelk.

Toen we elkaar pas kenden waren Jack en ik er vaak naartoe gegaan. Het had een blije uitstraling. Fred was dik, nichterig en hield van boeken. Hij zei dat veel boekhandelaars net zo goed spruitjes konden verkopen, als je zag hoeveel belangstelling ze hadden voor wat ze deden. Fred behandelde zijn boekhandel als een verlengstuk van zijn huis. Hij praatte graag met iedereen over boeken. Hij organiseerde voorleesavonden. Hij prees wat hij mooi vond, hij was geen snob. Hij snoof niet toen ik zei dat ik van spookverhalen hou. Toen een schrijver voorstelde dat er een aparte bestsellerlijst moest komen voor kinderboeken, aangezien J.K. Rowling de toptien domineerde, zei Fred: 'Wat denk je van een afzonderlijke lijst voor John Grisham? Die krijgt meer dan zijn portie.'

Het had iets van rondhangen in het huis van je autoritaire oom. Ik was er een hele tijd niet geweest. Ik hoopte dat het Jack zou doordrenken van een rozige gloed van nostalgie.

Ik weet het niet. Ik denk dat ik gewoon wilde dat hij me aardig vond.

'Ik weet het,' zei ik. 'Laten we naar Fred gaan.'

Ik verwachtte dat Jack '*Fred!*' zou zeggen, maar hij zei: 'Wie?'

'Fred's Books,' zei ik. 'Je weet wel. Bij Golders Green.'

Als Jack het nog wist, zei hij het niet. 'Dat is wat ver uit de buurt, niet? Zou het geopend zijn?'

'Het is elke avond tot elf uur open,' zei ik quasi-onaangedaan.

Jack haalde zijn schouders op. 'Vooruit dan maar.'

Ik smoorde een zucht en keek hoe hij reed. Hij was een goede chauffeur. Zijn auto was een beetje een visitekaartje. Een rode Audi met wulpse rondingen. Ik voelde dat mijn Vauxhall, een waardige, grijze, oude dame, hem ordinair zou vinden. Hij had niets gezegd over mijn uiterlijk, dat, eerlijk gezegd, schitterend was (vergeleken met hoe het gewoonlijk was). De St Tropez had me moed gegeven om echt zonlicht te trotseren en ik had een beetje een *teint*. Mijn haar glansde, als van een paard, en ik droeg zwarte schoenen met sleehakken en linten rond mijn enkels en mijn vingernagels waren niet afgekloven of smerig. Misschien zou Jack het niet hebben gemerkt als ik met afgehakt hoofd was komen opdagen.

Ik wilde dat hij me bewonderde. Nee. Meer dan dat, dacht ik blozend. Ik wilde dat hij me wílde. Ik zou de moeite moeten nemen om betoverend te zijn.

Ik wist niet goed hoe of waar te beginnen. Ik probeerde aan Sophia Loren te denken en aan hoe ze acteerde in haar films, maar ik kon me er niet één herinneren. Het enige wat ik kon bedenken, een aanklacht jegens ons allemaal, was *niets zeggen*. Ik deed mijn benen bij elkaar in plaats van ze als een stratenmaker open te laten hangen, en keek cool uit het raam. Toen werd ik me bewust van een beweging op mijn schouder. Ik keek omlaag en gilde.

'Verdomme!' riep Jack. 'Wat is er?'

'Getsie, getsie, o god, het was een vlieg! Op mijn schouder!'

'Een vlíég?'

'Jesses,' zei ik rillend. Een afgrijselijke, luie, vette fruitvlieg zat als een papegaai op mijn schouder. Nu, dankzij mijn ninja-borstelen- en -stampentechniek lag hij verpletterd en dood op de vloermat van de Audi. Jack grinnikte. Ik keek hem vuil aan.

'Ik ben niet bang voor vliegen,' zei ik.

'Natuurlijk niet.'

'Het was de schok. Hij zát daar maar, net een griezelfilm,' zei ik. 'Het stoort, een vlieg op je schouder.'

Ik rilde opnieuw. Ik heb de pest aan vliegen. Ik heb er de pest aan zoals ze je huis binnendringen en over je eten kruipen, nadat ze over hondenpoep hebben gekropen. Ik wist ook dat gillen omdat er een vlieg op je schouder zat niet betoverend was. Niemand deed dat om een man aan te trekken. Ik probeerde me te richten op Sophia Loren. Ik had hondenpoep aangekund.

Jack giechelde.

Het keek hem boos aan. 'Hij zat in jóúw auto,' zei ik.

We gingen naar binnen bij Fred en ik klaarde op, wierp een zijdelingse blik op Jack of het hem verraste. Hij glimlachte naar me, zoals je zou kunnen glimlachen naar iemand aan wie je geen hekel hebt.

Ik marcheerde naar een hoektafel, de hoektafel waar we altijd zaten. Jack schoof een stoel voor me achteruit en ging zitten. Ik vroeg me af of hij onlangs een telefoonboek op zijn hoofd had gekregen – misschien leed hij aan geheugenverlies.

Toen pakte hij de menukaart, bekeek hem en zei: 'Warme chocolademelk met extra cacao, vers geperst sinaasappelsap en krentenbrood met boter en jam voor Truttebol?'

Mijn hart deed báf in mijn borstkas, als een bokshandschoen.

Ik rukte het menu uit zijn hand, wierp er een vluchtige blik op en zei: 'Twee zachtgekookte eieren met, mm, soldaatjes van toast voor Mafkikker?'

Jack lachte en ik lachte mee. 'Zeg dat niet,' zei hij, 'alsof het een speciaal verzoek van me voor mijn vijfde verjaardag is. Zo staat het op het menu: "soldaatjes van toast".'

'Ja, maar je had kunnen zeggen: "Vind je het erg als ik mijn toast zélf snij? Ik ben nu groot genoeg".'

Jack trok een pruillip. 'Het is fijn als je toast voor je gesneden wordt. Mensen komen hier voor de jeugd die ze nooit hebben gehad. Je weet wel, dingen die mama nooit maakte.'

Ik glimlachte. Dit begon erop te lijken. Plagen, kletsen, echte gesprekken, nu werden we...

'Hannah? Hannah Lovekin?'

Ik keek op, klaar om agressief te doen, en zag een bepoederde oude dame die naar me glimlachte.

'Eh, ja.'

'Ik wíst het wel!' riep de oude dame. 'Ik ben Millie Blask, je oude Bruine Uil.'

Ik probeerde mijn geschokte gezicht in een uitdrukking van blijdschap te arrangeren. 'Bruine Uil!' zei ik. 'Hoe maakt u het?'

Schuldgevoel kleurde mijn gezicht roze, ik voelde het. Toen ik bij de Kabouters was gingen we aan het eind van elke bijeenkomst in een kring staan en dan kneep Bruine Uil in de hand van een van de meisjes naast haar. Op die manier werd 'De Kneep' van hand tot hand doorgegeven tot Bruine Uil 'Stop!' zei. Daarna nam degene die 'De Kneep' had hem mee naar huis en voedde hem met goede daden, anders zou hij 'verschrompelen en doodgaan'. Een paar keer had een Kabouter vergeten dat ze De Kneep had. 'Eh... ik heb mijn jas opgehangen,' stamelde ze dan de daaropvolgende week. 'Ik... eh... heb mijn bord naar het aanrecht gebracht.' 'Nou,' zei Bruine Uil dan pinnig. 'De Kneep is gevoed met water en brood!' Ze moest eens weten. De Kneep was al jaren geleden verschrompeld en doodgegaan toen ik hem mee naar huis had gesleept en zeven dagen lang niets had gedaan wat niet honderd procent egoïstisch was. De Kabouters hadden geprobeerd een lijk tot leven te wekken.

'Heel goed, dankjewel,' zei Bruine Uil. 'Mijn zoon is lid van de Inimitable Theatre Company, dus ik hoor af en toe iets over je.'

'O, van mijn vader.'

'Van je moeder eigenlijk.'

'O. Oké, oké.'

'Nou, leuk dat ik je weer eens gezien heb, lieverd. Je was een goede Kabouter. Ik zal je terug laten gaan naar je jongeman.' Ze glimlachte naar Jack. Jack glimlachte naar haar.

'Ik vond het ook leuk, Bruine Uil,' zei ik en ging zitten. Mijn gezicht was zo rood als een biet, ik wist het zeker. Ik zeg niet dat Bruine Uil een vlieg op mijn schouder was, maar Sophia Loren was ze evenmin.

Jack grijnsde naar me, zoog zijn wangen naar binnen en bestelde onze maaltijd. Ik staakte mijn pogingen om betoverend te zijn.

'Je vader staat nog steeds op de planken?'

'Mm,' zei ik. 'Ja. Ze hebben een paar goeie acteurs. Grappig, ze hebben een première morgenavond. *Separate Tables* van Terence Rattigan.' Ik zweeg even. 'Ik ga erheen. Als je wilt kun je meegaan.'

'Wauw,' zei Jack. 'Dat kan ik niet afslaan.'

'Je hoeft niet zo minachtend te doen. Je had het altijd over mensen ontdekken op toneelscholen en bij het jeugd- en amateurtoneel.'

'Tja. Meer toneelscholen en jeugdtheater dan amateurtoneel, schatje.'

'O, hou op met dat "geschatje", Jack. Ik ben niet een van je actrices.'

'Schat,' zei Jack, zijn ogen halfdicht knijpend in een benadering van verlopen, 'ze noemen zichzelf tegenwoordig "act*eurs*", zelfs, júíst de vrouwen. En ik ben maar één keer met een actrice naar bed geweest. Nadat we uit elkaar waren gegaan.'

'O?' zei ik.

Hij grinnikte. 'Ja. Al wippend merkte ik dat ze haar hoofd een beetje opzij hield en ik realiseerde me dat er een script opengeslagen op de tafel lag en dat ze het over mijn schouder heen las.'

'O!' Ik zweeg even. 'Dus... ga je vaak met actrices naar bed?'

'Nee!' riep Jack. 'Wat zei ik net? God, ik bedoel, het zou kunnen. Volgens mijn baas is er geen actrice met wie je – beter gezegd, hij, hij is veel machtiger dan ik – niet naar bed zou kunnen gaan. Maar verdomme, het zou afschuwelijk zijn. Ze zouden dag in dag uit alleen maar over zichzelf praten. "Vind je dat ik dít zou moeten doen? Of dít?" Het neurosepeil is ongelooflijk hoog. Ik heb me één keer vergaloppeerd. Na de scheiding had ik het moeilijk. Nu doe ik alsof mijn cliënten geen seksleven hebben. Het zou net zoiets zijn als je voorstellen dat je ouders het doen.'

'O, oké.' Ik voegde er nog net niet aan toe: 'Mooi zo.'

Jack drukte zijn vork in zijn papieren servet en veroorzaakte stalen tandafdrukken. 'Ik wil niet sarcastisch doen over je vaders amateurtoneel. Alleen... ik ga al zo vaak naar het theater. Om talenten te zoeken, cliënten te zien optreden. Vorige week werkte ik me lelijk in de nesten.' Hij giechelde in zichzelf. Ik glimlachte bij de herinnering aan deze gewoonte. Hij keek me aan vanonder zijn wimpers. Zijn vertrouwde, ondeugende blik was, op de fijnst denkbare manier, als een steek in mijn borst. 'Je glipt het theater binnen voor de tweede helft, als je ermee weg kunt komen. Maar goed, het was Duncan, in *Macbeth*. Ik dacht, ik ga naar binnen na de pauze. Het was in Stratford, een heel eind rijden. Maar goed, ik kom er aan en realiseer me dat Duncan vóór de pauze wordt vermoord. Gewoonlijk kun je bluffen, maar deze cliënt is nogal... *lievig*. Dus ik begin: "Geweldige regie!" en hij zegt: "Ja, maar denk je dat ik het echt te pakken heb...? Wat vind je van de kasteelscène?". "O, ik vond alle kasteelscènes geweldig!"'

Ik lachte en schudde mijn hoofd. 'Het lijkt wel een nachtmerrie!'

Jack schudde eveneens zijn hoofd. 'Je verkoopt mensen die zich verkleden voor de kost. Het is inderdaad ridicuul. Maar wel leuk. Ik hou van al mijn cliënten.'

'Zijn er beroemde bij?'

Jack trok zijn neus op. 'Niet echt. Geen "instituten". Ik mijd beroemde cliënten. Het draait uit op discussies over wat ze in *Good Morning* moeten aantrekken. Ik zou er stapelgek van worden. "Jaaa, maar Ja-ack, vind je dat ik mijn haar moet opsteken? Of los laten hangen?" En niets is ooit goed genoeg. "Ja-ack, de handdoeken op mijn hotelkamer zijn zo ruw!" Ik kan er niet tegen. Je bent sowieso al raadsman en psychiater en zakelijk adviseur in één, maar beroemdheden behandelen je bovendien als hun bediende. Ik bedoel, íédereen is paranoïde. Ze doen pantomime in Exmouth en ze bellen op en zeggen: "Ik heb net mijn liniaal gepakt en het affiche van die en die is twáálf procent groter dan het mijne."'

'Wat?' zei ik. 'Ze meten het lettertype? Hoe ga je daarmee om?' Ik verdacht mezelf ervan lulvragen te stellen puur voor het plezier zijn mond te zien bewegen.

'Dat doe ik niet meer. Er was eens een dikke ouwe *grande dame* van de soap die wilde dat ik haar op een besloten lijst voor een première zette en ik kon het niet. Ze riep: "O, je bent verdomme nergens goed voor!" Ik zei: "Nou, jíj bent gewichtiger dan ik, bel jíj ze," en legde de hoorn neer.'

Ik trok een wenkbrauw op. 'Je zei tegen een dikke vrouw dat ze "gewichtiger" was dan jij?'

'Ik weet het. Meteen daarna realiseerde ik me hoe het klonk. Ze heeft nooit meer zo tegen me gesproken. Maar je moet direct zijn. Een ex-cliënt klaagde eens dat hij geen auditie mocht doen voor een rol die hij in zijn slaap had kunnen spelen en ik zei: "Eerlijk gezegd, ze vinden je een verschrikkelijke lul." Je kunt het niet zover laten komen dat je bang bent voor je cliënt, want dan geef je ze uiteindelijk slecht advies. Je moet' – hij grinnikte – 'ruggengraat hebben. Sommige agenten worden te klef met hun cliënten. Je moet tot steun zijn in slechte tijden, eerlijk in goede tijden. Het is in goede tijden dat mensen dreigen te ontsporen.'

Hij zweeg even. 'Het lijkt alsof ik klaag, maar ik ben er gek op. En jij? Vind je het nog steeds leuk om privé-detective te zijn?'

'Ik weet het niet,' zei ik. 'Hound Dog en ik zijn eigenlijk uit elkaar. Misschien voorgoed.'

'Waarom?'

'Ach, volgens hem deed ik mijn werk niet fatsoenlijk. Het was niet onredelijk. Er is me gezegd dat ik eens moet nadenken of ik wel toegewijd genoeg ben.'

'Daar sta ik van te kijken. Ik had het idee dat het geknipt was voor jou.'

'Waarom?'

'Nou... je observéért, nietwaar? Je bent er niet bij betrokken. Je loopt niet het risico dat je gekwetst wordt, je werk heeft niets emotioneels, het draait allemaal om feiten, toch?'

'Dat is nou net waarom mijn baan op de tocht staan. Ik raakte kennelijk te emotioneel betrokken bij een zaak.'

'Echt waar?'

'Ik vind dat het woord "emotioneel" te vaak wordt gebruikt als het over vrouwen gaat.'

Jack grinnikte. 'Spreek je uit ervaring of in het algemeen?'

'In het algemeen.'

'Ja. Dacht ik al.'

'Wat bedoel je?'

'Zoek dat zelf maar uit, Sherlock!'

Hij knipoogde naar me, wat in Jack-termen gelijk stond aan een dikke kus en ik glimlachte. Hij was dol op me en heus, dat was een goed begin, een goede basis voor... iets. En God zij gedankt voor Fred's Books; het droeg bij aan de conversatie. Ik denk dat het kwam doordat je warm was, weldoorvoed, behaaglijk – vertroeteld, eerlijk gezegd – je kreeg het gevoel dat er niets was om je zorgen over te maken, het ontspande je hersenen. Dat was niet altijd positief. Het had tot gevolg dat ik er alles uitflapte wat in me opkwam. Hebben kippen een persoonlijkheid? (Jack had nooit een kip goed genoeg gekend om het te kunnen zeggen.) Waarom is de grootste bonbon in een doos altijd vies? (Een soort gulzigheidscontrole.) Ik zou het heel leuk vinden om terug te gaan in de tijd met bijvoorbeeld en zaklamp en ermee pronken tegenover middeleeuwers. (Een záklamp? Ze doden je omdat je een heks bent – neem liever een mitrailleur en een pantserwagen mee.)

'Nou ja, misschien, Jack,' zei ik terwijl ik een krent uit mijn krentenbrood pikte, 'ben ik inderdaad een beetje emotioneel geworden, in dit ene geval. Misschien is dit de nieuwe ik en heb je het mis, ben ik echt veranderd.'

Jack hield zijn hoofd scheef en deed alsof hij nadacht. 'Nou ja, misschien, Hannah, ben je een beetje veranderd. Je lijkt in elk geval wat minder... *gespannen*.'

Ik hapte naar adem en gooide mijn servet naar hem.

Hij lachte. 'Dus waar is het morgenavond te doen? Ik ga mee, niet?'

Ik straalde. 'Geweldig! Ik ben zo blij. Het is in de oude schoolaula, in Barley Lane. Iedereen is er voor kwart voor zeven. En waag het niet na de pauze te komen.'

'Kwart voor zeven dan.' Jack had een bedachtzame blik in zijn ogen. 'Komt je, eh, hele familie?'

Ik knikte. 'Nou ja, Angela.'

'Hoe is het met Angela?'

Ik zuchtte. 'Niet best. Zij en papa zijn nog altijd bij elkaar. Meer... ruimtelijk dan emotioneel.'

'Juist. Juist. Oké. Mag ik iemand meebrengen?'

Er zat een droog, kriebelend bolletje gekauwde krent in mijn mond dat me het praten bemoeilijkte. Ik slikte het door als een boa constrictor die een rat verzwelgt. Iemand méébrengen? Wie dan? Een méísje?

Alle hoop stroomde uit me als een geest. Hij sprak nog steeds af met andere vrouwen! En... ik dacht dat we contact hadden. Die man had gezegd: 'Hoe kon je denken dat ik niet van je hield?' Wat moest ik denken? Hoewel, wettelijk gesproken was het niet hetzelfde als 'ik hou van je'. Jack was verdomme net Shakespeare: alles wat hij zei had een miljoen mogelijke betekenissen. Ik moest het onder ogen zien. Ik wilde weer met hem verder. En daar was weinig kans op. Ik had elk signaal verkeerd uitgelegd. Ik had evenveel sociaal instinct als een dysfunctionele seriemoordenaar, zo'n extravagant Amerikaans type.

'Breng mee wie je wilt,' glimlachte ik. Ik had opeens zin om te huilen, op de manier waarbij je naar adem hapt, die droge, hakkelende soort snik, waarbij alle tranen in je opgesloten blijven, waarbij het lijden van de hele wereld je borst beklemt en de pijn zo ondraaglijk is dat hij je fysiek vermorzelt en je er blij mee bent omdat je wilt sterven.

In plaats daarvan besloot ik mijn keel te schrapen.

34

Het grote voordeel van boos zijn op iemand is dat je het altijd op iemand anders kunt botvieren (wat ook de reden is waarom mijn enige ervaring met therapie geen indruk maakte. Ik realiseerde me dat, wilde therapie ooit succes hebben, je woede niet-overdraagbaar zou worden, als een cheque. Ze kon alleen worden verzilverd door de rechtmatige eigenaar. Enorm levensondermijnend). Nadat ik Jack kortaf welterusten had gewenst probeerde ik Ollies mobiel voor de tiende keer. Hij had niet opgenomen, maar nu wel en ik viel tegen hem uit.

'Waar zit je verdomme en waarom ben je verdomme niet bij je gezin?'

Ollie hing op.

Ik telde tot tien en belde toen opnieuw.

Ollie antwoordde met gekwetste stem. 'Je hebt het recht niet zo tegen me te praten, Ner. Je hebt er geen idee van hoe het geweest is. Leuk zoals je me voor honderd procent de schuld geeft; het komt niet eens in je op dat Gab misschien een kreng geweest is.'

Ik mompelde afkeurend. 'Oliver, ik vind dat je je vrouw geen "kreng" zou moeten noemen. Ik weet niet eens wat dat betékent.'

'Volgens mij weet je best wat "een kreng" is, Ner.'

'Oké, ik geef toe dat ik het weet. Het is een misselijke, seksistische benaming door een man van een vrouw wanneer ze het waagt zich te gedragen op een manier die hem niet zint.'

Ollie zuchtte door de telefoon. 'Ner,' zei hij, 'ik ben geen moeilijk mens. Maar haar humeur en haar stemmingswisselingen hebben me afgemat. Ze is onredelijk.'

'Laat mij dat maar beoordelen,' zei ik. 'In welk opzicht?'

'Oké. Wat vind je ervan dat Jude nog steeds de tiet krijgt?'

'Neem me niet kwalijk?'

'Gab geeft Jude nog steeds borstvoeding. En Jude wil alleen uit haar linkerborst drinken. Maar goed, ik weet niet in hoeverre je op de hoogte bent.'

'Ik weet van niets.'

'Mooi zo. Dus haar linkermem zit vol melk en de andere is leeg. Doordat hij er niet uit wil drinken, maakt die geen melk meer aan, aangezien er geen vraag naar is.'

'Juist ja.'

'Laatst kwam ik 's avonds thuis en ze ligt languit op bed, topless, snikkend, zo van streek dat ze niets kan zeggen. Ik dacht dat ze aangerand was. Ten slotte krijg ik uit haar wat er mis is: "Ik heb één grote mem en één kleine".'

Ik probeerde niet te lachen. 'Oliver, Gabrielle vindt haar uiterlijk heel belangrijk. En jij ook. En als je een kind hebt gekregen, zal je uiterlijk wel een opdoffer krijgen. Ik vind dat ze er prima uitziet, maar misschien heb ik niet zo goed gekeken. Je moet meer geduld hebben, Ol. Jij hebt problemen op het werk waardoor je net zo goed kortaangebonden bent.'

'Je praat alsof zíj de baby heeft gekregen.'

'O, duizend maal excuus, ben jíj van hem bevallen?'

'Zij is bevallen, wíj hebben een kind gekregen. Ze heeft het zwaar gehad, fysiek, en daar heb ik respect voor. Ik weet dat herstel tijd nodig heeft en ik heb geprobeerd haar te steunen. Maar jij praat alsof ze een alleenstaande moeder is en ik een of andere niksnut die maar wat rondhangt. Ik heb alle babydrama's samen met haar doorgemaakt, de blijdschap, de angst, de paniek, het slaaptekort, vooral de paniek en het slaaptekort. Gab spreekt haar gevoelens uit. Dat ik dat niet doe, wil nog niet zeggen dat ik ze niet heb. Ik wíl haar dingen vertellen. Zeggen dat ik het waardeer wat ze allemaal doet, dat ik begrijp dat het moeilijk is. Maar dan snauwt ze me af en zeg ik precies het tegenovergestelde.'

'Ol,' zei ik, 'sorry dat ik voor mijn beurt praatte. Ik geloof dat je gelijk hebt. Een paar dagen zonder elkaar is zo te horen goed geweest. Het belangrijkste is dat jij en Gab alle twee verbetering willen. Nu moeten jullie het erover eens zien te worden hoe.'

'Hoe weet je dat Gab verbetering wil?'

'Ik heb met haar gepraat. Jullie moeten het proberen. Ze houdt ontzettend veel van je. Zei ze.'

Stilte.

'Ol,' zei ik, 'waar ben je trouwens?'

'Bij mama en papa.'

'Wat?'

'Ja.' Ollie klonk opgelaten. 'Roger zei dat ik kon blijven logeren. Mama vond het níét leuk.'

'Hij zei dat je kon blijven logeren? Maar ik... we zijn gisteravond uit geweest, hij heeft niets gezegd.'

'Misschien wist hij dat je het niks zou vinden. Mama in elk geval niet.'

'Hoe weet je dat?'

Ollie maakte een geluid dat niet echt een lach was. 'Ze was er heel duidelijk over. Voor haar doen. Ze wilde weten wat ze moest zeggen als Gab zou bellen.'

'Ja, absoluut. Het zou lijken alsof ze partij koos. Dat was precies mijn probleem. Wat heb je gezegd?'

'Roger suste haar. Ik vond het rot, maar ik moest ergens heen.'

'Ja,' zei ik. 'Oké. Wat ben je nu van plan?'

'Misschien naar huis gaan, mijn kind en vrouw opzoeken.'

'Mag ik een voorstel doen?'

'Ga je gang.'

'Koop een grote bos bloemen en een stuk speelgoed, liefst iets wat veel herrie maakt.'

'Juist ja.'

Daags daarna, voor dag en dauw, belde ik Roger.

'Hallooo!' zei hij. 'Alles klaar voor vanavond?'

'Ik kom,' zei ik. En toen, bij wijze van test: 'Jack niet.'

'God!' riep hij. 'Waarom ben je zo'n idioot?'

De kiestoon klonk in mijn oor en ik merkte dat ik trilde. Ik wist niet wat ik moest denken. Hoe kon ik eenendertig zijn en zó dom? Niet één terrein van mijn leven kreeg momenteel krediet. Ik had altijd gedacht: ik ben in elk geval niet háár, over mijn buurvrouw, die met de Siamese kat. Ze was van middelbare leeftijd, rook vaag naar gekookte vis en had eens onthuld dat ze zichzelf beschouwde als de 'speciale mammie' van haar kat. Ze was, legde ze uit, niet de échte mammie van de kat, ze was zijn speciale mammie. Uh. Huh. Mag ik nu gaan?

De speciale mammie van de kat was een gigantisch succesverhaal vergeleken met mij.

Ik had nooit de naam gehad een 'sociaal persoon' te zijn (al geloof ik heimelijk dat niemand een 'sociaal persoon' is; sommige mensen zijn gewoon beter in het verbergen van hun misprijzen dan anderen). Het was dan ook geen wonder dat ik mijn hele adresboek tot vijand had gemaakt. Het enige echter waarin ik geacht werd goed te zijn, was mijn werk. Zoals Jack zei: mijn werk had niets emotioneels; het had alleen te maken met feiten. Emoties stonden gelijk aan proberen gelei te pakken; emoties waren hetzelfde als een essay schrijven over wat Shakespeare bedoelde. Nou, volgens zeggen bedoelde de goede man tienduizend elkaar tegensprekende dingen per pagina. Maar feiten. Feiten waren héérlijk. Twee plus twee is vier (hoewel Jack eens heeft geprobeerd dit te bestrijden). Meneer Smith vertelt mevrouw Smith dat hij in Edgeware in de file staat, maar volgens de spoorvolger die we aan zijn auto hebben bevestigd rijdt hij met honderddertig over de M11. Feiten waren mijn vrienden. Met feiten had ik geen problemen. Desondanks leek het erop dat ik dat opeens wél had.

Ik nam aan dat, als ik mezelf detective noemde, ik die merkwaardige tegenstrijdigheid moest uitzoeken.

Ik arriveerde vroeg bij de oude schoolaula, rond halfzes. Ik had eerder kunnen komen om achter de coulissen te helpen, maar ik had het niet gedaan. Niet dat het niet leuk was. Iedereen was zo opgewonden, zo energiek, zo enthousiast dat ik me schaamde. Ik dacht steeds weer: jullie doen dit allemaal vrijwillig in jullie *vrije tijd*. Ik ben zuinig op mijn tijd. Vraag me niet waarom; het is niet zo dat ik er iets mee doe. De amateurtoneelspelers ontmaskerden me. Ze werkten niet voor een goed doel, maar het stemde nederig als je zag hoe mensen zichzelf zo gaven. Ik had mama's mobiele nummer opgescharreld, met de bedoeling haar te bellen, maar ook dat had ik nagelaten. Ik had het misselijkmakende gevoel dat ik haar verkeerd had beoordeeld – misschien doordat ze haar pogingen om me te plezieren eindelijk had gestaakt. Als mensen proberen je een lol te doen, maken ze zich verdacht. Nu durfde ze te zeggen – tegen mij en anderen – dat ze vond dat ze een betere behandeling verdiende, dat ze het verdiende een stem te hebben. Ik stond er versteld van. Het was ongehoord (sorry voor de woordspeling) dat Angela mijn vader tegensprak.

Ik wilde haar zeggen dat het oké was om aan jezelf te denken (iets wat ik Bruine Uil nooit had durven vertellen). Ik begon in te zien dat Roger een beetje dominant kon zijn. Hij kon je overstemmen zonder een woord te zeggen. Hoewel ik wist dat mijn moeder haar verdriet nooit zou tonen, net zomin als ze haar slipje ooit zou tonen, wist ik zeker dat deze zwakke bries van opstandigheid het gevolg was van de dood van mijn oma. Ik wist niet wat iemand die een dierbare verloren heeft nodig heeft om zich minder verdrietig te voelen, maar ik had zo het vermoeden dat gedwongen zijn om naast je man op het toneel te verschijnen in zijn ego-orgie het niet was.

Maar daar was ze, borden met wat zo te zien vlees met jus was op een dienblad naar het achtertoneel dragend. Het was vast iets smerigs – oudbakken brood en bedorven hardgekookte eieren in uiensoep uit blik. Het was een mysterie. Als er op toneel gegeten moest worden, was het altijd ander eten dat vermomd was als het zogenaamde eten. ('Hiervoor zat ik bij de RSC, het Schotse toneel. Ik was de varkenspoot op het banket.') Waarom? Feit was dat, wat voor stinkende-bacteriënfeestmaal er ook werd opgediend, de acteurs altijd aten in plaats van te doen alsof. Ze waren ofwel schokkend hongerig of ze waren *act*-eurs. Ik knikte naar Angela en ze knikte terug, bleek en gespannen. Het feit dat ze in dit stuk optrad en dat haar moeder onlangs was overleden stelde haar niet vrij van corvee. Maar ik nam aan dat dienbladen vol eten aanslepen paste bij haar rol – Angela speelde Juffrouw Cooper, de manager van een hotel aan zee waar het stuk zich afspeelde. Ze was gekostumeerd: tamelijk lange rok, saaie dikke blouse, strak gekamde haren. Het was een verdomd tuttige rol. Ik wist niet of mijn vader haar ervoor had voorgesteld. Ze had nooit eerder geacteerd.

Mijn vader regisseerde het stuk niet alleen, hij speelde ook John Malcolm, een personage waarvan ik – na veel gesprekken met papa over zijn interpretatie, zijn keuzes – het gevoel had dat ik het beter kende dan mezelf.

Op het gevaar af dat ik de plot verraad: John, een oud-politicus, heeft een bezadigde relatie met juffrouw Cooper. Dan verschijnt zijn jonge, charmante ex-vrouw, die hem heeft opgespoord, als gast in het hotel. Ze zijn jaren geleden gescheiden – zij was 'frigide', hij was gewelddadig (maar allemaal vanwege de gefrustreerde hartstocht, en hij wás ten slotte een noorderling). Hij heeft ervoor in de bak gezeten, heeft een andere naam aangenomen en geeft zich tegenwoordig uit voor journalist. Maar goed, na veel gedoe dumpt John juffrouw Cooper en keert terug naar zijn grote liefde (degene die hij steeds sloeg).

Ik was blij dat ik Roger niet zag. Hij zou wel in de kleedkamer zijn om zich te schminken. Ik ging op de eerste rij zitten, hoewel ik er geen zin in had. De zaal was tochtig en rook naar vochtig zaagsel.

'Hoi,' zei Gabrielle terwijl ze naast me plaatsnam.

'Hallo!' Ik zocht naar sporen van verdriet.

'Oké, Ner,' zei Ollie, naast haar neerploffend.

'Leuk jullie samen te zien,' zei ik. Ze leken wat stijfjes tegen elkaar, meer niet. Gabrielle plukte aan zijn mouw, wat ik als een gunstig teken beschouwde. Zoiets als een hond die tegen een tuinhek piest. Ik weet dat het niet geweldig klinkt.

'Waar is Speenvarken?' vroeg ik.

Ze glimlachten, zoals ik wist dat ze zouden doen. Speenvarken was een van de vele koosnamen voor Jude. (Hij was net de Rode Pimpernel.) Als ik over Jude begon, in Judes afwezigheid, smolten Gab en Ollie gewoon. Hoewel, als hij in levenden lijve aanwezig was geweest, tot het bot in vingers bijtend, of met zijn hoofd op de betonnen vloer beukend (wat deze maand in zwang was) zou hun glimlach niet minder stralend zijn geweest. Ik vond het fijn dat ik hen op deze manier kon verenigen – het platonische visioen van hun eerstgeborene in al zijn zachte, mollige glorie, maakte hen poeslief tegenover elkaar. Je kon hun ingetogen blik interpreteren: wij maken goede baby's.

'Mijn moeder is monsteroppas,' zei Gab.

Ik glimlachte eveneens. Ik wilde niet dat ze zagen hoe blij ik was dat ze samen hier waren. Het was een begin.

Ik keek om me heen. Voor het geval dat. Hij zou waarschijnlijk niet de moeite nemen om te komen. O, maar er waren dingen die daar tegenop wogen. Ik zag Martine, bij de kassa, in verhit gesprek met de kaartverkoper – hij deinsde terug als een kat voor een slang. Ik zuchtte. Leunde weer achterover naast Gab.

Ze keek me aan. 'Alles goed, lieverd?'

'Ach... je weet wel.'

'Zeg niet dat je Jason mist.'

'Gód, nee!'

Gab kneep in mijn hand. 'Er is iets wat ik al veel eerder had moeten zeggen, maar niet gezegd heb. Ik ben te veel met mezelf bezig geweest. Maar ik wilde het je wel vertellen. Ik weet dat je met Speenvarken naar het park bent geweest. Niet meteen. Nadat je langsgekomen was. Het viel me op dat... je nogal... eigenwijs was. Ik was veel te scherp. Sorry.' Ze boog zich naar me toe. Haar haren geurden naar weiden en bloemen en zonneschijn. 'Je hebt enkele goede beslissingen genomen, Hannah. Echt waar. En dat betekent dat het beter zal gaan. O, kijk, lieverd, het is al zover.'

Ik volgde haar zelfgenoegzame grijns. En daar stond Jack.

35

Ik scande zijn omgeving op slanke blondjes. De mysterieuze 'iemand' bleek echter... meneer Coates te zijn, mijn oude leraar drama. Ik was beduusd en geneerde me voor mijn puberale veronderstelling – al hou ik vol dat vragen of je 'iemand' mee mag brengen hetzelfde is als iemand met wie je uit bent geweest uitnodigen voor 'een kop koffie'. Die woorden leiden een dubbelleven. Het zijn net blindgangers: je moet ze behoedzaam hanteren, je kunt ze niet opwerpen als strandballen.

Dus waarom was hij gekomen? Dit moest gunstig zijn. Geweldig zelfs. Mijn hartslag maakte overuren. Misschien had Gab gelijk. Het zou beter worden. Ik dacht aan wat ze gezegd had tijdens het passen van de bruidsjurk. Over een man die het in zich heeft om je hart te laten fladderen.

Jack had het in zich om mijn hart te laten fladderen. Hij had het ook in zich om het uit de lucht te schieten. Want, laten we niet vergeten, liefde is niet alleen vliegen. Dat wist ik beter dan de meeste mensen. En hoewel ik niet iemand was die scheutig was met liefde, voelde ik toen dat ik het kon leren. Jack was mijn man en het was niet iets rationeels.

Hij stond in het middenpad, lang en dominerend, zoekend naar een zitplaats. Of zocht hij íémand? Míj. Meneer Coates stond naast hem en bewoog zijn hoofd heen en weer. Hij leek niet op zijn gemak. Misschien was het wederzijds en vonden cliënten het net zo'n afstotelijk idee dat hun agent een liefdesleven had. Jack had me nog niet gezien. Ik bewoog mijn hoofd naar links en naar rechts om zijn aandacht te trekken. Toen, omdat ik niet op een pelikaan wilde lijken, stopte ik ermee. Maar ik kon niet stoppen met glimlachen. Al snapte ik nog steeds niet waarom Jack had gevraagd of hij 'iemand' mocht meebrengen als die iemand gewoon een cliënt was. Meneer Coates niet te na gesproken: de term 'iemand' impliceerde een belangrijk persoon.

Misschien was hij belangrijk in zakelijk opzicht. Jack had verteld dat hij een lucratieve carrière had met het inspreken van commentaar. Hij was ook, had Jack gezegd, een goede karakterspeler (waarvan ik had aangenomen dat het showbusiness-steno was voor 'lelijk').

Meneer Coates was niet lelijk. Hij was van redelijke lengte – bijna even lang als Jack – en had hoogblond haar en blauwe ogen. Hij was glad geschoren, maar een beetje sjofel. Hoewel hij geen les meer gaf, droeg hij wat ik docentenkleren vond: een kakikleurige, op de knieën verschoten ribbroek, bruine suède schoenen, een bruine kabelsteektrui waarvan de wol bij de polsen begon te rafelen. Er flitste een herinnering door mijn hoofd, aan hoe hij mijn blik ontweek. Ik moet een jaar of vijf geweest zijn.

Dat was heel gewoon, niet dan, dat acteurs verlegen waren. Aan hun gekwelde ego wilden ontsnappen. En dat alleen konden door zich uit te sloven.

'Jack Forrester!' riep Gabrielle en ik schrok op. 'Kom erbij zitten.'

Jack draaide zich om en glimlachte. Het was de minst rustgevende glimlach die ik ooit had gezien. Ik werd er onrustig van, maar ik deed zelf ook een poging. Ook al kreeg ik zin om Gabrielle tegen haar schenen te schoppen, ik was blij dat ze het hem gevraagd had. Hij deed een stap in onze richting – gevolgd door meneer Coates, zijn nek nog steeds draaiend als een periscoop – en bleef toen staan. Ik volgde zijn blik naar het podium, niet-begrijpend – tenzij hij er versteld van stond hoeveel ouder Angela in tien jaar tijd was geworden. Ik wilde hem zeggen dat het kostuum haar geen recht deed. Ze stommelde de trap aan de zijkant van het toneel af, deed de voordeuren dicht, rende weer naar het achtertoneel. Martine, die achter hen door het middenpad schuifelde en in haar mobieltje praatte, trapte meneer Coates op zijn hak.

'O,' zei ze tegen Jack, met voorbijzien van meneer Coates, die vuurrood was van pijn. 'Je zei dat je niet zou komen.'

Jack wierp haar een vuile blik toe, maar zei niets. Hij mompelde iets tegen meneer Coates, die knikte. Martine staarde hen na toen ze haar voorbijliepen en naast ons plaatsnamen. Jack stapte opzij voor meneer Coates, die naast Ollie ging zitten. Jack leek hem te schaduwen als een oppasser. Je moest kennelijk hard werken voor je tien procent. Het waren niet altijd premières, gevatte opmerkingen na de voorstelling en champagne slurpen uit vrouwennavels (of mannennavels).

Ik probeerde te glimlachen naar Jack en boos te kijken naar Martine – wat bedoelde ze met dat Jack had gezegd dat hij niet zou komen? Waarom had ze hem zelfs maar gespróken? Martine plofte achter ons neer, met een koel 'Alles goed?' tegen mij. Ik keerde haar de rug toe.

Gabrielle boog zich naar voren en klopte Jack op zijn hand, op een vriendschappelijke manier. 'Kijk eens aan!' riep ze. 'Wat een leuke verrassing! Eindelijk!'

Jack kwam overeind en kuste haar. 'Zeg dat niet te gauw,' zei hij.

'Nee,' zei Ollie. 'Niet doen.'

Gab en ik staarden hem aan. Waar hadden ze het over? Ollie fronste zijn wenkbrauwen naar meneer Coates. Meneer Coates keek naar zijn suède schoenen. Hij frunnikte aan de losse draad bij zijn pols, draaide hem snel tussen duim en wijsvinger heen en weer.

'Je hebt er de tijd voor genomen,' zei Ollie na een korte stilte.

Jack zei: 'Gabrielle, dit is een cliënt van me, de acteur Jonathan Coates. Jonathan, dit is de aanbiddelijke Gabrielle Goldstein. Ze is getrouwd met... je kent Ollie nog wel, en zijn zus, Hannah Lovekin.'

Ik dacht, nou, hoe is het mogelijk dat ík geen 'aanbiddelijk' voor mijn naam krijg, maar het lag er dik bovenop. Bovendien was ik razend benieuwd waarom Ollie zich zo vreemd gedroeg. Hij leek heen en weer geslingerd tussen grofheid en kruiperigheid.

'Heeft Angela dit al gezien?' vroeg Ollie. Ik wist niet of de vraag gericht was tot Jack of tot meneer Coates. Had hij het over het stuk? Ze speelde erin mee! 'Het was schandalig,' ging hij verder terwijl Gab en ik er nog steeds stil en gedwee bij zaten als marsepeinen muizen. 'Je hebt jaren van ieders leven verspild. Maar goed,' hij stond op, 'ik kan het niet aanzien. Gab, lieverd, het spijt me. Het is te veel. Je merkt het nog wel. Ik ga naar huis. Tot straks. Veel plezíér.' Hij streelde zijn vrouw teder, net boven haar kaaklijn, en haastte zich de zaal uit.

'Wacht!' zei ik, maar Ollie was al weg. 'Kan iemand me vertellen wat hier gebeurt?' Ik richtte mijn vraag tot Jack – meneer Coates zat ineengedoken als een erbarmelijk hoopje los gebreide bruine trui, en schijnbaar stom – god mocht weten hoe hij aan de kost kwam. Jack sprong op van zijn stoel en hurkte aan mijn voeten. 'Hannah, ik... luister, Jonathan wilde per se... ik, ik, ik denk dat... het gaat me misschien niets aan, maar, maar als ik, als we, nou ja, het gaat me wél aan en... je zou het nooit anders gaan zien...'

'O god, o god,' jammerde Gab opeens. Ik trok een jakkes-gezicht.

Als Ollie krankzinnig was geworden, was dit het bewijs dat krankzinnigheid besmettelijk was, zoals mazelen. Een, twee, drie, ze hadden het allemaal. Ik was de enige die niet gek was. 'O god' – Gabrielle sloeg beide handen voor haar gezicht – 'ik weet wat dit is!'

'Wát?' siste ik.

'Hannah,' zei Jack met een ernstig gezicht, 'je kent Jonathan nog?'

Hij stootte meneer Coates aan, die naar me glimlachte. 'Aha, Hannah,' zei hij en hij boog zich over Gabrielle heen om me een hand te geven. Terwijl hij dit deed dreunde zijn stem door me heen als een zwaar onweer, ik ving een vleug van zijn aftershave op en ik voelde me alsof er een springveer werd losgemaakt, pets, in mijn hoofd. Haastig trok ik mijn hand terug, naar adem happend, bevend. Goeie god, wat wás dit? Die man maakte een gevoel in me los, een slecht, in-slecht gevoel.

Ik greep naar mijn haren. 'Iemand vertelt me nú wat hier allemaal gebeurt of ik hóú het niet meer.'

Gabrielle, Jack en meneer Coates draaiden zich naar me toe, een fries van spijt. Jack opende zijn mond om iets te zeggen – en de lichten doofden.

'Ik...' zei ik.

'Sssssssssssttttttttttt!' dreunde Martine.

Hij keek me verontschuldigend aan terwijl het doek opging.

Het stuk begon en hoewel ik mijn best deed om in de goede richting te kijken, hoorde noch zag ik de actie in de eerste scène. Mijn hart leek te trekken en te kriebelen en ik keek meneer Coates telkens weer stiekem van opzij aan. Zijn aanwezigheid betekende iets verschrikkelijks. Angst lag als een steen in mijn maag, als op de eerste schooldag. Mijn hersens zochten naar antwoorden die net buiten hun bereik lagen. Ze wisten waar ze naar zochten, ik had geen flauw benul. En een deel van me wilde het zo houden. Ik blokkeerde deze ongeautoriseerde speurtocht door mijn aandacht weer op het toneel te richten.

Ik voelde Gabrielle en Jack, rechtop op hun stoel naast me, even zenuwachtig als ik. Af en toe werd ik me bewust van hun bezorgde blikken en ik voelde me als de geest van een vrouw die opstijgt uit het wrak van een dodelijk ongeval. Meneer Coates keek me niet één keer aan. Hij staarde strak voor zich uit, als gehypnotiseerd, volmaakt roerloos. Maar hij lachte niet om de grappen en draaide nog steeds aan de losse draden in de mouw van zijn trui.

Ik probeerde het verhaal te volgen. Ik haalde regelmatig adem en slaagde erin de gedachte te vormen dat Roger een goed acteur was. De rol van John Malcolm paste goed bij hem. Hij had me de rol beschreven als 'Heathcliff-achtig' (een beschrijving die verhelderend moest zijn). Jammer genoeg had het me aan Cliff Richard doen denken. Het personage dat mijn vader speelde kwam veel minder gepolijst en beleefd over dan Cliff Richard.

Ik keek achterom en zag dat Martine zijn tekst mimede terwijl hij die uitsprak. Haar verliefdheid op mijn vader liep uit de klauw. Ik wist dat Roger knap was, met een zekere charme. Ik wist ook dat het personage John Malcolm – voor een niet-mondaine vrouw die niet snapte dat een aframmeling krijgen niet romantisch is – dromerig was, in die zin dat hij voorgaf *'te veel'* van zijn ex-boksbal, sorry, vrouw te houden. Ik stelde me voor dat, in Martines fantasie, de held de held niet is als hij de heldin geen oplawaai geeft. Zo weet ze dat hij niet *onverschillig* is.

Ik heb altijd gedacht dat liefde geen keus is tussen genegeerd of tot moes geslagen worden. (Ik heb altijd gekozen voor genegeerd worden, maar ik geloof dat sommige vrouwen een voorkeur hebben voor de middenweg van vriendelijkheid, koestering en steun.) Martine echter was een ouderwets meisje. Daarom, en ondanks haar gevoelens voor mijn vader, was ze altijd respectvol gebleven tegenover Angela. Ik denk dat ze mijn moeders onderdanigheid goedkeurde – alsof die haar ontsloeg van de zonde dat ze de vrouw van mijn vader was, omdat ze haar plaats kende. (Ook omdat Martine, neem ik aan, wel inzag dat ze de wittebroodsweken achter de rug hadden.)

Het lukte me ook op te merken dat Angela geen slechte actrice was. Haar personage moest 'een kalme manier van doen' hebben en mijn vader betuttelen – wat haar allebei makkelijk afging – maar Angela straalde ook een zakelijke efficiency uit. Maar ik merkte dat ze ook een beetje bang was voor het publiek. Ze keek niet één keer onze kant uit, wat sommige van de andere spelers wel deden. Ik voelde dat mijn vader het ook wilde, maar hij hield zich in. Hij wilde natuurlijk niet afgeleid worden van zijn eigen genialiteit.

Na de scène echter waarin hij en de vrouw die zijn ex speelde hun meningsverschillen uitvochten (Martine hoefde zich niet ongerust te maken. Geraldine Robbins kon haar taille insnoeren zoveel ze wilde, haar zeurderige, prima-donna-achtige personage was niet aan mijn vader besteed; hij hield niet van vrouwen met wie hij om de aandacht moest concurreren), kon Roger de verleiding niet meer weerstaan. Geraldine Robbins ging af, mijn moeder, als juffouw Cooper, kwam op. Het was het moment waarop ze beseft dat de glamoureuze gast de ex is van haar minnaar, dat hij nog steeds van haar houdt.

'Dat is haar, is het niet?' zei Angela. De verbittering in haar stem bezorgde je rillingen.

Mijn vader als John Malcolm werd geacht te vragen: *'Wát?'*

'Wát?' zei mijn vader, maar ik kromp ineen terwijl hij het zei. Hij richtte zijn vraag niet tot juffrouw Cooper, hij staarde strak naar Jack, alsof hij zijn blik niet kon afwenden. '*Wát?*' zei hij nogmaals terwijl hij zijn hoofd met inspanning van al zijn krachten weer naar juffrouw Cooper draaide.

Mijn moeder was in de war gebracht. Ze raffelde haar volgende tekst af en vroeg hem met honderddertig kilometer per uur of dit inderdaad zijn ex-vrouw was.

'Ja,' wist mijn vader uit te brengen. Het strekte hem tot eer dat hij de vraag had gehoord. Zijn blik vloog terug naar de voorste rij. Ik kronkelde op mijn stoel, vurig wensend dat hij weer in zijn rol zou komen. Het was afschuwelijk duidelijk, duidelijker dan hij dacht, dat hij afgeleid was.

'Wat gaat er nu gebeuren, John?' zei mijn moeder. Er klonk een zweem van paniek in haar stem en ik geloofde er niets van dat ze zo'n natuurtalent was. Mijn vaders hoofd had zich een fractie van haar afgewend, naar Jack toe. Nee, hij keek naar meneer Coates en de uitdrukking op zijn gezicht was er een van afschuw en ongeloof. Ik fronste niet-begrijpend mijn wenkbrauwen, probeerde te zien wat hij in meneer Coates had gezien. Meneer Coates frunnikte niet meer aan zijn trui. Hij staarde terug naar mijn vader met een kille, felle intensiteit op zijn gezicht. Ik had het gevoel dat mijn ingewanden gestold waren. Onwillekeurig hield ik mijn adem in. Het was de bedoeling, wist ik, dat het even stil bleef terwijl John juffrouw Cooper zonder te antwoorden aankeek. Maar het was niet de bedoeling dat de stilte zó lang duurde.

Toen realiseerde ik me dat het mijn moeder was die iets moest zeggen. John antwoordt niet; juffrouw Cooper trekt de onvermijdelijke conclusie. Mijn vaders blik was nu op haar gericht, hij keek geschokt en zij leek op een zenuwachtige spaniël. Ze wierp een blik naar de voorste rij, om te zien wat mijn vader zo van streek had gemaakt, en deinsde merkbaar terug. Haar mond ging open, maar er kwam geen geluid uit.

De souffleur fluisterde: *'Juist. Nou, ik heb altijd wel geweten dat je nog steeds van haar hield...'*

Het hele publiek kromp ineen; het leek wel een *wave* van ontkenning. Waaruit maar weer blijkt wat voor raar volkje we zijn. Kinderen gaan voor het eerst naar school zonder dat ze een vork kunnen herkennen, mannen bijten kippen de kop af tijdens barbecues, maar het volk is massaal ontzet als iemand zich op het toneel voor joker zet.

'Juist,' zei Angela. *'Nou, ik heb altijd wel geweten dat ik nog steeds... dat je nog steeds van haar hield...'*

Ze hakkelde, bloosde dwars door haar schmink heen en de afschuwelijke uitdrukking op haar gezicht toen ze mijn vader aankeek – niet John Malcolm, er was geen sprake meer van doen alsof – gaf me een schok van herkenning. Zo had ze hem ooit eerder aangekeken, lang geleden. Verbrokkelde herinneringen snelden terug in de tijd, kwamen bijeen, als een teruggespoelde film van een brekende spiegel. Ik herinnerde me iets wat Ollie tegen Jude had gezegd, nog niet zo lang geleden. Ik had er kippenvel van gekregen en ik had niet geweten waarom.

'Ga eens kijken wat je moeder doet.'

Mijn vader had het eerder gezegd, vijfentwintig jaar geleden.

36

Ik wist het weer. De belangrijke stukjes in elk geval. De rest kon ik reconstrueren. Ik zag mezelf door de deuropening stappen. Ik droeg donkergroene schoenen met gespen en witte sokjes, waarschijnlijk een grijze schoolrok. Ik vóélde me vijf, maar misschien was ik zes. Mijn vader stond achter me, met zijn hand op mijn schouder. Ik voelde de warme druk.

'Ga eens kijken wat je moeder doet,' fluisterde hij, naar de trap wijzend.

Zijn stem klonk niet boos, maar kalm en beheerst. Toch betekende het dat je onmiddellijk deed wat je gevraagd werd. Ik moet de melkglazen deuren hebben opengeduwd, over het ruitjespatroon van de eikenhouten vloer in de gang hebben gerend. Onze trap was oranje bekleed. Ik weet zeker dat papa naar me glimlachte, knikte dat ik door moest lopen toen ik over de leuning naar hem keek.

De namiddagzon scheen door het gebrandschilderde glas van de ramen aan de achterkant van het huis en maakte rode vlekken op mijn huid. Zoals altijd. Papa legde een vinger tegen zijn lippen en ik sloeg mijn hand voor de mijne om mijn gegiechel te smoren. Toen huppelde ik naar de slaapkamer van mijn ouders. Ik kon mijn moeder horen, maar mijn glimlach stokte. Het klonk alsof ze pijn had. Ik duwde de deur open en gilde.

'Mama!'

Zíj gilde ook en duwde meneer Coates van zich af. Ze graaide naar de lakens en meneer Coates vluchtte voorovergebogen de badkamer in, zijn armen gekruist voor zijn borst, zijn handen voor zijn plasser. Hij was behaard en ik voelde een *zoef* van lucht toen hij langs me heen rende. Er hing een klamme, penetrante geur, als van iets dat begint te rotten, vermengd met een misselijkmakend zoet parfum – heel anders dan het lichte, naar bloemen ruikende spul dat mijn vader na het scheren op zijn gezicht pletste. Ik kreeg er pijn van in mijn keel.

'Lieverd!' zei Angela en ze wankelde naar me toe, het laken met zich mee slepend. Ze struikelde erover en viel languit op de grond, roze en naakt.

'Papa zei dat je hier was,' brabbelde ik en ik draaide me om en rende weg.

Ik heb waarschijnlijk hier en daar details gefantaseerd, de stippen verbonden. Ik vlei me niet met de gedachte dat deze herinnering volmaakt gevormd in een verboden gebied van mijn brein lag, als een feniks in de as, wachtend op zijn wedergeboorte. Maar de strekking ervan stond buiten kijf. De emoties die ze opwekte en die me nu door de ervaring voerden alsof het zojuist voor de tweede keer was gebeurd, waren bovennatuurlijk sterk. Ik voelde me als een mier die door een afvoer omlaag wordt gezogen.

Mijn hoofd deed pijn alsof het op barsten stond.

Gabrielle pakte mijn arm toen ik langs haar heen rende, langs Jack, langs meneer Coates en zijn keelpijn bezorgende aftershave. Terwijl ik de oude aula uit rende, voelde ik dat Angela en Roger me vanaf het podium nakeken. Ik strompelde naar buiten en gaf over tussen de struiken. Ik had geen zakdoek bij me, dus ik spuugde – 'puh! puh! puh!' – om het slijm kwijt te raken. Met tegenzin veegde ik mijn mond af aan mijn mouw en had er de pest over in dat ik mijn trui nu zou moeten wassen. Het is niet waar dat, als je een zware slag moet verwerken, kleinigheden er niet meer toe doen. Ze doen er hooguit meer toe.

Toen, luidkeels kreunend als een stervende, wankelde ik naar mijn auto. Ik viel slap voorover over het stuur, legde mijn hoofd op mijn onderarmen en snikte: 'O, hoe kon hij, hoe kon hij het ons allebei aandoen?'

Hij had ons net zo goed kunnen doodschieten, maar hij had ons blijkbaar willen laten lijden.

Ik had het verdrongen – ik moest het verdrongen hebben. Als je vijf bent, staat je brein meestal op 'Afspelen', niet op 'Opnemen'. Dat is de reden waarom – en ik dank die kennis uiteraard aan Jason – ellende die voor die tijd gebeurt later moeilijker ongedaan te maken is, omdat je niet precies weet wat voor ellende het was. Nu stopte ik met kreunen. Ik liet mijn voorhoofd op mijn onderarmen liggen en opende en sloot mijn mond geluidloos. Ik kon niet stoppen met mijn hoofd schudden.

Het was alsof de zich herhalende zwaaiende beweging voorkwam dat het zou splijten.

Hoe kon hij zo... kil zijn? Hoe kon hij me dat aandoen, hoe kon hij een rationele beslissing nemen om ons te beschádigen – mij, haar, zijn eigen gezin? Dankzij hem had ik tweeënhalf decennium tijd gehad om te broeden op het feit dat mijn slet van een moeder ontrouw was geweest, het gezin had geruïneerd, ons allemaal had bedrogen. En, ook dankzij hem, vertrouwde ik niemand. Als ik zelfs maar vermoedde dat ik te intiem met iemand kon worden, verwoestte ik de relatie als een kuiken in het nest. Het was veiliger om als eerste toe te slaan.

Ik had mijn moeder aanbeden. Dankzij Roger had ik het gevoel gekregen dat mijn eigen moeder me had verraden – het meest tegennatuurlijke verraad dat er is. Toen ik haar en meneer Coates die dag had verrast, werd ik medeplichtig aan hun misdaad. Het was het begin van mijn voorkeur voor isolement.

Het feit dat Angela ontrouw was geweest, was voldoende geweest om haar te veroordelen. Het was nooit in me opgekomen nader te informeren waaróm ze ontrouw was geweest, iets wat zo helemaal niets voor haar was. Onze veroordeling was zo absoluut alsof ze een moord had gepleegd. Nu snapte ik niet waarom ik me niet had afgevraagd waarom. Ik wist door mijn werk bij Hound Dog dat een verhouding vaak het einde was van een pijnlijke reis. Ik bedoel, ik negeerde het, maar ik wist het wel. Greg en ik waren een soort – als ik zo vrij mag zijn – technische recherche. We onthulden de waarheid. We voorkwamen niet dat het kwaad geschiedde. We arriveerden te láát. We negeerden het begin en het midden van het verhaal. Het was slechts onze taak getuige te zijn van het einde.

En nu drong het opeens tot me door dat dat niet genoeg was. Althans, niet als het verhaal zich had afgespeeld in het hart van mijn eigen familie, wanneer begrip van wat er vóór de verhouding was gebeurd invloed kon hebben op... alles.

Hoe kón hij. Hoe kon hij het me aandoen, zijn kleine meid?

En mijn moeder! Ik was het grootste deel van mijn leven ternauwernood beleefd tegen haar geweest. Ze had buitensporig geboet voor haar fout. Haar besluit. Ik zal niet zeggen dat een verhouding een fóút is. Met een pak melk zwaaien dat vijf dagen over de uiterste verkoopdatum heen is is een fout.

Hoe makkelijk en lichtzinnig had ik mijn moeder veroordeeld

wegens bedrog, terwijl haar enige verkeerde beslissing waarschijnlijk was geweest het 'juiste' te doen door bij Roger te blijven en zoveel mensen, inclusief zichzelf, te beschadigen. Ik had me geen goed mens gevoeld omdat ik met Jack naar bed was geweest terwijl ik formeel verloofd was met Jason, maar als Angela's ervaring me iets had geleerd, dan was het dat, als Jack de juiste man voor me was, seks met hem níét goed of verkeerd was – het enige verkeerde zou trouwen met Jason zijn geweest.

Arme Angela. Ik voelde het belang van haar ontrouw afnemen in mijn hoofd. Het bruiste weg tot niets dan een aspirientje in water. Wat het beeld van mij terwijl ik getuige was van het delict verdrong, was het besef dat mijn vader het zo had gepland dat ik er getuige van zou zijn. Die wreedheid overschaduwde de wreedheid van mijn moeder zien rollebollen met mijn toneelleraar. Ik had niet begrepen waarvan ik getuige was geweest, maar de heftigheid ervan had me doodsbang gemaakt. Hun reacties hadden me zelfs nog banger gemaakt.

Ik kon niet geloven dat mijn vader gevoelloos kon zijn. Als dat de manier was waarop hij zijn vrouw strafte, mocht ik van geluk spreken dat hij me niet vergast had in de Volvo. Dat zou pas haar verdiende loon zijn geweest. Ik ben tamelijk hardleers, maar ik had de essentie van goed ouderschap van Gabrielle meegekregen. Je beschermde je kinderen, zo lang als de wereld je toestond. Tot op redelijke hoogte stelde je hun belangen boven de jouwe. Je traumatiseerde ze niet tot de tenen van hun witte sokjes om je echtgenote verschrikkelijk veel pijn te doen. (Dat laatste was een grondregel.)

Ik was gekwetst.

Goed, ik was verdómd gekwetst. Ik was zo ongelooflijk gekwetst dat het me de adem benam.

Als je van iemand houdt, doe je hem of haar niet opzettelijk pijn. Ik kon slechts tot de conclusie komen dat mijn vader niet van me hield. Niet op een manier die beantwoordde aan mijn definitie van liefde (en mijn eisen waren niet buitensporig). Echter, gezien de aard van zijn misdrijf, hoefde ik niet voor Hound Dog te werken om te concluderen dat mijn moeder wel van me hield. Zijn *modus operandi* bleek averechts uit te pakken.

37

Ik schrok op toen er op de ruit werd getikt en opende het passagiersportier.

'God!' riep ik. 'Doe zulke dingen niet!', terwijl Jack naast me kwam zitten.

'Truttebol,' zei hij, mijn rug masserend, 'alles in orde?' Hij keek bezorgd. En terecht.

Ik keek hem aan. 'Nou ja,' zei ik, 'ik nodig je uit om mijn ouders op het toneel te zien en je brengt hém mee en maakt iedereen van streek.'

Jack schudde zijn hoofd. 'Hannah, Jonathan houdt echt van je moeder. En zij is doodongelukkig met je vader. Toen jij en ik samen waren vond ik Angela een van de ongelukkigste mensen die ik ooit had gekend. Ik wist alleen niet waarom. Ze is nog steeds ongelukkig. En die kilte tussen jullie, het is zo zonde. Wat Roger betreft, die zou zich verdomme dood moeten schamen. Ik dacht: daar zijn twee ongelukkige mensen die samen gelukkig zouden kunnen zijn en...'

'Doe niet zo arrogant.'

'Oké. Het is moeilijk uit te leggen. Jonathan vroeg me niet zijn agent te zijn alleen omdat hij me kende. Hij wist dat ik met jou getrouwd was geweest. Elf jaar geleden had hij Rogers huwelijksaankondiging gezien in de *Ham & High*. Hij had zich altijd afgevraagd hoe het met Angela was, maar aangezien hij nooit meer iets van haar gehoord had, nam hij aan dat zij en Roger het hadden bijgelegd. Hij is zelf een tijd getrouwd geweest. Vier jaar geleden is hij gescheiden. Toen hij een agent zocht en mij belde, herkende hij mijn naam, hij hoopte dat ik iets over Angela zou weten. Hij kon haar maar niet vergeten. Ik wist uiteraard nergens van. Tot nu toe. Het was geen spontane beslissing om me ermee te bemoeien. Een maand of vijf, zes geleden vertelde Jonathan me wat er gebeurd was, de waarheid. Wat veel verklaart. Over jou. Ik vond dat je het hele verhaal moest horen, van een ander dan Roger. Maar ik had niet verwacht dat Roger zo zou reageren toen hij Jonathan zag. Ik had niet verwacht dat Angela zo zou reageren toen ze Jonathan zag. Ik wist niet dat ze meespeelde. Je hebt er nooit iets over gezegd. Ik dacht, ik neem hem mee. Hij kon haar zien. Voelen of de vonk er nog was of dat hij in gedachten een heel andere vrouw had gecreëerd. Het is makkelijker een liefdesverhouding te hebben met een idee over een persoon dan met de werkelijke persoon. Het idee van een persoon doet je geen verdriet. Dus ik dacht, die man is radeloos. Zorg minstens dat hij haar kan zien. Maar dat was niet de reden waarom ik hem meebracht. Ik wilde dat hij met jóú zou praten. Je zou vertellen wat er was voorgevallen. Het was iets afschuwelijks om een kind aan te doen en ik heb het gevoel dat, als je je maar herinnerde wat er gebeurd was, je het zou begrijpen... je eigen geestesgesteldheid. En dan, dacht ik, zou die angst voor een deel verdwijnen...'

Ik klapte voor zijn gezicht in mijn handen. 'God zegene je, Jack; hou je ooit nog op met praten? Want, raad eens, ik herinnerde me het wél. Alles. Door die aftershave van meneer Coates kwam het allemaal weer terug. Roger die zei dat ik moest gaan kijken wat mijn moeder deed, ik die zag wat ze deed. Dus bedankt voor je zorgzaamheid, maar meneer Coates hoeft me niet voor te lichten; ik weet het al. Ik weet dat ik mijn verbittering op de verkeerde heb botgevierd. Natuurlijk, nu ik dit weet is alles in orde. De waarheid! De waarheid! De waarheid, verdomme! Ik ken de waarheid! Alles wordt nu gewéldig! Ik was gelukkig zoals het was...'

'Je was niet gelukkig, Truttebol.' Jack pakte mijn hand terwijl hij dit zei. 'Je hebt sinds je vijfde in het emotionele equivalent van eenzame opsluiting geleefd.'

'Jack,' zei ik, naar mijn hand in de zijne kijkend, 'als je jou zo hoort praten zou je denken dat er maar één verknipt persoon in deze auto zit. Je bent zelf ook geen wonder van intimiteit. Ik zeg niet dat het alléén jouw fout is, met ouders die nauwelijks meer om je geven dan de slager op de hoek...'

'Die zin zal me bijblijven.'

'Sorry.'

'Nee, je hebt gelijk. Maar ik denk graag dat ik vorderingen heb gemaakt. Ik heb geaccepteerd dat ze me nooit zullen behandelen zoals ik zou willen. Ik hou mezelf voor dat het niet persoonlijk bedoeld is. En als ik denk aan een "ouder", denk ik aan... andermans ouders.'

'Maar je geeft toe dat het invloed op je heeft gehad zoals ze waren?'

Jack knikte. 'Wat anders? Ik ben... voorzichtig. Jij was mijn enige gok... Dat gaf een terugslag. Misschien was het effect dat jij op me had, zoals ik reageerde, misschien zat er meer achter dan... jij. Maar. Je kunt veel nuttige dingen leren van slechte ouders. Het geeft je een voorsprong. Je verwacht niet dat de wereld naar jou toe komt. Ik ben cynisch, maar dat is een voordeel.'

'Nou nee,' zei ik. Ik was verbaasd dat ik het mezelf hoorde zeggen. 'Dat is het niet. Niet altijd.'

Ik maakte mijn hand los. 'Tussen haakjes, waar is meneer Coates?'

Jack wreef door zijn ogen. 'Hij zat nog naar Angela te staren toen ik wegging. Ik zal hem wel moeten gaan zoeken, eventuele vuistgevechten afbreken.' Hij zweeg even. 'Dus... je redt het wel?'

Als mensen die vraag stellen, gewoonlijk met één voet buiten de deur, vragen ze slechts één antwoord.

'Ik red het wel.'

Jack aarzelde terwijl hij uitstapte. 'Dus,' zei hij, 'het spijt me als ik iets heb... uitgelokt. Het was niet de bedoeling dat het zo zou... exploderen. Ik heb er niet lang genoeg over nagedacht. Ik zweer dat ik... de beste bedoelingen had.'

Zodra hij weg was beukte ik met mijn hoofd hard op het stuur. Ik walgde van mijn ouders, ik walgde van Jacks ouders en ik walgde van meneer Coates. Zijn naam irriteerde me. Als Jack alleen maar was gekomen om Cupido te spelen voor een volwassen man die zijn eigen liefdesleven zou moeten kunnen organiseren...

Het passagiersportier ging open en ik schrok op.

'Coates kan stikken,' zei Jack. 'Ze kunnen allemaal stikken.'

Hij plofte naast me neer en grinnikte en ik begon te lachen.

'Hoi,' zei ik, mijn hoofd scheef houdend.

'Hoi.'

'Ik heb je gemist.'

'Ik jou ook, Truttebol.' Hij zweeg, bestudeerde mijn gezicht. 'Het is niet hetzelfde zonder jou.'

Ik boog me over de versnellingspook heen en kuste hem. 'Ik ben,' fluisterde ik, 'zó blij... dat je hier bent.'

'Ik hou van je,' zei hij. 'Ik hou godverdomme van je, Hannah.'

'Ik hou van jou, Jack. Er is nooit een ander geweest. Al is je taal er niet op vooruitgegaan.'

Ik was misselijk van blijdschap. Jack hield van me. En hoewel mijn relatie tot mijn vader, de man die ik als een god had beschouwd, zojuist tot stof was vergaan, hoewel het aanvoelde alsof ik de woede, de afkeer, het verdriet nooit te boven zou komen, hoewel ik onder ogen moest zien dat ik meer dan vijfentwintig jaar had weggegooid door de vrouw af te wijzen die ooit voor de meest liefderijke, altruïstische, dankbare band van mijn leven had gezorgd – het betekende dat er hoop was.

'Ik heb me in geen tien jaar zo gelukkig gevoeld,' zei Jack. 'Je beseft het niet. Je bent zo sterk. Het minste wat je doet heeft het grootste effect op me. Daarom... zie ik het soms niet meer zitten.'

'Maar merk je dat ik veranderd ben? Dat ik anders ben dan toen ik twintig was? Ik weet dat het verkeerd was dat ik uitging met een ander toen ik met jou ging, maar onze relatie was zo váág in het begin en ik voelde zoveel voor je, het maakte me doodsbang. Guy was een verdediging, ik zweer het. Ik wil dat je weet, Jack, dat ik nooit met hem naar bed ben geweest toen ik met jou was, ik wil dat je het gelooft en vergeet wat er had kúnnen gebeuren, dat je me vergeeft, gelooft dat, hoewel ik stom was, al die jaren geleden, ik niet slécht was.'

'Hannah,' zei Jack, 'ik was de stommeling. Ik was koppig. Ik strafte mezelf even erg als jou. Het was alles of niets voor mij en dat mag dan een nobel principe zijn, in het echte leven werkt het niet. Ik heb je lang geleden al vergeven. *Als* ik nog boos op iemand ben, is het op mezélf.'

'Weet je dat zeker?'

'Dat weet ik zeker.'

Hij fronste zijn wenkbrauwen. Ik staarde hem aan en streelde zijn haren en hij stopte met fronsen.

'Jack,' zei ik, 'ik weet dat het moeilijk is in een auto, maar kus me weer.'

'Vlug dan,' zei hij, 'maar daarna ga ik.'

'O!' Ik probeerde niet geschokt te klinken. 'Waar naartoe?'

'Terug naar mijn auto. Ik rij achter je aan naar huis en daarna gaan we de hele nacht vrijen. Nou ja. In elk geval één keer, en zonder ons te haasten.'

Onder normale omstandigheden zou ik misschien gegiecheld hebben. Nu echter voelde ik me uitzinnig van verlangen en ongeloof.

We renden mijn flat binnen en hij trok me in één vloeiende beweging tegen zich aan en kuste me. Ik voelde dat ik mijn zelfbeheersing verloor. Mijn blije/bedroefde rede, meestal strak aan de teugel gehouden, explodeerde in een hagelbui van sterren, hartstocht en vreugde leken in me te wervelen, me van de grond te tillen, maar misschien deed Jack dat, die me in bed tilde, en mijn emoties brulden en vlogen en doken in krankzinnige duikvluchten, tot ik naar adem hapte, niet gewoon meer kon kijken, het maakte me bang; het was alsof je bij bewustzijn was tijdens je afdaling in de waanzin.

Maar ik bleef er ditmaal bij, ik verzette me niet, ik voelde elke fladdering van mijn eigen hart, elke feeënvingertopsensatie, ik liet het stromen, liet me erdoor overspoelen, er was geen stopzetting, geen afsnijding, geen wegrennen om ruimte te vinden, wat áfstand te nemen, hier was Jack en overal waar ik wilde, ik begreep wat overgave betekende, ik gaf me aan hem zoals ik nooit eerder had gedaan en ik voelde dat hij hetzelfde deed, ik had nooit gehouden van, nooit geúít, ik had de kreet 'de liefde bedrijven' verafschuwd en verfoeid, hij was afstotelijk en eng, ik rilde ervan, maar nu riep ik omdat ik het begreep, het had me in zijn greep, het was het risico waard, de angst waard, want zelfs mijn angst leek een hemel.

Na afloop rolde Jack zich om, zodat zijn gezicht boven het mijne was. Hij kuste mijn hals, zijn lippen beroerden de huid waar de halsslagader onder klopte en hij zei: 'Het is zo fijn dat je terug bent, Hannah.'

Ik glimlachte. 'Niet te geloven dat ik je weg liet gaan. Je bent me zo dierbaar.'

Hij streelde mijn haren. 'Ik denk dat we, toen we elkaar leerden kennen, te veel op elkaar leken. Je kijkt om je heen en je voelt wat je hebt verloren. Jij hebt je moeder verloren. Dus snijd je jezelf af van het verdriet en het voelt beter, drááglijk. Dat wordt wat je aan kunt, je kunt geen emoties toelaten die warmer zijn dan koel, want echte, hartstochtelijke liefde, teder en heftig en koesterend, herinnert je te pijnlijk aan wat je verloren hebt. Het lijkt makkelijker en veiliger die te verbannen, voor een leven in de schaduw te kiezen.'

Ik hield hem tegen me aan.

38

Ik werd de volgende ochtend op een onchristelijk uur gewekt. Hemeltje, het moest al over tienen zijn. Jack was weg. Een of andere sadist hield zijn vinger op de belknop. Als het de postbode was, zou ik hem aangeven.

Eigenlijk ook niet. Ik had de postbode eerder aangegeven, op verdenking van sadisme. Elke keer als hij post door mijn brievenbus duwde – gewoonlijk bij het krieken van de dag, vooral op zaterdag – rammelde hij opzettelijk met de klep in een oorverdovende, tien minuten durende kakofonie. Op een ochtend had Gab Jude gebracht en hij was in slaap gevallen. Helaas, diezelfde ochtend kreeg ik post (geadresseerd aan 'Beste pizzaliefhebber'). Jude werd wakker van het lawaai en hij was ontroostbaar. Ik rukte de deur open en riep naar de rug van de boosdoener: 'Neem me niet kwalijk!' Hij deed net of-ie me niet hoorde. Woedend belde ik het postkantoor. Tot mijn opperste verbazing namen ze mijn klacht serieus (iets waarmee ik geen rekening had gehouden, ik had alleen de klank van mijn eigen zeurstem willen horen en de voldoening willen smaken dat iemand ánders hem hoorde). Een ambtenaar praatte met de postbode en belde me terug. De postbode had me niet horen roepen. Hij had ook niet met de klep willen rammelen. Misschien moest die gesmeerd worden? O, heus? We hadden kennelijk te maken met een topcrimineel. De volgende ochtend lag ik in hinderlaag voor de postbode. En ik zag... dat hij een koptelefoon op had.

Ik wankelde versuft mijn bed uit en mompelde: 'Ja ja, ik hoor je wel!' waggelde rond op zoek naar een kamerjas – vergeefs, aangezien ik er geen had – trippelde in boxershort en mijn Snoopy T-shirt naar de deur.

'Suikermeloentje! Ik was zó ongerust!' riep Roger.

Ik staarde hem aan. Wie wás hij eigenlijk?

'O ja?' zei ik.

Hij stapte naar binnen en sloeg zijn armen om me heen.

'Meloentje! Ontspan je! Het is net alsof ik een grote, bevroren vis-stick omhels!' Hij liet me los, voelde aan mijn voorhoofd. Ik keerde me af. 'Geef me even tijd om me aan te kleden,' zei ik. Ik dacht dat, als ik er maar lang genoeg over deed, hij de hint zou begrijpen en op zou krassen. Maar toen ik drie kwartier later uit mijn slaapkamer kwam, van top tot teen in het zwart, lag hij languit op de bank, te slápen.

'Eh, hall-ó,' zei ik.

Hij opende zijn ogen en glimlachte. De glimlach werd een frons en hij sprong op. 'Lieverd, hoe ís het? Het moet een afschuwelijke schok zijn geweest.'

'Ja,' antwoordde ik, 'dat was het.'

'Toen je de zaal uit vluchtte had ik je het liefst achterna willen rennen, maar helaas, *the show must go on*.'

'Ja,' zei ik. 'Blijkbaar.'

Wanneer zou hij stoppen met bezorgd doen en zijn excuses aanbieden? Niet dat een 'sorry' het goed zou maken. Niets minder dan zijn eigen ingewanden uitsnijden met een mes zou het goedmaken.

'Die klootzak had wel lef om zo op te komen dagen – ik ben me te pletter geschrokken. En je moeder ook. Hij heeft mijn gezin ooit ondermijnd, het verbaast me dat hij zijn lelijke smoel durfde te vertonen. God zij dank kreeg onze vakbekwaamheid de overhand en slaagden we erin weer op het juiste spoor te komen. Het publiek snapte absoluut niet wat er gebeurde. Maar het was heel vergevingsgezind. Ik zeg niet dat het niet vernederend was – die klootzak was na afloop van de voorstelling verdwenen, anders had ik hem in elkaar getremd. Ik zou weleens willen weten wat hij in de buurt van jóúw ex te zoeken had. Wat heeft Forrester hiermee te maken? Geen sprake van dat ik nu...'

Ik realiseerde me met een schok dat Roger niet wist dat ik het wist. Hij dacht dat ik gevlucht was omdat, na een verdwijntruc die zesentwintig jaar had geduurd, Angela's minnaar ons zijn schaamteloze aanwezigheid had opgedrongen.

Ik beefde over mijn hele lichaam.

Roger zweeg midden in een zin. 'Voel je je wel goed?'

'Waarom niet?' vroeg ik om hem te testen.

'Toen die lul verscheen kwam het natuurlijk allemaal weer naar boven.'

'Ja,' zei ik. 'Dat is zo. Het kwam állemaal weer naar boven.'

Roger schudde meelevend zijn hoofd. 'Je moeder was in alle staten. Schuldgevoel, vermoed ik.'

'Ik neem aan dat je een geweten moet hebben om je schuldig te voelen.'

'Mm. Maar vertel eens, wat heeft die knaap van je met dit alles te maken? Ze zijn toch zeker geen vrienden hè? Dát noem ik nog eens verdacht, leraren die bevríénd zijn met leerlingen.'

'Meneer Coates is een cliënt van Jack.'

Ik observeerde mijn vaders gezicht aandachtig. Hij knikte, een korte, scherpe beweging met zijn kin. 'O ja? Hoe kan hij een cliënt zijn?'

'Hij is een heel succesvolle commentaarspreker. En karakterspeler.'

'Een lelijke, zul je bedoelen. Commentaarspreker! Hij was een tweederangs toneelleraar!' Roger zweeg even. 'Ik hoop echt dat Jack – nou ja, dat doet-ie blijkbaar niet – ik wilde zeggen, beseft hij dan niet hoe gevóélig dit ligt? Nee, ik wed dat die schoft hem nooit verteld heeft wat hij heeft uitgevreten voordat hij commentaarspreker werd. Maar, Hannah, ik bedoel, jíj wilt toch zeker niet oog in oog staan met die vent?'

'Weet je het niet meer, Roger?' zei ik. 'Dat heb ik al gedaan.'

Mijn vader bleef roerloos op de bank zitten. 'Hoe bedoel je?'

Ik zat op een hoge, rechte stoel en keek dus op hem neer. 'Ik bedoel,' zei ik, '"Ga eens kijken wat je moeder doet".'

'Wat?' lachte Roger. 'Wat betekent dat nou weer?'

Ik sprong op van mijn stoel en riep zo hard dat mijn stem oversloeg. 'O, kom nou. Je weet verdomd goed wat het betekent. Het betekent dat je geen zak geeft om haar of om mij, mij, mij, je eigen dochter, het is walgelijk, walgelijk, nee, niet dat stomme avontuurtje van haar, dat kan me geen zak schelen, het is walgelijk, het is pervers, je bloedeigen dochtertje van vijf eropuit sturen om haar moeder te zien neuken met een andere man, jezus, geen wonder dat ik niemand vertrouw, ik heb waarschijnlijk een posttraumatisch stresssignaal. Syndroom, ik bedoel, wat denk je dat zo'n aanblik doet met een kind van vijf? O, zeg maar niks, volgens mij weet je het precies. Jezus, ík denk van iedereen het slechtste en toch kan ik nog steeds niet geloven dat iemand zo ziek kan zijn, je moet een zieke klootzak zijn om zoiets te flikken, de relatie tussen je eigen dochter en haar moeder welbewust verzieken, enkel en alleen omdat je ego gekwetst is. En al die tijd, heel mijn leven, zo lang ik me kan herinneren, heb ik je vertrouwd, was jíj de enige die ik vertrouwde en respecteerde, de enige van wie ik echt durfde' – ik durfde niet 'houden van' te zeggen, ik kon het gewoon niet – 'die ik aardig vond, de enige van wie ik dacht dat hij veilig was, ik bedoel, het aantal mensen, de postbode, die eronder hebben geleden omdat... die arme postbode! Stik, ik weet het niet, als je erin bent geluisd om het ergste van je moeder te denken, van wie zul je dan níét het ergste denken...'

Roger stond op en sloeg me in mijn gezicht. Ik hapte naar adem en gaf hem een duw. Hij viel achterover en sloeg met zijn hoofd hard tegen de salontafel.

'Verdómme!' riep hij. 'Au! Au! Au! Verdooooooooooomme! Dat doet nondeju pijn! Waarom deed je dat? Hannah, je was hysterisch. Ik weet niet waar je het in jezusnaam over hebt. Alsof je een delirium hebt – heb je misschien iets verkeerds gegeten? Halfgare kip? Ik bedoel, echt, het is onzin, dit alles, iemand heeft tegen je gelogen...'

'Ja,' gilde ik. 'JIJ!'

'HANNAH!' riep Roger even hard. 'Ik weet niet waar je dit vandaan hebt. Het is gelul! Gelul! Je hebt geen bewíjs. Dat weet je, je bent detective. Je baseert die weerzinwekkende beschuldiging op een valseherinneringsyndroom en dat is allemaal gelul, de vereniging van psychiaters heeft dat al jaren geleden in de ban gedaan – het stond in de *Daily Mail*. Mijn god, ik ben nog nooit zo beledigd. Christus, ik heb barstende koppijn, je had me wel een hersenbeschadiging kunnen bezorgen. En ik heb vanavond een voorstelling. Maar ik zal het door de vingers zien, want jij, jongedame, bent hysterisch en oververmoeid. Je bent nog steeds geschokt doordat die rukker tijdens de première van mijn voorstelling kwam opdagen. De rancuneuze klootzak, hij wist dat ze van slag zou raken als ze hem zag. Er was geen schijn van kans dat ik ons eruit zou redden, ze was het gewoon kwijt, het was een nachtmerrie en ik vrees dat je van streek was doordat je, onverhoeds, werd geconfronteerd met de belichaming van je moeders morsige verleden en, het spijt me dat ik het moet zeggen, je vierde het bot op mij. Ik stel voor dat je wat gaat slapen, nog eens goed nadenkt en misschien' – hij marcheerde naar de voordeur en klikte het slot open – 'morgenochtend, als je uitgerust bent, zul je het hopelijk gepast vinden om je excuses aan te bieden. Goedendag!'

De deur viel achter hem dicht en ik staarde ernaar.

Goedendag? Het was niet natuurlijk en als iets niet natuurlijk is, is het nep.

Bedankt, Roger. Ik zou er inderdaad over nadenken. Hij had gelijk. Ik was een detective zonder bewijs. Maar dat zou veranderen.

Ik pakte de telefoon en belde mijn moeder.

39

Ik was bang. Ik zal niet zeggen: 'ik ben niet gauw bang', want ik ben gauw bang. Spontane ontbranding, één (al zei Jack dat je dik en oud moet zijn, wil het gebeuren, dus ik heb nog even). 's Morgens uit bed springen, onbewust van het feit dat ik die dag een pijnlijke dood zal sterven, twee. Maar van mensen word ik pas echt bang. De macht die anderen hebben om je leven te verwoesten. Het is niet waar dat ze dat alleen maar kunnen als je het toestaat.

Het was niet in me opgekomen dat ik die macht ook had. Nu voelde ik me als een overvaller die zijn slachtoffer onder ogen moet komen in het kader van zijn alternatieve straf. Als mijn moeder me haatte, had ze daar een goede reden voor. Ik had haar stuitend behandeld en daarmee al mijn hoop voor haar ondermijnd. Ik had een vermoeden, ontleend aan Jason of Discovery Channel, dat wat je bewust doet het tegengestelde is van wat je onbewust wilt. Voor het eerst in lange tijd deed deze psychologische ontsnappingsclausule, die er keurig voor zorgde dat zelfs de meest geschifte therapeut het laatste woord had, zich voor als een mogelijkheid.

De laatste keer dat ik Jude had gezien, had hij het woord 'mammie' onder de knie. Het was een nieuwe verworvenheid, een vooruitgang ten opzichte van de eerdere, slechtere uitspraak, 'ma-ma' – een vage, algemene term die op van alles kon slaan, van Gabrielle tot Marmite. 'Mammie' was een rechtstreeks, gericht verzoek, gearticuleerd met alle precisie van een lid van het koningshuis, uitgesproken met triomfantelijke kennis van de glorieuze beloning die eraan vast zat. Hij zei het constant: 'Mammie! Mammie! Mammie!' En telkens als hij het zei, antwoordde Gabrielle met een stem als honing: 'Ja, schatje?' en nam hem in haar armen.

Ik zag hen samen en de gedachte schoot door mijn hoofd als een onbekende die je taxi inpikt: *Dat wil ik.*

Dit telefoontje zou me vertellen of ik het kon krijgen.

'Hallo?'

Mijn moeder klonk verdrietig en somber. Ik wist niet wat ik verwacht had. Een of ander stompzinnig deel van me had aangenomen dat ze opgetogen zou zijn. Maar ja, ik was niet bepaald deskundig in de werking van de vrouwelijke psyche. Op een keer, kort na de geboorte van Jude, had ik eens een trui maat 50 voor Gabrielle gekocht, aangezien ze maar doorzeurde dat al haar kleren te strak zaten. Geen schijn van kans dat déze te strak zit, had ik zelfvoldaan gedacht.

'Mama. Met mij.'

'O, hallo.'

Niet bepaald: 'Ja, schatje?'

'Sorry dat ik tijdens je optreden weggerend ben. Ik... voelde me niet lekker. Ik heb gehoord dat de rest goed is gegaan.'

Zoals gewoonlijk praatte ik over iets totaal irrelevants.

'Nou ja,' antwoordde Angela, 'zoals je vader altijd zegt: "Als de ban eenmaal gebroken is..."'

Bedoelde ze het sarcastisch? Zo konden we eeuwig doorgaan, tijd verspillend tot hij op was.

'Ben je alleen?' vroeg ik.

'Ja.'

'Tot over twintig minuten.'

Ik wilde mijn moeder niet onder ogen komen. Dus wist ik dat het precies was wat ik moest doen. Ik stopte onderweg, kocht twee repen van haar donkere, bittere, extra vieze chocolade voor haar. Ik wist niet precies welke ze altijd at, 70 procent cacao of 85 procent. Ik stelde me zo voor dat ze een hap van de 85 procent kon nemen – alsof je op zand kauwde – en daarna een moot van de 70 procent. Vergeleken met de eerste zou die geweldig smaken.

Ze deed open. Ze had dubbele wallen onder haar ogen. Ze keek zo droevig als een bloedhond. Ik overhandigde haar de chocolade. Ze keek verbaasd. 'Waar is dat voor?'

Tot voor kort was mijn zelfingenomenheid gepantserd geweest. Nu maakte ze dat ik me schuldig voelde, zonder het te willen. Ik dacht aan alle keren dat ik was gekomen om gevoed te worden (Roger speelde de genereuze gastheer, Angela kookte). Dan keek ik, met superieure blik, toe hoe andere gasten hun bloemen en chocolade overhandigden – *ik ben familie*, vrijgesteld van cadeaubelasting. Ik voelde me gerechtigd te nemen, nemen, nemen, zonder enig blijk van dankbaarheid, omdat we allebei wisten dat ze al vijfentwintig jaar bij me in het krijt stond – dat, hoeveel gratis maaltijden ik ook at in haar huis, ze me nooit terug kon geven wat ze had afgepakt.

Ik dacht erover een grapje te maken over de chocolade, te zeggen: 'Ik dacht dat je het misschien nodig had,' inhakend op dat zelfverachtende grapje waarvan alle vrouwen gedwongen deel uitmaken: chocolade, hoe we eraan verslaafd zijn, die geweldige panacee, o ho ho ho, wat zijn we meelijwekkend. Minnaar heeft je laten zitten. Huis teruggenomen? Borstkanker? Neem een reep melkchocolade. Daar knap je van op!

Ik zei: 'Ik wilde niet met lege handen komen.'

Een zweem van een glimlach. 'Bedankt,' zei ze en pakte beide repen aan. Ik volgde haar naar de keuken. Ze zat nooit in de salon. 'Ik schaam me zo,' zei ze over haar schouder. Toen draaide ze zich om en stonden we onbehaaglijk dicht bij elkaar.

'Schamen?' zei ik. 'Waarvoor?'

Ze keek me aan. Ik zag de groene vlekjes in haar hazelnootbruine ogen, even een optrekken van één wenkbrauw. 'Over gisteravond,' zei ze met een zangerige klank in haar stem, alsof ik onoprecht was. 'Ik had hem niet meer gezien sinds... sínds. Ik wist niet of je... nog wist wie hij was. Ik zag, gisteravond, dat toen wíj zagen wie het was... jij het ook zag. Ik zag je wegrennen van mij.' Ze zweeg even. 'Sindsdien zie ik je stééds weer van me wegrennen.'

Ik had het gevoel dat ik in steen veranderde, doordat ik hier was, dit zag, dit hoorde. Maar het was goed. Het betekende dat mijn benen me ditmaal niet zouden laten rennen.

'Ik zal me voor eeuwig schamen,' zei ze.

'Alsjeblieft, niet doen,' zei ik.

Ze knipperde met haar ogen. 'Wil je iets drinken?'

Ik schudde mijn hoofd. 'Roger is degene die zich zou moeten schamen.' *En ik.*

'Wat! Hoe komt dat? Je kon het zo goed vinden met je vader.' Het klonk alsof ze smeekte.

'Alsjeblieft! Ik weet wat hij gedaan heeft.'

'Heeft Jonathan je dat verteld?'

'Nee. Het... kwam weer naar boven.'

Ze schudde haar hoofd.

Ik probeerde het uit te leggen. 'Het was alsof je probeert je een droom te herinneren. Hij is er, in je hoofd, maar hij ontglipt je. Je geeft het op en hij legt zichzelf aan je voeten.'

'O god,' fluisterde ze.

'Ik heb het gevoel... ik wou dat je het verteld had.'

'Wat?' zei ze. 'Zodat je allebéí je ouders zou haten?'

Een vleug schuldgevoel en het was alsof je olie aanboorde. De schaamte borrelde op. Ik had het gevoel dat ik zou verdrinken. Daar was ze, mijn platonische moeder, bereid om zich op te offeren voor haar kind. Dit was waarnaar ik mijn hele leven had gezocht, dit is wat ik van haar had gewild. Dit is wat mijn gedrag had ingehouden, mijn eindeloze wrok, mijn diepste afkeer omdat ze ooit, toen ik klein was, haar eigen volwassen behoeften zwaarder had laten wegen dan de mijne. Ze had haar lesje toen geleerd. Sindsdien had ze alleen nog aan mij gedacht. Nu besefte ik het. En ik besefte hoe verkeerd het was.

'Ik geloof niet dat ik je haatte,' zei ik. 'Niet echt.'

Ze antwoordde niet.

'Ik denk,' zei ik, 'dat je je soms wijsmaakt dat je het tegengestelde voelt van wat je in het geheim voelt.'

Nog steeds niets.

'Dat heb ik van Jason.'

'Goeie ouwe Jason,' zei mijn moeder en we lachten. Toen stonden we daar, onbeholpen, glimlachend.

'Ga toch zitten,' zei ik. 'Ik maak iets te drinken.'

Ze ging zitten.

'Ik zou het zo erg voor je vinden. Als je zou besluiten dat je Roger haat.'

Ik draaide me abrupt om. 'Ik zou het geen *besluit* willen noemen. Draait het daar niet juist om bij emoties? Dat ze je de baas zijn, en niet andersom?'

Angela schudde haar hoofd. 'Niet per definitie. Zoals Ollie altijd zei: "Ik ben de baas over mij, jij niet."'

Ik zette een kop koffie voor haar in de percolator en schonk die in een porseleinen kopje, zette het op een schoteltje. Als het aan haar had gelegen had ze een theelepel poederkoffie in een beker geschept. Ik ben Gabrielle niet. ('Gód. In Toscane betrapte ik Ollie op het drinken van Nescafé. In Itálië! Alsof je naar de paus spuugt!'), maar nu gaf het me een goed gevoel mijn moeder echte koffie te zien drinken die ik voor haar had gezet.

Ik zei: 'Ik zal wel zien wat ik van Roger vind.'

Mijn moeder boog haar hoofd.

Een donderslag. 'Hij, eh, ís toch mijn vader, neem ik aan?'

'Gossie, ja, Hannah! O, arme meid. Toen je... die keer... het was de enige keer dat we... niet dat het belangrijk is.'

Mijn hart bonkte. 'Ik denk dat je van Roger moet scheiden.'

'Hannah!'

'Nou, waarom niet? Hij is een afschuwelijke man.'

'Hannah. Een week geleden zou je geen kwaad woord over hem gezegd hebben.'

'Een week geleden kende ik hem niet echt.'

'Ik vind,' zei mijn moeder, 'dat je soms achter de mens moet kijken.'

Ik probeerde het te begrijpen. 'Wat? Net als in *Manhunter*? "Ik huil om het kind. Maar de volwassen man is een sadistische klootzak," enzovoort?'

Mijn moeder nipte aan het porseleinen kopje. 'Ik geloof niet dat ik die gezien heb,' zei ze. 'Maar ik weet wel dat papa kil en streng is opgevoed, dat hij een verdrietig, eenzaam jongetje was. Het is altijd belangrijk voor hem geweest dat zíjn gezin stand hield als een leuke, vrolijke eenheid, dat alles volmaakt was en iedereen gelukkig, wat er ook gebeurde. En ik ben bang dat ik dat voor hem bedorven heb. Ik had te veel... wisselende... stemmingen. Dat kon hij moeilijk accepteren.'

Ik knikte, slikte. 'Waarom... waarom heb je... het bedorven?'

Mijn moeder zuchtte en schudde haar hoofd. 'Ach ja,' zei ze. 'Ach ja.'

Ik wachtte.

'Het is voorbij,' zei ze toen ze zag dat ik nog steeds wachtte. 'Verleden tijd. Het is achter de rug nu.'

Ik zuchtte. 'Maar dat is het niét. Kijk maar naar de gevolgen van het verleden. Kijk naar mij, en naar Oliver. We zijn emotioneel achtergebleven.'

'O!' zei mijn moeder. 'Dat is niet aardig. Zeg dat niet!'

'Maar het is zo,' zei ik. 'Is het niet waar? Dat wij de som van ons verleden zijn?'

'Eigenlijk, lieverd' – het was lang geleden dat ze me 'lieverd' had durven noemen, ze besefte het, afgaand op de zenuwachtige manier waarop ze het zei – 'eigenlijk vind ik dat het meer iets zou moeten zijn van "meer dan de som der delen", wat iets heel anders betekent.'

'Wat?'

'Nou. Anders dan jóúw interpretatie denk ik dat het suggereert dat je lot niet vastligt.'

'Oké,' zei ik. 'Oké.' Ik staarde haar aan. Ze dronk van haar koffie, niet op haar gemak, liet haar hand over het (brandschone) aanrechtblad glijden, een of andere zwarte, gepolijste steen. Ze hadden het hele huis onder handen laten nemen door een architect en een interieurontwerper. Ik had aangenomen dat ze het hadden gedaan omdat je dat nou eenmaal deed in The Suburb. De minste of geringste poging tot doe-het-zelven, een stiekeme tocht naar de bouwmarkt, en de Trust zou worden ingelicht en je lidmaatschap ingetrokken. Nu vroeg ik me af of de architect en de interieurontwerper misschien waren ingeschakeld omdat het huis mijn moeder koud liet. Ik zag de bleke wallen onder haar ogen en haar haren als stro, haar donkerblauwe joggingpak. Dit was geen Angela die ooit in het openbaar was verschenen. Ik voelde me alsof ik naar een tekening in een puzzelboek keek: 'Zie je wat er verkeerd is op dit plaatje?' Ik probeerde mijn best te doen, te vergeten wat ik wist, na te denken over de gevoelens achter haar woorden.

'Kiezen,' zei ik, 'is heel belangrijk voor je.'

Mijn moeder schraapte haar keel, zette haar koffiekop neer. 'Kiezen,' zei ze, 'is belangrijk voor iederéén.'

Ik dacht aan de vele mensen die misschien langs het huis van mijn ouders reden, met zijn koloniale witte zuilen en zijn stenen leeuwen en zijn keurig gesnoeide rozenstruiken en zijn blinkende ramen, twee dure auto's op de oprit, en ik wist dat die mensen zich zouden afvragen wat voor mensen in zo'n paleis woonden, zich een comfortabel, weelderig leven zouden voorstellen, niet zouden vermoeden dat er achter de elegante rode voordeur armoe en verdriet konden liggen. Het is nu eenmaal zo dat je berooid en miserabel kunt zijn, maar dat mensen geld gelijk blijven stellen aan geluk; ze leren het nooit.

'Je zegt dat kiezen belangrijk is,' zei ik. 'Maar...?'

Mijn moeder negeerde haar vaatwasser, liep naar de roestvrijstalen gootsteen en waste haar kop-en-schotel met de hand af. Ze maakte zich niet druk over de gele huishoudhandschoenen.

'Er bestaat een ander gezegde,' zei ze. 'Ik heb het altijd idioot en onwaar gevonden. "Het is nooit te laat." Nou nee, in werkelijkheid is het soms te laat.' Ze draaide zich om en keek me aan. 'Kom,' zei ze. 'Ik wil je de doos geven die oma Nellie je heeft nagelaten. Ze kijkt waarschijnlijk fronsend omlaag en vraagt zich af waarom ik zo hopeloos onhandig en inefficiënt ben geweest.'

Ik zette de versleten oude kartonnen doos op de achterbank van de Vauxhall en deed het portier dicht. Mijn moeder keek naar me vanaf het trottoir. Ik huppelde naar haar toe en mimede een kus in de buurt van haar oor. Toen rammelde ik met mijn autosleutels, maar ze pakte me bij mijn arm, om '*stop*' te zeggen.

'Toen je klein was,' zei ze langzaam, 'had je een hekel aan gekust worden. Je kronkelde om neergezet te worden. Maar soms, tegen bedtijd, streelde ik je haren en viel je op mijn schoot in slaap. En dán kon ik je stiekem kussen.'

Ik glimlachte, zo'n gespannen glimlach. 'Oké.'

'Ah,' zei ze en er gleed een glimlach over haar gezicht. Ik realiseerde me dat ze bijna in zichzelf praatte, 'de baby had zúlke zachte wangen.'

'Dé baby?' zei ik streng. Ik keek om me heen; de straat was verlaten.

'Jij,' antwoordde ze.

'Waarom zei je dan niet "mijn baby"? Ik ben jóúw baby, niet dé baby.'

'Natuurlijk ben je míjn baby,' zei mijn moeder. 'En daarom ben je De Baby, niet in de algemene betekenis van een baby, maar De Baby, in de zin van De Enige Baby Ter Wereld, want er is geen andere baby dan jij.'

We spraken in de tegenwoordige tijd. Raar, ik vond het niet erg. Ik wilde haar omhelzen, maar ik wist niet hoe ik de overgang moest maken.

Ze lachte. 'Alle moeders praten onzin tegen hun baby. Je kent jezelf niet terug. Je wordt gewoon gek van liefde.'

Ik kon haar niet als een weerwolf te lijf gaan, dus ik zei, wezenloos: 'Dus... wat nu?'

Ze keek verward.

'Je weet wel, qua knuffelen.'

Ik probeerde niet ineen te krimpen. *Knuffelen*. Een woord uit kleine, roze boekjes, van die geschenkboekjes die zich opstapelen in je boekenkast, waardoor je je schuldig voelt tegenover de boom.

Ze vertrok haar vermoeide gezicht en toen lag mijn kin op haar schouder en vertrok míjn gezicht. Haar armen drukten op mijn schouderbladen en ze streelde heel teder mijn haren, wiegde me zacht, de tederst denkbare beweging, heen en weer, heen en weer.

'Stil maar,' mompelde ze. 'Stil maar.'

Ik verstrakte. 'Mama?'

'Ja, lieverd?'

'Stil maar...?'

'Je vocht altijd tegen de slaap. Er was een korte tijd dat ik maar "stil maar" hoefde te zeggen en dan dommelde je weg. Op een dag realiseerde je je wat ik deed en de woorden "stil maar", nou ja, ik had net zo goed "geef acht" kunnen roepen. Maar ik vond het nog steeds fijn om te zeggen.'

Mijn zucht was als de adem die puffend uit een oude hond komt die bij het vuur ligt. Mijn moeder draaide snel haar hoofd en kuste mijn wang overdadig, een echte smakkerd.

'Ach,' fluisterde ze, 'de baby heeft zulke zachte wangen.'

Ik sloot mijn ogen, ontspande me. Mammie, mammie, mammie, mammie.

40

De rest van de dag ging het met mijn evenwichtsgevoel op en af, ongeveer zoals wanneer ik een middenoorontsteking had. Ik lag op de bank, ondanks het warme weer onder een quilt. Ik was uitgeput, maar ik deed geen oog dicht. Als het slecht ging, was ik goed in er niet aan te denken, maar als het goed ging, troostte ik me met de gedachte dat ik er niet aan hóéfde te denken. Dus waarom moest ik nu steeds aan mijn moeder denken? Het was nu toch goed tussen ons, ja?

In theorie. Maar ik voelde me als iemand die boodschappen aan het doen was net toen er een meteoor op haar huis viel. Na de aanvankelijke euforie over de ontsnapping aan de dood – 'o, het is maar een huis, het belangrijkste is dat ik en mijn gezin ongedeerd zijn, nu weet ik pas hoeveel geluk ik heb gehad' – zou ik me geïrriteerd en onfortuinlijk gaan voelen omdat er een meteoor op mijn huis was gevallen.

Ik was duizelig van blijdschap dat ik mijn moeder terug had. Maar de blijdschap werd getemperd door spijt. Doordat ik me de waarde realiseerde van wat ik had herwonnen, zag ik de enorme omvang van wat ik had verloren. Ik had altijd diep medelijden gehad met mensen die als baby geadopteerd waren en als volwassene hun biologische moeder opspoorden. Ze werden altijd geciteerd in de kranten, als ze opgewekt zeiden: 'We halen verloren tijd in.'

Nou néé, dat is in feite onmogelijk. Je kunt nooit het verlies goedmaken dat ze je eerste zwemwedstrijd heeft gemist, de dag dat je leerde fietsen, alle dagen dat je niet leerde fietsen. Verloren tijd ís niet in te halen. Dat is het hem verdomme nou net.

Mijn moeder was erbij geweest, in gedachten, en toch was ik erin geslaagd haar warmte en liefde uit te bannen. Ik leed aan onderkoeling en verdomde het bij het vuur te gaan staan. Terugkijkend kon ik nooit zeggen: 'Ik heb nergens spijt van.' Dat is trouwens gelul. Iedereen die anders beweert is arrogant, dom of een leugenaar. Sterker nog, er schoten me allerlei volkswijsheden te binnen, om me te kwellen. 'Spreken is zilver, zwijgen is goud' was er een van.

Denk nou niet dat ik niet besefte dat ik de belichaming was van die spreuk, tot, hm, vanochtend. (Praat niet over je huwelijksproblemen; ze gaan vanzelf over.) Mijn moeder had gelijk als ze zei dat ik niet bij het verleden moest stilstaan. Ze wist dat ik me er volledig door zou laten opslokken. Ze wilde dat ik het op de vermoeiende manier deed. Door stérk te zijn.

De samenleving is erop gebrand dat anderen sterk zijn. Als je kanker krijgt, zelfs als je zittend werk hebt, verwacht iedereen van je dat je ertegen vecht alsof je bij de commando's bent. Ik heb het altijd onevenredig veel druk gevonden op mensen die eerlijk gezegd al meer dan genoeg aan hun kop hebben. Ze hebben een mogelijk dodelijke ziekte en we sporen ze aan om die met yoga te bestrijden. Ik heb zo het idee dat een lui leventje met scheepsladingen verzadigde vetzuren in die omstandigheden even dapper zou zijn. Ook roken om de stress tegen te gaan zou ik niet afkeuren.

Ik stoorde me aan Angela's verwachting dat ik sterk zou zijn. Ik wilde me binnenshuis schuilhouden, niemand onder ogen komen. Ik had er behoefte aan door het huis te sloffen en te zwelgen in zelfbeklag. Mijn moeder wilde dat ik geen wrok koesterde. Dat was nog zoiets mysterieus: mensen die geen wrok koesteren. Natúúrlijk zou ik geen wrok koesteren tegen Roger – vanaf het moment dat ik met die klootzak had afgerekend. Hoezo was het sterk om geen wrok te koesteren? Je kon je beroepen op waardigheid, noblesse, klasse, een heleboel indrukwekkende smoesjes voor je aarzeling om terug te meppen. De mensen zouden bewonderend knikken, maar stiekem zouden ze denken: ja hoor, je dúrfde gewoon niet. Ik wilde Roger niet het idee geven dat hij ongestraft een aanzienlijk deel van mijn leven en van dat van Angela kon verpesten omdat we laf waren. Mensen die niet terugvochten konden de morele overwinning opeisen, maar dat is letterlijk niets. Je hoort nooit van mensen die genoegen nemen met morele genoegdoening. Ik wed dat de term 'morele overwinning' alleen is ontstaan om mensen met een zo lage eigendunk dat ze zichzelf niet de moeite van het verdedigen waard vinden in de waan te brengen dat ze tenminste nog íéts op hun vijanden veroverd hebben.

Ik wilde dat mijn vijand de dag zou berouwen dat hij me dwars had gezeten. Ik wilde dat hij op zijn sterfbed zou snikken: 'Het spijt me zo verschrikkelijk, Hannah, vergeef me alsjeblieft,' terwijl ik hem de rug toekeerde en hem uitwuifde op weg naar de hel.

Ik was nog steeds pisnijdig op mijn vader.

Ik zou misschien tot de ochtend hebben geprutteld, maar de telefoon ging.

'Hannah, ben jij het?'

'Jason!'

Zodra ik zijn stem hoorde dacht ik: 'Hij zal zijn moeder nooit terugkrijgen,' en de woede schoof op om in mijn hart wat meer plaats te maken voor mijn mazzel.

'Hallo! Sorry dat ik geen contact meer heb opgenomen. Hoe is het met jou?' Jason klonk ernstig en bezorgd. Hij praatte zoals je praat wanneer je bang bent een geesteszieke van streek te maken. Ik herinnerde me dat hij in de waan verkeerde dat híj míj had verlaten.

Ter wille van zijn ego probeerde ik enigermate bedroefd te klinken. 'Ik heb me weleens beter gevoeld, maar ik kom er wel overheen.'

Jason zuchtte diep. 'Hannah. Het spijt me zo, maar je begrijpt toch wel dat ik niet kan trouwen met een vrouw die geen kinderen wil. Het zou tegenover geen van ons beiden eerlijk zijn geweest. Eerlijk gezegd, ik dacht dat je terug zou gaan naar Jack zodra ik buiten beeld was.'

Het ontroerde me dat hij erop vertrouwde dat ik zou wachten tot hij buiten beeld was. 'Ach ja,' zei ik schertsend, 'mijn tweede keus, uiteraard.'

'Het is een aardige vent,' zei Jason, die Jack blijkbaar absoluut niet kende.

'Maar goed,' zei ik met een onbehaaglijk gevoel, 'hoe is het met jou?'

'Héél goed. Sterker nog, ik bel je om je goed nieuws door te geven. Goed en slecht. Goed voor mij, slecht voor jou. Lucy en ik zijn verloofd. Opnieuw.'

'Wat gewéldig!' riep ik uit. 'Gefeliciteerd.'

'Vind je?' zei Jason. 'Echt waar? Je bent er niet kapot van?'

'Jason, ik vind het heerlijk voor jullie allebei, echt heerlijk.'

'Bedankt.' Hij klonk blij. 'Onder ons gezegd en gezwegen, Lucy wilde niet dat ik belde. Ze denkt' – hij liet zijn stem dalen – 'dat je een beetje geobsedeerd bent door mij.'

Hoe kon ik een flintertje waardigheid herwinnen zonder hem te beledigen?

'Jason, ik verzeker je dat ik geen gevaar vorm voor jou of je verloofde. Ik zal altijd dol op je blijven. Maar ik beloof je dat dat niet zal betekenen dat ik de knuffeldieren van je kinderen zal koken. Ik wens je alleen maar het beste, het grootste geluk samen...'

'Hoewel je de pest hebt aan het huwelijk?'

'Wat? Wie zei dat ik de pest heb aan het huwelijk?'

'Jij.'

'Ik had de pest aan míjn huwelijk. Omdat het niet werkte. Door míjn schuld. Ik was niet geschikt voor dat huwelijk. Zoals een auto niet zou rijden als je sinaasappelsap in de tank zou doen. Snap je, Jason? Ik ben niet tegen élk huwelijk, precies zoals ik niet tegen, eh, sinaasappelsap ben...' Dit werd ingewikkeld. 'Ik bedoel auto's. Auto's zijn geweldig als, eh, er benzine in de tank zit.'

'Ik denk dat ik snap wat je bedoelt.'

'Wat ik bedoel, Jason, is dat ik niet zo'n idioot ben dat ik elk huwelijk slecht vind. Ik twijfel er niet aan dat jij en Lucy zo goed bij elkaar passen dat jullie huwelijk een groot succes zal worden.'

'Bedankt, Hannah. Dat is... heel lief van je. Mag ik in dat geval de gelegenheid aangrijpen om je uit te nodigen voor onze bruiloft?'

'Gewéldig!'

'Ik ben bang... het is in kleine kring... je kunt geen introducé meebrengen.'

'Dat geeft niet, Jason.'

'En, eh, het is niet voor de ceremonie.'

'Dat begrijp ik.'

'Of het, eh, diner. Je bent uitgenodigd voor, eh, ná het diner. Maar er zijn natuurlijk broodjes, en taart.'

Hij wist niet hoe onbeledigd ik was. Een bruiloft kan een dag van je weekend kosten... nee, het hele weekend! Gelukkig de gast die niet wordt uitgenodigd voor de ceremonie of het diner, want die kan de hele ochtend en middag voor de tv koekjes liggen eten.

'Jason,' zei ik, 'ik ben vereerd dat ik je bijzondere dag mag bijwonen, al is het maar het kleinste, miezerigste, piemeligste deeltje ervan.'

'Hannah, het probleem is, Lucy's familie... is ontzettend omvangrijk. Ik...'

'Ik plaagde maar wat, Jason. Echt, ik zweer je, na het diner komt me prima uit.'

'Ja,' zei hij en ik hoorde de glimlach in zijn stem. 'Dat dacht ik wel.'

Hij wilde de hoorn al neerleggen toen ik zei: 'Jason?'

'Ja?'

Nu ik begonnen was wist ik niet hoe ik het moest zeggen.

'Nou ja,' zei ik. 'Je weet het vast wel, maar als iemand die je de afgelopen vijf jaar tamelijk vaak heeft gezien, wilde ik zeggen, voor het geval niemand anders het doet, dat' – stik, hoe doen mensen zoiets? – 'hoewel je moeder dood is' – geweldig, Hannah, kun je nog botter zijn? – 'ik weet zeker dat ze je zal zien' – Angela geloofde dat háár moeder haar zag, afkeurend weliswaar, maar in elk geval zien, dus dat moest iets goeds zijn – 'en apetrots zal zijn hoe goed haar zoon het heeft gedaan. Ze moet verdomd goed werk hebben verricht in de tijd die haar gegund was. Oké? Dat was het. Het is maar dat je het weet.'

Het bleef stil aan de andere kant van de lijn. Toen zei Jason: 'Bedankt.'

Ik schaamde me. Het enige wat ik wist was dat ik mijn moeder terug had. Ik wilde iedereen laten delen in wat ik voelde. Ik hoopte dat ik niet sentimenteel werd op mijn ouwe dag. Voor ik het wist ondertekende ik met 'Hannah Lovekin' met een hartje op de 'i'.

Toen ik met Jack trouwde had ik mijn eigen naam gehouden, meer uit luiheid dan uit principe, al hoorde ik liever de naam Hannah Forrester. 'Hannah Forrester' klonk gewichtiger dan dat slappe 'Hannah Lovekin'. De meisjesnaam van mijn moeder was Black. Ik vond het behoorlijk cool – 'Angela Black', waarin het goud van Angela mooi contrasteerde met het donker van Black. 'Lovekin' was voor watjes. Ik denk dat mijn moeder het ook niks vond, maar geen keus had gehad.

Als Gabrielle gelijk had en alle moeders voor hun kinderen datgene wensen wat ze zelf nooit hebben gehad, dan vond Angela dat zíj geen keus had gehad. Ze wilde o zo graag dat ik de juiste keuzes maakte. Stond er nagenoeg om te trappelen. Ze had Jason niet de juiste man voor me gevonden en toen ze over de Tweede Poging had gehoord, had ze die op haar eigen Vrouwengilde-manier proberen te saboteren. Roger was overduidelijk niet de ware voor haar geweest. Was dat nog steeds niet. Toch dacht ze dat ze geen andere keus had dan bij hem blijven.

Ik had haar niet eens gevraagd of zíj van Jonathan hield.

En al was dat zo, dit was geen kwestie van stuivertje wisselen. Het was een kwestie van besluiten wat zíj wilde, wat men er ook van mocht denken. Ik vermoedde dat ze het 'te laat' vond, omdat ze al veertig jaar met Roger getrouwd was, en als ze wegging, zou hij haar het leven zuur maken. Maar misschien ook omdat ze zó lang had samengeleefd met een man die het vertikt had haar zichzelf te laten zijn dat haar ware persoonlijkheid, opinies, verlangens erdoor gesmoord waren, en als ze in de spiegel naar haar vermoeide, ouder wordende gezicht keek, herkende zelfs zij haar ware ik niet meer.

Mijn moeder had energie en vuur voor mij, maar niet voor zichzelf. En ik vroeg me af waar die apathie vandaan kwam. Ze was niet sloom en toch had ze werkeloos toegekeken hoe haar man haar haar dochter afpakte. Waarom, terwijl ze toch ooit iets van Gabrielle in zich had gehad, waardering voor de kleine dingen die het leven leuk maken? Jezus, toen ik twee was dronk ik vers geperst sinaasappelsap bij het ontbijt – de sinaasappels waren geperst waar ik bij was – omdat mijn moeder wilde dat: 1) ik zag dat sinaasappelsap uit sinaasappels komt, niet uit pakken, en 2) ik dat luxueuze hotelgevoel elke dag had. (Nogmaals, ik was twee.)

Het sloeg nergens op. Angela wilde me de details en de oorzaken van het slechter worden van hun huwelijk besparen om me niet nog meer verdriet te doen – aan de zuiverheid van haar motieven twijfelde ik niet meer – maar ik moest álles weten. Ik had heel lang hoog opgegeven van feiten en gespot met emoties. Hoe had ik niet kunnen beseffen dat alle gebeurtenissen in ons leven ontsprúíten aan emoties?

Mijn moeder beweerde dat je het besluit kon nemen je van je verleden te bevrijden en toch werd ze door het hare aan de grond genageld. Deze dag had het in zich om het begin van iets verbazingwekkends te worden. Of niet. Als ik haar beknopte uitleg accepteerde (hij wilde 'gelukkig' zijn, zij had 'wisselende stemmingen', wat dat ook mocht betekenen), zouden we nooit verder komen dan een oppervlakkig begrip. En dat was opeens niet genoeg meer.

Ik bezat een roestvrijstalen Panasonic magnetron van tweehonderdvijftig pond en de enige stand op dat schitterende apparaat die ik ooit gebruikte was VERHITTEN. Dit wonder der techniek kon grillen, ontdooien, bakken en vast ook strijken, maar ik was te lui om de moeite te nemen de volle majesteit van dat geniale apparaat te doorgronden. Ik nam genoegen met één procent van zijn capaciteiten en voelde me schuldig, spilziek en niet bijzonder slim. Hetzelfde gold voor mijn laptop. Ik verdomde het datzelfde te laten gebeuren met mijn pas verworven topklassemoeder.

Ik zou detectiefje moeten spelen.

41

Ik wist niet waar ik moest beginnen. De kartonnen doos, mijn erfenis van oma, had ik in de gang laten vallen en daar stond-ie nog steeds. Het was de voor de hand liggende plek om te beginnen, maar ik voelde me er een beetje *The Mummy Returns* bij. Oma en ik hadden niet op goede voet gestaan toen ze stierf en ik was bang dat, als ik de doos openmaakte, zwermen zwarte torren tevoorschijn zouden kruipen om me te verslinden. Ik overdrijf (wat die torren betreft). Maar ik wás bang. De meeste families zien er slecht uit van dichtbij, wat mogelijk de reden was waarom ik de mijne liever op een afstandje hield. Ik had mijn buik vol van onwelkome verrassingen. Ik had geen zin om de doos te openen en er een schedel en een naar seringen geurende brief in aan te treffen:

> Hannah,
>
> Eindelijk ben ik dan dood en is de tijd om de afschuwelijke waarheid te onthullen aangebroken. Je hebt ooit een jonger broertje gehad. Toen je drie was stopte je hem in de wasmachine (katoen, zestig graden), waar hij ellendig aan zijn eind kwam. Je ouders wilden niet dat je opgroeide met het etiket 'MOORDENAAR' en elke verwijzing naar het incident was dus taboe. Oliver werd onder hypnose gebracht om alle gedachten aan de tragedie uit zijn geest te verdrijven. Zij het dat de hypnotiseur hardhorend was en we bang zijn dat hij alleen de woorden 'verdrijf alle gedachten... uit zijn geest' verstond.
>
> Helaas, verdriet en woede dreven je moeder tot waanzin. De vrouw van wie je denkt dat ze je moeder is, is in werkelijkheid haar tweelingzus. Je echte moeder zit te raaskallen in een gesticht, achter slot en grendel. Je vader kon slechts aan zijn diepe wanhoop ontsnappen door zich op pantomime te werpen. Ik weet dat je de af-

schuwelijke waarheid wilt kennen teneinde vrede te kunnen sluiten met God en ik sluit deze schedel bij enzovoort enzovoort.

Ik beende naar de gang, schopte de doos weer de salon in en scheurde hem open. Ik schaam me er niet voor dat ik angstaanjagende scènes in een film bekijk met halfgesloten ogen én tussen gespreide vingers door. Diezelfde heldhaftige techniek paste ik nu toe. Ik zag uiteraard niets en haalde dus mijn hand weg voor mijn gezicht en keek met bonkend hart in de doos. En zag... een hoop oude foto's. Nog niet eens een kaakbeen. Geen torren, zelfs geen lieveheersbeestje. Geen enveloppen, lila of anders gekleurd. Ik zuchtte en pakte er een foto uit. Hij was niet eens zwart-wit.

Een groep angstwekkend jaren zeventig ogende mensen stond stijf op een rij, met in het midden een grote, dikke, lelijke jongensbaby. De baby zat op de schoot van een kleine vrouw. Hé, dat was Angela. Ze zag er niet bepaald robuust uit. Haar glimlach was flets. Die peuter met zijn konijnengebit die zijn hoofd als een pompoen op haar arm legde moest Ollie zijn. De jongensbaby was natuurlijk van een neef of nicht. Hij was lelijk genoeg. Waar was ik dan? Nog niet geboren? Ollie was twee jaar ouder dan ik. Ik was nergens! Ik was geadopteerd. Maar... ik lééк zo op mijn moeder. Ik staarde achterdochtig en met tegenzin naar de niet-mooie baby. Ja hoor. Hij was mij.

Opa en oma stonden stijf en formeel aan weerszijden van mijn moeder en keken in de lens alsof het een geweerloop was. Het trof me opnieuw hoe knap mijn vader was: slank, haar tot op zijn kraag, een beetje fatterig. Zijn vierkante kin stak recht vooruit en één grote hand lag op mijn moeders schouder. Ze bezweek er bijna onder. Zijn gezicht zei: 'Dit is allemaal van mij.' Hij leek zelfs trots op zijn Halloween-kroost. Camera's liegen alsof het gedrukt staat, maar mijn moeder was geen schoonheid. Zoals zoveel mensen was ze met de jaren mooier geworden.

Dus.

Wat vertelde die foto me? Ik voelde een professionele aarzeling om veronderstellingen te doen. Ik wist al dat mijn vader van ons allemaal eiste dat we gelukkig waren, zelfs als we dat niet waren. Ik nam aan dat dat hier het geval was. Hij had iets met uiterlijk vertoon, Roger. Hij trok zich te veel aan van wat anderen over hem dachten, over zijn prestaties. Zijn gezicht tartte je om zijn mannelijkheid in twijfel te trekken. Hoewel, als trofeegezin waren we niet geweldig. Mijn moeder leek halfdood en wij kinderen waren, in elk geval in esthetisch opzicht, monsters.

Ik had juist deze – niet verheffende – gedachte toen de telefoon ging.

Mijn hart bonsde. Jack zat vijf dagen in Los Angeles. Ik had alleen maar gezegd: 'Laat je het hoofd niet op hol brengen,' maar ik hoopte dat hij zou bellen. Dat had hij nog niet gedaan.

'Hallo?'

'Met mij.'

'Mijn hart leek te zwellen als een bloedblaar.

'Ja,' zei ik.

'Mij, Martine.'

'Ja, dat weet ik.'

'Ik bel om te vragen hoe het gaat, na al dat gedoe tijdens Roger zijn voorstelling. O mijn god, waar dacht Jack dat hij mee bezig was, door die man mee te brengen...'

'Je denkt zeker dat ik gek ben.'

'Wat?'

'Je doet alsof je mijn vriendin bent, terwijl je alleen maar een verklikker voor Roger bent, omdat je gek op hem bent. Het is pervers. Wat ik je ook vertel, het komt regelrecht bij hem terecht. Je kent geen trouw, geen waardigheid, je weet niet waar je mee te maken hebt of waarmee je je bemoeit. Je moest Jack van Roger smeken om naar de voorstelling te komen omdat hij het maffe idee had dat Jack hem zou ontdekken, volgende halte Hollywood, omdat zijn ijdelheid een gestoorde leugenaar van hem heeft gemaakt. Hij gebruikt je, schat. Hij is niet je vriend. Wat dacht jij eraan over te houden? Een sympathie...'

Ik was voorbereid op geschoktheid, tranen of de kiestoon. Ik verwachtte niet dat Martine met kalme, zachte stem zou antwoorden: 'Nee, Hannah. Je vindt me dóm.'

Ik zweeg.

'Wanneer,' ging ze verder, 'heb je me ooit met respect behandeld? Ik weet hoe je over me denkt. Dikke Martine, werkt bij een tandarts, leest pulp. Nou, schat, ik léés tenminste. Jíj kijkt tv. Jij hebt affaires met figuren uit detectiveseries in plaats van echte mensen. Ik heb geprobeerd je vriendin te zijn, maar wat had het voor zin? Je zou me nooit als een gelijke behandelen. Je bent neerbuigend, grof, je gebruikt me alleen maar om de rotzooi in je hoofd kwijt te raken, het kan je niet schelen wat ík te zeggen heb, je behandelt me neerbuigend, je denkt dat ik geen gevoelens heb, praat me niet over geen vriendin zijn, je behandelt me als oud vuil. Roger heeft aandacht voor me, hij behandelt me als een rationeel wezen en ik ben blij als ik iets voor hem kan doen, het werkt twee kanten op, we hebben heerlijke gesprekken over tanden, en beroemdheid, hij weet niet of hij een kroon moet nemen of zijn tanden moet laten bleken en hij respecteert mijn meningen en deskundigheid, wat meer is dan ik van jou kan zeggen, je bent leuk om mee om te gaan als je je ertoe zet en ik zou gráág je vriendin zijn geweest, maar ik ben het beu dat al mijn moeite voor niks is.'

Toen ze ophing was mijn eerste gedachte dat Martine verrassend goedgebekt was. Mijn tweede was dat ze verrassend gelíjk had.

Als ik, vurig gelovend in wraak, mijn religieuze principes hoog wilde houden, zou ik me gedwongen zien Martine te straffen voor haar gedrag. Maar mijn medeleven ging niet zo ver dat ik haar terugbelde om mijn excuses aan te bieden. Ik had afleiding nodig van mijn geweten en belde Gabrielle, die me ontbood.

'Ik zou wel gebeld hebben,' zei ze terwijl ze de deur opengooide toen ik het tuinpad op denderde, 'maar Jude is niet lekker. Ollie belde dat ik naar huis moest komen vlak nadat jij uit de voorstelling was weggelopen.'

'Wat heeft hij?'

'Buikgriep. We zijn gisteren naar de eerste hulp gegaan, hij bleef maar overgeven en werd helemaal lusteloos en sloom. Ik dacht dat het hersenvliesontsteking was. Maar hij maakt het goed. Hij slaapt. Hij gaf spaghetti bolognese over op mijn Diane Von Furstenberg wikkelrok.'

'Bikkelrok? Wat is een bikkelrok?'

'Een wikkelrok. Die je om je heen wikkelt.

Om je heen bikkelt? Mode... ik zou er nooit iets van snappen. 'Arme Jude. Dus alles is weer goed met Ollie?'

Gabrielle lachte. 'O, jij,' zei ze. 'Geen wonder dat het spaak liep met Jack. Je snapt niets van relaties.'

Ik lachte ook, van pijn. Het is me nogal een beschuldiging, vooral in je gezicht. Trouwens, ze wist van niks.

'Wie wel?' zei ik koel.

'Ollie en ik,' zei Gabrielle, 'zijn... op en neer. Ollie kan niet tegen problemen. Hij probeert lief te zijn en ik probeer... óp te zijn en misschien komt het goed. Maar goed, saai, saai, saai. God, woensdagávond! Arme, arme Angela. Ik heb een boodschap ingesproken op haar mobiel, ik wilde haar niet thuis bellen. Je weet zeker niet of alles goed met haar is? Ik hoopte naar haar toe te gaan als Ollie terug is van zijn opnamesessie.'

'Heeft hij een opnamesessie?'

Gabrielle veroorloofde zich een korte glimlach. 'Foto's van spijkers en schroeven voor het nulnummer van een doe-het-zelftijdschrift.'

Geen van beiden zeiden we het voor de hand liggende: dat het een opdracht was waar hij een maand geleden op gespuugd zou hebben. Goed nieuws, maar ik had hetzelfde gevoel als ik altijd had wanneer ik met Gabrielle praatte – dat me iets ontging. Niet een levensgrote porseleinen luipaard die haar open haard bewaakte, maar iets even opvallends.

Gabrielle had eens gezegd dat ze zeker wist dat haar geheugen na de geboorte van Jude kleine zwarte gaten had ontwikkeld. Het was puur toeval of informatie wel of niet in een klein zwart gat rolde en voorgoed verloren ging. Ik had geen baby als excuus, maar mijn brein deed soortgelijke dingen. Ik vergeleek het met een adventskalender. Alle informatie was aanwezig, maar in vakjes, achter een heleboel deurtjes, en als je niet toevallig het juiste deurtje opende, zou de informatie verborgen blijven. Als ik geluk had zou een van de deurtjes op het goede moment openzwaaien en zou de informatie zichzelf onthullen:

'Je bent naar de keuken gegaan om je cheques te zoeken.'

'Een van de belangrijkste redenen waarom je naar de supermarkt bent gereden is om keukenrollen te kopen.'

'Je wilde Gabrielle spreken om het over de ziekteverschijnselen van het huwelijk van je ouders te hebben.'

Als ik daarentegen pech had, zou het deurtje pas openzwaaien als het te laat was – als ik halverwege de bank was, of vooraan in de rij bij de kassa stond... Maar toen mijn schoonzus en ik in haar gang stonden, ging het deurtje als op commando open. Het commando was: 'Hij wilde niet inzien dat er een probleem was. Hij wilde dat ik me goed voelde.'

Ik weet niets van die dingen – op je ouders willen lijken, tegen je ouders in opstand willen komen, op je ouders lijken of je nu wilt of niet – ik voelde me er onbehaaglijk bij en vermeed dus meestal eraan te denken. Hoewel, nu ik eraan dacht, had ik het idee dat je nooit kon winnen. Als je niet op je ouders lijkt, kunnen mensen zeggen: 'Je bent opstandig'; als je op ze lijkt, kunnen ze zeggen: 'Aha, na-aper.' Of wat de klinische term ook mag zijn. Linksom of rechtsom, je kunt niet aan hun greep ontsnappen.

Jaren geleden had ik me erbij neergelegd dat ik een bedriegster was, net als mijn moeder, en had toen aan de noodrem getrokken. Nu hoorde ik de vrouw van mijn broer praten – 'Ollie kan niet tegen problemen... ik probeer óp te zijn' – en haar woorden waren een echo van die van Angela: 'Roger heeft het altijd belangrijk gevonden dat we... gelukkig waren, zelfs als we dat niet waren.'

Ik had een getuige-deskundige tegenover me.

'Gab,' zei ik, 'denk je dat Ollie op Roger lijkt, in die zin dat hij wil dat zijn vrouw zich goed voelt... ondanks alles?'

Ze staarde me aan. 'Nou, Hannah, ze zijn volkomen anders.'

Ik knikte nederig.

'Ollie is niet rancuneus zoals zijn vader,' ging ze verder. 'Sorry. Ik weet dat je met hem wegloopt. Maar ik bedoel, als jouw moeder zelfs maar zínspeelt op een emotie die niet positief is, snoert Roger haar de mond. Hij kan het niet hebben dat een van jullie verdriet uit. Hij schijnt te denken dat het hém in diskrediet brengt. Ollie vertelde dat hij zo wreed tegen haar was geweest na haar verhouding. En waarschijnlijk daarvoor ook al. Waarom zou ze er anders aan begonnen zijn? Ollie is niet wreed. Ollie is heel anders dan zijn vader. Als kind was Ollie bang van Roger. Er is geen schijn van kans dat Ollie ooit op hem gaat lijken. Ollie vindt het gewoon... moeilijk als ik van streek ben.'

'Aha!' zei ik. 'Juist ja.'

Maar eerlijk gezegd, ik had moeite om het verschil te zien.

42

De vrouw in het wit is geen spookverhaal, maar in het begin zou je dat kunnen denken. Tegen de tijd dat je ontdekt dat het dat niet is, ben je verkocht. Je leest het met uitpuilende ogen, zucht 'Ach! Ach!' en 'Mijn god!' Wilkie Collins schreef het in de negentiende eeuw en het verscheen als feuilleton in een tijdschrift. Heel Engeland was in de ban, de kandidaat-premier zegde een schouwburgbezoek af om de volgende aflevering te lezen en je kon *Vrouw in het wit*-capes en *Vrouw in het wit*-parfum kopen. Dat vond ik nog het prachtigste: Walt Disney heeft productmerchandising gepikt van de Victorianen.

Fred had het me aangeraden en ik had geaarzeld omdat het een klassieker was. 'Ik lees gewoonlijk niet zulke boeken,' zei ik. 'Ik weet niet of ik het taalgebruik snap.'

'Lieverd, als je het niet mooi vindt,' zei hij, 'krijg je je geld terug én een gratis exemplaar van *Bravo Two Zero*.

'En als ik het wel mooi vind?'

'Dan zeg je positieve dingen over mij en de winkel.'

Toen ik het uit had, had ik het mijn vrienden aangeraden – Greg, Gabrielle, mijn vader. (Ze wilden trouwens allemaal weten waarom ik woorden zoals 'malicieus' gebruikte.) Persoonlijk vind ik dat het aanraden van boeken twee doelen dient. Het heeft te maken met macht (sta me toe mijn superieure ervaring door te geven...), maar evenzeer met goedkeuring zoeken (hier heb ik iets waar je blij mee zult zijn).

Het deed me genoegen toen Gabrielle vertelde: 'Wilkie Collins heeft me genoeglijke uren bezorgd! Meer dan ik sinds lange tijd van welke man ook kan zeggen.'

En toen Ron op Gregs deur had geklopt en deze geblaft had: 'Niet nu! Ik ben bezig met een zaak...! Walter Hartright!', was ik zo trots alsof ik het boek zelf had geschreven.

Mijn vader moest, de laatste keer dat ik hem sprak, 'er nog steeds aan beginnen'.

Ik had niet de moeite genomen Martine *De vrouw in het wit* aan te raden. En juist nu leek dat een beschuldiging. Haar goedkeuring, haar leesplezier lieten me koud. Ik voelde me zo oneindig superieur dat ik zelfs niet de moeite nam voor machtsvertoon.

Ik verliet Gabrielle in Belsize Park en kocht een exemplaar in de dichtstbijzijnde boekhandel. Toen reed ik naar de praktijk van Marvin Van De Vetering ('TANDARTS, GESPECIALISEERD IN KINDEREN'), belde aan en werd binnengelaten.

Martine leek niet blij me te zien. 'Heb je een afspraak?' vroeg ze.

'Martine. Je had gelijk. Het spijt me dat ik zo gedaan heb. Ik hecht waarde aan je vriendschap.' Ik zweeg. Ik herinnerde me wat Martine had gezegd toen ik haar verteld had dat Jack en ik gingen scheiden. Vóórdat ze een scheidingsfeest voorstelde. Ze had gezegd: 'Dat is het ergste wat ik ooit heb gehoord', en haar ogen waren groot en vochtig. 'Jij en Jack... jullie zijn een prachtig stel. Ik kijk naar jullie en ik denk: het was voorbestemd. Als júllie het niet redden, hoeveel hoop is er dan nog voor de rest van ons?' Ze had haar neus gesnoten en eraan toegevoegd: 'Ik voel me er heel onzeker door.'

Het was een van de eerlijkste reacties die ik had gekregen en om de een of andere geperverteerde reden had het me opgemonterd.

'Luister,' zei ik. 'Ik heb een boek voor je gekocht. Het is briljant. Ik dacht dat je het misschien mooi zou vinden.'

Ze stak haar hand uit. Ik gaf haar de tas en ze haalde *De vrouw in het wit* eruit. 'Heb ik al gelezen,' zei ze en ze gaf het terug.

'Wat?' zei ik. 'Je hebt *De vrouw in het wit* gelezen en niet de moeite genomen het aan te raden?'

Martine probeerde niet te grijnzen... tevergeefs. 'Ik was boos op je.'

'Ja,' zei ik, 'dat heb ik me geloof ik eindelijk gerealiseerd.' Ik zweeg even. 'Luister. Ik vind je niet dom.'

'Niet meer, zul je bedoelen.'

Het leek me het beste openhartig te zijn. 'Niet meer.'

Eindelijk glimlachte ze. 'Marvin wacht. Maar kom later? Om een uur of acht?'

'Prima,' zei ik en wilde weggaan.

'Oi.' Ik draaide me weer om. 'Geef het boek dan maar terug.'

'Maar je hebt het al gelezen.'

'Ik sla het enige weggevertje dat ik ooit van je heb gekregen niet af.'

Ik vond het verschrikkelijk en nam daarom bloemen mee. Niets voor mij.

'Niets voor jou,' zei Martine toen ze opendeed.

Ik schaam me te moeten zeggen dat ik niet meer in haar flat was geweest sinds ze hem gekocht had. Hij stond in een ruige buurt en was heel klein. Ik was er een keer geweest kort nadat ze erin was getrokken en het was afschuwelijk geweest. De badkamer was piepklein en stonk naar het riool. Ze was vergeten de deur dicht te doen toen ze naar haar werk ging en de hele flat had gestonken. De hele woning, inclusief de salon, was belegd met terracotta tegels.

Nu was hij onherkenbaar. De muren waren geschilderd in zachte tinten lila, geel en roze en werden van onder af verlicht. Er lagen van die stromatten die zo in de mode zijn. Voor alle ramen hingen houten jaloezieën. De badkamer was blinkend wit, met stenen tegels. Het bad zelf had klauwpoten. Niet *mijn* ideaal, maar heel respectabel. De keuken was chroom en showroomstandaard. Martine zag me gapen.

'Ikea,' zei ze.

Ik heb een hekel aan Ikea, had ze nooit vergiffenis geschonken voor een gefineerde zelfbouw-archiefkast die driehonderd pond had gekost en nooit goed had gesloten. Maar andere mensen gebruiken Ikea om wonderen te doen.

'Het is fantastisch,' zei ik. 'Wat mooi. Wat heb je het mooi gemaakt.'

'Mijn broers hebben geholpen,' zei ze. 'Maar ik heb ontworpen waar alle spullen moesten komen.'

We gingen in de salon zitten, op stevige, hoekige, crèmekleurige banken, omringd door volle boekenplanken. Martine drukte op de startknop van haar stereo-installatie. 'Je had er al een klassieke cd in zitten,' zei ik, onder de indruk.

We aten een salade die Martine had gemaakt, aangezien ze op dieet was. Tien minuten later belde ze de Pizza Hut. Ik ondervroeg haar over haar nieuwe badkamer toen ze opeens zei: 'Dit is raar.'

'Ja,' zei ik terwijl ik een hap nam en de pizzapunt wegtrok voor mijn gezicht, waarbij ik een kaassliert maakte zo lang als de Golden Gate Bridge. 'Goed dat we niet gefilmd worden.'

'Dat bedoel ik niet,' zei Martine. Ze hees zich overeind en denderde de keuken in. Er werd een la geopend en ik hoorde haar iets zoeken. Toen kwam ze terug met een krantenknipsel. Ze wapperde ermee voor mijn gezicht, maar liet het me niet aanpakken. 'Uit de *Ham & High*.'

'Wat?' zei ik, turend. 'BEDORVEN VLEES OP GRUWELBRUILOFT?'

'Nee! Daarnaast. Een artikel over Jack. Nou ja, niet Jack – een van zijn cliënten, een actrice. Een stadgenote en Jack heeft haar een doorbraak bezorgd. In een Hollywood-film. Ze speelde de kleindochter van Sharon Stone... nou ja, het punt is, ik las het, een halfjaar geleden, en ik herkende Jacks naam. Je vader had het altijd over beroemd zijn...'

'Niet tegen mij.'

'Nee. Ik denk niet dat hij het veel mensen verteld heeft.'

Ik keek met een stuurs gezicht naar de rest van mijn pizza.

Martine zweeg eerbiedig en zei toen: 'Dus zei ik tegen hem dat Jáck hem misschien zou aannemen en hij zei: weinig kans, hij is van Hannah gescheiden en we hebben sindsdien geen contact meer gehad en toen kwam al die ellende met Jason en toen Jason je aan je kop zeurde dat je vrede moest sluiten met Jack kwam dat je vader prima uit. Ik vond het lullig dat hij deed alsof het was omdat hij Jack beter voor je vond dan Jason, maar ik was zo woest op je omdat...'

Ik hief mijn hand op. 'O, Martine. Het doet er niet toe.'

'Je haat me niet?'

'Ik vind je een beetje een gemeen kreng...'

Ze grinnikte.

'En ik zal je nooit meer dwarszitten.'

Ze knikte blij.

'Maar ik neem het jóú niet kwalijk, ik neem het hém kwalijk. Roger.'

'Ja?'

'Hij... behekst mensen. Hij laat ze dingen voor hem doen die ze niet willen en brengt ze in de waan dat het hun idee was.'

Martine knikte langzaam.

Ik zei haastig: 'Dat was niets vergeleken met alle andere dingen.'

Martine zei: 'Welke andere dingen?', en daar was ik tot vier uur 's nachts zoet mee.

Om ongeveer vijf voor vier ging Martine rechtop zitten, maakte in twee happen een Picnic-reep soldaat en noemde me een 'sufkop'.

'Weet je,' zei ze, 'je vertelt me al die dingen over Angela – hoe ze, toen je klein was, van hyperactief, continentaal ontbijt voor je maken en zo, veranderde in niet uit bed kunnen komen.'

'Ja,' zei ik.

'En dat ze nu zegt dat ze wisselende stemmingen had en dat Roger daar niet tegen kon.'

'Ja,' zei ik.

'Nou dan!' riep Martine. '*Hall-o!* Ze had een postnatale depressie. Je vader heeft het gewoon genegeerd, in de hoop dat het over zou gaan. Hij heeft haar gestraft omdat ze zich miserabel voelde, alsof het haar schuld was. Geen wonder dat ze een verhouding begon! Arme schat!'

'Postnatale depressie,' zei ik. 'Maar... hoe kan dat? Angela hield van ons. Het werd haar weleens te veel, maar ze zou ons nooit verdriet gedaan hebben.'

'Gelul,' zei Martine. 'Een postnatale depressie betekent niet dat je je baby verdriet doet of haat. Al gebeurt het wel. Ik zeg niet dat alle vrouwen van hun baby houden, dat zeg ik niet. Ik bedoel, sommige vrouwen hebben niet meteen een band met hun baby. Het is niet zo dat baby's onweerstaanbaar zijn, zoals een, een, een *jong hondje*. Soms duurt het even.'

'O.'

Martine zweeg even. 'Vraag me hoe ik dit weet.'

'Sorry! Hoe?'

'Mama had het.'

'Ga wég!'

'Eerlijk.'

'Ik wist dat je voor al je broers hebt gezorgd, maar ik dacht dat jullie gewoon een seksistische familie waren. Het spijt me.'

Martine glimlachte. 'Het spijt me ook voor jou.'

'O! Voor mij. Ja.' Ik had het probleem nog steeds niet echt op mezelf betrokken. 'Dus... hoe ging het met je moeder?'

'Ze had het stevig te pakken. Illuminaties, zelfmoordneigingen.'

'Illuminaties? Zijn dat geen... lichten?'

'Nee, lieverd. Dat is als je dingen ziet die er niet zijn,' antwoordde Martine vriendelijk.

'Wat afschuwelijk. Ik geloof niet dat Angela zo was.'

'Het kan verschillen. Maar mama... o mijn god. Alles... bleef liggen. Bijvoorbeeld, ze deed alsof ze de oven ging schoonmaken, maar dan stond ze daar maar, met haar handen te wapperen – was het wel een goed idee als ze er dadelijk ons avondeten in ging klaarmaken? En je wist dat ze uiteindelijk geen van beide zou doen. Papa was groots. Hij kookte, poetste, stuurde haar naar de dokter. Ze wilde niet. Ze heeft jarenlang gezegd dat er niets mis was met haar, dat ze gewoon moe was. Ze was bang voor een psychiatrische aandoening. Een broer van haar oma heeft zich opgehangen. Bovendien was het in die tijd stigmatiserend.'

'Nog steeds.'

'Ja. Klopt. Maar papa gaf er geen zak om wat anderen ervan dachten.'

'Roger wordt geobsedéérd door wat anderen denken.'

'Ja. Roger is typisch voor zijn generatie. Iedereen wilde toen alleen maar een volmaakt, gelukkig gezin. Een carrière was gewoon... een baantje, indertijd. Sociale apsiraties...'

'Aspiraties.'

'Sociale apsiraties beperkten zich tot van negen tot vijf op kantoor werken, jaar in jaar uit, elke dag thuiskomen bij het vrouwtje dat het eten op tafel had staan en er moesten vier kinderen met blozende wangen zijn die je stralend aankeken. Dat wilde Roger. Hij verwachtte het, zoals elke man van zijn leeftijd. Ik bedoel, dat Angela instortte moet hem tot in zijn ziel hebben geschokt. Voor Roger hoort dat niet, het brengt hem in diskrediet. Hij is bang dat hij als een mislukkeling wordt beschouwd. Buren die praten, roddelen. Hij, die meent dat zijn gezin abnormaal is. Hij denkt dat dat betekent dat hij als man en vader gefaald heeft – ik bedoel, het is de opperste schande. Het belangrijkste voor Roger zou zijn dat niemand het te weten komt. Hij wil er graag bij horen, Roger; hij wil graag positieve aandacht. En je weet hoe mensen zijn. Ze denken dat je niet normaal bent, ze krijgen het idee dat het besmettelijk is. Ze steken voortaan over. Dat, Hannah, moet je vaders ergste nachtmerrie zijn geweest. Dus behandelde hij Angela alsof ze het niet had.'

Martine schraapte wat olijf van haar tanden.

'Wat...?' fluisterde ik. 'En wat zou dát tot gevolg hebben?'

'Nou meid. Je zíét wat het tot gevolg heeft gehad. Die arme, arme vrouw; moet je zien wat ze heeft doorgemaakt. Als hij iets van dit alles geweten had, zou ik op hem spugen, dat garandeer ik je. Hij heeft haar de schuld gegeven van iets waar ze niets aan kon doen. Ik bedoel, heeft hij het goedgevonden dat ze in behandeling ging? Daar lijkt het niet op. En dan, als ze snakt naar een beetje vriendelijkheid en ze naar die toneelpief gaat, straft hij haar nog erger. En omdat haar geest... in de war is, laat ze hem begaan. Denkt dat ze zo slecht is als hij zegt. Wat een lul. Ik bedoel, dát is pas slecht.'

'Dit is... verschrikkelijk. Ik voel me... verantwoordelijk.'

'Hannah. Je was een kind. Hoe kon je weten wat er aan de hand was? Hij bespeelde jou zoals hij haar bespeelde.'

'Arme, arme Angela. Ik... wat, hoe kon ze verder... leven?'

'Iedereen is anders. Mama barstte altijd in tranen uit. Sloeg met haar hoofd tegen de muur, maakte ons allemaal aan het gillen om maar begrepen te worden. Sliep de hele middag, 's morgens vroeg opstaan om te... staren. Ik slaap niet veel. Ik denk: ik slaap wel als ik dood ben. Het was alsof ze zichzelf haatte. Papa zei altijd dat ze knap was en dan begon ze te huilen. Als ze een appel schilde en die was gekneusd, had ze een hekel aan zichzelf.'

'En... is ze beter geworden?'

'De pillen... haalden de scherpste kantjes eraf. Maakten dat... ze zich goed voelde. Niet verdrietig. Niet blij. Gewoon goed.'

'Gebruikt ze nog steeds pillen?'

'Wie niet?'

'Maar... postnataal... verdwijnt een postnatale depressie niet als je kinderen wat groter zijn?'

Ja, maar in haar geval, ze was altijd al vatbaar geweest voor depressies en dit was de aanleiding en toen was het er, voorgoed. Maar ze kan nu functioneren.' Martine zweeg even. 'Ik weet niet hoe het nu met Angela is, maar je zou met haar moeten praten.'

'Ja,' zei ik. 'Dat zal ik doen.'

Maar eerst ging ik met mijn broer praten.

43

Gabrielle gaf me toestemming om de volgende avond met Oliver te babysitten terwijl zij met een vriendin uitging 'voor sushi'. We zwaaiden haar uit. Ik heb een paar keer sushi gegeten en het smaakt best, maar als ik daarna thuiskom eet ik altijd een groot bord warm eten.

'Dat zal haar goed doen,' zei Oliver terwijl hij de deur dichtsmeet. (Precies twee seconden eerder had zijn vrouw hem gevraagd hem zacht dicht te doen om Jude niet wakker te maken. Misschien was ik een vampier en had Gab op de frequentie van een vleermuis gesproken, want hij smeet hem niet opzettelijk dicht, het was alsof hij haar niet gehoord had.) Hij haalde zijn schouders op. 'Ik heb bloemen voor haar gekocht en ze was vijf minuten lief tegen me.'

Oliver, realiseerde ik me, was in dat opzicht net een baby, al was zijn gedrag niet ideaal, het haalde niets uit als je tegen hem schreeuwde. Ik besloot het rustig aan te doen, niet zoals gewoonlijk met de deur in huis te vallen. Ik zei: 'Heb je mama nog gesproken?'

Oliver masseerde zijn nek. 'Ik vond dat ik haar wat tijd moest geven.'

Ik bestudeerde zijn gezicht. Hij is báng, dacht ik.

De speciale mammie van de kat had me eens verteld dat Voorzitter Mauw astma had gekregen doordat haar ex-vriend rookte. Ze wist altijd wanneer hij een aanval van kortademigheid kreeg, want dan verstopte hij zich onder de salontafel (Voorzitter Mauw, niet de vriend). Ik vermoedde dat Olivers begrip van waarvoor hij bang was op gelijke hoogte stond met dat van Voorzitter Mauw.

Ik wist niet hoe ik moest beginnen. Misschien moest ik het aanpakken als een willekeurig onderzoek: het zwakke punt van het object zoeken. Hmm. Ik keek Ollie opnieuw aan. Hij was ter plekke verstard en had een uitdrukking van pure doodsangst op zijn gezicht.

'Wat is er?' vroeg ik.

'Ssst!'

Ik wilde mijn metalen nagelvijl al uit mijn tas halen toen ik het hoorde.

'A-a-a-h.' Het geluid van een baby die wakker is geworden.

Nu verbleekte Ollie en pakte mijn arm. '*Stil. Misschien valt-ie weer in slaap*,' mimede hij.

'A-a-AH-AAAAAAAAAAAAAAAAAAH. AAAAAAAAAA-AAAAAAAAAH.'

'Denk je?' vroeg ik.

Ik glimlachte breed terwijl mijn broer de trap op rende. Zijn zwakste plek had zich gemanifesteerd.

'Kut,' zei Ollie toen hij vijftien minuten later in de deuropening van de salon verscheen, met een grijnzende Jude. 'Hij wil niet meer gaan slapen. Telkens als ik hem plat leg, komt-ie overeind en slaat met ópzet met zijn hoofd tegen de spijlen van zijn bedje.'

'Meneer wil spelen,' zei ik. 'Hangt er niet een briefje op A4-formaat op de koelkast met de woorden: "OLLIE, NIET VLOEKEN"?'

Ollie zette Jude op het vloerkleed, waar hij een kleine overwinningsdans uitvoerde.

'Hallo, superschat,' zei ik. 'Krijg ik een kus?'

Jude beende overdreven wankelend naar me toe en plantte zijn lippen op mijn wang.

'O jeetje.' Ik raakte de plek aan waar hij me had gekust. Ik voelde me helemaal verlegen, als een *Southern belle*. 'Nou, bedankt, Jude. Wat een heerlijke kus.'

Jude, nog steeds lopend als een pinguïn, liep naar zijn speelgoed, pakte een tennisbal en gaf die aan mij. 'Zullen we spelen?' zei ik. 'Oké. Ik gooi en jij vangt. Bal voor Jude. Daar!'

Jude raapte de bal op en gooide hem terug. Hij had een mooie bovenhandse worp. De bal raakte mijn voet. 'O!' riep ik. 'Mooie worp, meneer! Mooie worp!'

Jude had (ongeveer zoals Voorzitter Mauw) een manier van optreden die, vond ik, de aanspreekvorm 'meneer' vereiste.

Jude klapte in zijn handen en zei: 'Baw.'

'Baaaaaaaaal,' kraaide ik. 'Ja! Baaaaaaaawl! Ollie!' Ik keek naar mijn broer. Ik keek opnieuw. 'Oliver.' Hij zat op zijn laptop te rammelen. *'Oliver!'*

'Ja?' zei hij zonder op te kijken.

'Jude wil dat je de bal gooit.'

'Mm?'

Ollie keek met een glazige blik op. Jude stond stil, met de bal in zijn hand en een onzekere glimlach op zijn gezicht. Mijn hart brak verdomme bij het zien ervan.

'Je zoon wil dat je de bal gooit,' zei ik.

'Aha,' zei Oliver eindelijk. 'Gooi de bal!'

Jude wiebelde even en gooide de bal. Hij plofte op het toetsenbord. 'Nee,' zei Oliver. 'Stout! Niet lief!'

'Jezus, Oliver. Hij deed het niet expres,' zei ik. 'Trouwens, het was jouw schuld. Je had de laptop weg moeten zetten.'

Te laat. Judes mondhoeken zakten omlaag, op (op het gevaar af gemeen te lijken) een bijzonder komische manier. Dit gebeurde enkele keren en toen begon hij te huilen.

Ik keek mijn broer boos aan.

'Aaach,' zei Ollie terwijl hij hem optilde. 'Sorry. Gekke papa. Kom. Je bent echt moe. Bedtijd. Zeg trusten tegen tante Hannah.'

'Trusten, knapperd,' zei ik en ik kuste zijn bolle wang.

Binnen twee minuten zat Oliver weer op zijn laptop te typen. Boven was het stil.

Ik zat hem een tijdje aan te kijken. God, dacht ik, je kon net zo goed in China zitten. Mijn hart bonsde. Alsjeblieft, Jason, zeg dat ik nooit zó geweest ben. Een wriemelend gevoel in mijn buik gaf me het antwoord.

Ik kende zijn zwakke punt, maar ik wist nog steeds niet waar ik moest beginnen. Ik zou iets willekeurigs zeggen en van daaruit verdergaan. 'Leef je met Roger mee doordat je vader bent?'

'Hoe bedoel je?' vroeg Ollie. Hij keek op.

Ik glimlachte. 'O, niks. Gewoon, als ik jou met Jude zie, moet ik denken aan Roger met jou.'

Het was gelogen, want ik herinnerde me Roger met Oliver op deze leeftijd niet om de heel goede reden dat ik nog niet geboren was. Ik wist echter uit zeer betrouwbare bron dat Roger waardeloos was met baby's – van Roger zelf. ('Baby's! Nutteloze wezens. Ongelooflijk saai tot ze vier zijn. Heb veel liever honden,' enzovoort enzovoort.)

Ollie klapte zijn laptop dicht. 'Ik ben anders dan Roger,' zei hij.

'Nee, het is alleen maar, als ik je met je zoontje zie spelen, van achter een schild, denk ik, ja, het is vast moeilijk voor Ollie om die slagboom neer te halen; laat die liefde hem raken als een sneltrein.'

'Wát?'

Ik zweeg even. 'Jude houdt van je, is afhankelijk van je. Dat is een grote, beangstigende verantwoordelijkheid. Misschien ben je er niet tegen opgewassen. Dus trek je een schild op zolang hij in de kamer is, zodat hij niet bij je kan komen.'

'Wat?'

'Aangezien je bang bent voor Jude...'

'Ik ben niet bang voor Jude!'

'Nou, blijkbaar wel, want je durft hem niet onder ogen te komen. Je bent afstandelijk, je bent er maar half bij.'

'Is mijn laptop een schild?' vroeg Ollie. Ik had niet het idee dat hij het aan míj vroeg.

'Roger was zo bang dat ze hem een mislukkeling zouden vinden, dat hij een mislukkeling wérd. Hij kon geen contact leggen met jou, of met Angela. Hij heeft ons allemaal in de steek gelaten. Ik heb het me laatst pas gerealiseerd, dat hij mij in de steek heeft gelaten, en Angela. Ik denk dat hij ook jou in de steek heeft gelaten, want ik zie hoe je tegenover hem bent, maar ik weet het niet zeker, want niemand praat er ooit over. Ik zie je afstand nemen van Jude. Ik zie dat je je terugtrekt van Gab omdat ze' – en hier introduceerde ik mijn lumineuze idee – 'een *postnatale depressie* heeft gehad, net als mama. Ik zie dat je verlamd wordt door angst dat alles uit elkaar zal vallen.'

Ollie schudde zijn hoofd. 'Ik ben anders dan Roger,' zei hij schor. 'En Gab is anders dan mama was. Hoe maf Gab soms ook deed, ze was er altijd voor Jude, brede glimlach op haar gezicht. Na jouw geboorte deed mama... raar. Oma Nellie vertelde dat je, toen je leerde glimlachen, naar haar lachte en soms was ze zo in zichzelf gekeerd dat ze niet terug lachte. Ze... staarde je alleen maar aan, een beetje fronsend. En volgens oma Nellie kreeg je een keer toen zij er was een verbaasde blik op je gezicht en stopte je met glimlachen. Ze zei dat ze er bijna om moest huilen. Gab is anders dan mama. Gab moet alleen een beetje opgepord worden...'

'Opgepord. Wie zei dát altijd?'

Ollie wreef ruw met de muis van zijn hand door zijn ogen, alsof hij zichzelf blind wilde maken. 'Dat zei Roger altijd,' fluisterde hij. 'Dat zei Roger altijd over mama.' Hij rilde.

Te beginnen in november gebeurt er iets raars bij Hound Dog Investigations. We worden niet meer gebeld over overspelige mannen, overspelige vrouwen. Ons huwelijkswerk neemt af tot bijna niets. Zoals Greg verklaarde: 'Mensen willen zo vlak voor de kerst geen spelbederver zijn. Ze willen een familiefeest niet verpesten.'

Dat was wel het zieligste wat ik ooit had gehoord. Dat mensen zo dáchten! Niet slechts één, verdwaasde mafketel – hele volksstammen! Ik stelde me die idioten voor, wakker wordend aan tegenovergestelde kanten van het bed, elkaar rancuneus cadeautjes gevend, neerslachtig spruitjes kauwend terwijl de lichtjes fonkelden en de kinderen probeerden te doen alsof het niks gaf dat mama en pappa niet met elkaar praatten. Ik kon niet geloven dat het ritueel van inhaligheid en het positieve imago zo belangrijk voor ze waren dat ze, in plaats van zichzelf gerechtigheid te doen – de bedrieger verbannen naar een wegrestaurant, voor een feestdiner bestaande uit een broodje kalkoen, gepikt uit een Esso-station – liever met een leugen leefden, een ellendige dag van buitensporige onwaarheid, deden alsof ze liefde en saamhorigheid vierden met een persoon aan wie ze de pest hadden, een glimlach op hun gezicht toverden terwijl ze al die tijd inwendig jankten.

Tegenwoordig had ik er een minder fascistische kijk op. Ik snapte dat mensen het makkelijker vonden hun eigen ongeluk te dragen dan het te botvieren op hun gezin. Niemand wil spelbederver zijn. Niet met Kerstmis, dat nooit.

Ik had Ollies spel bedorven.

Ik zweeg.

Het was niet zo dat ik zelf ooit méér zag dan wat zich onder mijn ogen afspeelde. Meestal zag ik zelfs dát niet. Het leek erop dat de meeste mensen dat niet deden. Maar ik dacht aan Jude en ik wilde niet dat hij opgroeide zoals zijn vader: met een depressieve moeder en het gevoel dat zijn vader niets om hem gaf.

'Je vindt me vast een volstrekte niksnut,' zei Oliver toen hij ten slotte opkeek.

'Je bent een tikkeltje irritant,' zei ik. 'Ik zou je geen niksnut willen noemen.'

Hij lachte. 'Bedankt. Trut.' Hij veegde zijn neus af met zijn hand. 'Ik wist dat het niet goed ging met Gab. Ik heb het gevoel dat het door mij komt.'

'Nou, lieverd, die depressie – oké, oké, wat het ook mag zijn – komt niet door jou, maar ik denk dat het begint wanneer je weet dat er iets mis is, maar tegenover haar en iedereen doet alsof er niets aan de hand is.'

Oliver fronste zijn wenkbrauwen. 'Luister, wijsneus, je hebt geen idee van de... ángst.'

'Angst,' piepte ik. 'Ik weet wat angst is! Zeg me niet dat ik niet weet wat angst is. Ik...'

'Mooi. Waar ben jíj bang voor?'

'Nou... ik kan niet slapen als de kastdeuren openstaan.'

'Dacht ik al. Niets. Je kon me geen serieus antwoord geven. Ik zal je zeggen waar ík bang voor ben.' Hij schudde zijn hoofd; het was alsof de woorden in zijn keel bleven steken. 'Dat huis,' zei hij ten slotte. 'Als ik ooit zou denken dat ik mijn gezin hetzelfde gevoel zou geven als ik in dat huis had... Alsof je er niet aan kunt ontsnappen. Op een keer, ze voelde zich niet lekker...'

'Wie? Gab?'

'Mama. Ik was op de overloop. Ik hoorde haar, in hun slaapkamer, ze huilde, riep: "O god, Roger, help me, ik voel me zo beroerd." Ik denk dat ik een jaar of zes was. Ik was doodsbang. Ze zei nóóit zulke dingen. Ze klaagde nooit. En hij zei telkens weer: "Nee, niet waar." En ze hield op met huilen. Ik hoorde hem uit de slaapkamer komen en ik rende naar mijn kamer en verstopte me in de kast.'

'Was je zo bang voor hem?'

'Ja.'

'Hij heeft haar nooit... geslagen... of jou, nietwaar?'

'Nee. Maar je weet hoe opvliegend hij is. Hij was altijd zo boos. Het was een constante factor, verborgen, maar nauwelijks ingehouden. Je voelde dat hij zijn stekels opzette – je had steeds het gevoel dat hij je zou slaan als je iets verkeerds zei. De angst om geslagen te worden was erger dan daadwerkelijk geslagen te worden. Zijn woede was helemaal op haar gericht. Ze had een kleine porseleinverzameling en hij stampte de kamer binnen en veegde hem van de plank – ik weet niet meer wat ze gedaan had – en ik gilde tegen hem: "Je mag niet gemeen zijn tegen mammie," en hij was geschokt. Hij dacht dat een kind het niet merkte. En toen was het alsof hij het op mij overbracht. Vooral na de verhouding. Ik vond meneer Coates aardig. Ik was goed in toneel. Ik was de reden waarom hij mama leerde kennen. Ik begreep niet echt wat er gebeurde, maar ik voelde genoeg om zijn naam nooit tegenover Roger te noemen. Als we ooit plezier hadden was dat omdat we móésten. Oma Nellie kon hem niet uitstaan – ze wist hoe hij tegen haar dochter deed: nooit zo gemeen dat anderen het zagen, maar altijd gemeen. Maar ze was oud, ze kon niets doen.'

'Als hij altijd zo afschuwelijk was, dan...'

'Hij was niet altijd afschuwelijk, dat was het punt net. Als we bijvoorbeeld een dag naar de dierentuin gingen was hij geweldig in zijn sas. Wij allemaal trouwens, maar het was merendeels opluchting. We léken ontspannen, maar het was show. Je kon je nooit ontspannen met hem erbij. Ik ben mijn hele jeugd gespannen geweest. Ik weet niet of hij zich realiseerde dat zijn hele gezin doodsbenauwd voor hem was. Hij liet het niet merken, maar hij moet het geweten hebben. En tegen jou deed hij anders. Jij was zijn maatje.'

'O, schitterend. Ik was zijn medeplichtige.'

'Je wist het niet. Jij had een andere relatie met hem. Ik denk dat hij je oprecht aanbad. Terwijl ik een concurrent was, in zekere zin. Maar hij gebruikte je tegen haar.'

'Ik weet het.' Ik zweeg even. 'Maar ze moeten toch ooit gelukkig zijn geweest.'

Oliver lachte, een droefgeestige lach. 'Ja, maar dat moet dan geweest zijn voordat wij kwamen.'

'Arme Oliver. Ik neem aan dat je je hulpeloos voelde.'

'Ik weet het niet. Ik was zo vaak mogelijk lief voor mama. Ik bracht veel tijd buitenshuis door. Maar... ja. Je voelt je inderdaad hulpeloos.'

'Nog steeds?'

Hij zei het heel zacht. 'Ja.'

'Maar het is nu anders, Ollie. Gab is mama niet. Je bent opgegroeid in zijn huis, maar je bent hem niet. Je bent niet meer dat hulpeloze joch. Je bent groot en sterk en je hebt de kracht om Gab te helpen. Je hebt het in je, Ol, om een geweldige echtgenoot en een echt goede vader te zijn. Maar stop met wegrennen. Er is niets om bang voor te zijn.'

44

Ik kwam thuis en Jack had gebeld dat hij morgen terug zou komen, maar dat ik sowieso moest bellen. Já! dacht ik, en ík dan? Zelfs Superman had Lois Lane nodig om tegenaan te kruipen.

Ik belde hem in zijn hotel, maar hij was er niet. Ik liet een boodschap achter. 'Hallo, Jack,' zei ik tegen het apparaat. 'Ik ben zo blij dat je in LA bent, want ik werk momenteel fulltime aan mijn merkwaardige familie en de dag heeft eerlijk gezegd te weinig uren. Maar ik hoop dat je het goed maakt. Je zult wel walgen van al die slanke, gebronsde, rondborstige vrouwen. Ik zie je wanneer je terug bent. Als ik tijd heb.'

Ik legde de hoorn neer en kreunde. Ik was niet geweldig in elektronisch flirten. Ik klonk altijd serieus, zelfs als ik een grapje maakte. Nou ja. Ik haalde mijn schouders op, plofte in bed en sliep slecht; ik was helemaal sufgeluld na mijn bezoek aan Oliver. Er zijn mensen voor wie delicate, gevoelige gesprekken hun levensbloed zijn. Je ziet ze ernstig knikken, zorgelijk fronsen, dikke knuffel paraat terwijl ze smullen van de smartelijke verhalen die ze onwetende kennissen ontfutselen. Ik ben nooit zo geweest, zelfs niet in mijn werk. Ik voel me beschaamd en luidruchtig en vampierachtig, want ik kan er niets aan doen dat ik de toehoorders ervan verdenk dat ze naast alle afgrijzen en mededogen ook een beetje plezier ervaren. Misschien hangt het ook van de verteller af.

Ollie had niet genoten van zijn tocht naar het verleden. Hij had er geschokt uitgezien. Het zou anders geweest zijn als Ollie iemand was geweest die graag over zichzelf praat. Maar elk woord werd eruit geperst als water uit een dweil. Hij had goddank niet gehuild. Zijn blik was dof geweest en hij had me niet meer dan twee keer aangekeken. Het was pijnlijk om te zien, pijnlijk om te horen. Hij had me niets willen vertellen. Ik had hem gedwongen herinneringen op te halen, een versie van zichzelf die hij had begraven en geprobeerd te vergeten. Ik voelde me onfatsoenlijk dat ik getuige was geweest van zijn intense schaamte; het was alsof je naar een openbare ophanging keek.

Maar hij besefte nu beter waarom hij zich zo had gedragen en misschien zou dat hem aanzetten tot veranderingen. Hoewel ik de ervaring heb dat mensen tien jaar zelfbeseftherapie kunnen volgen en nog steeds klootzakken zijn. De tijd zou het leren – waar niemand uiteraard ook maar íéts aan heeft.

Maar goed, de informatie stapelde zich op. Ik begreep meer van mijn naaste familie dan ooit tevoren. Ik was er nog niet zo zeker van dat dat positief was.

Ik besteedde de ochtend aan het schoonmaken van mijn flat. Het was lichaamsbeweging en het was saai, wat mijn geest bevrijdde om na te denken. Ik had niets van Roger gehoord – je zou denken dat hij zich te diep schaamde om te bellen, maar hem nu kennende zoals hij, helaas, was, wachtte hij op míjn excuses. Arme moeder, nog steeds in dat huis met hem.

Ik gooide de plumeau weg en belde haar mobiel. Wat Ollie had gezegd over dat ze 'raar' was geweest na mijn geboorte was bezonken en het zat me dwars. Pas toen ze opnam realiseerde ik me dat ik haar nummer van buiten kende.

'Alles goed?'

'Heel goed, bedankt, Hannah. En jij?'

Haar stem klonk warempel levendig.

'Prima. Is – *is hij daar?* – want als hij op wat voor manier ook onaangenaam doet, kom ik...'

'Hannah. Maak je geen zorgen over mij. Ik weet hoe ik je vader moet aanpakken. Hij is sinds woensdag heel weinig thuis geweest.'

'O. Waar is hij geweest?'

'Op kantoor, lijkt me. Ik denk niet dat hij ergens anders heen kan.'

Normaliter was ze niet zo opgewekt, zo zelfverzekerd. Er kwam een gedachte op. 'Zeg eens, wat... eh, hoe is het met het stuk gegaan?'

'Het stuk!' Haar stem klonk geamuseerd. 'Rosalind Emerson heeft mijn rol overgenomen. Gretig. Ze hunkert er al jaren naar je vaders tegenspeelster te zijn, maar ze is langer dan hij en de kans leek zich nooit voor te doen.'

'Vond je het erg?'

'O nee! Ik heb het haar gevraagd. Het pakte goed uit, voor Inimitable Theatre, godzijdank. Roger vergat bekend te maken dat ik juffrouw Cooper niet meer speelde en de zaal was uitverkocht. Wat zoals je weet nooit eerder gebeurd is.'

'Wat! Waarom?'

'Hannah. Je bent lief. Je hebt die baan, je wekt graag de indruk dat je... een cynisch mens bent, en toch... Het was uitverkocht omdat iedereen had gehoord dat Jonathan was opgedoken, na al die tijd, en hoe Roger en ik hadden gereageerd en, nou ja, dat geeft het iets extra pikants. Levensecht drama is altijd opwindender dan geregisseerd.'

Ik was geschokt. 'Iédereen? Wist men van je verhouding? Hoe?'

'Dat weet ik niet. Dat zat Roger nog het meest dwars – dat men erachter zou komen. Ik zei, hoe dan? Ik dacht niet dat Jonathan het wie ook zou vertellen. Maar... natuurlijk... nu ik erover nadenk, Roger had jou erbij betrokken, en Ollie, de arme jongen, was zeven en hij wist dat er iets was. Dus... andere kinderen vertellen het hun ouders en ouders vertellen het aan hun vrienden... zo gaat het waarschijnlijk als je in een dorp woont. Mensen zijn alert op wat anderen doen. Het was een vernederende ervaring, het besef dat mijn... liefdesverhouding praktisch folklore was. Hoewel ik bijna medelijden had met Roger. Hij dacht dat het geheim bewaard was gebleven. Je weet dat hij de laatste avond niet heeft gespeeld?'

'Nee!'

Voordat Roger de bacchanalistische excessen van de *afstershow* zou overslaan, zou hij klinisch hersendood verklaard moeten zijn, al was het maar van schaamte. Tijdens de *aftershow* kon alle seksuele frustratie, alle opgekropte energie van op het podium staan eindelijk losbreken. Het was een orgie van pluimstrijkerij en zelfingenomenheid en als iemand wiens primaire behoefte het was dat anderen een hoge dunk van hem hadden en hem dat in het openbaar vertelden, lééfde Roger voor de *aftershow*.

Mijn moeder giechelde. Alsof je de paus hoorde giechelen. Ze zei: 'Het is veel om te verwerken.'

'Ja,' zei ik. 'En hoe is het om berucht te zijn?'

'Als lichtekooi, bedoel je? Ik dacht dat ik het erg zou vinden, maar dat is niet zo. Ze weten geen zier over me, ze dénken het alleen maar te weten. De helft bedriegt of wordt bedrogen en ze zitten allemaal op hete kolen omdat ze weten dat zíj op dat podium hadden kunnen staan.'

'Het zijn barbaren.'

'O nee, Hannah. Zeg dat niet. Mensen zijn bang. Ze zien hun eigen leven. Ze denken aan hun echtgenoot, ze denken: heeft ze het op hem gemunt?'

'Wat ironisch, als je bedenkt dat het de helft van hen niet kan schelen of hun echtgenoot leeft of dood is, zolang de levensverzekering maar in orde is.'

'Hannah! Je... je zou gelukkiger zijn als je los leerde laten in plaats van je aan elke kleine krenking vast te klampen. Stel je elke krenking voor als een tak – je zeult een heel bos mee! En ik moet zeggen dat een paar van de jongere vrouwen die ik ken erg lief zijn geweest.'

Ik kwam in de verleiding om te zeggen: 'Zoveel?', maar hield mijn mond. Ze klonk gelukkiger. Als dat armzalige, povere leven voldoening schonk, waarom zou ik er dan gaten in prikken?

Ik nam afscheid, in het besef dat ik niets had gevraagd over haar depressie, over haar fronsende blikken op mij toen ik een baby was. Het was te veel. Ik had me al een weg naar Olivers ziel geboord; het zou te vrijpostig zijn geweest ook binnen te dringen in die van mijn moeder. Wat dacht ik dat ik kon doen – het goedmaken door alleen maar 'ik weet het' te zeggen? Er zijn dingen in het leven die je niet kunt goedmaken. Maar toch. Soms kan een 'ik weet het' een enorme troost zijn. Ik denk dat ik vijfentwintig jaar grofheid in een paar dagen ongedaan wilde maken.

Het was geen excuus. Ik wachtte de hele avond en probeerde Jack toen thuis te bereiken.

'Hé, bedankt voor je telefoontje,' zei ik.

'Ik kom net thuis van het vliegveld. Bovendien, je boodschap. Ik wilde je met rust laten. Hoe gaat het?'

'Daar bel ik over.'

Het bleef even stil. Toen zei hij: 'Heb je zin om morgen te gaan lunchen?'

'Ja,' zei ik. 'Oké. Maar niet in die beroemdhedentent waar ik je laatst heb gesproken.'

'Goed. Waar dan?'

Ik kén geen eetgelegenheden. Fred's Books, maar dat is alles, en strikt genomen is het maar een halve eetgelegenheid. Buiten Fred's – en hoewel ik al ruim dertig jaar in een van de grootste wereldsteden woon – heb ik geen idee waar het lekker is. Ik ben eens afgegaan op *Time Out* en stond uiteindelijk taco's te eten op de grote weg.

'Het café in Regent's Park?'

'Is er niet meer dan een?'

'Je kent het wel. Vlak bij de fontein. En de eenden.'

'Dat beperkt de keus.'

'Bij de ingang zit een internationale economische hogeschool.'

'Je bent onuitstaanbaar, schattebout. Ik neem wel een taxi. Ik zie je om een uur in het café. Neem je mobiel mee voor het geval dat...'

'Jack. Mensen vinden is mijn wérk.'

'Ha!' zei Jack en hij hing op.

De volgende dag, tegen alle verwachtingen in, vonden we elkaar.

Ik kocht een broodje kaas voor ons allebei en we wandelden naar de fontein en gingen op een bemoste bank zitten. Ik stak van wal met verhalen over mijn familie. Over wat ik ontdekt had.

'Je moet me Jonathans nummer geven,' zei ik. 'Ik moet met hem praten, erachter zien te komen hoe Angela was toen de verhouding begon, wat ze hem over Roger heeft verteld. Ze moet hem in vertrouwen hebben genomen. Ik moet uitvissen wat hij weet. En of hij van plan is haar terug te zien. Het was zo egoïstisch en stom wat hij deed...'

'Wacht. Stop.'

Ik stopte. Staarde hem aan. Zoals hij op die bank zat zag die er kleiner uit dan hij was. 'Wat?'

'Truttebol, vind je niet dat je genoeg hebt ontdekt?'

'Hoe bedoel je?'

'Nou... je wilde de waarheid over Roger weten, en Angela, en jij en Oliver. Dat weet je.'

'Ja. En nee. Er is nog veel wat ik niet weet. Angela wilde me niet erg veel vertellen en Oliver – hij heeft weinig gezegd over hoe het was. Aan Martine had ik meer. Ze heeft geholpen om veel te reconstrueren.'

'Maar waarom wil je elk nietig detail weten? Je weet wat je moet weten: waarom Angela een verhouding kán hebben gehad.'

'Ja. Omdat ze zo lang depressief was geweest en omdat Roger zo wreed voor haar was geweest op die nonchalante, onverschillige manier van hem.'

'Ik ben ervan overtuigd dat dat veel heeft bijgedragen. En je weet nu dat ze, in zekere zin, een reden had om te doen wat ze deed. Ik weet dat dat belangrijk voor je is. Niemand wil zijn of haar moeder haten. Maar er is meer.'

'Wat?'

Jack pakte mijn hand. 'Dat zul je nooit weten, schattebout, want je bent Angela niet en ze zal het je nooit vertellen. En ik geef je Jonathans nummer niet...'

Ik rukte mijn hand los. 'Jack, ik kan Jonathans nummer achterhalen. Ik vroeg het je uit beleefdheid.'

'Wilde je me daarom spreken?'

'Nou, ja. Ik moet Jonathan spreken en...'

'En ík zeg dat je niet met Jonathan gaat praten.'

'Waarom? Laatst stond je er volledig achter.'

'Ik wist op dat moment niet dat je de waarheid over je vader kende. Maar die ken je en het zou grof en zinloos zijn om Jonathan verder uit te horen over hun verhouding.'

Ik gooide een dikke houtduif kruimels van mijn broodje toe. Jack irriteerde me.

'Luister,' zei ik. 'Ik ben pisnijdig op Jonathan. Welk recht had hij om op deze manier terug te komen, als een spook? Dat hij dácht dat hij nog steeds van haar hield is gelul.'

'Hannah. Je hoeft niet voor álles te zorgen. Vertrouw erop dat mensen voor zichzelf zorgen. Waarom kunnen we niet over óns praten? Al hun gedoe staat ons in de weg.'

Ik negeerde zijn laatste opmerking en zei: 'Ik weet niet waarom ik erop zou vertrouwen dat mensen voor zichzelf zorgen. Dat hebben ze nog nooit gedaan. En mijn moeders zaken zijn míjn zaken.' Ik keek hem boos aan. Hij scheen niet te begrijpen dat ik me niet goed kon voelen zolang zíj zich niet goed voelde. 'Angela noemde me "lieverd",' ging ik verder. 'Ik snap niet hoe ze het kon. Ik voel me gemeen. Zo gemeen als een slang.'

Jack schudde zijn hoofd. 'Je was klein en je wilde je vader een plezier doen. Je bent de enige die vindt dat je buitengewoon gemeen bent. Je bent normaal gemeen. Je bent niet speciaal gemeen.'

'O ja?' Ik keek dreigend naar de grond. 'Ik ben blij dat Roger nu boet. Ha ha *hah*.'

Jack keek verbaasd. 'Hoezo, wanneer heb je Angela nog gesproken?'

'Vlak voor jouw komst. Ze zei dat íédereen in The Suburb weet dat het gelukkige gezin een schertsvertoning was, en het altijd heeft geweten. Doordat ik en Ollie op school honderduit hebben gekletst, denk ik. Dus Roger denkt dat hij de risee is, geen enkel respect geniet. Hij schaamt zich bijna te erg om zich te vertonen – hij verstopt zich op kantoor. Ze zullen wel verbaasd zijn dat ze hem zien; hij komt er ongeveer met de regelmaat van een kapotte klok.'

Jack haalde zijn schouders op.

Ik staarde naar de grond. Ik was prikkelbaar doordat deze ontmoeting anders uitpakte dan ik gehoopt had. Wees eerlijk, zei ik tegen mezelf, het is in wezen een zakelijke ontmoeting. Het ging er beschaafd aan toe. Vriendelijk. Maar we hielden elkaars hand niet eens vast. Ik voelde zijn afstandelijkheid.

'Ik heb het gevoel,' zei ik, 'dat ik veel verdriet heb blootgelegd.'

'Je wist dat je nooit iets... moois zou ontdekken.'

'Huh.'

'Hannah. Kijk nou eens wat je gedaan hebt. Je dacht dat je het misschien mis had, dus ging je op zoek naar de waarheid. En met succes. En zie wat het je heeft opgeleverd. De kans om het bij te leggen met Angela, op een nieuw niveau te beginnen. Zelfs Ollie.'

'O,' zei ik. 'Ollie zal wel teruggaan naar zijn oude stille ik. Het zal zijn alsof dit nooit is gebeurd. Ik mag van geluk spreken dat hij me íéts heeft verteld. Wat Ollie betreft is het net *Back to the Future*, waar hij in de auto moet zijn als de bliksem in de klokkentoren slaat – je hebt een fractie van een seconde – alle sterren staan in lijn en om de een of andere reden stort Ollie zijn hart uit, deelt zijn gevoelens en dan, bám, het is voorbij en als je je kans hebt gemist is het te laat, nooit meer.'

'Misschien. Maar die fractie van een seconde zou genoeg kunnen zijn om een wereld van verschil te maken. Misschien zal hij een beetje anders doen tegen zijn zoon en zijn vrouw. Hij zou nooit bewust zo willen zijn als Roger. Je hebt íéts gedaan. Je hebt de belangrijkste feiten ontdekt en je hebt ze positief gebruikt voor nú. Nú is opnieuw uitgestippeld. En dus is de toekomst gewijzigd, ten goede. Angela heeft gelijk, in zekere zin. De nietige details van het verleden zijn onbelangrijk geworden.'

45

De warmte was uit de zomer verdwenen, waardoor je vergat dat het ooit zomer was geweest. Eén kille dag was alles wat ervoor nodig was.

Onderweg naar huis dacht ik erover mijn oorwarmers achter uit de garderobekast te halen en vroeg ik me af of Jack gelijk had. Ik had hem kunnen negeren en Jonathan toch kunnen opsporen, maar ik had er het hart niet toe. Mijn hart had het druk met andere dingen.

Een week geleden had Jack gezegd dat hij van me hield. Nu vroeg ik me af of er levenslange garantie op die verklaring zat. Of was het net zoiets als een tegoedbon voor de plaatselijke afhaalchinees, die na zes dagen ongeldig werd? Jack moest gemerkt hebben dat mijn gevoelens voor hem niet veranderd waren en toch vertoonde hij geen enkele neiging om verdere stappen te ondernemen. Ik nam aan dat dat, ondanks wat hij zei, betekende dat hij me niet vertrouwde. Of dat ik iets verkeerds had gedaan en blijk had gegeven van onvolwassenheid. Jammer dan. Ik was niet van plan hem te bellen; het was zijn beurt.

Ik speculeerde over wat er zou gebeuren als ik besloot nóóit meer te bellen. Zou hij evenmin bellen? Het fascineerde me, de mogelijkheden, of het gebrek daaraan, die je voor jezelf kon creëren als je koppig genoeg was. Je kon je in jezelf opvouwen, kleiner, kleiner, strakker, strakker, een origami-persoon, tot je elke kans buitensloot om vreugde te schenken, of te ontvangen. Je kon zoveel missen. Je zou je veilig maar triest voelen in je lege, ommuurde kasteel van een leven. Zo wilde ik niet zijn, niet meer. Het was veilig, maar niet leuk. Er waren geen verrassingen, elke adrenalinestoot kwam met de complimenten van *kantoor.*

Maar ja, wat moest ik met een man die weigerde in me te geloven?

De telefoon ging toen ik binnenkwam en ik rende ernaartoe.

'Hall-*ow*?' zei ik met wat ik hoopte dat een vriendelijke stem was.

'Hannah!'

'Ja,' zei ik. De warmte trok weg. Ik schakelde over van zomer naar winter, zoals het weer zelf.

'Ik ben onderweg naar je. Ik ben er zo, pak je jas, dan pik ik je op.'

'Dat denk ik niet. Misschien kan ik je verwijzen naar ons laatste gesprek. Ik geloof dat het ermee eindigde dat je me in mijn gezicht sloeg.'

Roger geloofde blijkbaar in die enorme onwaarheid, dat de tijd alle wonden heelt. Nee, dat doet hij niet. Hoe zit het met de wonden die ontsteken? Gangreen krijgen? Dan moet er een been geamputeerd worden. Mijn wond was groen, stonk en er kwam pus uit. De tijd maakte hem niet beter; een wond is geen goede wijn.

'Nou, jij hebt mij ook pijn gedaan. Ik heb nog steeds een blauwe plek. O, maar dat is op dit moment onbelangrijk, ik kan niet...'

Het had even geduurd voordat ik me gerealiseerd had dat Roger zo in zichzelf opging dat het bijna een stoornis was. Narcisme! Alsjeblieft. Ze plakken overal een etiket op. Misschien had ik het niet willen geloven. Het is makkelijker onaangenaamheden buiten te sluiten dan aan te pakken. Hoewel ik het onprettige gevoel had dat alle onaangenaamheden in mijn privé-leven die ik buiten had kunnen sluiten erin geslaagd waren zich door de kieren naar binnen te persen, mijn kijk op de wereld hadden bezoedeld, al mijn gedachten, meningen, acties, reacties hadden beïnvloed. Zie het zo: ik was het enige meisje dat ik kende dat met een machete naar bed ging (in de schede, maar toch).

Het was als een stomp in mijn maag mijn vader te zien zoals hij was. Niemand is volmaakt, maar anderzijds wil niemand ontdekken dat zijn of haar held niets meer is dan een samenstel van gebreken. Hij was niet in staat te voelen wat ik voelde als zijn verraad, kon zich zelfs niet voorstellen hoe het kon zijn. Er was geen enkele overeenkomst. Ik had van een andere soort kunnen zijn.

En geen excuus, zelfs niet al wás ik van een andere soort. Ik zal niet zeggen dat de siamees van de buurvrouw en ik vrienden waren, maar ze krijgt áltijd een stukje hamburger, kippenbout of kebab als ik laat thuiskom van mijn werk. Ze toont haar waardering door gespin en een zijdezachte streling rond mijn enkels. Het is een fijn moment -- menselijk wezen, kat, die een gemeenschappelijk genoegen delen, een liefde voor lekker eten. Maar wat me raakt is haar hoffelijkheid. Ze is aardig, ze weet dat ik op mijn beurt aardig zal zijn. Voorzitter Mauw is emotioneel scherpzinniger dan Roger Lovekin! Het was wat veel – ik had meer met een katachtige dan met mijn eigen vader, en ik ben niet eens een kattenmens!

Dus was het de moeite waard te proberen hem te straffen als hij inderdaad niet aanvoelde wat hij me had aangedaan? Het heeft geen zin een 'sorry' te ontlokken aan iemand die het niet meent en ik vermoedde dat mijn vader dat nooit zou doen. Hij begrijpt andermans pijn niet, alleen de zijne.

En wat zou het goed uitkomen. Alsof je je beroept op ontoerekeningsvatbaarheid nadat je iemand hebt doodgeknuppeld. Als hij míjn pijn niet begreep, zou ik niet langer proberen hem ervan te doordringen, maar dat betekende niet dat hij vrijuit ging. Nee. Als zíjn pijn het enige was wat hij begreep, zou ik daarin moeten porren en prikken.

'Roger,' viel ik hem in de rede, 'ik snap niet dat je je gezicht hier nog durft te vertonen, terwijl al je zogenaamde vrienden in The Suburb roddelen over Angela's verhouding. Iedereen begrijpt volkomen waarom ze het deed. Je hebt je verachtelijk gedragen tegenover haar. Iedereen die je kent zal zich dan ook wel afvragen waarom ze zich tot een verhouding beperkte. Waarom is ze niet bij hem weggegaan? O, de kinderen, natuurlijk – maar nu zijn de kinderen groot, waarom zou ze blijven? Ik weet zeker dat ze allemaal denken dat...'

'Je wíst het!'

'Wat bedoel je met: je wist het? Natuurlijk wist ik het. Je hebt het ons verdomme nooit laten vergeten, je deed...'

'Niet de verhouding. Je wist dat ze dit van plan was?'

Ik aarzelde. Ik wilde niet vragen 'wat van plan was?', want ik wilde hem niet in de waan brengen dat hij een voorsprong op me had, kennis die ik niet bezat, iets waarmee hij me zou kunnen chanteren. Hij was de slijmerigste van alle padden. Ik had hem zoveel gegeven, zoveel jaren van mijn leven waren aan hem gewijd geweest, ik was niet van plan hem nog één minuut meer te geven. Denk na, Hannah. Denk logisch. Ik schraapte mijn keel en deed een gok. Ik zei: 'Suggereer je dat ik wist dat Angela van plan was bij je weg te gaan?'

Mijn vaders stem sloeg over. 'Ik wíst het wel!' gilde hij. En mijn hart gaf een allemachtige bons. Ze had het gedaan! Ze had het echt gedaan! Een knagende herinnering wriemelde in mijn hoofd als een made in een stuk vlees. Já. Jack. Met Jack praten. Hij had gevraagd of ik Angela die ochtend had gesproken. Vanwege iets wat ik had gezegd. O, denk na, stomme trut.

'Niet te geloven dat ze me dit heeft aangedaan en dat je me niets hebt verteld, niet te gelooooooven!'

Ik hield de telefoon een eindje van mijn oor en keek er vol afkeer naar. *Ha ha hah. Ik ben blij dat Roger nu lijdt.*

Dat was het! Dat was wat ik tegen Jack gezegd had. Toen had hij gevraagd of ik Angela gesproken had. Wat betekende... jee, wat ben jij stom... wat betekende dat hij wist dat ze bij hem weg wilde gaan. Omdat Jonathan het hem had verteld! Aha! Ah-hah! A-jezus-ha! O. Maar Jack had het me niet verteld. Hij had geweigerd me Jonathans nummer te geven. Dus. Ik had gelijk. Hij vertrouwde me niet. Hij vertrouwde er niet op dat ik het niet tegen mijn vader zou zeggen. Ondanks alles wat ik wist. Bedankt voor dat blijk van vertrouwen, Jack.

Uit belangstelling bracht ik de hoorn weer naar mijn oor.

'... met hem, nietwaar? Al haar spullen weg, de vuile borden opgeruimd en niet eens een briefje. Ik waarschuw je, je zegt waar ze...'

'O, Roger. Loop naar de hel en maak de duivel bang,' zei ik en ik hing op.

46

De volgende ochtend belde mijn moeder; ze klonk bedeesd. 'Nou,' zei ze. 'Het is zover. Ik ben weggegaan bij je vader.' Ze zweeg even. 'Ik hoop dat je het niet erg vindt.'

Mijn reflexantwoord – 'Natuurlijk niet!' – lag op mijn lippen. Ik hield me in, dacht er even over na. Het was vreemd om zoiets te zeggen, niet bepaald een echte vraag en mogelijk een steek onder water. Ik besloot het te negeren en zei in plaats daarvan: 'Godzijdank dat je het gedaan hebt – het zal mijn schuldgevoel wat temperen.'

Ik probeerde geen bepaald antwoord uit te lokken, maar ze zei vinnig: 'Zeg dat niet. Je moet je niet schuldig voelen, ik verbied het. Ik neem de volle verantwoordelijkheid voor alles.'

Het maakte me van de wijs. 'Echt waar?' zei ik. 'Voor... je rare gedrag na mijn geboorte?'

Mijn moeder zuchtte door de telefoon. 'Hannah.'

Ik wachtte.

'Hannah,' zei ze nogmaals, met een geluidje alsof er een fles werd ontkurkt, 'het is waar, ik... ik wist het toen niet. Baby's zijn egocentrisch, dus als een baby verdrietig is en de moeder niet teruglacht, denkt de baby, het is mijn schuld. Ze voelt zich schuldig. *De kleine baby!* Een dag later voelt mammie zich beter, kan glimlachen. Het is verwarrend voor de baby. De... míjn inconsequentie was schadelijk. Ik kan je niet zeggen hoe erg ik dat vind. Toen je vier, vijf jaar was had ik alles meer... in de hand en waren we dikke vrienden.'

'O, ik weet het,' zei ik. 'Ik vraag je niet je schuldig te voelen over iets wat... later gebeurde. Dat was allemaal zíjn fout. Geef hem de schuld.'

'Nou, Hannah, ik ging vooruit, maar de afstand tussen ons bestond al en dat kwam door mij, en hoewel je vader er verkeerd aan deed die... zwakheid tegen ons allebei te gebruiken, zou het niet eerlijk zijn hem alle schuld te geven. Maar jij moet je niet schuldig voelen. Alsjeblieft.'

Ik zweeg.

Toen zei ik: 'Ik zal mijn best doen.'

'Daar ben ik blij om,' antwoordde ze. En toen: 'Zou je... vind je het misschien leuk naar ons toe te komen?'

Jonathan woonde op de zesde verdieping van een huizenblok in een dure wijk van Londen, drie haltes van Bond Street. Ik controleerde het op de metroplattegrond. Commentaar inspreken verdiende vast goed, want lesgeven beslist niet. Mijn moeder deed open. Als ik niet buiten adem was geweest, zou ik gevraagd hebben waarom ze niet in een lift investeerden. In plaats daarvan grijnsde ik naar haar, hol.

'God,' hijgde ik. 'Je lijkt een ander mens.'

Haar ogen waren groot, haar wimpers gekruld en haar lippen roze. O-ho. De stiekeme toepassing waar Gab het over had gehad. Ze zag er koket uit in een witte trui en een halflange suède rok, met leren laarzen die eronder verdwenen. De laarzen en de rok waren lichtbruin. Beige? Reebruin? Taupe? Toepet! (Mijn kennis van tinten was nog steeds schamel.) De uitmonstering had iets Lady Penelope-achtigs en ik was onder de indruk. Ik zag haar altijd in werkkleding. Dit was voor het genoegen. Ik bloosde.

Ze boog zich naar voren voor een ingetogen kus. Het zou even duren voordat we elkaar in de armen vielen.

'Kom binnen. Jonathan is koffie aan het zetten.'

Ik snoof.

Ze keek me zenuwachtig aan en ik sloeg een hand voor mijn mond. 'Sorry. Het is alleen maar... nou ja, probeer Roger maar eens op koffie zetten te betrappen.'

Mijn moeder glimlachte vaag.

Ik zocht dekking achter gewauwel: 'O, dit is leuk, is het niet leuk, wat is dit leuk.'

In feite was het absoluut mijn smaak niet. Om te beginnen, de man had een echte, levende wijnstok in zijn keuken. Ik neem aan dat de lichtkoepel dat mogelijk maakte, maar ik bleef maar naar de bladeren kijken, in de hoop dat ze van plastic waren. Er hingen potten en pannen aan, voorzover ik kon zeggen, het plafond, naar ik aannam opdat meneer Coates (ik kon een oude leraar niet bij zijn voornaam noemen, ik was te puriteins) een menu van drie gangen in elkaar kon flansen zonder keukengerei uit kasten te hoeven halen. Ik vond het maar niks.

Het deed rommelig, lui, utilistisch aan. Berg dat schroot op! Er was geen eenheid, geen stijl, geen vísie in het huis van meneer Coates. Het leek samengesteld uit een hoop willekeurige troep, elk op zichzelf staand ding was gekocht en had een plaatsje gekregen enkel en alleen omdat hij het mooi vond.

De eerste woorden van meneer Coates waren: 'Ik moet toegeven dat ik een beetje tegen deze ontmoeting opzag.'

Ik stond een meter van hem vandaan, zodat hij niet plotseling kon uithalen om me te kussen. Ik kende dat kunstenaarsvolkje. 'We hebben elkaar zo'n duizend keer ontmoet,' zei ik. 'Voornamelijk toen ik vier was, maar toch.'

Meneer Coates wees me een houten stoel die eruitzag alsof hij uit het huis van de Drie Biggetjes was ontsnapt. 'Ja, maar we hebben elkaar nooit in déze omstandigheden ontmoet.' Hij keek mijn moeder aan.

Ik wilde er al uitflappen: 'O, jawel, toen ik jou en Angela naakt betrapte.' Het zou een *faux pas* zijn geweest en godzijdank realiseerde ik me dat voordat de woorden me ontsnapten. Ik schraapte mijn keel en maakte bijna een buiging terwijl ik zei: 'Als u mijn moeder gelukkig maakt, hoeft u niet bang voor me te zijn.'

Meneer Coates kuchte en zei: 'Goed, prima.'

Ik keek mijn moeder stralend aan en ze lachte, al klonk het alsof ze werd gewurgd.

Ik pakte de beker koffie die meneer Coates op de boerderijachtige grenenhouten tafel had gezet voordat hij zich terugtrok. Hij deed alsof ik hem naar zijn hoofd zou gooien. Intussen keek Angela alsof ze aan een totempaal was vastgebonden.

Ik overdacht nog eens wat ik had gezegd en realiseerde me dat ik misschien dreigend was overgekomen. Ik wilde mezelf al nader verklaren, maar bedacht me. Als hij was zoals hij zei dat hij was, dan had hij zoals ik al zei geen reden om bang voor me te zijn. En anders... was hij een gewaarschuwd man – er zou verhaal gehaald worden.

Ik nam een slok koffie en zag dat hij naar Angela knipoogde en haar arm streelde. Hij mimende niet eens: 'Gaat het?' maar ze knikte en glimlachte. Hij zette een beker voor haar neer en trok een van die aftandse oudevrouwenstoelen voor haar onder de tafel uit. Ik keek toe hoe Angela haar suède rok glad streek en ging zitten. Ik zat op precies zo'n zelfde stoel en ik moet zeggen, het was het hardste stuk hout waar ik ooit op had gezeten.

Nog terwijl ik dat dacht riep meneer Coates: 'Verdorie, de kussens.'

Mijn moeder en ik staarden hem aan terwijl hij naar een groen gebeitste grenenhouten kastdeur dook en die opentrok. Erachter stond een prehistorische wasmachine. Het ding zat stampvol kussens.

'Ik wilde ze wassen voordat je kwam,' zei hij terwijl hij er een drijfnat kussen uithaalde.

Mijn moeder hapte naar adem. 'Jonathan... misschien zou het mogelijk beter zijn geweest de hoezen ván de kussens te halen om ze te wassen.. wellicht?'

Ze beet op haar lippen en haar schouders begonnen te schokken. Meneer Coates keek haar fronsend aan en toen gleed er een glimlach over zijn gezicht. Ze begonnen luidkeels te lachen. Mijn moeder sloeg dubbel van de pret en meneer Coates zat te puffen, met zijn handen om zijn knieën en ze staarden elkaar aan. Het was prachtig om te zien. Ze léék zelfs niet op de vrouw die, zoals ik me herinnerde, eens twintig minuten lang 'neem me niet kwalijk' had gezegd na elke hik.

'Sorry,' zei meneer Coates, zich herstellend terwijl hij mijn moeder een ondeugende blik toewierp.

'Geeft niet,' zei ik. En ik glimlachte. Een echte, oprechte, hartelijke glimlach. Ik besefte dat de wijnrank, het grenenhout, de warboel van blikken, er niet toe deden. Ik besefte, nogmaals, dat het niet de dingen zijn die een thuis maken, het zijn de mensen die er wonen.

Het was een rare gewaarwording mijn moeder zo te zien. Alsof ze weer een tiener was. Ze frunnikte aan haar kapsel, giechelde en hing aan zijn lippen. Hij leek me een eerlijke kerel – ondanks zijn aanstellerige dictie – maar zij vond hem blijkbaar een soort god. Toen hij naar het toilet drentelde staarde ze hem na alsof hij Hercules was die gedag was komen zeggen alvorens zijn zeven werken ter hand te nemen.

'Hoe maakt Jack het tegenwoordig?' vroeg ze.

Ik had niets verteld, dus ik nam aan dat ze wat praatjes van meneer Coates had gehoord. Ik was er niet verrukt van.

Ik antwoordde: 'We zien elkaar af en toe.'

Het leek me een eerlijk antwoord. Jack had niet meer gebeld sinds onze ontmoeting in het park. En had ook niet 'Tot ziens' gezegd. Zijn exacte woorden, toen hij een taxi aanriep: 'Pas goed op jezelf, exvrouw.'

Ik had de tijd noch de intelligentie om mezelf tot waanzin te drijven met een analyse van het mannelijke taalgebruik, maar zelfs ik kon in één oogopslag zeggen dat deze innige afscheidsgroet enkele niveaus koeler was dan vurige liefde. Het was eigenlijk de Jack zoals ik me hem altijd had voorgesteld – iemand voor wie een geliefde zoals ik een vrijblijvend pleziertje was, tijdverdrijf, een feest-extraatje. Oké, ik overdreef. Ik wist dat ik meer voor hem betekende. Maar betekende ik álles voor hem? Of was ik meer op het niveau van een *bhaji* met ui? Vroeger zou deze onzekerheid me niet gehinderd hebben, maar nu wel. Wat me niet zinde. Ik voelde me verward. Ik troostte me met de gedachte dat ik niet deskundig was op dit gebied en dat de meest logische verklaring was dat iemands intimiteitspeil van nature waste en afnam als de maan. Het was onmogelijk en ongezond om vierentwintig uur per dag dik te zijn met anderen. Je zou geestelijk uitgeput raken. Leeg vanbinnen. Om te blijven beseffen wie je was moest je afstand nemen, tot rede komen. Ik wist zeker dat zelfs Jasons therapeut het ermee eens zou zijn dat een emotioneel Sesam open u! dag in dag uit een beetje krom was.

Mijn moeder zei: 'O, wat leuk,' maar het klonk niet overtuigd. Ze nam een precieus slokje koffie. 'En hoe maken zijn ouders het?'

'Ik weet het niet,' zei ik, me opeens schamend dat ik het niet wist.

'Praat hij over ze?' vroeg Angela.

Ik realiseerde me dat ze heel voorzichtig ergens naartoe wilde, al had ik geen idee waarheen. Aangezien we onze relatie opnieuw aan het opbouwen waren, zei ik niet wat ik wilde zeggen, namelijk: 'Ik heb hem verdomme in geen dagen gezien, dus hou erover op, ja?'

'Nee,' zei ik in plaats daarvan. 'Niet vaak.'

Ze zweeg.

Ik voegde eraan toe: 'Het zijn rare mensen, maar ik denk dat hij zich erbij heeft neergelegd.'

Meneer Coates kwam weer de keuken binnen. Hij was uren weggeweest. Had vast een grote boodschap gedaan. Ik zette de gedachte van me af en dacht: waarom doe ik zo gestóórd? Geen wonder dat Jack afstand wil bewaren. Het was meer dan eens in me opgekomen wat een feest het zou zijn om twee weken lang van gedachten te wisselen met pakweg Julie Andrews.

'Jacks ouders?' zei meneer Coates. Hij was minstens vijftig. Zijn gehoor was goed voor een bejaarde.

'Ja, dat klopt,' zei mijn moeder, hem in het gesprek betrekkend alsof hij het vijfde wiel aan de wagen was.

'Zijn moeder is laatst hertrouwd,' zei meneer Coates nonchalant, alsof mensen dagelijks hertrouwen. Wat ze denk ik ook doen. 'Drie zoons. In de twintig. Hij zei dat ze het voortdurend over hen heeft.'

Zodra ik dit hoorde probeerde ik alle aspecten ervan goed te praten. Waarom Jack het míj niet verteld had. Wat het betekende. Het draaierige gevoel in mijn maag vertelde me dat iets niet was zoals het hoorde te zijn. Jack was geweldig in filosoferen over mijn leven. Hij kon wijs zijn, fatalistisch, begrijpend, allemaal in één ademtocht. Maar als het zíjn problemen betrof, was hij zo mededeelzaam als een vlieg in een pot stroop.

En hij was niet in staat me in vertrouwen te nemen.

Normaliter heb ik niks met vrouwen die klagen dat ze hun man niet aan het praten kunnen krijgen. Persoonlijk denk ik: ben je gék? Wat voor gespreksniveau denk je dat je mist?

Maar nu wilde ik per se dat hij me alles vertelde. Deels omdat, als het met hem te maken had, ik het wilde weten. Maar ook omdat zijn zwijgen weinig goeds voorspelde.

'Goed,' zei ik terwijl ik opstond. 'Leuk jullie gezien te hebben. Allebei. Samen. Goed. Ik laat jullie alleen.'

Ik hoopte maar dat ze niet in de gaten had dat zowat iedereen die zegt: 'Goed. Ik laat jullie alleen,' in feite zegt: 'Nu wil ik echt gaan, mag het alsjeblieft?'

Op weg naar mijn auto gaf ik mijn bezoek een vijf op een schaal van tien. Ik ben streng, want het wás een succes geweest. Ik had niemand beledigd. Meneer Coates had mij niet beledigd. (En goeie god, mogelijkheden te over. Toen ik hem weer zag had ik me een beetje stekelig gevoeld, ter wille van mijn moeder, alsof onze rollen waren omgekeerd. Het was nogal schaamteloos, want ik weet zeker dat hij haar onmogelijk zo diep had kunnen kwetsen als ik.)

Nee. Mijn moeder had me alleen maar in de war gebracht, een beetje. Allemaal goed bedoeld, vast wel, maar op dat moment wilde ik helemaal geen twijfels hebben over Jack. Als ik bij hem was wilde ik opgaan in het moment, niet achteraf kritiek hebben. En moest je haar horen! Haar manier om het verleden te verwerken was het opzij vegen, doen alsof het oud nieuws was. Misschien dacht ze het recht te hebben om te preken omdat ze eerder die ochtend had gezinspeeld op haar depressie en het effect ervan op mij, maar ze had het niet openlijk gezegd. Ze had er nóóit openlijk over gepraat.

Mij was het prima. Ik wist genoeg. Wat me op de kast joeg was dat zíj dingen voor mij verzweeg – waarom maakte ze zich druk over wat Jack deed?

Toen hij die avond belde – ik rekende uit dat we elkaar drie dagen niet hadden gesproken – deed ik gereserveerd.

'Je bent uit je hum,' zei hij. 'Wat is er?'

Ik snoof en vertelde het hem toen. Nou ja, een deel. Ik zei níét dat ik bang was dat de vaart eruit was, dat hij hem naar LA was gesmeerd en stukken koeler terug was gekomen en dat ik me ongeveer voelde zoals elf jaar geleden. Van slag. Ik vertelde hem alleen maar wat Jonathan had gezegd.

'Jonathan!' zei Jack. 'Wat een kletswijf. Ik wilde het je al vertellen. Het is zijn schuld. Al het stof dat hij heeft doen opwaaien in jouw familie – we hebben over niks anders gepraat. En het is jouw schuld. Als ik bij je ben denk ik aan andere dingen... voornamelijk schunnige.'

Ik grinnikte en krulde me rond de telefoon. God, kijk mij nou. Ik had de man, ik had de neiging een abonnement op *Cosmo* te nemen en een grote roze strik te kopen, ik werd weer zo'n *meisje*. Zorgeloos.

47

Werkloosheid is aan sommige mensen niet besteed. Ze doen er niets mee. Ongeveer zoals lottowinnaars die kakelen: 'Ik zal er niet door veranderen,' alsof dat positief is, hun grootste uitspatting het kopen van nieuwe stoelhoezen voor hun Ford Cavalier, dit jaar een vierpersoonscaravan huren, alle anderen, die wél weten hoe je geld over de balk moet gooien, beledigen. Ze zeggen hun baan als vuilnisman of kantinejuf op en alle tijd die ze vroeger doorbrachten met troep ophalen of troep opscheppen besteden ze nu aan naar troep kijken of troep eten.

Ik was anders dan lottowinnaars, en werklozen. Om te beginnen: ik had minder geld. Maar ik was zo creatief geweest met mijn tijd, god, ik was er zelf van onder de indruk. Ik had een hoop bereikt. De persoonlijke dingen weet je al. Ik heb het over andere dingen, details die ik eerder nooit zou hebben opgemerkt omdat ik te snel ging. De afgelopen twee weken had ik aardig wat uurtjes doorgebracht aan mijn glazen eettafel – geen houten bureau was groot genoeg voor al mijn rommel – bij het raam in de studeerkamer, alleen maar nádenkend.

Ik ben nooit zo'n ijverige denker geweest. Vanaf een bepaald punt maakt denken mensen alleen maar neerslachtig. Maar ik had een paar goeie dingen gedacht. Ik zat bijvoorbeeld naar de foto's van oma Nellie te kijken en er vloog een vliegtuig over mijn tafel. Nou ja, het vloog door de lucht, maar ik keek graag naar de weerspiegeling ervan in mijn glazen tafel; ik vond het een leuk idee dat er een vliegtuig door mijn studeerkamer vloog. Minstens één keer per dag bonkte een grote, dikke bij met zijn kop tegen het raam, bám. En één keer kwam er paardebloempluis binnenwaaien en dreef wiegend over de foto's van mijn moeder als jonge vrouw. Die dingen van niks, ik moest er inwendig om glimlachen. Ik zat daar maar en overzag mijn nietige stukje van de wereld, voelde een kriebeling die niet al te ver verwijderd was van tevredenheid. Het was goed te weten dat kleinigheden invloed konden hebben op mijn stemming. We kunnen niet allemaal overwinteren op de Cariben.

Ik had een paar afleveringen van *Crime Scene Investigation* gemist. En ik had het niet al te erg gevonden. Ik probeerde van mijn verhitte hartstocht voor een stel verzonnen, door acteurs neergezette personages af te koelen.

Ik kon teruggaan naar Greg – mijn eigen lieve Grissom – en hem zeggen dat ik mijn onbetaald verlof verstandig had gebruikt. Misschien zou ik nooit Gils instinct hebben ('hier is iets loos'), maar ik had eindelijk gezien wat recht voor mijn neus stond. Jack, Martine, oma Nellie, het feit dat ze me zowat met mijn gezicht in het bord met details hadden geduwd, het deed niets af aan mijn trots. Als mensen vroegen: 'En wat doe jíj?' had ik altijd geantwoord: 'Ik ben detective,' ervan uitgaande dat ze niet alles hoefden te weten ('maar niet zo'n beste'). Nu wist ik dat ik een redelijke – zij het niet briljante – broodspeurder kon zijn, omdat ik mijn aanpak had gewijzigd. Ik had begrip voor de behoefte van mensen aan een gevoelsleven en hoe ze daardoor bewust of onbewust gedreven werden.

Op maandagochtend kwam ik om negen uur op kantoor en sleepte alle dossiers van Ron mijn kantoor uit en naar de gang. Het stonk er, naar vet en goedkoop eten. Ik opende het raam, luchtte de kamer. Er lag een glimmende folder op míjn bureau over, ik neem je niet in de maling, een onderwaterfiets. Ik veegde hem in de prullenbak. Al die James Bond-snufjes ten spijt was Ron een sukkel. Geen enkele echte detective gebruikt dergelijke spullen. Bertje Broccoli heeft veel op zijn geweten. Je zou niet geloven hoeveel vrouwen naar een James Bondfilm kijken en ons dan opbellen om te vragen of we hun man kunnen 'aftappen'. Het is gewoon niet handig om een bewegend iemand af te tappen. Het zou net zoiets zijn als bij slecht weer proberen af te stemmen op een piratenzender.

Greg is een beetje een purist (zijn gereedschappen zijn 'de telefoon en mijn geniale persoon') en het meest extravagante dat ík ooit heb gebruikt was een verborgen camera in een teddybeer. Dat kind zou in de weekends bij haar vader logeren en de moeder dacht dat zijn nieuwe vriendin gemeen deed tegen het kind. Dat was niet zo. Het is een tijdje geleden. Die beren zijn nu volop te koop bij Mothercare.

Greg kwam binnen toen ik mijn stoel stond te sprayen met Dettox. Hij knikte. 'Waarschijnlijk verstandig.'

Ik draaide me om om hem uitzicht te geven op mijn gezicht, dat hopelijk minder aanstootgevend is dan mijn billen. 'Ik ben er weer,' zei ik. 'Hallo!'

Hij grinnikte. 'Wip even binnen wanneer je klaar bent met ontsmetten.'

Een uur later betrad ik Gregs kantoor.

Hij keek op. 'Je ziet er anders uit. Hoe is het?'

'Uitstekend. Ik heb genoten van mijn gedwongen werkloosheid.'

'O ja? Nog conclusies?'

'Nou. Ja, eigenlijk wel.'

'Mooi zo, want tijdens ons gesprek twee weken geleden keek je me aan alsof ik wartaal uitsloeg. Ik wilde dat je deze tijd verstandig gebruikte. Ik wilde niet dat je hem uitpiste tegen de muur.'

'Vrouwen kunnen dat niet, Greg.'

'Vrouwen kunnen alles wat ze willen.' Hij knikte dat ik moest gaan zitten.

Ik ging zitten. 'Ik hou van mijn werk. Echt waar. Dat weet ik nu. Ik heb wat... onofficieel veldwerk gedaan, tijdens mijn vakantie. Onbetaald. Voor mezelf. Veel geleerd. Veel ontdekt.'

'Zo, dus je laat me niet metéén in de steek om lokvogelwerk te gaan doen.'

'Nou. Ik hoop het in elk geval niet.'

Greg en ik halen alle twee onze neus op voor bedrijven die lokvogels inzetten. We vinden lokvogels iets voor stalkers en geobsedeerden. Wat ze ontdekken kun je niet in de rechtbank gebruiken. Er is niets ergers dan een rechter die zegt: 'En hoe bent u aan die informatie gekomen?' Het kan als uitlokking beschouwd worden. En dat niet alleen: ze zijn zo kwétsbaar. Vrouwen die lokvogel spelen nemen enorme risico's. Flirt, flirt, flirt, dan op het laatste moment terugdeinzen. Mannen worden er pissig door en niet alle mannen zijn fatsoenlijke knapen. Ik hoopte dus maar dat Greg me zat te stangen. Hij wist dat ik nog liever in een supermarkt ging werken.

'Vertel dan maar eens wat je geleerd hebt.'

Ik vertelde het hem. Over het opgraven van familieskeletten tot er een gigantische hoop gebleekte botten op de vloer van mijn huiskamer lag.

'Ik heb het gevoel,' besloot ik, 'dat ik me wat beter bewust ben van... de *menselijke aard*.'

Greg glimlachte. 'Dat is nogal wat.'

Ik kuchte. 'Hoewel, ik moet zeggen...'

Greg boog zich naar voren. 'O, ja?'

'Ik wil deze baan. Maar. Er zijn een paar dingen die ik niet wil doen. Ik kan Charlies moeder niet verklikken bij haar ex omdat ze een nieuwe vriend heeft. Die vrouw had níéts. Ik moet mezelf recht in de ogen kunnen kijken. En ik wil nooit het idee hebben dat ik ervoor verantwoordelijk ben dat een kind in de kou staat. Ik sta er dus nog steeds achter. Al begrijp ik dat ik er verkeerd aan deed jouw tijd en geld te verspillen. Hoewel, Greg, Hound Dog krijgt precies evenveel uitbetaald, wát we ook rapporteren, dus financieel zou het geen enkel verschil voor je hebben gemaakt. Maar als het goed is neem ik voortaan geen opdrachten meer aan waarbij ik me moreel niet lekker voel.'

Ik kreunde. Ik had het M-woord gebruikt. Ik bereidde me erop voor dat ik aan mijn oor naar buiten zou worden gesleept. Ik ontmoette Gregs blik en was niet verbaasd dat hij woedend keek.

'Kreng dat je bent!' zei hij. 'Hoe dúrf je.'

'Wat?' Ik hapte naar adem.

'Ik ben verdomme geen mónster. Ik ben niet een of ander duister creatuur met twee koppen. Ik ben... Rón niet. Ik zal je vertellen wat er met die zaak is gebeurd, juf. Hound Dog heeft jóúw opnamen overgedragen, niet de zijne, bij ons rapport. Geen nieuwe vriend, dit is het bewijs. Ik heb vier zoons, ja, vier! Ik ben niet van plan een of ander joch iets af te pakken. Om te beginnen: mijn vrouw zou me vermoorden.'

Ik liet mijn mondhoeken omhoog krullen. Ik had Gregs vrouw ontmoet. Een Schotse, lange donkere krullen, wulpse welvingen, intelligent, humoristisch en een rebbel, maar je voelde dat ze van vuursteen was gemaakt. Ze had een gebroken tussenwervelschijf en leed constant folterende pijn. Jezus, als ik dat had zou het jammeren nooit ophouden. Zij, ach, zei Greg, ze dronk op feesten gewoon wat meer.

Ik straalde. 'Ik moet mezelf recht in de ogen kunnen kijken. En jíj moet haar recht in de ogen kunnen kijken. Maar ik zou nooit beweren dat je onder de plak zit.'

'Nee,' beaamde Greg. 'Dat zou je nooit doen.'

'Wat vond Ron van je beslissing?'

'Hij was er niet kapot van.'

'Schandalig.'

'Maar ik heb het goedgemaakt.'

'Ja?'

'Ja. Op ditzelfde moment zit hij twee dagen op een akker. Een industrieterrein te observeren. Een stel zigeuners in de gaten te houden.'

'O,' zei ik. 'Schitterend.'

Greg en ik glimlachten, verwarmd door de gedachte aan Ron die een greppel groef in de koude grond, de greppel en zichzelf toedekte met kreupelhout, in een fles pieste, in huishoudfolie poepte, Nescafé uit een blik dronk (druk op de bodem en hij wordt warm, ach, de lúxe), Pro Plus slikte om wakker te blijven en legerrantsoenen at, mm, verrukkelijk!

Greg knipoogde naar me. 'Fijn dat je terug bent, meid. En nu naar je auto en volg iemand!'

48

Mensen zijn grappig wat bruiloften betreft. Ik bedoel niet grappig haha! Als iemand die bruid is geweest voel ik me gerechtigd er iets over te zeggen.

Jack en ik wilden geen kinderen op onze grote dag, dus we nodigden niemand onder de zestien uit. Met als gevolg dat alle gasten met kinderen de pest aan ons hadden. Kan ik billijken. Maar, let op, het was ónze bruiloft, ónze beslissing. Op elke andere dag, als we ze zagen, verwachtten we ook hun kinderen te zien, maar deze ene keer hoopten we dat ze onze wensen zonder klagen zouden respecteren, want ze kwamen tenslotte voor óns, ter ere van óns, het was verdorie ónze bruiloft. Het was even ons voorrecht egoïstisch te zijn, alleen aan onszelf te denken.

Jacks lievelingsoom en -tante sloegen de uitnodiging chagrijnig af. Gekwetst nodigde hij hun kroost uit (die elke minuut haatten), maar zijn genegenheid voor hen bekoelde voorgoed. Een andere gast negeerde ons verzoek en bracht haar baby mee, die krijste terwijl wij de belofte aflegden. En daarmee hielden de problemen niet op. Zelfs Martine zei: 'Vind je het erg als ik géén bruidsmeisje ben als ik de jurk niet mooi vind?' Een neef van mijn vader kankerde op het eten. Je zou gedacht hebben dat het hún grote dag was.

'Truttebol,' had Jack gezegd, 'de volgende keer dat ik dit doe neem ik de benen.'

Om alle bovengenoemde redenen had ik me vast voorgenomen niet één negatief ding te zeggen, zelfs maar te dénken, over de bruiloft van Jason en Lucy (in elk geval het piemelbeetje dat ik bijwoonde). Ik besloot mijn afkeer van bruiloften als dingen die je weekend opslorpten te scheiden van deze speciale gelegenheid, de lang verbeide vereniging van een dikke vriend met een, hm, best aardige meid. Om mijn goede wil te tonen had ik twee Versace-kop-en-schotels van het verlanglijstje gegeven (informatie, telefoonnummers, bijgevoegd bij de uitnodiging; ze lieten niets aan het toeval over). Kostte me bijna vierhonderd pond, maar je kunt niet één kop-en-schotel kopen voor mensen die trouwen en na wat ik Jason had aangedaan vond ik dat armoede de prijs was voor een beetje schoon geweten.

Het roerde me diep te ontdekken dat Jason Jack had uitgenodigd (ook voor het piemelstukje).

Ik nam de rotonde aan het eind van de Rotherhithe Tunnel voor de derde keer en probeerde te raden welke afslag ik moest nemen, toen ik me realiseerde dat een dikke rode Audi hetzelfde deed. Ik keek aandachtiger en ja, daar was Jack, vloekend achter het stuur. Waarom? Omdat de bruiloft plaatsvond in het London Hilton Docklands, in prachtig Rotherhithe. Ik bedoel het sarcastisch; het is een negorij. Het is tevens, voor Noord-Londenaars, onmogelijk te vinden. (Ik herinner je eraan dat detectives, meestal, mensen vólgen...) Ik kon me voorstellen dat het London Hilton Docklands niet Lucy's droomgelegenheid was, maar de enige in Groot-Brittannië die je op korte termijn kon bemachtigen.

Ik toeterde naar Jack, die in zijn achteruitkijkspiegel loerde, zag dat ik het was, een afslag koos en stopte. Ik deed hetzelfde en sprong uit mijn auto.

'Waarom heb je niet verteld dat Jase je heeft uitgenodigd?'

Jack grinnikte. 'Het moest een verrassing zijn. Om de een of andere reden denkt hij dat hij koppelaar is. Hij is zo verdomd áárdig, het is bijna meer dan ik kan verdragen.'

Ik glimlachte. 'Hij is zo romantisch dat hij niet bedenkt dat we benzine hadden kunnen uitsparen.'

Ik maakte een grapje, want stiekem dacht ik dat Jason ons allebei een dienst had bewezen. Als we met één auto waren gegaan, zou de bestuurder de kaartlezer waarschijnlijk inmiddels vermoord hebben. Nu hadden we er nogmaals een halfuur voor nodig om op het hotel te stuiten. Net modern genoeg om deprimerend te zijn schreeuwde het 'conferentieoord', maar helaas niet luid genoeg om ons te helpen het te vinden.

We staken ons hoofd om de deur van wat een grote vergaderzaal leek te zijn. Het was er stampvol chique lui en er waren een heleboel hoeden met veren op stoelen. Een band speelde 'I Wanna Know What love Is', hard en snel. De meeste gasten waren zo te zien vrolijk aangeschoten, zelfs de tienjarigen. Ik keek de zaal rond naar voedsel en de bruidegom. Ai, daar stond hij, achter in de zaal, keuvelend met een of ander omaatje, en wat zag hij er aandoenlijk uit. Grijze hoge hoed en jacquet, met een grote goudkleurige das en goudkleurig vest. Hij had een witte roos als corsage en zijn neus was rood en snotterig.

'O, hallo.'

Ach, tering, ik glimlach altijd onwillekeurig als ik een bruid zie, zo krachtig werkt hersenspoelen. Lucy had een strapless japon met een strak lijfje en een wijde rok gekozen, die blijkbaar geïnspireerd was door het kostuum van een zeventiende-eeuwse *infanta* en wijd genoeg was om een bijbaan te hebben als straatbezemwagen. Ik had het idee dat Gabrielle haar een verstandiger keus zou hebben gesuggereerd. Dat mens had schouders als een karrenpaard.

En toch, de gloed, de bruidsgloed...

'Lucy!' riep ik uit. 'O! Hoe is het? Je ziet er heel leuk uit. Wel moe. Je ziet er een beetje moe uit. Het zal wel een heel lange dag zijn. Heb je ervan genoten?'

Ze glimlachte stijfjes. 'Ja, bedankt.'

Ik voelde de hete bries van haar adem op mijn gezicht en o, hemeltjelief, hij was zo fris en heerlijk als een sneeuwvlok in de lente! De bruidegom besefte niet wat hij aan me te danken had.

Jack boog zich naar voren en kuste haar hand, de gluiperd. 'Lucy, ik ben Jack, de vriend van Hannah. Je ziet er adembenemend uit, zonder meer schitterend. Stralend zelfs. Jason is een bofkont.'

Lucy straalde en gooide haar hoofd in haar nek. 'O, dank je wel, Jack.'

Ik realiseerde me dat ik wat uitbundiger had kunnen zijn met mijn complimenten. Ik vergeet steeds weer dat vrouwen qua loftuitingen niet van beknibbelen houden. Ik schraapte mijn keel. 'En Jason ziet er fantastisch uit,' zei ik. 'Heel knap – hij ís natuurlijk knap – maar vandaag ziet hij er magnifiek uit, hij lijkt wel een fotomodel. Gefeliciteerd dat je hem aan de haak hebt geslagen. Je zult wel opgetogen zijn!'

Tot mijn verbazing en teleurstelling wierp ze me een furieuze blik toe. 'Mijn man en ik zijn heel gelukkig. Héél gelukkig. O, en bedankt voor de kopjes. Dat had je niet moeten doen. Neem een broodje.'

Ze ruiste weg en haar rok gooide stoelen en tafels omver (ik overdrijf, maar het meubilair wankelde heus).

Ik keek Jack met grote ogen aan – wat hád ze?

Jack keek mij met grote ogen aan. 'Idioot,' zei hij. 'Je hebt vijf jaar verkering met hem gehad en je zegt tegen de bruid dat ze er oké uitziet.'

'"Leuk",' zei ik, 'ik zei "heel leuk".'

'Dat staat gelijk aan oké; het is waardeloos. En waarom zei je in godsnaam dat ze er moe uitziet? Je wilt niet moe lijken op je trouwdag!'

'Omdat ze er moe uitziet.'

'De brandweer heeft mensen uit auto's gesneden die er beter uitzagen, maar dat zeg je haar niet in haar gezicht. En daarna sla je door over hoe onvoorstelbaar geweldig Jason eruitziet, waardoor het lijkt alsof je nog steeds gek op hem bent...'

'O néé! Lucy denkt toch al dat ik bezeten van hem ben.'

'Echt waar? Waarom?'

'Ach, zomaar, ik weet het niet. Ze is paranoïde.'

'En je zegt dat ze geluk heeft gehad dat ze hem aan de haak heeft geslagen, alsof ze een visser is.'

Ik beet op mijn lip. 'Zal ik met haar gaan praten?'

'Blijf uit haar buurt, je hebt al genoeg aangericht. *Ik* praat wel met haar.'

'Wat ga je zeggen?'

'Dat je idioot bent, een nieuwe bril nodig hebt, zoiets.'

'Oké,' zei ik nors.

Jack rukte mijn bril van mijn neus en poetste de glazen met zijn overhemd. 'Hoe kun je hierdoor zíén?' zei hij. 'Alsof je een wieldop schoonmaakt.' Toen streek hij de haren weg voor mijn ogen en kuste me.

De band kondigde aan dat ze een pauze namen en ons intussen in de bekwame handen lieten van 'Don't You (Forget About Me)'. Mijn hart bonsde – een van mijn lievelingsnummers. In de toptien in de tijd dat Jack en ik de eerste keer samenwoonden. Het zei alles.

'Dans met me,' zei ik. 'En praat daarna met Lucy.'

Jack leidde me de dansvloer op en, mafkezen dat we waren, we hupelden in het rond en schreeuwden de woorden in elkaars gezicht. Maar het gaf niet. Alle anderen beneden de veertig deden hetzelfde. Toen het nummer uit was ving Jason mijn blik en wuifde.

'Ga jij mijn excuses aanbieden aan de bruid,' zei ik. 'Ik wil haar man even goedendag zeggen.'

'Prima,' zei Jack. Zijn lippen beroerden de mijne en hij liep weg.

'Moet je jezelf nou eens zien!' brulde ik tegen Jason. 'Een echte bruidegom! Hoe voel je je?'

Ik verwachtte niet dat hij me in zijn armen zou nemen, maar dat deed hij wel. Hij raakte me met een dikke smakkerd van een kus en zei: 'Weet je, Hannah, ik heb vijf jaar gewacht tot je me die vraag zou stellen en ik geloof niet dat je het ooit hebt gedaan. Maar nu wel! Vier uur nadat ik met iemand anders ben getrouwd.'

Ik voelde me gevloerd en kon niks bedenken. Dus zei ik maar: 'Schitterende bruidstaart.'

Jason trok een gezicht. 'Lucy's moeder heeft hem uitgekozen. Victoriaans.'

'Beetje oudbakken dan.'

Ernstig bestudeerden we de taart, een drie verdiepingen hoog geval, waarvan elke verdieping ondersteund werd door drie gouden zuilen en overdekt met frutsels en draperieën van wit glazuur en een ton roze suikerrozen. Hij stond op een gouden schaal.

Jason fluisterde: 'Hij heeft driehonderdvijfentwintig pond gekost!'

We giechelden. Toen herinnerde ik me mijn eigen trouwbelofte en zei: 'Hij smaakt vast heerlijk.'

'Hee,' zei Jason met een blik over mijn schouder. 'Hoe vind je het dat ik Jack heb uitgenodigd?'

'Heel attent.'

Hij gaf me een por. 'Nou! Nou! Wat denk je? Denk je dat jij en Jack dit' – hij wees de zaal rond, bloosde toen – 'nog eens zullen doen?'

Ik keek naar mijn voeten. 'Jason! Wat een impertinente vraag!'

'Hm,' zei Jason plagend. 'Ik moet geloof ik eens met Jack praten.'

Ik pakte zijn arm beet. 'Nee. God. Jason. Wáág het niet!'

'Jaaaaaaaaaison, kom meeeeee daaaaaansen,' zei een meisje, aan zijn slippen trekkend.

Jason grijnsde naar me. 'De plicht roept,' zei hij en hij pakte haar hand. De menigte week uiteen voor Jason, gejuich, meppen op zijn rug, kreten van 'Aaaah!' omdat hij met een kind danste.

Ik keek hem glimlachend na. Toen draaide ik me om of ik Jack zag. Aanvankelijk niet. Toen zag ik hem, samen met Lucy aan een tafel, stoelen tegenover elkaar, haar wijde rok om haar heen opbollend als een wolk; vanaf waar ik stond was het alsof hij Jacks onderlijf overspoelde. Ze praatte tegen hem, snel en opgewonden gebarend, en haar hoofd wiebelde op haar hals. Ze was dronken en verveelde hem waarschijnlijk. Ik vroeg me af of ik een reddingsoperatie moest organiseren. Ik besloot langs hen heen te drentelen, oogcontact te maken met Jack. Ik pakte een glas champagne en passeerde hen terloops, hem recht aankijkend. Ik wist zeker dat hij me zag, maar hij keek me niet aan, concentreerde zich op Lucy's kwekkende mond.

Je moet het de bruid op haar speciale dag naar de zin maken, besloot ik en ik ging naar het dansen kijken. Jack zou me wel vinden als Lucy was uitgepraat. Tien minuten later keek ik in hun richting en waren ze nog steeds bezig. Sterker nog: Jason was bij hen gaan zitten. Wat hadden die drie verdorie te bespreken? Niet het huwelijksleven, durfde ik te wedden. Ik voelde me boos en buitengesloten. Ik keek op mijn horloge. Tien voor twaalf. Volhouden; ze zouden er over een paar minuten wel een eind aan breien. Ik zuchtte, tikte met mijn voet op de grond, zag, opgelucht, dat Lucy's moeder zich naar haar toe boog en iets in haar oor fluisterde. Lucy hees zich overeind, kuste Jack op de wang en ruiste weg om *au revoir* te zeggen tegen een of ander oud wijf. Jason en Jack gaven elkaar een hand en Jason rende weg in het kielzog van zijn vrouw.

Eíndelijk. Ik vroeg me af of we weg konden glippen zonder afscheid te nemen. Jack had tenslotte ruim een halfuur met de gastheer en gastvrouw zitten kletsen – het zou idioot zijn hen achterna te rennen alleen maar om te zeggen dat we gingen. Ze stonden op het punt ervandoor te gaan naar hun bruidssuite, wat maakte het hun uit? Ik hoopte dat deze nacht ook ónze nacht zou zijn. Ik probeerde niet te piekeren, maar ik had het gevoel dat Jack en ik dringend contact moesten opnemen (in de romantische betekenis). We hadden geen seks gehad sinds vóór LA! Ervoor! Ik wist niet precies waarom – het kon aan het werk gelegen hebben, maar ik had nooit in het 'het werk'-excuus geloofd. Het was Jacks houding die me zorgen baarde. Of was het míjn houding?

Ik stond glimlachend op toen Jack naderbij kwam, maar hij liep me straal voorbij.

'Jack?' zei ik.

'Rot op.'

Ik stond perplex. 'Wát?'

Hij liep zo snel dat ik moest draven om hem bij te houden. 'Jack! Wat is er? Wat is er mis?'

Hij bleef staan en zijn blik was zo fel dat ik terugdeinsde. 'Laat me met rust, trút!'

Ik voelde me lichtelijk hysterisch. Wat had ik gedaan? Ik was brandschoon, toch? Jezus. Jason of Lucy moest iets gezegd hebben, maar wat?

Ik volgde hem, met een snik in mijn keel, helemaal naar zijn rode Audi.

'Rot op rot op rot op zeg niks tegen me,' spuugde hij en er stonden tranen in zijn ogen.

'Jack,' zei ik en ook in mijn ogen stonden tranen. 'Ik snap er niets van. Alsjeblieft. Zeg wat ik gedaan zou hebben.'

Jack smeet het portier dicht en draaide het raampje open. 'Zoals altijd,' zei hij, 'hoor ik de waarheid over jou van je vríénden. Lucy zei dat je nog steeds bezeten bent van Jason, zo erg dat je deed alsof jullie verloofd waren, dat jij die verlovingsaankondiging in de *Torygraph* hebt geplaatst zonder met hem te overleggen, in de hoop dat je hem zo kon dwingen je ten huwelijk te vragen – wat lukte daags voordat je met míj neukte – ze wilde niet dat hij je uitnodigde, maar hij voelde zich verplicht en je gaat erheen en geeft een bespottelijk bedrag uit voor hun huwelijkscadeau, meer dan haar óúders, wat verdomd raar is. En ik zeg haar, zo beleefd als je een bruid kunt zeggen, dat ik denk dat ze het mis heeft, dat ik zeker weet dat Hannah niet met Jason had willen trouwen. Dus ze roept Jason en die bevestigt dat híj het uit heeft gemaakt en dat je er kapot van was, diepbedroefd, maar echt, Jack, we denken dat je goed voor haar zou zijn, jullie zijn allebei stukken volwassener geworden. Dus jij vertelt me een hoop leugens en ik ontdek dat ik niet je grote liefde ben maar, ik citeer Brocklehurst, je tweede keus.'

Hij gaf gas. 'Ik zal niet nog eens je tweede keus zijn,' zei hij en scheurde weg.

49

Ik bleef een tijdje staan tieren en stopte toen. Die vent was zo wispelturig als Mexicaans vuurwerk en ik kon het niet meer aan. Als ik Jack aankeek, zag hij me zoals ik tien jaar geleden was. Wat hij ook zei, het zat hem nog steeds dwars wat ik op eenentwintigjarige leeftijd had gedaan en als je het mij vraagt had het alles te maken met wat zijn ouders níét voor hem gedaan hadden, lang geleden. Dat moest wel, want waarom zou hij anders zo venijnig reageren? Waarom geloofde hij zo gemakkelijk het slechtste van me? Ik nam aan dat, als hij iets met me wilde, hij míjn versie van het gebeurde zou hebben gevraagd voordat hij hem smeerde. Dat had hij niet gedaan, wat betekende dat het gelul van Lucy en Jason een handige uitvlucht was.

Ik wist dat omdat ik het reglement had geschreven. Ik was degene die was weggelopen toen Jack had geprobeerd van me te houden, tien jaar geleden. Ik had ervoor gezorgd dat mijn gedrag hem afstootte. Nu, eindelijk, was ik zover dat ik hem vertrouwde, was ik klaar voor hem, eindelijk geschikt voor een echte relatie, ondanks het onverzekerbare risico van betrokkenheid, waarbij ik mijn geestelijke welzijn in de bevende handen van een emotionele anarchist legde. Maar hij niet. Ik had hem afgeschrikt, verwond. Misschien school er ergens in hem een idealist die wilde geloven dat het kon, maar dat was niet genoeg. Ik kon die machtige cynicus niet bevechten, een persoon die niets met mij te maken had, die gecreëerd was lang voordat ik ten tonele was verschenen.

Ik had niet bijgedragen. Hij had een gok gewaagd en ik had hem bewezen dat het de verkeerde was geweest. Maar Jason had gelijk. Ik was sindsdien inderdaad volwassener geworden. Ik had duidelijk de indruk dat ik vrede had gesloten met Jack. Hij was wat dat betreft een beetje een terrorist. 'Ja hoor, ja hoor, daar ben ik het mee eens, maar niet heus; één bommetje telt niet.' Ik vond dat ik mijn straf had uitgezeten, maar het leek erop dat Jack vond dat ik levenslang verdiende. In welk geval ik hem spijtig genoeg in die waan zou moeten laten, of hij zou me kapotmaken. Ik vond het terecht dat ik wroeging had over mijn eigen zonden, maar geen sprake van dat ik wroeging zou hebben over die van een ander.

Ik heb het meegemaakt. Vrouwen gaan uit met mannen, mannen gaan uit met vrouwen met een hoofd dat vanbinnen zo strak in de knoop zit als een golfbal. Ze leren een aardig, nietsvermoedend persoon kennen die zo stom is om mee te leven, aan een losse draad trekt en dan begint die grote, woekerende kluwen draadjes uit te rafelen. Uiteindelijk betalen ze het gelag voor een miljoen eerdere overtredingen, begaan door andere mensen, in andere tijden. Het had iets weg van Jasons therapeut die hem aanspoorde zijn woede te koelen op een stoel. Je kunt de klootzak wiens schuld het is niet straffen, omdat hij er niet meer is. Maar die arme kleine stoel recht voor je neus! Ik was niet van plan op me te laten zitten.

Ik reed naar huis en veegde voor de spiegel net mijn make-up af met een grote prop watten, toen ik dacht, nee.

Nee, eigenlijk.

Ik gooide de grijze wattenbol in de pedaalemmer, reed naar Jacks flat, zette mijn vinger op de belknop en hield hem daar.

Toen hij ten slotte de deur openrukte gaf ik hem geen kans om iets te zeggen. Hij opende zijn mond en ik zei: 'Nee. Deze keer hou je je mond. Je luistert naar míj. Er is een soort patroon ontstaan. Jíj hebt het bij het verkeerde eind, je denkt dat ik schuldig ben, je dumpt me. De vorige keer dat dat gebeurde was ik te jong, te naïef, te beduusd om je te corrigeren. Je geloofde dat ik je bedrogen had en ik was zo verlamd door mijn familiegeschiedenis dat ik ons huwelijk zonder strijd opgaf. Ik vocht niet om je het te laten begrijpen, ik vocht niet om je te zeggen dat je het mis had. Ik legde me erbij neer. Maar dat heb ik je al uitgelegd. Wat betekent dat je ofwel doof bent of niet luistert. Als je er rationeel over zou nadenken, zou je weten dat ik absoluut niet bezeten ben of was van Jason. Ik heb je al voor de bruiloft verteld dat ik een slimme manier moest verzinnen om met hem te breken zonder zijn gevoelens te kwetsen en dat is precies wat ik gedaan heb. Ik heb hem in de waan gelaten dat hij het had uitgemaakt, door te zeggen dat ik geen kinderen wil. Ik loog tegen Lucy over de *Telegraph*, om Jason tegenover háár uit de nesten te halen. Kortom, Jack, je bent een volslagen idioot geweest. Ik ben er voor jou, want ik ben echt veranderd. Jíj bent degene die nog steeds dezelfde is. Ik wil je niet meer laten gaan, ik zou op staande voet opnieuw met je trouwen, maar er zijn twee dingen die dat verhinderen. Jíj en je godvergeten houding. Je kúnt domweg niet geloven dat ik werkelijk veranderd ben. En hoe kan ik me binden aan een man die, diep in zijn hart, denkt dat ik lieg? Ik stel het volgende voor. Als jíj veranderd bent, neem dan contact op. Er zal geen ander zijn.'

Ik liet hem met open mond op de drempel staan.

50

Niets is zo erg als twee eenzame mensen die samen rondhangen. Maar ik had niets anders te doen en ging dus naar mijn vaders huis in The Suburb. Hij deed open. Hij zag er zoals altijd piekfijn uit, maar er lag een zekere wildheid rond zijn ogen. Zoals Jason gezegd zou hebben (hoewel ik vond dat Jason genoeg had gezegd): Roger zag er niet *gecentreerd* uit. Hij had iets verlorens. Ik dacht dat hij me weg zou sturen, maar hij pakte me beet.

'Hannah, Hannah, ik ben zo blij dat je er bent, kom binnen, kom binnen, wat fijn dat ik je zie, kan ik iets voor je doen?'

Ik keek op om te zien of hij het spottend bedoelde, maar ik dacht van niet. Geen superieur optrekken van de neus. Gewoonlijk klonk hij niet zo ongekunsteld. Zijn taalgebruik had altijd iets bloemrijks gehad. Het was alsof hij er de fut niet meer voor had.

Hij wapperde lusteloos met zijn hand om me naar binnen te loodsen. Het huis was brandschoon. Wat betekende dat de schoonmaakster nog steeds werd betaald. Waarschijnlijk zwart.

'Hoe is het met je moeder? Heb je haar gesproken?' Zijn blik zocht de mijne.

Ik zuchtte. 'Ze maakt het prima. Ik heb haar gezien. Bij Jonathan. Ze leek... gelukkig.' Ik kon deze ene steek onder water niet laten.

Mijn vader knikte. En toen, met uiterste krachtsinspanning, mimede hij het woord 'mooi'.

Hij schraapte zijn keel. 'En jij, Hannah? Hoe is het met jou?'

'Redelijk. Werk loopt goed. Auto loopt lekker.'

Naast mijn werk en autorijden stak ik ongezond veel tijd in staren naar mijn nu ongerepte trouwjurk, die ik in mijn slaapkamer aan de muur had gehangen. Dat hoefde mijn vader niet te weten.

'Mooi.' Hij haalde een hand door zijn haren. 'Denk je... denk je dat ze van me wil scheiden?'

Ik knipperde met mijn ogen. 'Daar heeft ze niets over gezegd. Maar' – ik zweeg – 'ze is niet zo'n prater.'

Roger, idioot, zei ik bij mezelf. Moet je jezelf zou eens zien. Een doorgeprikte ballon. Maar hij werd, realiseerde ik me, niet door wroeging gekweld. Hij had alleen maar medelijden met zichzelf. Zwelgde in zijn tegenslag. Ik vermoedde dat hij zichzelf voorhield dat hij niet snapte waarom dit alles gebeurd was. Hij vond waarschijnlijk dat we overdreven (vrouwen! huh!). Hij was niet langer boos, maar verdrietig. Miste mijn moeder. Grappig. Geef mensen even de tijd en ze verlangen terug naar de meest miserabele situaties. Roger had, op een aardige manier, iets van de seriemoordenaar in *Manhunter*. Moordde hele gezinnen uit, stak scherven van spiegels in hun dode ogen zodat ze hem konden aankijken. Weet je, het is niet helemaal hetzelfde als omgaan met levensechte vooringenomen mensen.

'Kan ik je iets aanbieden?' zei hij desondanks.

Ik wilde al weigeren. Toen dacht ik: eigenlijk ben je me iets verschuldigd. 'Eén ding,' zei ik.

'Ja?' Rogers ogen lichtten hoopvol op.

'Een bad. Ik zou wel een bad willen nemen.'

'Ga je gang,' riep hij uit. 'Er is volop warm water. Je weet waar de handdoeken liggen. Ik geloof... dat je moeder wat badschuim heeft laten staan.'

Ik lag eeuwenlang languit in warm water, met mijn hoofd tegen het gladde email. De badkamer was niet mijn smaak – grijze tegels – maar rustgevend. Ik hoopte dat ze het huis niet zouden verkopen. Dat klinkt misschien vreemd, aangezien ik er niet dol op was. Het was gewoon zo dat, wat ouders betreft, ik vind dat iets beter is dan niets. Als kind pak je wat je krijgen kunt, hoe armzalig ook. Zolang ik in het bad van mijn ouders zat, kon ik mezelf wijsmaken dat ik een klein meisje was onder de hoede van een competente hogere macht (*papa*) en dat was een leuke fantasie om me twintig minuten in te vermeien, want ik wist dat, zodra ik de voordeur uit zou lopen, ik weer een echte volwassene zou worden, op mezelf aangewezen, ikzelf op zoek naar mezelf. Jack kende de voorwaarden. Misschien belde hij. Misschien ook niet. En daar had ik vrede mee. Heus.

Na het bezoek aan mijn vader voelde ik me wat moedeloos. Het zal wel slap en idioot klinken als ik zeg dat ik blij was dat ik hem terug had. Hij was gekrompen, in gedachten en in persoon. Zijn verdiende loon natuurlijk. Ik was niet van plan hem vaker dan bij gelegenheid te zien. Maar ik wist hem liever in de buurt, voor als ik zin had in een sarcastische opmerking. Hij zou voortaan een heel andere, veel kleinere plaats in mijn leven innemen; onze verstandhouding was met wortel en tak uitgerukt. Wat ervan was overgebleven zou in een beperktere, bescheidener vorm terugkomen. Er zou altijd een afstand tussen ons blijven – noem het een veiligheidscorridor. Maar ik kon hem niet volledig laten gaan. Je kunt iemand met hart en ziel haten, maar liefde is hardnekkig. Ze hecht zich aan je hart.

Nadat ik hem gezien had wilde ik contact opnemen met Angela. Maar het was erg druk op het werk, zodat ik haar een week later pas belde. Nee, dat is niet helemaal waar. Ik had haar één keer gebeld op haar mobiel – ik vond het niet prettig Jonathans flat te bellen – op weg naar kantoor.

Ze had geantwoord, met een slaperige stem. 'O, hallo. We zijn net wakker.'

Hou je kop hou je kop hou je kop, zeg zulke dingen niet.

Ik had gezegd: 'Oké, luister, nou ja, ik spreek je later op de dag wel.' Ik had niet gezegd welke dag.

Toen ik, een week later, aan bellen toekwam klonk ze heel anders.

'Alles goed?' zei ik. 'Je klinkt raar.'

'O lieverd,' antwoordde ze. 'Is het zo goed te merken? Ik zal het wel verleerd zijn.' Als het een grap was, werd die bedorven door haar slechte presentatie.

'Is wát te merken?' vroeg ik.

'Jonathan en ik gaan uit elkaar.'

Ik wenste op slag dat ik minder kortaf was geweest de laatste keer dat we elkaar hadden gesproken. Als ik nu meer wilde bieden dan een beperkte hoeveelheid medeleven, zou ik schijnheilig lijken.

'Wat!' zei ik. 'Waarom?'

Mijn moeder zuchtte. 'Het is te... vreemd. Te raar. Het overweldigt me. Ik moet alleen zijn. In elk geval tijdelijk. Daarna zien we wel.'

'Nou,' zei ik. 'Dat is verstandig.' Ik zweeg even. 'Het spijt me.' Het speet me echt. Ze verdiende het gelukkig te zijn. 'Voel je je... je voelt je zeker wel... verdrietig?'

Ze begon te lachen, maar halverwege veranderde het lachen in snikken. Ik zei 'kom kom', kromp ineen, zuchtte en mompelde: 'Arme jij.'

De ene schok na de andere. Afgezien van de begrafenis van oma Nellie kon ik me niet heugen dat ik mijn moeder had zien of horen huilen.

'Sorry,' snoof ze na een poos. 'Oké. Oké. Dat was het. Afgelopen. Voorbij. Het gaat wel weer.'

Ik nam aan dat ze het over de huilbui had.

'Hoe is het met Jonathan?'

'Van slag. Maar hij begrijpt het. Hij is heel geduldig. Hij wil me niet opjagen. Hij is zo *lief*. Maar na al die tijd ben ik er niet aan gewend. Hij is net chocolade-kwarktaart.'

'Echt waar?' zei ik.

'Heerlijk, maar te veel, te machtig, je voelt je misselijk en gezwollen en niet erg wáárdevol.'

Mijn god. Sommige vrouwen hadden met eten een even complexe relatie als met mannen. Ik herinnerde me dat ik op een vrijdagavond eens naar Gabrielle had zitten kijken, hoe ze nauwgezet alle lagen van mijn moeders lasagne had afgepeld en alleen de tussenliggende groenten had gegeten.

'Je hebt gelijk. Je hebt behoefte aan ontspanning. Waar ga je naartoe?' vroeg ik.

Ik hoopte vurig dat ze niet terug zou gaan naar mijn vader. Ik had hem weliswaar liever levend dan dood, maar zelfs ik was niet stom genoeg om hem liever mét dan zónder mijn moeder te hebben. Die twee één week onder één dak en hij zou in no time weer een tiran zijn. Als ze het niet wist, was ik beslist niet van plan haar te vertellen dat Roger treurde. Als je het mij vroeg zou hij nog een tijdje treuren, er dan genoeg van krijgen en ermee stoppen.

'Gabrielle was zo lief te zeggen dat ik een tijdje bij haar en Ollie kan logeren. Het zal niet lang zijn. Tot ik zelf iets heb gevonden. Ik zou graag weer administratief werk gaan doen. Zelfs als ik weer van voor af aan moet beginnen.' Ze voegde eraan toe: 'Ik wil ze beslist niet tot last zijn, maar Gabrielle zei dat het goed uitkomt. Ze zoekt een nieuwe oppas voor halve dagen. Dus zolang ik er ben kan ik helpen met Jude tot ze iemand gevonden heeft. Ze is ingeschreven bij ik geloof vijftien bureaus. Er moet íémand zijn.'

'Goed idee,' zei ik. 'En mijn flat is wel klein, maar je kunt hem altijd gebruiken, als je behoefte hebt aan verandering.'

'Dat is heel lief,' zei mijn moeder. 'Maar ik wil jou en...'

'Nah!'

'O néé, waarom in hemelsnaam niet, in godsnaam.'

Ik werd een beetje boos. 'Zoals je zelf weet lopen liefdesverhalen niet altijd af zoals je zou wensen,' zei ik. 'Mensen zijn verwend. Komt door de film.'

'Nou, dat is heel jammer,' zei mijn moeder, in mijn oor snuffend.

Ik begon over iets anders; ze had alles kunnen bederven. Ik had me op mijn werk gestort, mijn ideale badkamer ontworpen en een reeks herhalingen van *Seinfeld* bekeken, opgenomen voor de tijd dat ik behoefte had om te zwelgen in ándermans ellende. Als ik Jack schrapte, zou ik het wel redden. Dus had ik hem gewist, gedaan alsof de laatste paar maanden niet waren gebeurd. Ik was zoals een of andere stam waarover ik eens gelezen had, gelukkig in hun strohutten tot ze kennismaakten met televisie. Enkele weken vol *lifestyle*-reclames later zagen ze wat ze 'misten' en werden depressief. Ik ging een stapje verder, zette de *lifestyle*-reclame die Jack Forrester heette uit mijn gedachten. Ik maakte het prima.

51

Zaterdagavond en ik zat kip te eten bij Gab en Ollie thuis. Mijn moeder zat tegenover me met de steel van haar wijnglas te spelen. We voerden een goede show op, maar terwijl onze gastheer en gastvrouw bespraken hoe lang de rijst nog moest koken gaven we onze sociale conversatie even vrijaf. Ik neem aan dat ik, op mijn leeftijd, vond dat ik wel spannender dingen te doen had en ik denk dat mijn moeder hetzelfde voelde. Toen voelde ik me rot omdat ik me rot voelde. Ik was dol op deze mensen, hoe zou ik mijn tijd beter kunnen besteden?

Tegen de tijd dat de rijst gaar was had mijn sociale conversatie weer dienst.

En zíj waren gelukkig. Ik was er die middag met Ollie op uitgetrokken. We waren met Jude naar de speeltuin gegaan terwijl Gab boodschappen deed. Ollie leek beter op zijn gemak met zijn zoon, meer geconcentreerd. Ik merkte ook dat Gab mijn broer geen miljoen opdrachten had meegegeven. Ze had gezegd: 'Misschien roerei voor Speenvarken?' en had ons toen onze gang laten gaan.

'Da-*die*!' zei Jude. 'Da-*die*!'

'Joe-*hoe*!' antwoordde Ollie. 'Joe-*hoe*!' Jude gierde van het lachen. Raar gevoel voor humor had dat kind.

'Je ziet er ontspannener uit,' zei ik.

Ollie knikte. Hij zei: 'Het gaat beter.'

Daar lieten we het bij.

Later echter, terwijl Ollie en Angela Jude in bad deden, zei Gab enkele woorden terwijl ze groenten sneed. Ik schaamde me zoals ik daar zat, cashewnoten in mijn mond proppend terwijl ik haar zag sloven, dus ik zei – over symbolische gebaren gesproken! – 'Je hebt het zo druk, Gab; eigenlijk zou ik voor je moeten koken.'

En daar ging ze, als Voorzitter Mauw achter een rat aan. 'Ben je gek, Hannah, je kookt ontzettend slecht. Ik vind koken leuk. Ontspannend.

En ik maak me minder zorgen, goddank. Ollie is nu... op een goede plek en dat is een groot verschil. Hij is minder... op zichzelf. Misschien komt het doordat Jude wat ouder is. We kunnen het geweldig met elkaar vinden, we praten meer en slapen meer en mijn werk loopt goed en het zijne steeds beter en dokter Patel zei dat ik, nou ja, hij zei dat ik zo te horen een depressieve periode heb gehad. Hij zei dat het een biologische aandoening was die min of meer was uitgewoed en voeg daarbij de aanpassingen die nodig zijn als je een baby grootbrengt, hoe vermoeiend en uitdagend het is, en hoe je je afgesneden voelt van de wereld, hij zei dat ik een slijtageslag had ondergaan. Dokter Patel zei dat ik niet meer moest proberen alles perfect te doen. Basaal managementadvies eigenlijk. Hij is zó'n goede dokter, ik stuur hem een kaartje om hem te bedanken. Dus probeer ik het rustig aan te doen, het mezelf niet zo moeilijk te maken. Ollie steunt me enorm en daardoor ben ik zowat een tón aardiger voor hem. Het omgekeerde van een vicieuze cirkel. O, en ik heb een paar leuke vriendinnen van de postnatale groep, met baby's even oud als Jude. Ik probeer ze wat vaker te zien. Ze zijn een soort lakmoesproef voor wat normaal is. Clare is erger dan ik – ze denkt dat elk niet-specifiek virus dat Sebastian heeft kanker is. Volgens mij is het maar hersenvliesontsteking. En Polly is heel ontspannen. Haar dochtertje, Octavia, is verslaafd aan *Teletubbies* en toch is het zo'n slim kind, het heeft haar geen kwaad gedaan en Polly bewijst min of meer dat, als ik niet elke dag met Jude naar de dierentuin of een boerderij of de opera ga, hij daar niks onder lijdt. Als we gaan winkelen of gewoon thuis rondhangen is dat prima. En ik heb gisteren een lieve oppas op sollicitatiegesprek gehad en de tijden die ik wil komen haar goed uit, ik moet alleen haar referenties nog natrekken, maar de laatste zei dat ze bouwblokken voor de kleine meid kocht, en boeken. *Van haar eigen geld.* Je weet niet hoe zeldzaam dat is. Ze lijkt me een roze diamant onder de oppassen. En Ollie en ik zijn laatst uit eten geweest, in een geweldig Italiaans restaurant, Lolalilablabla – het heeft een Michelin-ster, ken je het? Angela heeft opgepast. Het was eens wat anders dan uitgaan in ploegendienst. Het was heel bijzonder zo tegenover hem te zitten aan een tafel met een lelie erop, als volwassen mensen te praten. En die chique vrouw vond mijn Chloë-jurk toch zo mooi! En ik ben lid geworden van een nieuw fitnesscentrum met een crèche, zodat ik wat tijd voor mezelf heb. En ik heb een afspraak voor een halve dag gemaakt met Michel – voor een schoonheids-*blitz*. En ik heb een nieuwe schoonmaakster, een die niet mijn tampons uit de verpakking haalt en in hun volle glorie tentoonstelt in de marmeren kom die ik voor mijn wattenbollen heb gekocht of mijn vuile kleren netjes opvouwt en weer in de kast legt en...'

Hoezo had ze een depressieve periode gehad? Er was niets mis met haar, behalve dan dat ze een complete neuroot was. *Ik* vis mijn vuile kleren uit de wasmand en trek ze meteen weer aan! Ze zou zich gelukkig moeten prijzen dat ze netjes opgevouwen en weer in de kast gelegd worden.

'Gab,' zei ik toen ze eindelijk ophield met mijn oor te smelten, 'je vrolijkt me écht op.'

Ik hoopte dat ze de hele avond zou doorgaan met praten, zodat niemand naar Jack kon informeren.

'En,' zei Gabrielle net toen ik op de chocolade-kwarktaart wilde aanvallen. 'Hoe gaat het met jou en Jack?'

'Niks,' antwoordde ik. 'Wie is die "Jack" over wie je het hebt?'

Iedereen keek ongelovig en afkeurend, dus voegde ik eraan toe: 'Hij is verwikkeld in zijn eigen oude misère en ik vertik het om eraan mee te doen.'

Niemand vertrok een spier. Ik zag me genoodzaakt het hele jammerlijke verhaal over het piemelstukje van Jasons bruiloft opnieuw te vertellen.

'Jason is een idioot!' riep Gab, die rode wijn dronk zoals een hond water slobbert. 'En Jack is gewoon bang. Gewoon omdat hij te veel van je houdt.'

Ja hoor. Het 'ik hou zoveel van je dat ik je aanwezigheid niet kan verdragen'-fenomeen.

Zelfs Ollie zei: 'Waarom bel je hem niet?'

Mijn moeder voegde eraan toe: 'Waarom schrijf je hem niet?'

'Waarom schrijf jíj hem niet?' zei ik lomp. 'Ik heb genoeg toenaderingspogingen gedaan, hij weet hoe het ervoor staat. Ik wens me niet nóg verder te vernederen. En mag ik nu mijn kwarktaart opeten?'

Als er één plek was waar ik wat rust meende te krijgen, was het mijn kantoor. Maar nee.

De avond daarna stond ik bij de deur toen Greg me wenkte met zijn paplepel. Terwijl ik het vliegende-haverwapen schoorvoetend benaderde zei hij: 'Ben je alweer met Jack?'

'Nee,' zei ik. 'Tot morgen.'

'Halvegare,' riep hij me achterna.

Bedoelde hij mij of Jack?

Ik liep niet rechtstreeks naar mijn auto. Ik ging een kop koffie drinken. Het heeft iets speciaals, koffiedrinken uit een piepschuimbeker met een deksel. Het overhandigen van £1,75 en het in ontvangst nemen van de koffiegift, het voelt aan als een klein feestje. Het geeft status. Ik zie mensen passeren met hun koffie en ik denk, ooo, bofkont, je bent vast heel belangrijk. Jezus, hoor mij. Ik had een hobby nodig.

Ik ging in mijn auto zitten en begon, voor me uit starend, mijn koffie te drinken. Vier slokken en mijn handen trilden. Het laatste waar ik behoefte aan had was koffie. Het enige leuke was de transactie. Ik zuchtte, stapte uit, smeet de koffie in de dichtstbijzijnde vuilnisbak. Telkens wanneer ik zoiets doe, stel ik me een stortplaats van al mijn misdrijven voor. Plastic flessen. Kartonnen dozen. Die piepende stukjes polystyreen waarmee ze kartonnen dozen bekleden. Badkuipen vol haarschuim, bussen vol schoenspray, de verplichte uitgaven die je moet doen als je naar de kapper gaat, schoenen koopt en niet dapper genoeg bent om 'nee' te zeggen. Als ik er echt geen zin in had gooide ik zelfs mijn wijnflessen niet in de glasbak. Ik was een schande voor het menselijk ras.

Ik zag dat er een envelop onder de ruitenwisser was gestopt. Ik was wat traag die dag. Ik zat er pas twintig minuten tegenaan te kijken. Was het een dreigbrief? Matig geïnteresseerd scheurde ik hem open (benieuwd naar wat voor afschuwelijke dingen ze over me meenden te weten waarvan verder niemand op de hoogte was) en er viel een papiertje uit, een foto, uit een *glossy* gescheurd. Wacht eens, dat was mijn BAD. Nou ja, niet míjn bad, het was een foto van het gestroomlijnde witte bad van zevenhonderd pond waar ik naar hunkerde telkens wanneer ik in mijn afgrijselijke groene, schilferende kuip ging zitten.

Jack had eronder gekrabbeld: 'God, wat bén ik een lul. Kan ik je vergeving kopen?'

Ik trok mijn mobieltje en belde hem.

'Hallo?'

'Stik!' Ik draaide me om. Jack stond vlak achter me

'Ik sta al een halfuur naar je te kijken. Wat zei je ook alweer dat je deed voor de kost?'

Ik klapte mijn telefoon dicht. 'Rot op rot op rot op.'

Jack deed een stap achteruit. 'O,' zei hij. 'Ik, eh...'

'Ik citeer alleen maar de laatste woorden die je tegen me zei, na de bruiloft.'

'Luister, ik...'

'En nee, je kunt mijn vergeving niet kopen. Een vette omkoopsom compenseert níét wat je van me denkt. De compensatie moet van jóú komen. Steekpenningen zijn surrogaat.'

'Nee, niet waar! Ik heb je moeder gebeld om te vragen wat je liefste wens was en jij maakt er iets negatiefs van. Snap je het dan niet, Hannah, het bad is een extraatje, om je te laten zien dat...'

'Je bedoelt dat mijn moeder jóú belde.'

'Nee, ik heb haar gebeld.'

'O! Heb je het bad besteld?' (Ik kreeg op slag een hekel aan mezelf, maar goed.)

'Eh, ja. Philippe Starck.'

'Je zult Phil Stark bedoelen, van de Starfish Bathroom-winkels.' (Waarom prááte ik zelfs maar met hem? Ik was zo *omkoopbaar*.)

'De Starfish Bathroom-winkels! Dacht ik niet, lieverdje. Je baddensmaak is niet bepaald namaak.'

'Je bedoelt...' Hij had gewoon het echte designerbad van zevenduizend pond gekocht. De oen! Ik glimlachte flauwtjes. 'Zei mijn moeder dat dit het bad was dat ik wilde hebben?'

'Ja,' zei Jack. 'Ze was heel precies. Spelde de naam voor me. En de prijs.'

Dat mens werd met de dag gewetenlozer.

En ik werd goedkoper. Ik worstelde met mijn geweten. Trok een nietszeggend gezicht.

'Het zit zo, Jack,' zei ik. 'Je instinct zegt dat je me niet kunt vertrouwen en dat kwam tot uitbarsting op die bruiloft, toen je geprovoceerd werd. Dit is geweldig, maar het is geplánd. Stel dat we samen verdergaan. Het zal geweldig zijn, tot ik iets doe wat in jouw ogen verdacht is, en dat gebeurt, want je víndt me verdacht. Je kunt er niets aan doen. Je vindt het gewoon. Ik vecht voor ons, Jack. Maar jíj moet ook voor ons vechten. En daar is meer voor nodig dan een paar grapjes maken en met geld smijten. Mijn relaties zijn de laatste tijd tamelijk rechtlijnig. Ik ben niet te koop. En ik denk dat je dat nog steeds niet inziet.'

Hij stond daar maar, met open mond. Ik wenste half dat hij iets zou zeggen, maar ik wist dat hij het niet zou doen. Hij kón het niet. Hij kon de waarheid niet ontkennen.

Ik stopte de foto van het bad terug in de envelop en gaf die terug.

'Evengoed bedankt,' zei ik. 'Het was een leuk idee.'

52

Toen Jack en ik scheidden was hij kil eerlijk in alles. Ik ontwikkelde moordzuchtige gevoelens jegens zijn advocaat, van wie elke brief arrogant koeterwaals was voor flikker op. Ik weet nog dat Martine voorstelde een scheidingsfeest te geven. 'Een soort vrijgezellenavond,' had ze gezegd. 'Maar dan omgekeerd.'

'Leuk idee,' had ik geantwoord. 'Wat zou je ervan zeggen als we om middernacht ook drie keer tegen de klok in rond de kerk rennen en zwarte missen reciteren.'

Ze zei niets meer over scheidingsfeesten. In aanmerking genomen dat ik het huwelijk had betreden met alle plechtstatigheid van een tiener die een pub binnenkomt, verbaasde het me dat ik me zo beroerd voelde over het mislukken ervan. Het enorme gedoe om weer officieel vrijgezel te worden, de paperassen, de eindeloze tochten naar het postkantoor, het medeleven dat van mensen af droop, het gefascineerd misprijzen, alsof ik syfilis had (ik neem aan dat scheiden inderdaad een SOA is), het stelde niets voor vergeleken met het lege gevoel mezelf zwart-op-wit 'gedaagde' genoemd te zien. Meer was ik niet meer voor Jack en zijn walging had niet duidelijker kunnen zijn als hij me in mijn gezicht had gespuugd.

Maar uiteindelijk had ik het gered door het te blokkeren. Het was een fantastische manoeuvre die uitstekend werkte. Ik huilde niet, niet één keer. Ik onderdrukte elk rotgevoel, veegde het weg, steeds dieper, weg van het oppervlak, tot het verdween. Het was niet moeilijk. Sterker nog, het ging vanzelf. Na een tijdje kón ik niet meer huilen, al begreep ik, verstandelijk, dat het bij de situatie zou passen. Het was alsof ik een buitenaards wezen was, dat geen verdriet voelde zoals een mens. 'Boehoe hoe waaaaa!' probeerde ik weleens, inwendig. Noppes. Niks. Gortdroge ogen. Het leek me dat ik hierop zou moeten reageren, maar ik kon het niet. Ik voelde me net een zwevend spook dat merkte dat geen enkel schot mijn kogelwerende huid kon doorboren.

Het was een schok toen ik me realiseerde, nadat Jack me met zijn bad-aanbod had benaderd, dat dat talent van me, dat ik zo lang als vanzelfsprekend had beschouwd, me was ontglipt. Alsof Aretha Franklin op een ochtend wakker werd en niet meer kon zingen. Gewoonte is iets anders dan routine. Routine is voor zenuwpezen. Het geeft je de illusie dat je alles onder controle hebt. Ik maak me niet zo druk over routine. De kans dat het plafond op je hoofd valt is even groot wanneer je 's morgens om precies kwart over acht koffiedrinkt als wanneer je je niets aantrekt van het noodlot en koffiedrinkt wanneer je er zin in hebt. Routine is iets wat je oplegt, maar een gewoonte groeit op je. Gewoonte wordt geboren uit sleur – je geest niet lastig hoeven vallen voor de minste of geringste gedachte omdat het ten slotte instinct is geworden. Het heeft te maken met het banen van de makkelijkste, overzichtelijkste weg door het leven.

Toen ik probeerde Jack te vergeten en dat niet lukte, stond ik versteld. Dit was mijn werk, dit was mijn specialisatie! Ik dacht aan *Bewitched*, een programma dat ik me vaag herinnerde uit mijn jeugd. Wat deed de moeder van het meisje ook alweer als ze ging toveren – met haar ogen knipperen? Trillen? Haar neus optrekken? Ik leek op die actrice, buiten de set, knipogend, trillend – *nada.*

Elke minuut van elke dag wees naar wat ik miste. Ik kreeg een huwelijksreis-ansichtkaart van Lucy. (Zij had hem geschreven, Jason had zijn naam erop gezet, amper leesbaar in een hoekje, in het niets verzinkend naast Lucy's grote hanenpoten. Aan de grootte van de letters te zien had ze Engels geleerd van een Deense dog.) De huwelijksreis was zo te horen tot dusver een geforceerde mars, waarbij geen culturele steen op de andere bleef. Ik vond het een leuk idee dat mijn hel andermans hemel kon zijn. Verspil niets, verlang niets. Maar ik werd bleek bij de gedachte dat míjn hemel ginds ergens was, loslopend, terwijl hij ongetwijfeld ook de hemel van vele anderen was.

Ik zag Angela, geobsedeerd door haar mobiel, niet écht horend wat men tegen haar zei. Ze begon makelaars te bellen. Elke tweede zin begon met: 'Een vriend van me...' Ik dacht niet dat het erg lang zou duren voordat mijn moeder haar angst om door een andere man te worden verteerd zou overwinnen. Ik voelde dat ik gerust mijn adem kon inhouden tot zij en Jonathan weer bij elkaar kwamen, misschien in een nieuwe, grotere flat, waar Angela een ruimte voor zichzelf zou hebben. Ik voelde dat mijn moeder vrijmoedig gehoor gaf aan alle impulsen die ik in bedwang hield. Ik verdomde het om de verrukkelijke woorden 'Een vriend van me' te mimen, want elke keer dat zij dat zei, dacht ik: 'JONATHAN!' Ik kon het niet aan, een nieuwsflits, 'JACK!', boven ieders hoofd.

En ik zag Ollie, met Gab. Ik zag dat ze steeds milder werden tegenover elkaar. En ik dacht: mensen veranderen wél, een beetje, soms, als ze merken dat het de moeite waard is, als ze sterk genoeg naar iets, iemand verlangen.

Misschien dat Gab mijn wanhoop aanvoelde, want op een dag zei ze: 'Ik wil je iets vertellen. Voordat ik Jude kreeg, heb ik twee miskramen gehad. En toen we de tweede en de derde keer in verwachting waren, spoorden ze ons aan om... de foetus te beschouwen als "een klompje cellen", omdat het te pijnlijk was ons te hechten aan iets wat, zoals de artsen het noemden, misschien niet "levensvatbaar" zou zijn. Maar ik kon het niet. Ik dacht eraan als "baby". Hoewel de pijn na de tweede miskraam ondraaglijk was, zou het nog erger zijn geweest te denken dat ik het niet had aangemoedigd door ervan te houden. Op een bepaald moment, Hannah, moet je vertrouwen hebben.'

Ik dacht na over de beste benadering.

Moest ik naar zijn huis gaan en zeggen: 'Jack, ik hou van je, maar voordat ik die emotie in praktijk breng moet ik zeggen: je hoeft je woede op je ouders toch niet op mij uit te leven?'

Of zou ik hem schrijven: 'Jack, ik aanbid je, maar voordat ik me bind moet ik weten dat je al je problemen hebt verwerkt'?

Nee.

Ik zou hem thuis bellen en zeggen: 'Ik hou van je.' Zo eenvoudig was het.

Maar voordat ik de kans kreeg werd er een briefje voor me bezorgd op kantoor.

Hannah,
Hallo,
Ik denk vaak aan je.
Zullen we uit eten gaan?
Het zou misschien leuk zijn.
Liefs,
Jack
P.S.: bad op voorraad.

Ik maakte een rondedansje door mijn kantoor en deed toen mijn antwoord op de post.

Graag. Wanneer? Waar?
O.
Bagage ook op voorraad.

Jack schreef me de nadere bijzonderheden. Het was een nieuwe gelegenheid. In het westen van Londen, lastig voor ons allebei. Maar ik voelde dat hij een goede keus had gemaakt. Ik wilde niet dat Jack of ik van de bank rolde om naar de dichtstbijzijnde friettent te slenteren, en hij evenmin, vermoed ik. Het was die avond belangrijk om ons te verplaatsen. Het eten was misschien afschuwelijk, voorzover hij wist, maar hij deed er goed aan dat risico te nemen.

Ik bewaarde zijn eerste briefje in mijn zak. Ik betastte het tot het papier zacht werd. Het was raar en niet zo'n beetje opwindend, deze ouderwetse manier van communiceren. Alsof je onderhandelde met een kidnapper. Ik wilde deze ragfijne band niet breken door via mijn mobieltje in zijn oor te toeteren. Voor het eerst in mijn leven besefte ik dat wachten niet alleen maar erg was.

Ik bedacht me algauw.

Ik keek voor de zoveelste keer op mijn horloge. Hij had een tafel gereserveerd voor acht uur. En daar stond ik dan. *Vroeg.* Ik was om tien voor acht aangekomen. Ik had in de auto kunnen blijven zitten, maar ik wilde eerlijk spel spelen. Bovendien wilde ik het restaurant inspecteren. Dus. Ik ging naar binnen. Niet slecht. Een groot wit vertrek, donkere houten stoelen en tafels, gasten die een adembenemende indruk wekten. Een serveerster ging me meteen voor naar de achterkant en ik wist niet goed of ik blij of boos moest zijn. Wat mezelf betreft, ik zag er goed uit. Ik vóélde me goed, wat het halve werk is.

Ik bestelde een wodka. Zat daar. Keek naar de mensen. Las de menukaart.

Ik zette mijn mobiel op trillen, legde hem naast me op de bank.

Om vijf over acht hield ik mezelf voor dat Jack alleen maar laat léék te zijn doordat ik tien minuten te vroeg was geweest.

Om kwart over acht besloot ik dat een kwartier te laat normaal en acceptabel was.

Om halfnegen nam ik aan dat hij op kantoor was opgehouden. Maar een telefoontje zou aardig geweest zijn.

Om kwart voor negen rende ik de straat op en belde zijn mobiel. 'Jack,' zei ik, 'ik zit in het restaurant te wachten. Je bent vast al onderweg. Ik wacht tot negen uur. Dan ga ik.'

Ik ging niet. Ik zou de hele avond wachten tot ze de stoelen op de tafels begonnen te zetten. Hij móést komen. Ik kon niet goed geloven dat hij niet zou komen. Ik voelde me misselijk en bibberig. Was het een valstrik? Als straf omdat ik hem gedwongen had zijn tekortkomingen onder ogen te zien? Voor het opstellen van een paar relatieregels? Het kon me niet schelen dat ik alleen in een restaurant zat – ik had het duizenden keren gedaan voor mijn werk. Als ze me aankeken, nou en? De enige waar ik me druk over maakte was Jack. Was dit het einde?

Ik verfrommelde mijn servet, speelde met mijn telefoon, probeerde niet op het stel aan de tafel naast me te letten, die langzaam hun voeten en handen ineen strengelden. Zij had blonde haren en zag er moeiteloos fantastisch uit. Hij was diepbruin en had zwarte haren, mogelijk geverfd. Overal om me heen waren mensen samen en daar zat ik, alleen. Worden vrouwen van mijn leeftijd nog gedumpt? Is dat niet iets wat stopt als je twintig wordt?

Ik weigerde het te geloven.

Jack had gevraagd of hij me kon ontmoeten. Dat betekende dat hij er klaar voor was. Het kon me niet meer schelen of hij emotionele bagage had die nog gewassen moest worden, gestreken, opgevouwen en vergeten. Alsof ikzelf géén werk in uitvoering was. Als hij buiten zijn boekje ging zou ik hem dat vertellen. Ik wist dat hij hetzelfde zou doen. Maar ik had het idee dat supersonische ruzies zeldzaam zouden zijn. Ik had het gevoel dat, na al die jaren, na alle verwarring, passie en woede, we elkaar ten slotte begrepen, elkaar accepteerden. Ik wilde hem zoals hij was. We zouden ons samen verder vechten.

Tenzij hij niet kwam. Maar ik wíst dat hij zou komen. Hij had geschreven: 'Bad op voorraad.'

Er moest een reden zijn dat hij niet kwam opdagen. Misschien moest ik beginnen met ziekenhuizen afbellen. Ik accepteerde een tweede glas wodka van de kelner, ik fixeerde mijn blik op de deur van het restaurant. Het was vijf voor negen. Ik trommelde met mijn vingers. Inspecteerde mijn spiegelbeeld in het mes. At wat brood. Vroeg zout en boter in plaats van olijfolie *extra vergine*. Ik wist zeker dat Jack elk moment binnen kon komen stormen.

Terwijl ik naar de deur staarde kwam een lange man aan een tafeltje verderop overeind en beende ernaartoe, mobiel in zijn vuist geklemd.

Jack.

Wat?

Ze hadden ons verschillende tafels gegeven.

Ik sprong op, botste tegen kelners op, struikelde over stoelen.

'Jack!' riep ik. 'Jack! Jack!'

Hij bleef staan. Draaide zich om. Hij zag me, begon te glimlachen.

Ik kon niet snel genoeg praten. 'Ik zit al een eeuwigheid op je te wachten!' zei ik.

'Ik zit nog langer op jou te wachten. Ik kwam om kwart voor eeuwigheid aan.'

'Ik heb je gebeld!'

'En ik heb jou gebeld.'

'Onze telefoons zijn prutswerk of de ontvangst hier is nul.'

'Doet er niet toe. Ik zou gewacht hebben.'

'Ik ook. Je hebt een tafel op jóúw naam gereserveerd, niet?'

'Ik heb er speciaal op gelet.'

'Nou dan.'

'Hun fout dus. Niet de onze. 'Hoewel,' hij grijnsde naar me, 'één van ons detective is.'

'Neem me niet kwalijk,' zei een man in een zwart jasje met een klembord in zijn hand. 'Wilt u ergens anders gaan staan? U blokkeert de deur.'

'Neem míj niet kwalijk,' zei Jack. 'Mag ik ú vragen waarom mijn vriendin en ik verschillende tafels hebben gekregen, waar we anderhalf uur hebben zitten wachten?'

De man leek te verleppen in zijn zwarte jasje. 'O nee!' riep hij uit. 'Hebt u zo lang gewacht?' Hij bladerde zinloos door zijn aantekeningen. 'Ik neem aan dat u niet op twee namen hebt gereserveerd?' voegde hij er hoopvol aan toe.

Ik zag dat Jack vocht tegen de vloedgolf van sarcasme. 'Eén maar,' antwoordde hij.

'Mijn excuses, iets te drinken, het diner op kosten van de zaak. Ik...'

Ik schudde mijn hoofd. 'Doe geen moeite. Het is goed. Nietwaar, Jack?'

Hij keek me aan. 'Ja,' zei hij. 'We hebben elkaar gevonden. We hebben niets nodig... verder.'

Ik glimlachte naar mijn schoenen. Ik zag dat Jack mijn blik volgde. Ik droeg mijn zwarte schoenen met zigzag lopende stroken, mooie schoenen voor een mooi moment. Ik voelde een golf van gelukzaligheid over me heen spoelen. Voor één keer was mijn leven filmvolmaakt, mensen keken me misschien aan en dachten: wauw, ze glimt als een kastanje! Plotseling bukte Jack zich, greep naar de zoom van mijn zwarte broek met wijde pijpen. Mijn glimlach wankelde toen hij zijn hand opende en me een glimp toonde van een balletje roze stof.

Mijn slipje van gisteren.

Jack grinnikte en stopte het in zijn jaszak. Ik werd onderbroekenroze.

'Hannah,' zei hij. 'Ik weet dat je veranderd bent. Maar... verander nooit.'

Ik keek op en glimlachte naar Jack, glimlachte naar de wereld. Mijn leven zou nooit filmvolmaakt zijn en het deed er niet toe. Het was goed genoeg zoals het was. In gedachten nam ik me voor de vocht inbrengende crème van vijftig pond per pot die Gab me had opgedrongen weg te gooien. Hij begon naar schimmel te ruiken. En het werd tijd dat ik Jasons babydoll aan het Leger des Heils meegaf. Die mochten ook weleens lachen.

'Ik zal niet veranderen als jij dat ook niet doet,' zei ik.

De gerant stond daar nog steeds, angstvallig onopvallend, en ik keek om hem heen, gaf Jacks tafel een globale inspectie.

'De mijne is leuker,' zei ik en ik ging hem voor.

Lees ook van Anna Maxted:

Vallen en opstaan

Helen Bradshaw is 26 en leidt een redelijk gelukkig leven met een drukke baan bij een tijdschrift, een leuke huisgenoot, een aantrekkelijke, maar egocentrische huisbaas en een uitgebreid vriendinnennetwerk.
Wanneer haar vader plotseling overlijdt, is het alsof er een aardbeving plaatsvindt. Terwijl ze de rots in de branding is voor haar suïcidale moeder, lijkt haar eigen, toch al chaotische leven verder af te brokkelen. Verwikkelingen met kat en dierenarts, persoonlijke blunders en vluchtgedrag wijzen op onverwerkt verdriet en tegenstrijdige gevoelens ten opzichte van haar overleden vader. Struikelend van crisis naar crisis krijgt Helen langzaam weer grip op haar leven en weet ze haar eigen plek te vinden.

'Als dit scherpzinnige, geestige verhaal over het leven van een jonge vrouw eerder was verschenen dan het fenomeen Bridget Jones, dan was Fieldings roman waarschijnlijk beschouwd als een bleke afspiegeling.' *Publishers Weekly*

Pocket, 462 blz.
ISBN 90 5831 146 5

Lees ook van Anna Maxted:

Hollen en stilstaan

Wat gebeurt er als je allerbeste vriendin eeuwige trouw en liefde zweert aan een ander? Natalie, 27, pr-medewerkster bij het Londense Ballet, is in paniek. De mooie, luidruchtige, geestige Babs, haar hartsvriendin, gaat trouwen.
Nat voelt de barsten in haar 'brave-meisjesvernis' ontstaan en raakt verzeild in een verleidelijk foute relatie die haar steeds verder uit haar doen brengt. De problemen op haar werk en met Babs groeien haar langzamerhand boven het hoofd, maar Natalies grootste probleem is de waarheid die haar vanuit de spiegel aanstaart.

Anna Maxted behandelt in deze roman het beladen onderwerp van eetstoornis. Ze heeft zelf aan anorexia geleden en de manier waarop ze Natalies moeizame relatie met voedsel weergeeft is dan ook heel overtuigend. Maar tevens vol humor, want Anna Maxted kan als geen ander pijnlijke ervaringen verpakken in komische situaties.

'Lach, huil en leef mee.' *Viva*

'Lichtvoetig, intelligent (...) Deze roman blijft de lezer tot het eind toe boeien.' *NBD*

Paperback, 456 blz.
ISBN 90 325 0844 x

Lees ook van Anna Maxted:

Dansen en springen

Holly Appleton gelooft in de liefde, zelfs zo veel dat zij haar eigen relatiebureau opent. Ze helpt anderen graag aan een mooie romance. Zelf heeft ze nooit een afspraak via een relatiebureau gehad, maar nu het tussen haar en Nick steeds minder goed gaat, slaan de twijfels toe. Misschien is het voor haar ook tijd om op zoek te gaan naar de echte liefde. Nick is nogal onvolwassen en ze groeien steeds verder uit elkaar: Holly's bureau loopt goed en Nick hangt vooral veel rond en doet niks. Om hem duidelijk te maken dat het geen grap is, gaat ze uit met een andere man. Stuart is charmant en rijk, maar hij blijkt ook nogal arrogant te zijn, en eigenlijk is hij niet bepaald Holly's type. Maar Stuart ziet Holly wél helemaal zitten en hij is gewend zijn zin te krijgen. Tot haar afschuw merkt Holly dat hij niet luistert als zij nee zegt, en Holly's uitstapje krijgt een nare bijsmaak...

Deze roman van Anna Maxted heeft de warmte die we van haar gewend zijn. Ook dit keer schrijft ze over een serieus onderwerp, waarbij ze perfect balanceert op de grens tussen humor en hartverscheurende gebeurtenissen.

'Maxteds romans staan garant voor heerlijke uurtjes leesplezier vol humor en warmte.' *Party*

'Warm en aanstekelijk!' *The Bookseller*

Paperback, 416 blz.
ISBN 90 325 0934 9

Van Anna Maxted verschenen eerder:

Vallen en opstaan
Hollen en stilstaan
Dansen en springen

Rennen en vliegen